Las venas del océano

Patricia Engel

Las venas del océano

Traducción de Santiago Ochoa

Título original: *The Veins of the Ocean*
Primera edición en Alfaguara: abril, 2018

© 2016, Patricia Engel
© 2018, de la presente edición en castellano para todo el mundo:
Penguin Random House Grupo Editorial, SAS
Cra. 5A. N°. 34A-09, Bogotá, D. C., Colombia
PBX (57-1) 7430700
www.megustaleer.com.co
© 2018, Santiago Ochoa, por la traducción

Impreso en Colombia-*Printed in Colombia*

ISBN: 978-958-5428-79-9

Compuesto en caracteres Adobe Garamond Pro
Impreso en Editora Géminis, S. A. S.

Penguin
Random House
Grupo Editorial

Para mi madre y mi padre

*«Más allá del sol, más allá del mar,
más allá de Dios, poco más allá».*
CARLOS VARELA

UNO

Cuando descubrió que su esposa le era infiel, Héctor Castillo le dijo a su hijo que subiera al carro porque se irían a pescar. Había pasado la medianoche, pero esto no era nada inusual. El puente de Rickenbacker, suspendido sobre la bahía de Biscayne, estaba lleno de pescadores nocturnos apoyados en las barandas, poniéndose al día con los chismes en medio de cervezas y sedales, para evitar regresar a casa junto a sus esposas. Sólo que Héctor no llevaba consigo ningún equipo de pesca. Condujo de la mano a su hijo Carlito, que acababa de cumplir tres años, hasta el muro de cemento; lo levantó por la cintura, y lo sostuvo para que el niño sonriera y estirara los brazos como un pájaro, diciéndole a su Papi que estaba volando, volando, y Héctor le dijo, «Sí, Carlito, tienes alas».

Entonces, Héctor levantó al pequeño Carlito en el aire, le dio vueltas y el niño sonrió, pateó con las piernas hacia arriba y a los lados, y le dijo a su padre, «¡Más alto, Papi! ¡Más alto!», antes de que Héctor retrocediera y lanzara al niño con todas sus fuerzas hacia el cielo, le dijera que lo amaba, y arrojara a su hijo al mar por encima de la baranda.

Nadie podía creerlo. Los pescadores nocturnos creían que estaban alucinando, pero uno, un marielito de unos sesenta años, no vaciló y se lanzó al rescate de Carlito. Saltó de pie al agua oscura de la bahía, mientras los otros pescadores agarraron a Héctor para que no pudiera escapar. La policía llegó, y cuando todo estuvo dicho y hecho, el pequeño Carlito sólo tenía una clavícula rota y Cielos Soto, el pescador que lo salvó, desarrolló una joroba permanente que le daba el aspecto de un gran anzuelo de pesca al caminar, hasta su muerte, diez años después.

Héctor Castillo debía haber pasado el resto de su vida en la cárcel —ya sabes cómo son estas cosas—, pero se suicidó inmediatamente después de haber recibido la sentencia. No se ahorcó en el ciprés del patio delantero, como siempre había amenazado con hacerlo, pues había sido así como su padre había elegido partir de esta vida. No. Héctor utilizó una cuchilla de afeitar comprada a otro condenado a cadena perpetua en una unidad vecina, y cuando lo encontraron, el piso de su celda ya estaba cubierto de sangre. Pero Carlito y yo no nos enteramos de todo esto hasta mucho después.

Como Carlito no tenía recuerdos de todo el desastre, Mami nos soltó el cuento de que nuestro padre había muerto en Vietnam, lo que no tenía ningún sentido en absoluto, pues Carlito y yo habíamos nacido en Colombia años después de Vietnam. Pero eso fue antes de que aprendiéramos matemáticas e historia, por lo que no es de extrañar que ella pensara que su versión sería creíble. Y eso sin contar que Héctor había nacido cojo, arrastrando una pierna, y que por eso nunca lo habrían admitido en ningún ejército.

De hecho, la única pista que teníamos sobre cualquier parte de este lío era que Carlito había crecido con tanto temor al agua, que Mami sólo podía meterlo en la bañera una vez a la semana, si contaba con suerte; de ahí que Carlito tuviera fama de ser el chico más maloliente de la cuadra y alguna gente dijera que era por eso que se había vuelto tan matón.

Pero luego, cuando él tenía catorce años y nuestro tío Jaime decidió que ya era hora de que Carlito se emborrachara por primera vez, Jaime fue el único que se emborrachó, se volvió hacia Carlito sobre la mesa plegable de nuestro patio trasero y le dijo:

—Mijo, es hora de que sepas la verdad. Tu padre te tiró de un puente cuando tenías tres años.

Luego le dijo que Héctor no habría perdido el control si Mami no hubiera sido tan puta, y en un santiamén, Carlito puso a nuestro tío contra el suelo y le rompió una botella de cerveza en la frente.

Él se lo buscó, supongo.

Mami no tuvo más remedio que contarnos a Carlito y a mí la verdadera historia esa misma noche.

En cierto modo, siempre supe que algo así había ocurrido. Era la única manera de explicar por qué mi hermano mayor había recibido un trato tan especial toda su vida. A todo el mundo le daba miedo exigirle que fuera a la escuela, que estudiara, que tuviera mejores modales, que dejara de amedrentarme.

Todos le decían el Pobrecito, y siempre me pregunté por qué.

Yo era dos años menor y nadie, y quiero decir *nadie*, me tenía en cuenta; por eso, cuando nuestra madre contó la historia de nuestro padre tratando de matar a su hijo como si fuéramos personas sacadas de la Biblia, una parte de mí quiso que nuestro Papi me hubiera arrojado más bien a mí desde ese puente.

Todo esto es para contarte cómo nos convertimos en una familia carcelaria.

Es curioso cómo suceden estas cosas. Después de que a Carlito lo metieron preso, la gente comenzó a decir que se debía a su herencia, *que lo llevaba en la sangre.* Y el doctor Joe, ese psiquiatra de la prisión al que conozco y que se especializa en asesinos, me dijo que, con mucha frecuencia, las personas buscan repetir el mismo crimen que les infligieron. Dije que sonaba en gran parte como si fuera obra del destino, a lo que me opongo estrictamente, desde que esa bruja de la calle Ocho, una imitación de Celia Cruz con el pelo azul y una sarta de clientes esperando afuera de la puerta de su negocio, me dijo que ningún hombre se iba a enamorar de mí por todas las maldiciones que le habían echado a la zorra de mi madre.

Lo que pasó fue que Carlito, cuando tenía veintidós años, supo que Isabela, su novia costarricense, se estaba acostando con un tipo que vendía seguros en Kendall. Y eso fue todo. En lugar de dejarla simplemente, como lo haría una persona normal, él se dirigió a su casa, la besó con dulzura en los labios, le dijo que iba a llevar a su hija, una bebé que había tenido con su exnovio de la escuela secundaria, a comprarle una muñeca nueva en la tienda de juguetes. Pero lo que Carlito hizo en realidad fue que condujo hasta el puente de Rickenbacker y, sin dudarlo un segundo, lanzó a la bebé Shayna a la bahía, como si estuviera lanzando la basura de ayer al vertedero.

Sólo que el mar no estaba apacible y calmado como el día en que arrojaron a Carlito. Ese día había olas coronadas de espuma provenientes de una tormenta tropical que se acercaba a Cuba. No había pescadores debido a las aguas agitadas, sólo un par de corredores que avanzaban por la pendiente del puente. Después de que Shayna cayó, Carlito se arrepintió, o pensó mejor su plan, y saltó tras la pequeña, pero las corrientes eran fuertes y Shayna fue arrastrada hacia el fondo del mar. Su pequeño cuerpo todavía está en algún lugar allá abajo, aunque alguien me dijo una vez que esas aguas están llenas de tiburones, así que seamos realistas.

Cuando aparecieron los policías y sacaron a mi hermano del agua, Carlito trató de fingir que todo el asunto había sido un accidente tremendo y horrible. Pero había testigos con ropa deportiva que hicieron fila para declarar que Carlito había arrojado a la niña como una pelota de fútbol al Atlántico furioso.

Si le preguntas ahora, continuará diciendo que no tenía la intención de hacerlo; que simplemente le estaba mostrando el agua a la bebé y que ella se le resbaló de los brazos. «Tú sabes que los niños pequeños se mueven mucho, Reina. Tú sabes».

Yo soy la única que lo escucha porque, desde que lo arrestaron, Carlito ha estado en confinamiento solitario por su propia protección.

Si hay una cosa que no toleran los otros presos, es un asesino de niños.

Esto es la Florida, donde no tienen problemas para ejecutar personas. Después de que la Corte Suprema prohibió la pena capital en los años sesenta, este estado fue el primero en retomar el negocio de las ejecuciones. Yo solía ser una de esas personas que decían «ojo por ojo», incluso cuando se trataba de mi propio padre, quien ya estaba muerto, Dios salve su alma. Pero ahora que mi hermano está en el corredor de la muerte, es otra historia. Mami no va conmigo a ver a Carlito. Se hartó. No es una de esas madres que apoyan a su hijo hasta el día de su muerte y pregonan su inocencia. Dice que hizo lo que pudo para asegurarse de criarlo para que fuera un hombre decente, pero el día en que se enloqueció quedó claro que el diablo se había hecho cargo.

«Se me salió de las manos», dice ella, sacudiéndose las palmas como si tuvieran polvo.

La última vez que estuvimos los tres juntos fue el día en que dictaron la sentencia. Le rogué clemencia al juez, le dije que mi hermano era joven y que aún podía serle útil a la sociedad, incluso si lo condenaban a cadena perpetua y pasara el resto de sus días haciendo placas de carros. Pero no fue suficiente.

Después de mandarle a Carlito su último beso de despedida, Mami comenzó a llorar y derramó lágrimas toda la noche arrodillada ante el altar de su cuarto, las velas encendidas entre rosas y monedas que ofrecía a los santos con la esperanza de una sentencia más leve. La oí llorar toda la noche, y cuando traté de consolarla, Mami me miró con desdén como si yo fuera el enemigo y me pidió que la dejara sola.

A la mañana siguiente anunció que se le habían acabado las lágrimas y que Carlito ya no era su hijo.

Mami se consiguió un novio dentista en Orlando con el que comparte la mayor parte del tiempo y me deja sola en la casa de Miami, lo que no estaría tan mal si yo tuviera algún tipo de vida para llenar este lugar. Pero paso todo mi tiempo libre conduciendo por la US1 hasta la penitenciaría de South Glades. Tenemos la suerte de que a Carlito lo enviaron a una cárcel a pocas horas al sur, no al centro del estado o al norte, y tiene derecho a visitas semanales y no mensuales, como la mayoría de los asesinos condenados a muerte.

Quiero decir que te sorprenderías con el tipo de personas que van a visitar a sus parientes y amantes en la cárcel, aunque realmente no te sorprenderías en absoluto. Son como las que ves en la televisión: mujeres desesperadas, de dientes partidos y con ropa fea, y otras que se visten como prostitutas callejeras para sentirse sexys entre los presos y que esperan propuestas de matrimonio por parte de sus hombres esposados, aunque estén en máxima seguridad y la corte ya les haya impuesto sentencias de cadena perpetua o de muerte. Hay mujeres que van con manadas de niños que se trepan encima de sus papás, y adolescentes y chicos adultos con la boca fruncida que llegan y se sientan frente a las mesas de picnic, mientras sus padres tratan de disculparse por estar ahí.

Y luego están las hermanas, como yo, que van porque nadie más lo hace. Toda nuestra familia, la misma gente que trató a mi hermano como si fuera el bebé Moisés, todos le dieron la espalda a Carlito cuando lo metieron en la cárcel. Ningún alma lo ha visitado aparte de mí. Ni un tío, ni una tía, ni un primo, ni un amigo. Nadie. Es por eso que me tomo tan en serio las visitas y he pasado casi todos los fines de semana allí durante los últimos dos años, durmiendo en el South Glades Seaside Motel, que realmente es un parque de tráileres lleno de personas como yo, que

19

se volvieron nómadas sólo para estar cerca de sus seres queridos encarcelados.

No me permiten llevarle bocaditos ni regalos a Carlito desde que lo trasladaron a la cárcel de máxima seguridad. Si pudiera, le llevaría barras de chocolate porque, cuando era un hombre libre, Carlito se gastaba buena parte de su sueldo como empleado bancario en dulces. Era un adicto, pero nunca podrías imaginarlo, porque Carlito era esbelto como una palmera y tenía la tez más suave que hayas visto. Carlito sentó cabeza a finales de la escuela secundaria e incluso fue a la universidad y se graduó con honores. Hasta Mami decía que era un milagro. Después entró a un programa de capacitación en un banco, trabajó como cajero, y todos le decían que al cabo de unos pocos años sería banquero y manejaría mucho dinero. Su sueño era trabajar en uno de los bancos de Brickell que guardan el dinero de todos nuestros países latinoamericanos.

Carlito haría ascender a nuestra familia; ganaría lo suficiente para que nuestra madre ya no tuviera que pintar más uñas. Ese era el plan.

Ahora Carlito está gordo, como nunca lo habríamos imaginado. Él dice que se trata de una conspiración carcelaria por la cantidad de puré de papa que les dan y cree que todo lo que comen está repleto de hormonas para vacas. Debe comer solo en su celda y no puede ir al comedor, como los demás condenados a cadena perpetua. Tampoco puede hacer ejercicio en el patio con los otros presos, y sólo tiene una hora al día para dar vueltas alrededor de una pequeña jaula de concreto que está cercada con un techo de malla de gallinero a la que llaman «la perrera».

A veces le reducen su tiempo de recreación cuando algún guardia decide reportarlo por una ofensa inventada. Así que básicamente hace sus rutinas en su pequeña celda —flexiones, abdominales y sentadillas—, pero aún parece un trol de más de cien kilos, porque a Carlito se le empezó a caer el pelo el día en que le dictaron sentencia. Ese pelo suyo, indio exuberante y lustroso, fue a dar al desagüe de la ducha comunal y ahora mi hermano, que escasamente tiene veinticinco años, parece un abuelo, con arrugas ansiosas labradas en la frente y una nariz que se le cayó como un pico el día en que perdió su libertad.

No es el preso típico; no trata de demostrar remordimiento o decir que es inocente porque después de que la primera apelación para revocar su condena fue denegada, la verdad es que perdimos la esperanza. Hizo todo aquello de escribirle cartas a Isabela disculpándose antes del juicio, reiterando que no había sido culpa suya, pero incluso así era evidente que no lo decía con el corazón.

Él culpa a Papi por todo esto, y luego a Mami. Dice que tal vez el tío Jaime tenía razón, que si Mami no hubiera sido tan puta todos esos años, no habría sucedido nada de esto.

No le he contado a mi hermano que el doctor Joe, que trabaja en la cárcel de Carlito y algunas veces se encuentra conmigo para tomar unas copas en el salón del South Glades Seaside Motel, me ha dicho que probablemente todo se reduce a la química cerebral, que Carlito podría haber sido simplemente una bomba de tiempo y que las tendencias homicidas a veces están presentes en las familias. Yo he fingido no preocuparme por esto, actúo como si no tuviera importancia, e incluso he llegado al extremo de mentirle al doctor Joe y decirle, «Supongo que tuve suerte, porque Carlito y yo tenemos padres diferentes». Llegué a creer esto por un tiempo, pero Mami me dijo, «Lo siento, mi corazón. Héctor era tu papi también».

El doctor Joe está familiarizado con el caso de Carlito. No sólo por los periódicos, sino porque revisó su expediente cuando lo asignaron a la cárcel de Glades, con la esperanza de que Carlito necesitara algún tipo de terapia. Dice que está investigando sobre las formas en que el confinamiento solitario puede cambiar la mente de una persona con el tiempo. Obtuvo permiso para escanear los cerebros de los condenados a cadena perpetua y así poder comparar a los que están segregados de la población carcelaria principal con los que no lo están. Le pregunté si estaba bien hacerles pruebas a los presos como si fueran animales, pero el doctor Joe dijo, «Es para la *ciencia*, Reina». Ha podido demostrar que el aislamiento hace que los reclusos sean miopes e hipersensibles al sonido y a la luz, que el confinamiento solitario también puede volver a una persona psicótica, paranoica, y desarrollar alucinaciones, dice él, pero es difícil saber si es honesto acerca de las crisis nerviosas porque, aunque muchos presos entran a la cárcel como enfermos mentales, algunos sólo quieren ser clasificados como locos para tomar o intercambiar las píldoras gratuitas.

Carlito no quiere tener nada que ver con el doctor Joe o con los otros psiquiatras de la cárcel y se niega a hablar con cualquiera de ellos. El doctor Joe pretendió ser su amigo permaneciendo afuera de la celda de Carlito, mirando a través de la ventana de cristal reforzado de la puerta, diciendo que sabía que Carlito era inocente y que estaba de su lado. Si tan sólo Carlito estuviera dispuesto a hablar, tal vez él podría ayudarle con su próxima apelación. Carlito no mordió la carnada.

A veces sospecho que el doctor Joe sólo aparenta estar interesado en mí para que yo hable con Carlito, lo convenza de ser parte de sus investigaciones y lo persuada del mismo modo en que el doctor Joe trata de persuadirme. Puesto que a Carlito no le permiten tomar clases o socializar como a los otros presos, someterse a su estudio es una pequeña manera de sentirse útil, de dar algo de sí, y es también una forma de tener algún contacto interpersonal en esas semanas en las que no interactúa con nadie aparte de los guardias y de mí.

«Todo esto tiene que ser muy duro para ti, Reina», me dijo el doctor Joe la primera vez que nos encontramos en el bar del motel. «Debes estar abrumada con tantos sentimientos».

El doctor Joe piensa que siento ira contra mi hermano porque, cuando yo tenía nueve años, él me encerró durante horas en el clóset de mi cuarto, le dijo a mi madre que yo me había ido a jugar con los vecinos, y no tuve más remedio que orinar en una caja de zapatos. Además, porque cuando nuestra madre estaba en el trabajo, él me hacía quitar la ropa y sentarme a ver televisión desnuda, o a veces me hacía levantarme a bailar, y cuando yo me negaba, sacaba un cuchillo del cajón de la cocina y me lo ponía en el cuello.

Pero yo le digo al doctor Joe que Carlito fue un buen hermano porque nunca me hizo cosas sucias como los hermanos de algunas de mis amigas. Y cuando una chica de la escuela comenzó a intimidarme en octavo grado, y dijo que yo era una puta júnior fea, Carlito fue a su casa una noche con una máscara de luchador en la cara, entró a su cuarto y la golpeó mientras dormía.

Nadie supo que había sido él.

Él hizo eso por mí.

Joe —me pidió que dejara de decirle *doctor*, pero siempre se me olvida— piensa que estoy confundida. Me invita a cervezas y dijo que tenía treinta y dos años, que en realidad no es mucho más que mi edad, veintitrés. Es de Boston y dice que allí es muy diferente al sur de la Florida. Podría ser atractivo si tuviera un corte normal, y no esas greñas marrón, polvorientas, partidas de lado y se quitara esas gafas redondas que parecen de 1985. Tiene un apartamento en Key Largo al que algunas veces me invita. Precisamente ayer me dijo que podía dormir allá si quería, para no tener que gastar todo mi dinero en el motel de la cárcel. Le dije que gracias, pero no. Gano suficiente dinero para pagar por este pedazo de paraíso.

—Eres muy linda —me dijo anoche, cuando lo acompañé a su carro, que estaba en la entrada de piedritas, afuera del vestíbulo del motel—. ¿Tienes novio allá en Miami?

—No, vengo con un montón de equipaje, sabes a qué me refiero.

Yo estaba pensando específicamente en el último tipo, Lorenzo, un cirujano plástico que me abordó en el Pollo Tropical. Fuimos a cenar unas pocas veces y cuando finalmente tiramos, en un hotel, me dijo que me haría las tetas gratis si prometía decirle a todo el mundo que eran obra suya. Quería llevarme unos días a Sanibel, pero le dije que mis fines de semana estaban reservados para Carlito.

Todavía recuerdo sus ojos cuando le expliqué.

—¿Eres hermana de Carlos Castillo?

Y ese fue el final.

Joe se rio, como si yo hubiera dicho lo del equipaje en broma, pero luego se tragó su sonrisa cuando comprendió que no era así.

—Eres una chica maravillosa. Cualquier hombre estaría orgulloso de estar contigo.

Le sonreí a Joe, aunque siento que la gente sólo habla mierda como esa cuando saben que ya eres una causa perdida.

Pinto uñas, al igual que mi madre y que su madre. Mientras te cuento esto me percato de que somos una familia con todo tipo de herencias. Aquí entre nos, tenemos la casa. Mami es su única dueña, ya está paga, a pesar de que hace años empeñó todas sus joyas, y si le preguntas, te dirá que las únicas cosas de valor que tiene son sus santos y crucifijos. Después de que a Carlito lo metieron preso, Mami convirtió el cuarto de mi hermano en un altar para el papa, algo que a mí no me molesta. Remplazó todos los trofeos de fútbol y afiches de carros de Carlito por estampas enmarcadas de su santidad, libros y postales del Vaticano. Su gran sueño es ir un día a misa a la basílica de San Pedro y pienso que le hace bien. Está bien soñar con cosas que probablemente nunca sucederán. Por eso mismo yo aún tengo en mi cabeza la imagen de la junta carcelaria que le recomienda al juez clemencia para Carlito, y del director, que despierta una mañana y decide perdonar a mi hermano, como si en sus sueños Dios hubiera escrito en su corazón que este muchacho que está allá en los Glades merece una segunda oportunidad. Y entonces conmutará su sentencia a cadena perpetua, tal vez, por una posible libertad condicional. Pero esas cosas simplemente no suceden.

Trabajo en un elegante salón de belleza en Coral Gables. Los viernes empaco mi bolso, lo guardo en el baúl de mi Camry y, después de mi última clienta de la tarde, tomo la autopista y conduzco hacia el sur, para poder pasar la noche en el motel y levantarme al otro día a las cuatro de la mañana, con el fin de estar entre los primeros que se registran para las visitas del día en la cárcel. Cada visita dura apenas una hora y tiene que ser aprobada con anticipación. A veces logramos que sea más larga, si el guardia es compasivo. A Carlito le permiten dos visitas por semana. Que son mis sábados y mis domingos. Las chicas del salón me dicen que debería tomarme un fin de semana libre y hacer algo para mí, pero yo les digo:

—¿Qué clase de persona sería si abandonara a mi hermano?

Yo soy lo único que le recuerda a Carlito que él es un ser humano y no un animal enjaulado.

Después de conducir a través del portón de la cárcel, más allá de los muros de seis metros cubiertos con alambre afilado y del valle árido marcado por torres de vigilancia; después de los registros, de los formularios, de la máquina de rayos X, de la requisa por parte de los vigilantes y de guardar mi bolso en un casillero, estoy sentada con mi hermano al otro lado de una mesita, en un cuarto de concreto sin ventanas. La mayoría de los condenados a muerte reciben visitas en las que el contacto físico no está permitido, y están obligados a sentarse detrás de una división de plexiglás. Pero nosotros tenemos la suerte de poder sentarnos frente a frente y que él ponga sus manos sobre las mías, me acaricie los nudillos con las yemas de los dedos y me pregunte qué está pasando en el mundo por fuera de ese lugar.

—Creo que Mami y Jerry se van a casar. De ser así, querrá vender la casa y tendré que buscar un lugar para mí.

—De todos modos, deberías irte de esa casa. Empezar de nuevo en algún sitio. Esa casa está llena de espíritus malignos.

—No, Mami la hizo bendecir por un cura después de que te fuiste.

Él sacude la cabeza. Hay más arrugas pequeñas alrededor de sus párpados y las comisuras de sus labios que nunca antes.

—¿Y qué tal el trabajo?

—Igual. Me estoy volviendo famosa por mis acrílicos. Mejor de lo que era Mami.

—Esa es mi Reina.

Mi hermano deja caer su cara en la mesa y le acaricio el respaldo de la cabeza calva, el cuello desnudo, y paso mis dedos por el borde de su uniforme carcelario azul.

—Me estoy muriendo —dice sin levantar la cabeza.

Le beso la parte posterior de la cabeza, y el guardia que nos está observando desde arriba, en la pared, se acerca y golpea la mesa con la mano.

—Sin contacto —dice—. Soy blando con ustedes, pero siempre se pasan.

Carlito levanta la cabeza y se sienta tan erguido como un hombre a punto de ser ejecutado.

—Es mi hermana, viejo.

Le doy al guardia mi mirada de premio, que lo hace ablandarse y decir:

—Un minuto.

Siempre hace eso por nosotros.

Carlito se pone de pie y yo me levanto y me dirijo hacia él. Antes de que le vuelvan a encadenar las esposas a la cintura, alza los brazos para que yo pueda deslizarme por debajo y luego los baja para que sienta el peso de sus esposas descansando en la curva de mi espalda, por encima de mis caderas. Presiono mi cuerpo contra su pecho y los bíceps de Carlito me atrapan, su cabeza cae sobre mi pelo y presiono mi mejilla contra su cuello. Permanecemos así hasta que el guardia golpea la mesa de nuevo.

—Basta, Castillo. Tu tiempo ha terminado.

Le doy a mi hermano un beso en la mejilla antes de que el guardia nos separe. Siempre es así. Nuestras despedidas rompen un poco las reglas. Salgo de debajo de sus esposas y enseguida el guardia conduce a mi hermano a través de la puerta trasera de la sala de visitas, por el corredor hacia las celdas solitarias.

Más tarde, en el motel, Joe —que acaba de salir del trabajo— me pregunta cómo estuvo la visita con mi hermano.

—Lo mismo de siempre. Pero hoy me dijo que se está muriendo.

—Por lo que he leído en sus expedientes, no tiene enfermedades graves —dice Joe. Y luego—: Reina, ¿te gustaría dar un paseo conmigo por la playa?

Subimos a su carro y Joe sale de la carretera y toma un camino sinuoso y me dice que hay una playa perfecta justo allá, después de los manglares. Es de noche, pero con la luna tan llena y tan brillante, todavía siento el bienestar de la luz diurna, cada onda palpitante del mar a la vista. No hay secretos. Dejo mis sandalias en la arena y Joe se arremanga el pantalón caqui y se quita los mocasines para dejar al descubierto sus pies pálidos con pelos crespos y dedos largos que me hacen sentir avergonzada por él. Caminamos por el borde del agua, la corriente tranquila, salvo por la agitación ocasional de la marea creciente.

Veo un aleteo en la arena y, cuando nos acercamos, noto una gaviota que se sacude en el agua poco profunda, lucha por respirar, sus pequeñas patas negras y débiles bajo su cuerpo, sus alas incapaces de desplegarse y elevarse. La tomo, la acerco a mi pecho mientras Joe me mira con asco, y me dice que esas aves transmiten enfermedades y que tenga cuidado o me morderá.

—Estaba a punto de ahogarse —le digo, el ave paralizada como un juguete en mis brazos—. Tenemos que intentar ayudarla.

—Reina, no puedes estar hablando en serio.

Mis ojos le dicen cuán en serio estoy hablando. Regresamos al carro y siento que lamenta haberme invitado. Refunfuña algo sobre mí y mis intenciones de salvar a cada ser vivo de sí mismo.

Le insisto en que pare al lado de una patrulla de la policía que está detenida. El agente reconoce a Joe de inmediato y me mira. Mi cara se le hace conocida gracias a las largas filas afuera de la cárcel, a la espera de que comiencen las horas de visita, o por mis discusiones ante las multas de estacionamiento cuando dejo mi carro afuera del Motel Glades porque el parqueadero está lleno en las noches, o por las veces en que he ido a toda velocidad por la US1 para llegar a los Cayos antes del atardecer, porque mi madre siempre me dijo que es la hora en la que salen los locos.

—¿Sabes dónde podemos encontrar ayuda para un ave herida? —le pregunto al oficial desde mi lugar en el asiento del pasajero.

El policía parece escéptico, posa su mirada en la gaviota sin fuerzas, en mi regazo, y sacude la cabeza hacia nosotros, mirando con desaprobación a Joe antes de decirnos que intentemos en la reserva de la marina que está a pocos kilómetros.

—Tienen un santuario de aves allá. Podría estar cerrado a esta hora, o tal vez no. Quizás alguien les pueda ayudar.

Resulta que el lugar está cerrado, las puertas encadenadas y con candado. Presiono mi cara contra la reja metálica, grito para ver si todavía hay alguien que pueda ayudarnos.

—Creo que deberías dejar que el pájaro fallezca de muerte natural —dice Joe, recostado contra su carro, los brazos cruzados sobre el pecho y una mirada de desprecio.

Sostengo el ave frente a él.

—¿Te parece esto una muerte natural?

—Deberíamos evitar que sufra. Ahogarla o algo así.

—Quieres decir evitar que *tú* sufras, porque no quieres lidiar con ella.

Joe suspira como lo haría un padre con un hijo irracional.

—¿Qué quieres hacer con ella?

—La llevaré a casa y la traeré aquí a primera hora de la mañana.

—Reina.

—No necesito tu ayuda. Simplemente déjame en el motel.

—¿Por qué no te quedas conmigo esta noche? Dejaremos al ave en una caja en el baño y te traeré aquí al amanecer.

—No te importa el ave.

—Pero a ti sí. Y tú me importas.

Me voy con el doctor porque, en realidad, estoy harta del tapete verde y sucio del Motel Glades, de la gente de aspecto triste que pasa el tiempo en los tráileres, de los rezagados como yo que tomamos habitaciones en el hospedaje principal, y de las mujeres que vienen acá a visitar a sus hombres de día, pero pasan sus noches con adolescentes prostitutos que se mantienen alrededor de la gasolinera en Hickory Key.

El apartamento del doctor Joe luce mucho mejor de lo que yo esperaba. Parece como si estuviera en South Beach y no en los Cayos decaídos. Completamente blanco, como un hospital, con muebles de cromo y cuero, enormes cuadros abstractos en las paredes; el tipo de cosas que sólo compran los niños ricos.

—Mierda —digo cuando me conduce a través de la puerta.

—El costo de vida es muy barato aquí —dice él, como si yo lo hubiera sorprendido cometiendo un delito— . Nada comparado con la vida en el norte.

—¿Por qué decidiste dejar Boston para venir acá y trabajar en una cárcel?

Él sonríe tímidamente y ofrece lo que parece ser una falsa confesión. Dice que simplemente necesitaba un cambio de escenario. Sospecho que el doctor huye de algo y vino a esconderse a los Cayos. Sin embargo, decido no reprochárselo porque todos tenemos nuestras sombras.

Joe sale a buscar una caja para el ave que yo quiero creer que está durmiendo en mis brazos, pero que realmente parece como si se hubiera cansado de este mundo. Pienso que tiene las patas rotas por la forma en que se inclinan y se doblan como si fueran de cuerda.

Pobre pájaro. Si la vida fuera justa, él y yo estaríamos viviendo en Cartagena y no en la Florida, donde parece acumularse toda la mierda del mundo.

Joe regresa con una caja vacía que parece destinada al envío de artículos electrónicos. Meto el ave y la llevamos juntos al baño de huéspedes, la dejamos en el piso y le deseo buenas noches, mientras siento la mano de Joe en mi hombro.

—Déjame preparar unos tragos. ¿Qué tal un vodka?

Le pido que mejor prepare un poco de té.

Nos sentamos juntos en su sofá de cuero. No puedo describir lo que siento por Joe. Parece un hombre solitario y esto hace que me guste, veo pedazos de mí en él. Pero una parte de mí también lo ve como la clase de tipo que se excita con las personas trágicas.

—Tú me inspiras, Reina. La manera en que siempre tiendes la mano para ayudar a los demás. A tu hermano. Incluso a esa ave moribunda. Das demasiado.

Oírlo hablar de mí como si fuera una especie de santa me hace sentir incómoda.

—Has renunciado a tu vida para no dejar solo a Carlos. Eso es muy admirable. No conozco a ninguna persona con ese tipo de lealtad.

—Hay todo un motel repleto de ellas allá donde me encontraste.

—Tú eres diferente.

—No lo soy.

Se aprovecha de mis labios entreabiertos y posa su boca sobre la mía, y en cuestión de segundos estamos deseándonos como colegiales en el sofá de cuero. Sus manos buscan a tientas los botones de mi blusa y yo busco su cinturón. Me dice que ha soñado con besarme desde que me vio aquel primer día pasando por el detector de metal, cuando trasladaron a Carlito a la prisión federal.

Me dice que pase mis piernas a su alrededor, me quita el brasier y yo las gafas de nerd de su cara. Entonces me dice:

—Háblame de la primera vez que te follaron. ¿Qué edad tenías?

—Trece —le susurro al oído mientras él me toca y luego quiere saber con quién, dónde y cuánto me gustó.

Le murmuro que fue con Manolo, el amigo de mi hermano, y que cuando terminamos de hacerlo descubrí que mi hermano lo había visto todo desde su clóset porque decía que me veía bien, como una verdadera mujer, al fin, y me sentí orgullosa. Después de eso, empecé a acostarme con todos los amigos de mi hermano. Pero él le contó a mi mamá y ella me dijo que tuviera cuidado, porque si una mujer era buena amante podía enloquecer a un hombre. Mira nada más lo que le pasó a nuestro padre.

El doctor Joe me acerca más a él y justo cuando estamos a punto de hacerlo, me dice:

—Háblame como si fuera tu hermano.

Me congelo. Lo miro fijamente. Su boca húmeda con mi saliva, sus mejillas enrojecidas. Una pestaña suelta en su nariz.

—Estás enfermo de la cabeza, ¿sabes?

—Reina, vamos. No quise decir nada con eso.

Trata de acercarme de nuevo a él, pero ya tengo los pies en el suelo, me enderezo y me abrocho el brasier.

—Reina, sólo estaba bromeando.

Se levanta, se pone los pantalones y me sigue al baño. Recojo la caja con el ave y lo empujo al pasar.

—¿Adónde vas?

—El pájaro y yo nos vamos.

Esto es lo que sucede: camino calle abajo con el doctor Joe gritando detrás de mí.

—¡Sólo quiero estar cerca de ti y lo único que encuentro son paredes!

Hasta que el mismo policía que nos dijo adónde llevar el ave se detiene a mi lado y me pregunta si hay algún problema.

Tiene un ojo en mí y otro en Joe, que está desarreglado y parece demasiado desesperado y culpable como para estar afuera en medio de la noche.

—¿Necesitas que te lleve de nuevo al motel?

Asiento con la cabeza, y cuando estamos sentados solos en la patrulla de la policía, el doctor Joe ya muy lejos
de nosotros, de camino a su apartamento, el agente se
vuelve hacia mí y me dice:

—Ya sabes, si quieres hacer una denuncia por asalto,
acoso o algo así, lo corroboraré por completo. Nunca me
gustó ese doctor. Ni siquiera un poco.

Mi gaviota estaba envenenada.

Eso fue lo que me dijo la experta en aves del centro marino cuando la llevé allá esa mañana.

—Creo que tiene las patas rotas —le dije a la mujer, que lucía un bronceado permanente y vestía un overol masculino.

Ella sacudió la cabeza.

—Lo siento, querida. El ave se está muriendo. Es bueno que no la hayas dejado ahogar y esas cosas, pero vamos a tener que practicarle la eutanasia.

—¿Ni siquiera tratarás de salvarla?

—Es imposible salvarla. Mírala. Está sufriendo.

—Sufrir significa que todavía está viva —dije, pero yo sabía que su destino ya estaba decidido.

Ella la agarró con una mano, le apretó las alas, y me dejó con la caja vacía.

Le cuento toda la historia a mi hermano el domingo, durante las horas de visita en la cárcel. Todo, salvo la escena carnal entre Joe y yo en el sofá. Carlito realmente no necesita oír eso. Tiene mujeres que le escriben cartas, pero no le permiten verse con ninguna de ellas como a los otros presos con privilegios normales.

Cuando estaba en la cárcel del condado, comencé a mandarle libros, pues aunque no lo creas, Carlito era el mejor lector que hayas conocido, incluso durante los años en que le iba tan mal en la escuela, antes de estudiar en una universidad de verdad. Mi hermano era el tipo más inteligente que yo conocía, podía hablarte de guerras antiguas, religiones, de toda clase de cosas, y te preguntabas por qué un tipo como él sabía eso. Pero mi hermano decía que era importante saber cosas del mundo. Decía que al leer uno adquiere sus propias ideas, y las ideas son lo que mantienen vivo a un hombre.

Yo empacaba cajas llenas de libros sobre cualquier tema que pudiera encontrar para enviarle. Cuando el viejo de la esquina se murió, su viuda me dijo que podía quedarme con todos sus libros, los dejó en cajas en la acera, y también le mandé esos. Biografías, mierda histórica. De todo. Y dentro de esos paquetes a veces escondía algunas revistas porno, aunque era probable que las confiscaran —pensé que valía la pena el esfuerzo—, porque yo entendía que un tipo en la cárcel podía tener impulsos como los que mi madre describía a menudo, y no había nadie que se encargara de ellos.

Un día, Carlito dijo:

—No más libros. No más revistas. Nada.

Cuando le pregunté por qué, repitió lo que había dicho años atrás, que los libros le daban ideas, que lo hacían querer vivir. Pero desde que el juez marcó los últimos minutos de Carlito en el reloj, tener ideas y esperanzas hacían que fuera más duro y doloroso estar vivo.

Mi hermano me besa las manos y apoya su mejilla en el respaldo de mi palma, tal como siempre lo hace.

Me dice que me quiere y le digo:

—Yo también te quiero, hermano.

—Ya sabes qué día es mañana —dice Carlito, y asiento con la cabeza, sorprendida de que todavía lleve un calendario.

Ocho de septiembre. El aniversario del día en que nuestro padre lo tiró del puente.

Qué clase de hombre puede hacerle eso a un niño, era lo que solíamos decir, hasta que Carlito hizo lo mismo.

Cinco días después hago el mismo viaje: bajo por la autopista con el telón del atardecer que desciende por el occi-
dente, atravieso Florida City, los centros comerciales y
concesionarios de carros que se funden con los pantanales
y las tiendas de artículos de pesca, pasando por Manatee
Bay hasta el Overseas Highway. Es un territorio de vagabundos, donde la gente va a olvidar y a ser olvidada. He
llegado a pensar en esta tierra como en un segundo hogar.
El motel de la cárcel; caras conocidas, aunque pocas de
nosotras intercambiemos nombres. Cada una purgando
nuestra sentencia, esperando, esperando, porque la cárcel
nos ha hecho más pacientes de lo que nunca habríamos
imaginado que podríamos ser, hasta que recibimos el llamado de que ya es hora; el fin de la sentencia o, simplemente, el final.

Hace como un año vi a Isabela en el velorio de Miguel, uno de los viejos amigos de Carlito, con el que ella finalmente se casó. Esperé hasta la medianoche pensando que la multitud se dispersaría, para luego ir a casa de alguien a comer o a tomar algo. Pero allá estaba ella, sentada en una silla plegable cerca del ataúd, con su madre que la abrazaba. Me detuve en la entrada, me persigné, dije una oración de cinco segundos y le pedí a Dios que se llevara a Miguel directamente al cielo, porque había sido muy especial conmigo cuando yo tenía dieciséis años y hablábamos más de lo que tirábamos, lo que en ese entonces era poco común. Miguel era policía y él e Isabela se enamoraron durante el juicio de Carlito, porque Miguel era la clase de tipo que sabía manifestar su apoyo. Había recibido un disparo de otro policía durante un robo en el Dolphin Mall. Fuego amigo.

Yo no quería que Isabela me viera. No esa noche. Ya es lo suficientemente incómodo que tenga que encontrarse conmigo en el supermercado, en la farmacia y en la gasolinera. Nunca ha sido cruel conmigo, como otras personas del barrio. Siempre sonríe, me dice que reza por mi familia y por mí. Que perdona a Carlito y que no quiere que muera. Le creo, porque el día de la sentencia Isabela lloró durante su declaración con una foto de su hija contra el pecho —era uno de esos retratos navideños que hacen las tiendas por departamentos—. Shayna estaba con un vestido rojo nuevo; un rostro como el de su madre en miniatura. Isabela miró al juez, luego a Carlito, que estaba esposado a una mesa al lado de su abogado y, entre lágrimas, le pidió a la corte que tuviera piedad con él porque, según Isabela, sin importar el crimen de Carlito y sin importar cuánto creía ella en la justicia, una muerte no es la solución a otra.

Isabela y yo habíamos sido buenas amigas. Ella era un poco mayor, pero estábamos juntas en el grupo juvenil de la iglesia y fue ella la que me llevó a que me hicieran mi primer aborto, cuando yo tenía catorce años, porque decía que no estaba bien provocarle ese tipo de vergüenza a mi madre, que ya había sufrido tanto. E Isabela conocía a un médico que no exigía el consentimiento de los padres.

Pocos años después, Carlito se enamoró de ella.

Yo estaba celosa. Isabela y su sonrisa suave, una manta en la que todos los chicos querían envolverse. Ningún chico me miró nunca así.

Mi hermano solía decir que él veía una familia en los ojos grises de ella y yo me ponía furiosa, le jalaba la manga de la camisa y le decía:

—Ya tienes una familia.

Algo que nunca admití: fui yo la que le dijo a Carlito que Isabela lo estaba engañando cuando Carlito estaba borracho de cerveza frente al televisor, un sábado por la tarde, preguntándose por qué ella tardaba tanto en devolverle las llamadas.

Lo llené de rabia, le dije que ella le estaba poniendo los cachos, que él estaba dejando que se la jugaran, como si fuera un cabrón.

Mentí.

Dije que todo el mundo sabía lo fácil que era ella, menos él.

A veces, cuando nos encontramos, Isabela me invita a cenar a su casa porque sabe que la mayoría de las noches la paso sola, viendo las noticias locales, con un plato de pollo asado de la cantina. Nunca voy. Aprecio su generosidad, pero sé que si me aparezco, pese a la amabilidad de su hija, los padres de Isabela probablemente no me dejarían cruzar la puerta.

Siempre me abraza cuando me ve, me murmura al oído que aunque la gente diga que nos encontramos en lados opuestos, estamos juntas en esta mierda y que su bebé es un ángel ahora, que vela sobre todos nosotros.

Hubo una época en que Mami decía que mi hermano y yo éramos sus ángeles.

Carlito y yo nos metíamos en su cama por las noches y ella nos contaba historias sobre Cartagena, antes de que nuestro Papi nos sacara de la casa de la abuela y nos hiciera atravesar el mar hasta Miami. Antes de esta casa con barrotes de seguridad en las ventanas.

—Mis angelitos —susurraba ella, y nos besaba en la mejilla mientras nos acurrucábamos bajo sus alas.

Fingíamos que la cama de Mami era una balsa y que éramos náufragos a la deriva que flotábamos juntos por el Caribe, y Carlito señalaba a los delfines, las tortugas marinas, las mantarrayas y los tiburones, mientras Mami y yo seguíamos el juego como si también pudiéramos verlos. Hasta que Carlito declaraba que había tierra en el horizonte y que, al fin, estábamos a salvo.

Estábamos a salvo.

Al igual que todo aquí, el parque solía ser territorio Tequesta. Estaba ubicado en una península costrosa que se adentraba en la bahía como un dedo acusatorio, un terreno tropical cubierto de pinos australianos invasivos, flora extranjera que había arrasado con los árboles nativos, que albergaba todo tipo de bichos y bloqueaba la mayor parte de la luz solar. Para Carlito y para mí, chicos suburbanos confinados normalmente a jardines y lotes pequeños, era una selva.

A nuestra madre le gustaba llevarnos allí entre semana para evitar las multitudes del fin de semana, aunque eso implicara llamar al trabajo y decir que estaba enferma, declarando un día de fiesta y sacándonos a mi hermano y a mí de la escuela. Mami decía que todos merecíamos nuestros pequeños descansos de vez en cuando. Éramos simplemente niños pequeños, y no estábamos aprendiendo nada importante.

Yo tenía siete años y Carlito nueve. Mejores amigos. Todavía inocentes.

Era un día entre semana, por la mañana. El sol no había llegado todavía a lo más alto y el parque estaba tranquilo, salvo por unas pocas familias de turistas y pescadores solitarios a lo largo del malecón, de pie entre los pelícanos alineados como guardias al borde del muelle. Estacionamos el carro y pasamos junto a ellos, del otro lado del cabo estrecho, hasta la playa que estaba más allá del bosque. Yo tenía un vestido de baño rojo que ya me quedaba muy pequeño, el elástico pellizcaba mis nalguitas. Carlito llevaba puesta una pantaloneta que le había dado un vecino, demasiado grande y lo suficientemente baja como para mostrar una raja de dos centímetros y medio. Mami le reprochaba que debería haberse amarrado una cuerda alrededor de la cintura para que no se le cayera.

Nuestra madre se dirigió a la playa como si fuera su templo, hasta encontrar un lugar en la costa lejos de los puestos de salvavidas, de los parlantes gigantes y los asadores portátiles llenos de humo, y extendió una manta, aplanó la arena por debajo antes de acostarse y cerrar los ojos al sol. A veces me obligaba a mí, jamás a Carlito, a meterme al mar con ella, y yo me sentía culpable de dejarlo a él en la playa. Mami decía que el aire salado purificaba los pulmones y que el agua del mar nutría la piel. Me llevaba de la mano, me tomaba de la cabeza, me hundía bajo la superficie como un bautismo y me dejaba flotar en sus brazos. Yo la dejaba, porque era una de las pocas veces en que tenía la atención completa de mi madre.

—Escucha el agua, Reina —me susurraba, mientras yo me abandonaba a la suave agitación de las olas—. Si confías en la marea, siempre te devolverá a la orilla.

Todavía no sabíamos de las corrientes rápidas y submarinas, las muchas maneras en que el océano puede traicionarte.

Carlito detestaba mojarse y se mantenía alejado de la playa, pateaba un balón de fútbol por el andén de concreto que llevaba al muelle en medio de senderos polvorientos, a través de pinos sinuosos, al tiempo que esquivaba los enjambres de mosquitos y las telarañas que mantenían a la mayoría de la gente alejada de esos caminos. Yo era una hermanita fiel, reacia a ir a cualquier parte sin él, siempre salía del agua y me alejaba de Mami, me secaba con la toalla y seguía a mi hermano.

A veces Carlito me dejaba patear el balón con él, pero la mayoría del tiempo sólo quería que yo lo animara mientras golpeaba la pelota, gritando, «¡Vamos, Carlito! ¡Viva Carlito!», y después de que pateaba hacia una meta imaginaria, él bailaba un poco y yo gritaba tan fuerte que casi me hacía llorar.

Esa mañana yo vociferaba y aplaudía tan fuerte que no notamos de inmediato el ruido de los aviones. Era un zumbido apremiante que se elevaba constantemente por encima del canto agudo de las cigarras. Sentimos la vibración sobre la cubierta del bosque y vimos las copas de los árboles inclinarse antes de saber qué era. Entre el espesor, alcanzamos a divisar la barriga de un avión gris, anticuado y silencioso. Detrás de este, otro avión, y ambos serpentearon por encima de nosotros. Carlito agarró el balón y yo lo seguí.

Mami ya estaba en el malecón esperando que apareciéramos. Me apretó contra su cadera, pero Carlito retrocedió, avergonzado por sus manifestaciones de afecto. Nuestro tío le había dicho que tenía que ser un hombrecito, el hombre de la casa, pues nuestro padre estaba muerto y no se lo podía mencionar ni siquiera de paso —nuestra madre lo prohibía— ni mucho menos como el mito del padre del que a los niños huérfanos les gusta hablar, ese papá que puede o no aparecer en tu puerta un día con regalos y con una explicación para su ausencia.

Los salvavidas y los guardaparques hicieron salir a todo el mundo del agua, luego despejaron la playa, y la gente se reunió en el muelle para chismosear sobre la conmoción. Alguien dijo que era una redada antidrogas; una lancha superrápida registrada en las Bahamas había descargado un fardo de paquetes en la bahía cuando la tripulación había notado que la Guardia Costera los perseguía. Alguien más oyó de un ahogamiento, pero en caso de haber ocurrido, supuse que habrían alineado a todos los bañistas en una cadena humana para peinar el agua, como lo habían hecho pocos años atrás, cuando Mami creyó que yo me había ahogado, aunque realmente sólo había ido a usar el baño público.

Alguien dijo que era un suicidio; uno de esos pescadores se había emborrachado demasiado mientras se ocupaba de sus sedales y miraba las casas de Stiltsville en el horizonte, y había decidido que era tiempo de ponerles punto final a las cosas. Pero el agua a lo largo del malecón y debajo del muelle era poco profunda, se plegaba sobre las rocas cubiertas de percebes y erizos que pinchaban con fuerza, al tiempo que intentaban impedir tu caída. No era el lugar para un salto final.

Luego vimos los vehículos llegar. Los tráileres descargaban cuatrimotos. Otro camión escupió una hilera de policías con equipos especiales, listos para montarlos y llevarlos al bosque. No me di cuenta de que estaba asustada hasta que noté a un guardaparques corpulento de uniforme verde junto a nuestra madre, que de alguna manera me hizo sentirme más segura, incluso aunque los hombres extraños como él siempre trataban de arrimarse a ella. En ese entonces todavía era hermosa, sin maquillaje, sólo con el brillo de la humedad, su cabello de rizos negros y naturales, sin el pelo cobrizo y alisado que adquirió unos años después junto con el hábito de fumar, que endureció y opacó su tez dorada.

—Sabes lo que realmente están buscando —le murmuró él a Mami como si fuera un viejo amigo.

Ella le dirigió una mirada en blanco. Podía parecer muy ingenua cuando quería.

—Refugiados.

Recuerdo su tono, como si la palabra misma fuera ilícita.

—¿Cómo lo sabes? —preguntó ella.

—Recibimos una llamada de alguien que vio un bote dejándolos.

Las embarcaciones de búsqueda llegaron. Parecían oficiales, pero no eran las de la Guardia Costera, sino de otra cosa que tenía un sello con una cresta pintado en los lados. *Barcos de la cárcel*, los llamó Carlito, surcaban paralelos al muelle, aunque a mí me parecía que entre las rocas y el agua no había dónde esconderse. Me arrodillé para ver mejor, pero el sol ya estaba alto sobre la bahía, el agua reflejaba como un espejo y yo podía distinguir todavía a miles de pequeños peces que brillaban como cuchillas en la corriente debajo de nosotros.

Carlito se quejó de que quería ir a casa, pero el guardaparques nos advirtió que la Patrulla Fronteriza había tomado el control del parque y que nadie podía entrar o salir. No hasta que encontraran a los que estaban buscando.

—Es posible que alguien haya estado esperando para recogerlos y sacarlos de aquí. Están revisando carros y baúles antes de dejar salir a la gente.

Puso la mano en el hombro de Mami y ella lo dejó, algo que no me gustó.

—Mejor esperar hasta que todo esto se despeje y agarren a esos tipos. Esto sucede al menos una vez al mes por aquí.

Carlito y yo nos sentamos en el muro y vimos a los aviones dar vueltas por encima, a los policías apresurándose hacia la vegetación como soldados en guerra. Luego vinieron los perros. Un desfile de canes con ojos furiosos, ansiosos de entrar al bosque para encontrar su premio.

Miré a Carlito y él miró al guardaparques, que estaba aún más cerca de nuestra madre y le preguntaba de dónde era, en dónde había adquirido ese acento encantador.

—Colombia —dijo ella, y el tipo soltó una carcajada.

—¡Tenemos a una aquí mismo! —gritó, señalando a Mami, y luego a Carlito y a mí—. ¡No, tenemos a tres! Rápido, ¡traigan los perros!

Ni Carlito ni yo entendimos que el tipo estaba bromeando, hasta que Mami dejó escapar una risa tenue y todo el mundo creyó que era auténtica, menos nosotros.

Sabíamos que era su risa fingida. La que usaba para quitarse a la gente de encima, y con «la gente» me refiero a los hombres.

Supimos de otro espectador que oyó decir a uno de los guardaparques que cuatro personas ya habían sido capturadas y estaban sentadas mar adentro en un barco prisión que esperaba para dar el siguiente paso. Había otros ocho allá, dijeron, pero los que ya estaban bajo custodia no decían si los demás habían llegado a tierra, si se encontraban en otro barco, o simplemente estaban flotando en el agua, aferrados a una boya o a un neumático, o peor aún, ahogados.

—Probablemente no son cubanos —dijo alguien, o la policía no estaría persiguiéndolos de esa forma.

Transcurrió más o menos una hora. Los tres estábamos sentados bajo un parche de sombra en el malecón. Apoyé la cabeza en el regazo de mi madre, mientras Carlito sostenía el balón de fútbol entre las suyas. Mami nos contó la historia del náufrago que fue arrastrado a la playa de Cartagena cuando ella estaba pequeña. En una época antes de los barcos prisión y los aviones de la policía, cuando los que estaban a cargo simplemente dejaban que los náufragos tocaran tierra y se quedaran, si querían. El tipo aquel le dijo a todo el mundo que era un príncipe español y que todas las chicas querían casarse con él, pero resultó que sólo era un jugador que huía de sus deudas en Panamá y sus enemigos finalmente lo encontraron porque, dijo Mami, nadie puede huir de algo para siempre.

Pasó un buen tiempo y Carlito se aburrió con las historias de nuestra madre. Recogió el balón y empezó a patearlo de nuevo.

—Vamos, Reina —me llamó, y entramos de nuevo a la base de un camino ya barrido por los policías y los guardaparques.

—No vayan demasiado lejos —dijo Mami—. Quédense donde pueda verlos.

Carlito pateaba el balón y yo trataba de arrebatárselo, pero él era demasiado rápido, sus piernas demasiado largas, y yo sentía las mías como si fueran de caucho mientras intentaba seguirle el ritmo.

—Estoy cansada —gemí, agachada en el suelo, con el trasero casi rozando el polvo.

Carlito cedió.

—Simplemente intenta detener mis disparos, ¿de acuerdo?

Me levanté, lista para jugar de portera. Era pequeña para mi edad, pero mis reflejos eran rápidos. Carlito me había entrenado para leer el lenguaje corporal, para saber en qué dirección vendría un disparo, antes de que el pateador lo supiera. Miré y esperé y atajé los tres primeros disparos con una mano, con un pie, con el vientre. Pero el cuarto pasó volando hacia los árboles y, como yo era la perdedora, Carlito insistió en que fuera yo la que buscara el balón entre los matorrales.

Debería haberme asustado. Sin embargo, la necesidad de complacer a mi hermano prevaleció sobre todas las historias de terror con las que habíamos crecido para mantenernos alejados de bosques y selvas y pantanos: las leyendas de la Madremonte, que se venga de los que invaden su territorio haciendo que se pierdan; la Tunda, que cambia de apariencia para atraer a las personas a los bosques y mantenerlas allí para siempre, o El Mohán, al que simplemente le encanta asar a los niños y comérselos.

Me corté los tobillos y las canillas con las ramas, pero seguí adelante, sorteé las rocas bajo mis pies, las piedritas dentro de mis sandalias, aparté las ramas de mi cara, ahuyenté los insectos, alejé las telarañas, hasta que me adentré tanto en el bosque que llegué al otro lado de una ensenada oculta, una laguna silenciosa e inmóvil enmarcada por manglares con raíces como costillas en el charco de agua verde.

Permanecí en el terraplén polvoriento, insegura de mi descubrimiento. Una garza gris se precipitó sobre el agua delante de mí y el único sonido era el de los aviones, que todavía retumbaban del otro lado del parque. Unos cuantos gallinazos y cuervos se reunieron en el borde de la maleza y mi instinto me dijo que corriera para ahuyentarlos y que registrara el bosque oscuro que se veía detrás de ellos.

Mi hermano me llamó desde el otro lado de la pared boscosa:

—¡Reina, date prisa!

Yo quería encontrar el balón antes que él, no tener que escucharlo decirme «babosa inútil», demostrarle que era una digna compañera de equipo, que era tan buena como cualquier muchacho y que finalmente dejara de amenazarme con llevarme al mercado de las pulgas para cambiarme por un televisor.

Y ahí estaba: el balón de Carlito, su mosaico blanco y negro que me esperaba entre las raíces nudosas de un baniano solitario, sofocado por espinosos pinos. Me acerqué más, hasta que el balón estuvo justo a mi alcance, pero detrás del balón plástico noté una masa de carne que parecía ser un pie descalzo.

No es ningún secreto que aparecen cadáveres por todo el sur de la Florida flotando en canales, en las arterias pantanosas de los Everglades, o arrojados al lado de una carretera. En este mismo parque nuestra madre había encontrado, en la playa, lo que juró que era la mandíbula de un ser humano, y quedó tan conmovida por su blanca suavidad que la llevó a la casa, la sumergió en agua bendita y la enterró en nuestro jardín trasero hasta que los mapaches la desenterraron, y entonces Mami se dio por vencida y la metió en un cajón.

Pero este pie era oscuro y carnoso, y mis ojos lo siguieron hacia arriba, hasta una pierna desnuda en *shorts* de mezclilla deshilachados y un torso sin camisa. Pertenecía a un niño —a un adolescente, diría yo— delgado, encogido como un animal. Se volvió hacia mí. Sus ojos estaban completamente abiertos y su rostro joven se veía cansado y quemado por el sol y el agua del mar.

Me miró y lo miré mientras oía la voz de mi hermano hacerse más clara, sus pies crujiendo a través de la maleza.

—¡Reina, Reina! ¿Dónde estás? —Hasta que finalmente estuvo a mi lado, su mano cerrada alrededor de mi muñeca.

La mirada de mi hermano pasó de mí al niño, que nos contempló fijamente, de nuevo, tratando de hacerse aún más pequeño.

Oí a Mami llamándonos, oí la preocupación en su voz y a los policías que gritaban detrás de ella para que nosotros, los niños, saliéramos del bosque y dejáramos de tontear.

Oí a los perros ladrar, el peso de más pasos sobre las hojas secas y las ramas partidas que cubrían el suelo del bosque.

Yo sabía que él era uno de los que ellos buscaban. Sabía que no quería que lo encontraran. No sabía cuál era el bando de los buenos o el de los malos. Simplemente sabía que nunca antes había visto unos ojos como esos, tan oscuros de miedo, tan conscientes de que mi hermano y yo pudiéramos traicionarlo.

—Agarra el balón —susurró Carlito mientras me soltaba. Me acerqué más al niño, que me observó y retiró la mano de su pecho encogido para lanzarme el balón que estaba a sus pies.

Tomé el balón y miré de nuevo a mi hermano. Carlito se dio vuelta hacia el bosque y gritó, a quien pudiera oírnos, que no se preocuparan, que estábamos en camino y aceleró el paso mientras yo lo seguía.

Me quedé mirando al niño hasta que me ocultó su rostro de nuevo. Quería ayudarlo y me sentí confundida porque había aprendido en la escuela que la policía era gente a la que acudías en busca de ayuda, pero algo me dijo que lo mejor que podía hacer por ese niño era irme y fingir que nunca lo había visto.

—No le voy a contar a nadie —le dije, suponiendo que entendía, y salí corriendo fuera del bosque hacia donde estaban mi hermano y mi madre, pero fui interceptada por un perro que ladraba frenéticamente, su vista posada en el balón que llevaba en las manos, como si fuera un trozo de carne cruda.

El policía tomó el balón y lo sostuvo cerca del perro, que intentó morderlo y aulló, pero el policía simplemente parecía frustrado y miró a Mami, que había llegado a mi lado con Carlito detrás.

—¿Es tu balón? —me preguntó.

—Es *mi* balón —dijo Carlito desafiante—. Ella es mi hermana.

—¿Lo trajiste hoy al parque? ¿No lo encontraste aquí?

—Yo se lo compré a mi hijo. —Nuestra madre se hizo detrás de nosotros y deslizó las manos sobre la espalda de cada uno de nosotros. Eso no era del todo cierto. Tío Jaime había sido el que le había regalado el balón a Carlito, pero nos produjo una cierta emoción verla mentir a un hombre de la ley.

El oficial agarró al perro de la correa, lo sacó del sendero y comenzó a dirigirse de nuevo hacia el malecón. Miré a Carlito, pero él apartó su mirada de mí, del bosque y le susurró a nuestra madre:

—¿Ya podemos irnos a casa?

Nunca supimos lo que les pasó al resto de esos migrantes o incluso de dónde venían. Cuando fui lo suficientemente grande como para coquetear y salir con policías y cadetes de la academia, me contaron que había muchísima gente que llegaba de todo el Caribe a las costas del sur de la Florida en veleros rudimentarios, incluso después de que las leyes cambiaron y se hizo mucho más difícil que los dejaran entrar: balsas cubanas con motores de carros soviéticos, embarcaciones haitianas y dominicanas unidas con lonas y llantas. A algunos simplemente los arrojaban desde lanchas rápidas o yates que transitaban de noche por el estrecho de la Florida. Otros lograban colarse justo antes del amanecer y nunca los descubrían. Si estaban entre los afortunados, un pie seco en tierra les garantizaba amnistía o asilo. Pero algunos tenían la desgracia de llegar a la luz del día, ser vistos en el agua y delatados por ciudadanos, confinados en Krome en cuestión de horas y programados para su deportación. Aunque supongo que eso no es tan malo como ahogarse en medio de la travesía.

El terreno del parque, la manera en que irrumpía en los bordes del Atlántico y el silencio y la negrura que caían sobre él después del atardecer lo convertían en un punto fácil de descarga para quienes venían del Caribe, pero también en uno de los más obvios y fuertemente patrullados. Venían de todas partes, no sólo de la mitad norte del Caribe, sino desde tan lejos al sur como Colombia y Venezuela, y desde tan al oeste como Honduras y Nicaragua. Rara vez se oían ese tipo de noticias. El público ya había escuchado bastante sobre crisis de migrantes y refugiados y ahora prefería oír hablar de asesinatos, redadas de cocaína y políticos corruptos.

Después del día de los aviones, dejamos de ir al parque con tanta frecuencia. Mami se relacionó con hombres a los que no les gustaba tenernos a Carlito y a mí como acompañantes en sus paseos, y Carlito y yo nos hicimos lo suficientemente grandes como para que no nos importara. Lo de mi hermano eran las bicicletas y formar pandillas con los chicos del barrio y yo estaba feliz de ser su mascota, hasta que alcanzamos esa edad en la que nuestros cuerpos empezaron a dividirnos —las chicas aquí, los chicos allá— y luego las aguas turbulentas de la pubertad, cuando descubrí que a los chicos no les molestaba tenerme cerca, siempre y cuando yo estuviera de acuerdo en ser su juguete.

Nunca le contamos a nuestra madre lo del niño en el bosque y entre nosotros tampoco volvimos a hablar del tema después de aquel día. Aunque hubo ocasiones en que quise comentarlo con mi hermano. A veces veía a un tipo joven por la ciudad, o en el supermercado, que se parecía al muchacho del baniano, y me preguntaba si era él, si alguna vez habría logrado salir del bosque y entrado a nuestro mundo, o si lo habían perseguido aquella noche. Me preguntaba si los perros finalmente lo habían detectado. Pensaba que si había logrado permanecer escondido, nosotros habríamos podido regresar al día siguiente por él, los aviones y los barcos habrían abandonado la búsqueda y sería una vieja historia entre los guardaparques. Mami podría haber estacionado el carro cerca y podríamos haberlo escondido en el baúl y sacarlo del parque, llevarlo a casa y darle comida y ropa y un lugar para descansar. ¿Por qué no habíamos hecho eso?

Hace pocos meses hicieron oficial la fecha de ejecución de Carlito. Lo iban a trasladar al corredor de la muerte de la prisión en Raiford y yo había planeado mudarme allá cuando resolviera lo de la venta de nuestra casa. Había oído que los alquileres eran baratos porque nadie quiere vivir alrededor de un montón de asesinos, en un pueblo que sólo es conocido por sus ejecuciones, salvo tal vez sus familias o sus fans. Pensé que podría conseguir trabajo con relativa facilidad porque a todas las mujeres les gusta darse el pequeño lujo de que les pinten las uñas, y eso me ahorraría las horas que pasaba conduciendo al sur cada semana para ver a Carlito en los Glades.

Nuestra madre se mudó a Orlando para estar con su novio Jerry. Él gana lo suficiente en su clínica dental para que ella deje de trabajar. Es el papel de la mujer mantenida por el que ha estado rezando toda la vida. Me sugirió que me fuera con ella. Dijo que yo me beneficiaría si empezaba de nuevo en una ciudad donde nadie sabe de mí ni de mi apellido. Pensé que me estaba invitando a vivir con ella, porque la casa de Jerry es lo suficientemente grande y hay una habitación de huéspedes que nunca ha sido ocupada. Pero ella me explicó que yo podía alquilar un apartamento cerca y encontrar una compañera de cuarto o, mejor aún, tal vez con un poco de esfuerzo, correría con suerte como ella y podría encontrar a un hombre que me mantuviera.

Le dije que yo tenía que seguir a mi hermano.

Durante una de mis últimas visitas en la prisión antes de su traslado, yo trataba de ser optimista cuando decía que sería un cambio agradable para Carlito, que estaba tan harto de su prisión en los Cayos, con el olor del océano tan cerca como si se burlara de él, para recordarle su crimen. No podía aceptar que ya le habían fijado una fecha. Faltaban varios años todavía y yo sabía que con más apelaciones la fecha podía prolongarse aún más. Ya le estaba escribiendo a las facultades de Derecho, a los programas de defensa, hacía todo lo posible para retrasar las cosas, o con suerte, para revocarlas. Y todo el mundo sabía que podían pasar décadas hasta que el gobernador firmara la orden de ejecución y enviara a alguien a la cámara letal.

En este caso, le dije a Carlito, el tiempo estaba a nuestro favor.

Nos encontrábamos en la sala de reuniones familiares y privadas donde a veces tenían lugar nuestras visitas, sentados en una mesa amplia, el uno frente al otro. Carlito llevaba su overol rojo. La mayoría de los presos usan overoles anaranjados, pero los sentenciados a muerte tienen que llevar los rojos. Yo me había puesto una camiseta suelta y jeans porque allá son exigentes respecto a las ropas que pueden vestir las mujeres cuando visitan a los presos. Nada demasiado apretado, ni demasiada piel, ni vestidos o pantalones cortos. He visto a mujeres a las que no han dejado entrar por llevar ropa demasiado sexy, o que han tenido que cambiarse sus vestidos descotados y pedir prestados suéteres a otra visitante que ya sabía cómo eran las cosas y había ido preparada. Aquí eran estrictos incluso con las joyas, así que tenía que quitarme mis aretes antes de entrar y dejarlos junto con mi bolso en uno de los casilleros para los visitantes.

Sostuve las manos de Carlito entre las mías, mis dedos metidos entre sus esposas y muñecas porque esperaba que, al menos por un momento, me sintiera a mí y no el metal frío que rozaba la piel. Él se había acostumbrado a ese tipo de cosas. Podía notarlo en su postura. La manera en que los años de caminar con las manos encadenadas a la cintura, los tobillos inmovilizados por grilletes, habían inclinado su espina dorsal, haciéndolo andar con la cabeza agachada, con pasos cortos, tan diferentes de la forma en la que se movía cuando era libre, con ritmo en su andar, como deslizándose.

—Reina —comenzó él—, ¿te acuerdas de cuando éramos niños…?

—Me acuerdo de todo.

A veces a Carlito le gustaba reimaginar nuestra infancia y yo le seguía la corriente. Contaba cómo Papi solía tocar la guitarra y nos cantaba boleros, o ponía un disco y, mientras Mami bailaba con Carlito, nuestro padre se contoneaba alrededor de la sala con la bebé que era yo en sus brazos. No lo contradecía, a pesar de que él sólo tenía tres años en esa época y era imposible que pudiera recordar estas cosas. Había querido creer que era como él decía, pero una vez le pregunté a Mami si algo de eso había ocurrido y ella sacudió la cabeza lentamente antes de cambiar de opinión y encogerse de hombros.

—No sé. Ha pasado tanto tiempo, mi amor. Ya no me acuerdo.

Pero había cosas que ella sí recordaba y esperaba hasta que estuviera enojada conmigo por algo para echármelas en cara, como una fiera. Que mi padre nunca me abrazó cuando yo era una bebé, ya fuera a causa o en consecuencia de mi llanto incesante, no había forma de saberlo. Cuando estaba borracho, negaba ser mi padre, o peor, decía que yo era una bebé de mal agüero, que mi llanto había conducido a su propio padre al suicidio después de que su esposa muriera y Héctor lo trajera a vivir con nosotros. Cuando mi abuelo se ahorcó, una noche en nuestro antejardín, mi padre me culpó a mí.

Un tipo con el que trabajaba Papi, medio yerbatero, advirtió que yo era una abikú, que es el espíritu errante que se encarna en los niños y los hace morir. Yo había tomado el alma del bebé que mis padres habían perdido

55

entre el nacimiento de Carlito y el mío, sólo para renacer en la forma de otra niña porque el mundo de los espíritus tampoco me quería. El yerbatero le advirtió a mi padre que un abikú que no muere es portador de un espíritu oscuro y tiene el poder de hacer que futuros hermanos u otros a su alrededor mueran en su lugar. Los abikús, dijo él, son los niños que llegan para destruir a una familia.

Mami no creía en esas supersticiones pueblerinas y se aferraba a sus crucifijos y escapularios, pero hizo lo que aconsejó el yerbatero para anular el maleficio y satisfacer a mi padre. Me puso una cadena de plata alrededor del tobillo para calmar el llanto, labró mi huella en la corteza de una palmera y dejó que Héctor me perforara la oreja con alicates metálicos y una cuchilla, en la punta y a través del cartílago, tal como había indicado el yerbatero para que así me reconocieran si yo moría y renacía otra vez.

Estas, dijo mi madre, eran algunas de las razones por las que mi padre no me quería.

Pero Carlito tenía otra cosa en mente ese día. Otra cosa aparte de nuestra familia.

—¿Te acuerdas —bajó la voz— de ese día en el parque cuando estaban buscando a esa gente? ¿De ese niño… que se escondía?

Asentí.

—En el árbol.

—Pienso en él.

—¿En serio?

—He pensado en ese chico cada día que he estado en este lugar. Veo su cara. —Carlito inhaló profundamente y exhaló todo el aire por las fosas nasales—. El *fucking* terror. Qué mala suerte. El pobre. Él sabía… él sabía…

—¿Qué sabía?

—Sabía que lo iban a atrapar.

Miré a mi hermano queriendo ver lo mismo en sus ojos, porque cuando hay terror es porque todavía hay la esperanza de que las cosas puedan funcionar tal como quieres, pero los ojos de mi hermano ya habían muerto hacía mucho tiempo.

—¿Crees que logró salir del parque antes de que lo atraparan?

—Ni en sueños.

—Yo sí creo —dije, tal vez más para mis adentros que para mi hermano—. Probablemente ya sea ciudadano, con un buen trabajo y una esposa y una familia.

—Tal vez esté aquí en esta cárcel.

Sacudí la cabeza.

—Él no vino desde tan lejos para cagarla así.

Carlito suspiró y entonces comprendí que lo había hecho sentir mal.

—No quise decir eso, Carlito. No quise decir que la embarraste. Sé que no deberías estar aquí. Todo el mundo sabe que fue un error.

No sé por qué me disculpé. A veces deseaba que mi hermano asumiera la culpa, admitiera que era él el que lo había arruinado todo, el que había trastocado tanto nuestra vida, que nunca volveríamos a sentirnos seguros.

Pensé que tal vez, en ese momento, y como su hora final ya estaba en el calendario, aprovecharía la oportunidad para decir algo al respecto. No que lo lamentara, pero sí que reconociera lo que nos había hecho padecer durante siete años, y que entendiera que no había sido fácil para nosotros. Eso habría bastado. Pero permaneció callado un rato, y cuando el guardia nos anunció que nuestro tiempo había terminado, se limitó a decir:

—Te quiero, hermanita. —Como siempre lo hacía, sólo que esa vez no me miró cuando el guardia lo condujo de regreso a su celda.

Carlito nunca llegó a la prisión de Raiford. Lo encontraron inerte y colgado de un tubo del techo la mañana en que estaba programado para ser trasladado. Se ahorcó con el cable del ventilador que le permitían tener para mitigar el calor sofocante de los Cayos de la Florida porque nunca había sido considerado como un suicida en potencia. No dejó una carta para mí ni para nadie. Se había reunido con el capellán de la prisión el día anterior, pero eso no había sido nada fuera de lo común para Carlito. Le gustaba hablar con predicadores y monjas de vez en cuando, aunque decía que en la cárcel las religiones son sólo otra pandilla a la cual unirse en busca de protección, como el Sindicato Latino o la Hermandad Aria. Le gustaba hacer preguntas sobre la vida y la muerte, los pecados y las almas, aunque no estuviera de acuerdo con las respuestas. El capellán dice que Carlito se arrepintió de sus pecados, lo que me parece que suena bien, y por supuesto, Mami se puso feliz de saberlo, aunque no sé si creerle a él.

Le estaba mostrando la casa a una presunta agente de bienes raíces cuando recibí la llamada. Esperaba que nuestra casa lograra ser adoptada por otra familia que pudiera traerle una nueva felicidad, pero la agente, una gringa que me había recomendado una de las clientas del salón, dijo que los inversionistas estaban comprando casas en todo el barrio para renovarlas y venderlas con un buen margen de ganancia, y que la nuestra estaba destartalada y lo suficientemente fea como para tener ese tipo de atractivo. La iban a desmantelar por completo, dijo, tal vez incluso la demolieran. Quedaría irreconocible cuando terminaran.

Sonreía mientras dijo esto último y me hacía sentir inquieta. Y la mejor parte, dijo, era que la mayoría de estos inversionistas eran personas de otros condados o del norte, que desconocían la reputación de nuestra familia y tenían menos probabilidades de huir de la mala fama de nuestra casa.

Sonó el teléfono.

Normalmente, las llamadas telefónicas desde la cárcel comienzan con una grabación en la que dicen que recibirás una llamada de un preso y te preguntan si aceptas el cobro, pero esta vez era la voz de un hombre que decía que era el director de la prisión y que yo debería ir a algún lugar tranquilo antes de decirme lo que me tenía que decir. Pensé que era algo relacionado con la logística del traslado de Carlito a Raiford. Algo así.

—Está bien —dije, cuando salí de la cocina hacia el patio—. Le escucho.

Señorita Castillo, tal vez quiera sentarse para oír esto —me dijo el director, pero no había dónde sentarme; los muebles del patio se habían oxidado hasta quedar inservibles y había salido de ellos antes de que llegara la agente.

—Estoy sentada —dije, aunque estaba parada en medio del último pedacito de hierba que quedaba en lo que había sido nuestro jardín. El viejo columpio estaba todavía en la parte trasera del terreno, donde nuestro padre lo había instalado, corroído y tembloroso, y sólo lo utilizábamos para colgar ropa en los pasamanos.

—Su hermano ha expirado, señorita.

—¿Qué quiere decir con que «expiró»?

—Quiero decir que ha muerto, señorita. El oficial de turno lo encontró esta mañana. Lamento su pérdida.

Explicó cómo Carlito se había ahorcado y cerré los ojos, sintiendo la presión del cielo que me empujaba hacia abajo en la tierra.

Debería haberlo visto venir. Nuestra madre recibió una llamada similar cuando nuestro padre murió, pero el director de esa prisión en particular había sido más compasivo, le había ofrecido a Mami algún fragmento de psicología de bolsillo sobre los hombres que tienden a expresarse a través de la violencia en el suicidio y que no debía tomárselo como algo personal.

Las cárceles sólo quieren vivos a sus reclusos, así que nos entregaron el cuerpo de mi hermano a mi madre y a mí para poder hacerle un entierro, junto con unas cuantas cajas que contenían todas sus posesiones terrenales: cuadernos con dibujos caricaturescos a lápiz, libros, cartas de mujeres y fotos que yo le había regalado a lo largo de los años en tiempos más felices, antes de su crimen, cuando éramos él y Mami y yo y aún celebrábamos la Nochebuena y los cumpleaños.

En la muerte, Mami volvió a ser madre de Carlito.

Pensamos que podíamos mantener el fallecimiento de mi hermano como un asunto privado, pero el titular ocupó la portada de los periódicos en inglés y en español a la mañana siguiente: HALLAN MUERTO AL ASESINO CONVICTO DE UNA BEBÉ, con una foto de Carlito en su overol rojo, de treinta años y calvo, mirando a la cámara como si ya hubiera decidido que sería su último retrato.

No hubo llamadas telefónicas de condolencia. No hubo arreglos florales. Salvo Isabela, que volvió a casarse y tuvo dos hijos más, y nos envió una tarjeta de intención de misa y una nota que decía que siempre rezaría por el alma de Carlito.

Si hubiéramos dejado su cuerpo en la cárcel habrían enterrado a Carlito en un cementerio estatal junto con los otros reclusos muertos que nunca fueron reclamados por sus familias, bajo una cruz de madera marcada, no con su nombre, sino con su número carcelario. Pero como nosotros no teníamos dinero para comprar un hueco en la tierra para Carlito, decidimos cremarlo, porque era más barato.

Mi madre todavía se consideraba supercatólica —excepto por las visitas ocasionales a brujas, videntes y espiritistas y aquella etapa en que se obsesionó con la ouija y jugaba con ella durante horas cada noche—, pero ninguna de las dos había ido a la iglesia en años, tal vez porque esos bancos de madera nos recordaban los de la corte, y además, porque ella se sentía demasiado avergonzada como para buscar a un sacerdote o ministro que pudiera presidir el funeral de un suicida.

Así que dejó que el hombre bajito de la funeraria leyera una oración estándar frente al ataúd de Carlito y lloramos en privado ante su cuerpo hinchado y rígido en el féretro alquilado, rezamos por su salvación y pedimos para que mi hermano fuera perdonado, y nosotras también.

Finalmente, unos cuantos de nuestros parientes aparecieron —tío Jaime, su esposa Mayra, y algunos primos lejanos—, que Mami apreciaba, pero tuve la sensación de que lo que ellos querían era sólo ver si Carlito estaba muerto de verdad y que no se trataba simplemente de un rumor.

El cuarto que solía ser de Carlito estaba vacío ahora. Mami había empacado todos sus santos, velas y tarjetas con oraciones y se los había llevado a Orlando. Pero la mayoría nunca salieron de las cajas de cartón porque Jerry le dijo que sólo los campesinos ignorantes creían en «esas tonterías», y supongo que ella decidió que ya no las necesitaba más.

Al principio no sabíamos qué hacer con las cenizas de mi hermano. Nos las devolvieron en una lata en forma de corazón y Mami las envolvió con lo que había sido mi vestido de bautizo y el de él, cosido por las manos de su madre. Ella no quiso llevar las cenizas a Orlando y yo tampoco me sentía bien con ellas.

Al final, decidimos regresar a Carlito a la tierra a nuestro modo y amarramos un ladrillo a la lata con la misma soga que el padre de Héctor había utilizado para ahorcarse. Sólo hasta ese día supe que Mami la había guardado todo ese tiempo en una caja en el garaje. El cuerpo de mi abuelo había sido enviado de vuelta a Colombia para ser enterrado, mientras que Héctor había sido cremado, al igual que Carlito. Mami no había querido sus cenizas, de modo que tío Jaime las guardó, y cuando viajó a Colombia, las roció sobre la tumba de sus padres, en Galerazamba. Mami me confesó que, antes de entregárselas al tío Jaime, había sacado una pizca que puso en una bolsita cosida por ella y que luego había guardado en la lata con las cenizas de Carlito.

Al atardecer, Mami y yo nos dirigimos al puente que había sellado los destinos de mi padre y de mi hermano, avanzamos a mitad de camino hasta su punto más alto y, agarrándola con nuestras manos, tiramos la lata y el ladrillo y la soga al agua de la bahía, hasta verlas desaparecer bajo la corriente, con la esperanza de que las cenizas y las reliquias de los hombres de nuestra familia quedaran sumergidas y sepultadas en el fondo del océano.

Esa noche, Mami me pidió que durmiera con ella en su cuarto, como a veces lo hacía cuando yo era una niña.

No dormí. Me limité a observarla, me preguntaba cómo podía conciliar un sueño tan tranquilo cuando hasta el zumbido de las aspas del ventilador de techo me golpeaba como un torrente de gritos.

Se veía pequeña debajo de la cobija, se despertó en medio de la noche, y yo fingí dormir mientras ella me tocaba el pelo, la mejilla y susurraba mi nombre, pero no me moví.

Por la mañana, tomamos café en la mesa de la cocina y luego ella me miró un buen rato desde la puerta principal, antes de dejarme sola en nuestra casa por última vez.

La casa de Miami nunca se sintió como un hogar, aunque sea la única que recuerdo. Un cubo de concreto café con un techo rojo de tejas estilo español, y barrotes de hierro blanco en las ventanas y en la puerta principal, que no cumplieron muy bien su función porque nos robaron cuatro veces. Cada vez, los ladrones sólo se llevaron el televisor y rompieron unas cuantas cosas. No teníamos nada que alguien más quisiera. Cualquier dinero extra lo guardábamos en una vieja caja de tabacos, debajo de una baldosa rota del piso, en el cuarto de Carlito, incluso después de que lo metieran preso. Desempolvé nuestra pequeña caja de madera mientras empacaba. Los ahorros familiares. No había quedado nada.

Hubo un tiempo en que conocíamos a todos nuestros vecinos: nicaragüenses, peruanos, dominicanos y venezolanos —todos huían de algún dictador, moneda devaluada o gobierno corrupto—, y otros colombianos, como nosotros, que tratábamos de encontrar un poco de paz lejos de los narcotraficantes y las guerrillas que habían secuestrado al país.

Vivían en casas como la nuestra, pintadas con colores pastel. Se compadecieron de Mami, la madre soltera de dos niños, la víctima, esposa de «ese loco», Héctor Castillo. Pero los vecinos dejaron de invitarnos a fiestas y asados en sus jardines traseros después del arresto de Carlito. Era comprensible. Probablemente, yo habría hecho lo mismo.

Sin embargo, a Mami nunca le faltó compañía masculina. Cualquier tipo que la miraba quería estar con ella, desde el cartero hasta el cirujano que le practicó la histerectomía, y ella, como creía en la igualdad de oportunidades, le daba al menos una a la mayoría de ellos.

Empaqué las cosas de la casa. Sólo había unas cuantas fotografías que quería llevar conmigo dondequiera que terminara después. Las demás se las dejé a mi madre, pero ella tampoco las quiso y ahora están en unas cajas que guardamos en una bodega ubicada detrás del aeropuerto, junto con la otra mierda que no nos molestamos en tratar de vender, porque nadie quiere algo de mal agüero que pueda contener el ADN de un asesino condenado.

No había fotos de mi padre. Mami se había deshecho de ellas después de su muerte. Sólo el tío Jaime mantenía una foto enmarcada de Héctor en la repisa de su chimenea artificial, una versión ampliada de lo que seguramente fue su foto del pasaporte o su documento de identidad. Héctor, que era diez años mayor que nuestra madre, se veía sentado, derecho, con una camisa blanca abotonada y sin planchar, mirando a la cámara con sus ojos redondos y arrugados y sus labios voluminosos sobre sus dientes macizos y amarillentos. Era una mirada de chiflado, para ser honesta; el tipo de mirada que haría que las señoras de bien se persignaran y, aunque no pueda describírtelo más allá de esa foto, sólo su cara me ponía tensa. Era el mismo tipo del que tío Jaime hablaba con lágrimas en los ojos, el hermanito que, incluso con su pierna mala, soñaba con ser campeón de boxeo, como su héroe, Kid Pambelé.

Antes de que yo supiera toda la verdad, o por lo menos tanta como la que he podido reunir hasta ahora, solía añorar que la pierna mala de Héctor lo hiciera destacar de alguna manera. Que fuera un patapalo como el Mediohombre original, Blas de Lezo, que a pesar de haber perdido una pierna, una mano, un ojo y un oído, había logrado defender a Cartagena en innumerables batallas contra los británicos. Pero Mami decía que yo estaba equivocada. La pierna mala de Héctor simplemente había hecho de él un cagalástima, autocompasivo y amargado.

—No fue ningún héroe, mija —decía ella—. Ni un solo día de su vida.

De las fotos que quedaron, guardé una de Mami que había tomado nuestro padre justo después de casarse. Está en una playa en las Islas del Rosario, con un vestido de baño anticuado y un aspecto tímido y modesto. Tiene el cabello largo y oscuro recogido en una trenza suelta. Era bonita en aquel entonces, pero nada extraordinario. La gente decía que era el tipo de mujer que se hacía más atractiva con la edad, con toda esa experiencia marcada en su expresión. Hay otra foto de Carlito y yo cuando éramos pequeños, cuando nuestra madre solía bañarnos juntos. Nuestros cuellos cubiertos de burbujas, riéndonos como unos tontos.

Luego, una foto de nosotros tres juntos en nuestro último viaje a Cartagena, para ver a la madre de Mami cuando se estaba a punto de morir. Una abuela que sólo había conocido durante nuestras visitas de verano a Colombia, porque ella se había negado a abandonar su barrio para visitarnos, convencida de que, en su ausencia, las autoridades le robarían su casa como lo habían hecho con la gente de Chambacú, y aplastarían a su comunidad en el centro como lo hicieron con los pantanos para rellenar las vías fluviales con más avenidas de concreto repletas de tráfico y centros comerciales, y que entonces Abuela estaría obligada a vivir en algún tugurio en los cerros.

Permanecimos toda la noche con ella, sosteniéndole la mano, hasta que falleció. Mami dijo que el regalo más grande que puedes darle a alguien que amas es estar a su lado mientras muere. Yo siempre había planeado estar en la ejecución de mi hermano por esa misma razón. Le recordé a Mami lo que nos había dicho, pero ella dijo que este caso era diferente, y luego añadió una oración de agradecimiento a Dios por haberse llevado a su madre de este mundo, antes de que la gente de su barrio empezara a hablar de ella con vergüenza y culpa, antes de que se burlaran y dijeran que era como la Candileja, esa abuela legendaria y desgraciada de un niño que se convirtió en asesino.

La foto más reciente: mi hermano, pálido y marchito en su overol rojo del corredor de la muerte y a su lado estoy yo, con el aspecto de zombi de rostro gris, resultado de mis largos viajes semanales. La foto había sido tomada en la prisión, contra la pared de bloques azules de concreto de la sala de visitas que algunos reclusos habían pintado con un mural de un mapa de la Florida. Le pedí al guardia que la sacara de los codos hacia arriba, para que no se vieran las esposas en las muñecas de mi hermano. En la foto no se ve que Carlito y yo estamos tomados de la mano.

Tras la venta de la casa, mi madre me ha dejado la mitad de las ganancias, un puñado de billetes que ella dice que es mi herencia para ayudarme a comenzar una nueva vida. Me presiona para que vaya con ella a Orlando, pero yo le digo que vivir tan al interior me parece poco natural y Miami, la ciudad en la que he vivido toda mi vida, ahora me parece vacía.

Quiero ser olvidada.

Quiero sentir como si nunca hubiera existido.

Quiero ser una extraña. Desarraigada.

Durante varias semanas, trato de pensar dónde podría vivir ahora que no tengo vínculos con ningún lugar. Compro un mapa de carreteras en la gasolinera y miro fijamente el estado de la Florida, paso el dedo a lo largo de las líneas rojas y blancas de la carretera, a través de diversos condados, ensayo la pronunciación de los nombres de los pueblos..

Pensacola. Sebring. Valparaíso. Apalachicola. Carrabelle.

Pero mi dedo se arrastra hacia el sur, aún más lejos de donde vivo ahora, más cerca del ecuador, hasta la hilera de islas unidas por una serie de puentes estrechos, los cuales, dicen los científicos, en algunos años estarán cubiertos de agua, cuando los mares se eleven e inunden todos los bordes de la tierra.

Allá, creo yo, podría desaparecer.

Antes de salir de nuestra casa por última vez, antes de entregar las llaves a la agente inmobiliaria, y antes de que el nuevo propietario llegara para demoler nuestra cocina destartalada y quitar nuestros pisos de baldosas, decido volver al parque en la bahía para darle una mirada final.

Años después de aquel día en que vimos llegar a los refugiados, el huracán Andrew había arrasado los pinos promiscuos foráneos y el estado había aprovechado el parque estéril para restaurar la vegetación, repoblándola con árboles nativos destinados a esa tierra.

El bosque ahora no es un bosque sino un jardín de palmeras y de varios tipos de poincianas y ficus sobre una manta de flores radiantes, minadas por iguanas y camaleones; los cuervos y los gallinazos han sido remplazados por periquitos, cormoranes y papamoscas.

Ahora hay senderos bien cuidados para ciclistas y paseantes, caminos naturales con letreros que ofrecen historias breves de la flora y la fauna.

Aunque me cuesta reconocer el lugar, avanzo por uno de los senderos, que ahora es un túnel amplio que se abre entre palmeras que se arquean suavemente.

Es la temporada de las arañas. El camino está lleno de telarañas anchas y sedosas, y de arañas gordas, listas para dar a luz en sus centros, a la espera de su presa. Veo una lagartija bebé que cuelga de la cola al borde de una telaraña, se retuerce todavía. Arranco una hoja de un árbol y la pongo debajo de la lagartija para amortiguar su caída, sacarla de la telaraña y dejarla en el suelo, libre.

Camino, hasta que recuerdo el pasadizo que una vez tomé.

Soy más alta ahora y es más difícil avanzar a través de la maleza, pero me las arreglo, y pronto me encuentro al otro lado del bosque, en un claro, junto a la laguna y sus manglares articulados. Veo otra garza solitaria de patas largas, esta vez una blanca, trepada en una roca, que mira el agua.

Me trajeron a los Estados Unidos cuando era una bebé. Si quieres echarle la culpa a alguien, puedes ser a Jaime, el hermano de mi padre. Él fue el primero en cruzar el mar. Salió de Cartagena de Indias como miembro de la tripulación de un buque de carga y pasó años navegando el canal de Panamá, hasta que terminó en el puerto de Miami. En aquellos días daban visas con mayor facilidad. Tarjetas de residencia también. No le costó mucho convencer a Héctor de que se uniera a él del otro lado.

Nuestro padre siempre había querido salir de Cartagena. Si no eras rico o de piel clara, no había mucho para ti allá. Héctor era un mecánico especializado en pintar carros con aerosol para que se vieran tan nuevos como fuera posible a pesar de la corrosión salada del Caribe, una habilidad bastante buena, pensaba él, para irse a un lugar como Miami. Así que dejó a su nueva esposa donde la encontró, en el barrio de San Diego, en Cartagena, y sólo regresó en los momentos justos para dejarla embarazada, una vez al año.

Entre Carlito y yo estaba la bebé perdida, nacida muerta, una niña que se había negado a ser parte de este mundo, y cuando yo me portaba mal, mi madre decía, para castigarme, que después de todo yo no era una abikú, que esa bebé muerta había sido su primera hija de verdad, y que si ella hubiera respirado el soplo de la vida, como debía, Mami no tendría que haberse molestado en tener otra hija.

Héctor regresó a Cartagena para recogernos a todos cuando yo tenía tres meses y Carlito se acercaba a los tres años, y todavía tenía el pelo largo, porque la gente decía que si le cortabas el pelo a un niño antes de que dijera oraciones completas, quedaría mudo de por vida.

Mami entró en pánico cuando llegó la hora de mudarnos. El único mundo que ella conocía estaba allá, en San Diego, y estaba asustada por la vida que nos esperaba al otro lado del mar. Pero su madre le dijo que su deber era seguir a su marido a todas partes, y que tenía que estar agradecida, porque la mayoría de los hombres que se iban solos de su país nunca regresaban por su familia.

Héctor había encontrado un trabajo estable en un taller de carros en West Miami y la casa más destartalada en una calle sin terminar, sin aceras ni luces, al lado de los cultivos de naranjos del suroeste de Dade, que desde entonces han sido derribados y convertidos en viviendas y más centros comerciales. Nuestra casa tenía dos cuartos, pero con la ayuda de tío Jaime, Héctor había levantado una pared delgada para que fueran tres. Mami no trabajaba en esa época. Permanecía con sus bebés en la casa y apenas salía. Sin inglés y sin carro, dependía de los hombres y de Mayra, la esposa de Jaime, que no podía tener hijos. Pero Papi se ponía celoso, siempre imaginaba que Mami se escapaba para conocer hombres. ¿Quién sabe cómo empezó todo? No voy a fingir que mi madre era inocente, aunque ella diga que en esos días estaba únicamente con nuestro Papi.

Seguro hubo preludios del desastre que después nos devastó. Imagino que la violencia debía agitarse dentro de mi padre como los vientos de agosto. Imagino que debió haberle hecho daño a mi madre. Debió habernos hecho daño a todos. Pero cuando le pregunto, Mami sólo sacude la cabeza y dice que Héctor ya está muerto y que no hay razón para recordar esos días.

Fuimos una familia completa sólo por nueve meses, hasta que mi padre se fue con mi hermano al puente.

Cuando los tres volvimos a Colombia para ver morir a mi abuela, nuestra madre dormía en la cama con su madre, Carlito ocupaba el sofá de la sala, y yo dormía en la cama que era de Mami cuando niña, que luego se convirtió en su cama matrimonial hasta que mi padre se fue y prometió que volvería por ella.

Yo permanecía acostada con rigidez, miraba las grietas del techo, oía las voces de la calle de la Tablada, los sonidos de las herraduras que arrastraban carruajes, golpeaban adoquines y las campanas matinales de la iglesia de Santo Toribio que retumbaban contra las paredes del apartamento. La mía era una cama que no habría sido apta para un niño en los Estados Unidos, con un colchón tan delgado que cada tabla que lo sostenía hacía presión contra mi cuerpo. Pero era la cama donde mis padres nos habían hecho a mi hermano y a mí, y a la niña del medio.

El apartamento había pertenecido a los padres de nuestra abuela y, antes de eso, nadie sabía. Se podía oír cada susurro, cada estornudo, el giro de cada extremidad en una cama o silla chirriante. Las paredes interiores eran de yeso pelado, las paredes exteriores de estuco y piedra, y las ventanas de madera siempre estaban abiertas para diluir la humedad, a la espera de atrapar alguna brisa que llegara a las murallas de la ciudad, desde el Caribe.

Cuando éramos niños y nos preguntaban por nuestro padre, Carlito decía, antes de que cualquier ápice de verdad tuviera la oportunidad de aflorar de mis labios, que nuestro padre era millonario. Si estábamos en Miami, inventaba coartadas, decía que nuestro padre vivía en una

73

mansión en Cartagena y, cuando volvíamos a ver a nuestra abuela, decía que nuestro padre se había quedado en nuestra propiedad en Coconut Grove, y daba detalles sobre la vida que imaginaba para nosotros, sacada directamente de *Miami Vice*, llena de lanchas rápidas, carros deportivos y dinero.

Hasta que un día, durante una visita de verano para ver a nuestra abuela, nos estábamos refrescando el trasero en un parche de sombra de la plaza Fernández de Madrid con otros niños del barrio, cuando Carlito empezó con una de sus mentiras favoritas sobre nuestro Papi, que tenía hoteles en los que podíamos correr como si fueran nuestros campos de juegos. Según él, todo eso era mucho mejor que las calles destartaladas y viejas de la ciudad amurallada de Cartagena, que en ese entonces todavía eran polvorientas y sucias, atiborradas de cables y antenas, edificios teñidos por el sol y manchados de agua, muy lejanas de la colorida restauración que vendría años después.

Uno de los chicos, Universo Cassiani, escuálido, sin camisa, que hacía malabares con una pelota de caucho, se rio de Carlito, encantado de tener la oportunidad de vengarse por las veces en que mi hermano se había burlado de su nombre delante de los otros chicos. Universo gritó que Carlito era un cochino mentiroso y que nuestro padre no era millonario. Y fue bastante generoso al no haber entrado en detalles ese día, porque varios veranos después, cuando yo tenía quince o dieciséis años y resulté manoseándome con Universo, que entonces tenía dieciocho, era alto, flaco y musculado, en las sombras nocturnas de la muralla que daban al mar, en medio de borrachos y mendigos, me confesó que su madre le había contado la historia de nuestro padre como una advertencia de la locura que afligía a los hombres cuando se iban para Gringolandia.

—Es mejor acá —le advirtió su mami—. Aquí, las mujeres conocen su lugar. Allá, se descontrolan y sus hombres se vuelven locos al tratar de contenerlas.

Él sabía que Héctor había intentado matar a mi hermano. Incluso tenía una explicación para ello.

—Los muchachos son los que llevan un apellido. Las muchachas se casan y desaparecen del árbol genealógico. Tu padre probablemente lo hizo para evitar la vergüenza de tus descendientes.

Sus palabras duelen. Pero me hacen bien porque, en ese entonces, yo tenía todavía el hábito de escarbar en busca de recuerdos, aunque fueran falsos.

A veces veía fotos antiguas e inventaba historias para ellas. A veces escuchaba relatos de cosas que realmente habían sucedido, como la manera en que Héctor le había propuesto matrimonio a nuestra madre, que no era una propuesta en absoluto, sino un trato:

—Déjame casarme contigo y te ayudaré a que te alejes de tu madre.

Entonces yo inventaba otra versión; me decía que él la había conocido mientras ella hacía las compras para la cena. Negaba la verdad que mi madre me había confesado antes: él la había violado una noche en un callejón, cuando ella regresaba a su casa después de un largo día de pintar uñas a las damas de la alta sociedad de Manga. Pero no lo llamaron violación en aquel entonces y, debido a que las malas lenguas ya habían ungido a mi madre con una reputación de chica fácil, la gente no se había sorprendido de que él se tomara libertades, a pesar de que ella trató de oponer resistencia. Así que en lugar de ser conocido como su atacante, porque ella tenía miedo de que ya estuviera embarazada y porque él dijo que podía alejarla de esta vida, se convirtió en su novio y luego en su marido.

Universo Cassiani fue probablemente el primer y único chico que llegó a ser casi un novio para mí. Me tomaba de la mano cuando caminábamos por las calles del centro; me besaba en las arcadas de la muralla, que alguna vez se utilizaron para albergar los cañones que disparaban contra los invasores; me decía que mis labios eran dulces como granadillas, y que yo era diferente de las otras chicas del barrio, que eran mojigatas y protegidas por sus papis.

Yo estaba con Universo, justo antes de las últimas horas de la vida de mi abuela. Mami envió a mi hermano a buscarme, a llevarme a casa porque sabía que el último aliento de su madre estaba cerca. Carlito corrió por el malecón gritando y llamándome, hasta que oí su voz resonar contra la piedra. Me alejé de Universo, que me estaba mordiendo el cuello, pero él persistía, así que lo dejé continuar hasta que Carlito apareció junto a nosotros, en el nicho donde nos habíamos estado escondiendo. Carlito me quitó a Universo de encima, me informó que Abuela había dicho que esperaba que yo estuviera a su lado antes de morir, lo cual puede haber sido cierto o no. Me fui con mi hermano y dejé a Universo solo, al lado del mar.

Mi madre, mi hermano y yo nos tomamos de la mano alrededor del cuerpo de mi abuela. Ni siquiera estaba tan vieja, pero se veía como el muñón encogido de una viejita de pelo blanco recortado, nariz grande y una tez chamuscada por el trópico. Sentía su palma fría dentro de la mía y tocaba su piel como de papel. Conté las manchas oscuras, comparé su mano con la mía, y pensé que la naturaleza es una bestia real, por la manera en que despoja a un cuerpo de su dignidad.

Estaba lista para dejar este mundo. Hasta unos días antes ella podía caminar bien, incluso sin la ayuda de la vecina que había asumido el papel de enfermera. Sobrevivía sola, con el dinero que su hija le enviaba desde Miami, y comía bien, aunque su cuerpo no lo revelara. Fumaba siempre tabaco enrollado a mano, y esa noche mantuvo su cigarro en un plato de porcelana sobre su mesa de noche. Había rezado toda la vida por una muerte digna, como buena colombiana, y sabía que esa era la noche. Cuando aparecí en su puerta, ella inclinó la cabeza hacia mí y asintió ligeramente, como si dijera *Ahora podemos seguir adelante con las cosas.*

Tardó un tiempo, pero fue aún más rápido de lo que yo esperaba. Sus respiraciones se hicieron más largas y luego más cortas. Sus ojos se dirigieron hacia el punto más lejano de la habitación, un rincón entre dos paredes sin ventanas.

—Abre la puerta —dijo, y Mami nos miró a Carlito y a mí y luego hacia la puerta del cuarto, que ya estaba abierta.

—Está abierta, mamá. La ventana también está abierta. ¿Tienes calor? ¿Quieres que traigamos el ventilador?

—No. —Abuela sacudió la cabeza con más fuerza de la que habíamos visto en ella en mucho tiempo—. Abre la puerta. Quiero la puerta abierta.

Carlito se levantó, cerró la puerta del cuarto y la abrió de nuevo. Mientras lo hacía, le dijo:

—Está abierta, Abuela. Tan abierta como puede estar.

—¡Abre la puerta! —gritó ella, pero su voz se estaba haciendo débil, por lo que sonó como un susurro.

Su aliento se aceleró, sus ojos se abrieron. Nos miró a cada uno de nosotros, cerró los párpados, y nos dejó en el cuarto sin ella.

Hicimos las cosas a la manera tradicional. Fue así como aprendí a llorar a los muertos. Rezamos junto a nuestra abuela toda la noche, como si fuera una santa y no la mujer fría y rencorosa que mi madre odiaba en secreto por no haberla defendido del padre y del padrastro que habían puesto las manos en ella; la mujer de la que quería escapar tanto que se casó con nuestro padre; la mujer de la que había esperado que, en sus últimos días, le dijera a su hija que lo lamentaba y reconociera que había fallado, de algún modo, al menos. Aunque eso no ocurrió.

Lloramos por ella, hablamos de ella como si hubiera sido digna de alabanza. Esperamos a que el sacerdote viniera a administrar bendiciones, dijera una misa fúnebre y sombría en la iglesia de Santo Toribio, a la que asistieron todos sus vecinos, y la enterraran en el cementerio de Santa Lucía, frente al mar.

Universo vive ahora en Miami. Lo curioso de la inmigración es que la gente de tu viejo barrio termina a menudo a la vuelta de la esquina de tu nueva casa.

Nos encontramos en El Palacio de los Jugos y nos miramos con deseo, en medio de una charla.

—Así que finalmente tuviste el valor de dejar a tu mami —le dije en broma.

—No, los impuestos en San Diego subieron tanto que tuvimos que mudarnos. Ella se fue a vivir con su hermana en Santa Marta, así que me vine para acá.

Era tal como Abuela temía: el regreso de los ricos para desplazar a los pobres. La gente que había vivido allá por varias generaciones, incapaz de pagar unos impuestos más altos, se había visto obligada a vender y a mudarse.

Universo me siguió a casa en su moto para un polvo de bienvenida a Miami, en mi sofá. Me dijo que se había enterado del crimen de Carlito a través de los circuitos de chismes interamericanos tan pronto como ocurrió. Nos vimos por un tiempo. No de una manera significativa, sino de forma relajada porque, aunque habían pasado años sin contacto entre nosotros, él ya sabía las cosas que nunca le cuento a nadie. Sabía por qué mi casa estaba siempre vacía y por qué no tenía amigos con los cuales ir a fiestas con grupos de chicas bonitas, que lucieran vestidos nuevos, maquillaje brillante y pelo recién rizado.

Pero ya no era el Universo que me miraba como si yo fuera una criatura especial. El que me escribía largas cartas entre veranos para decir que me extrañaba, para rogarme que volviera a Cartagena para las fiestas de diciembre, para prometer que un día desafiaría a su madre y se trasladaría al otro lado del Caribe y para que pudiéramos estar juntos todos los días.

Ahora era desatento conmigo, más bien como los chicos con los que yo había crecido en el barrio, los amigos de Carlito, que venían a buscarme cuando no tenían nada más que hacer. Yo estaba bien, sin embargo. Nunca pedí que me llevaran a ninguna parte, así que siempre era una sorpresa agradable cuando Universo sugería que fuéramos a comer, en vez de que yo cocinara un poco de arroz y calentara las sobras que tuviera en la nevera. Él tenía otra novia, una rola rica, lo que me parecía chistoso porque Universo siempre había dicho que no era colombiano sino cartagenero, como si fuera de su propia nación, porque, según él, Cartagena y Bogotá no tienen nada en común, aparte de ser ciudades manipuladas e ignoradas por su gobierno. Pero aquí en Miami, ambos desplazados, en territorio neutral, eran novios. Él hablaba a veces de una nueva película y decía que debíamos ir a verla juntos el fin de semana, aunque nunca lo hicimos. Yo sabía que cosas como esa estaban reservadas para la novia oficial. Y Universo sabía que mis fines de semana estaban reservados para Carlito.

Perdí el contacto con Universo. En los años transcurridos desde entonces, escasamente he salido con alguien en el sentido de que me guste y yo le guste y el tipo haga algún esfuerzo por tratarme bien, por llevarme con frecuencia a lugares públicos como restaurantes o cines o a un parque, no sólo a la casa o a una habitación de hotel. Únicamente he recibido ese tipo de trato dos o tres veces en la vida y siempre ha sido por corto tiempo, nunca he llegado a conocer a sus padres. La última vez fue con Pedro, el peruano que trabajaba en la tienda de artículos electrónicos al lado de mi salón, en Coral Gables. Fue insistente conmigo, me llevaba flores al trabajo, hasta que accedí a salir con él. Me invitó a un restaurante de carnes en Coconut Grove, luego caminamos por Grand Avenue y compró una rosa para mí a un tipo que las vendía en un balde de plástico. Pasamos unas cuantas noches más como esa y pensé que era agradable ese ritmo lento. Era algo nuevo para mí. Pero luego dejó de llamarme, y cuando fui a su trabajo para ver si todavía estaba vivo, fingió que yo era simplemente otra clienta y le pidió a un colega que me ayudara.

Siempre han existido otros hombres. No salgo a buscarlos. Simplemente aparecen. Pero soy buena para descubrir de inmediato lo que quieren y suele ocurrir en un plazo rápido. Ellos me quieren en la cama. Quieren sentir amor y lujuria, pero limitados a una hora o dos o, de vez en cuando, a una noche entera. A veces sé que juegan conmigo y con otras, o quizá, simplemente me incluyen dentro de la misma baraja donde hay una esposa o una novia. No soy exigente respecto al matrimonio o ese tipo de reglas. Lo sería si fuera yo la que estuviera casada. Creo que sería la mujer más fiel del mundo entero. Pero nunca me han dado la oportunidad.

No creo en maldiciones, pero debo admitir que hasta ahora esa vieja bruja ha tenido razón acerca de mi falta de amor. Tal vez alguien me hizo un rezo o hechizo para asegurarse de que me quedara sola.

No quiero parecer una de esas chicas que lloran porque los chicos las dejan. Una vez le dije a mi madre, en broma, cuando me preguntó por qué nunca tengo un novio estable, que lo único que necesito es encontrar a un tipo con una vida aún más desordenada que la mía, que soy como un *dealer* en una mesa de *blackjack* del Magic City Casino, que ya sabe cómo va salir la jugada. No me gusta perder, así que únicamente entrego trozos de mí. Los trozos que sé que les gustan a ellos, los trozos que pueden manejar. Soy la chica que sonríe, a pesar de todo. La que puede quitarse un brasier sin soltarse los broches, la que sabe lo que un tipo desea, incluso antes de que él lo sepa.

El resto, la vida que yo vivía para mi hermano, la vida encerrada en los recuerdos de lo que éramos antes, me la guardo sólo para mí.

Pero entonces Universo reaparece. Se entera de que he vendido la casa. Pasa durante uno de mis últimos días aquí para verlo por sí mismo. Se ve más viejo, pero supongo que a todos nos sucede; su cabello, más escaso, peinado hacia atrás con gel, y unos quince kilos gringos nuevos encima. Ha pasado de su moto a un viejo Jeep y me dice que ahora trabaja como operador de montacargas en el puerto de Miami. Carga y descarga buques que vienen de China. Lo invito a entrar y no pasa mucho tiempo antes de que las viejas costumbres vuelvan al ruedo. No lleva un anillo, pero me dice, cuando los dos estamos desnudos, que está casado, no con la chica rica sino con una caleña que trabaja en una guardería en Doral.

—No me importa —digo, para que su culpabilidad no se interponga en el camino.

Después, no tiene prisa en salir de mi cama y me sostiene contra su pecho como si estuviéramos enamorándonos, o algo así.

—Eres como ninguna otra chica que haya conocido, Reina.

—Soy como *cada* chica que has conocido si alguna de ellas hubiera tenido mi vida.

Empieza a excitarse y quiere volver a hacerlo, pero se detiene abruptamente, como si recordara de repente quién soy yo, y que él vino acá para despedirse.

—¿Adónde te vas a ir, entonces? —Mira mi cuarto, austero como una celda y con todo ya completamente empacado.

—No lo sé.

—Podrías volver a Cartagena.

—Ya no hay nada allá para mí.

—Es el lugar donde naciste. Siempre tendrás eso.

Hubo un tiempo en que soñábamos con volver a vivir allá, Mami, Carlito y yo. Idealizábamos a Cartagena todo el año mientras Mami ahorraba para nuestros viajes de verano, pero cuando llegábamos allá, nunca era como queríamos: demasiado caliente, demasiado lluvioso, demasiado lleno de chismes de pueblo, demasiado sombrío, demasiado desesperanzador. Sin embargo, durante nuestras visitas a la cárcel, a Carlito le gustaba evocar historias de la Cartagena de nuestra nostalgia y me hizo jurar que si él no tenía nunca la oportunidad de volver, yo iría por él.

Cuando llegó el momento de soltar sus cenizas, le dije a nuestra madre que tal vez deberíamos dispersarlas en Cartagena, esparcir a Carlito en las playas de Bocagrande, o mezclarlo con un poco de concreto y echarlo en el pavimento de nuestra vieja cuadra, moldearlo en el yeso o en los ladrillos del cuarto donde dormíamos cuando éramos bebés o espolvorearlo en los árboles, a lo largo de la ladera de La Popa.

Tal vez deberíamos haberlo enterrado junto a la abuela en Santa Lucía, o al menos haberlo sepultado en la tierra, sobre la tumba de ella. Pero Mami insistió en que era mejor así —tenía más sentido dejarlo ir en aquel puente donde él y Héctor habían encontrado su final—, y al liberarlo en el océano, aquí en la Florida, podíamos estar seguras de que sus cenizas encontrarían de algún modo su camino, a través del Caribe, de vuelta a Cartagena.

Volveré un día.

Por él. Por mí. Por todos nosotros.

Pero no ahora. No así.

—Quiero ir a algún lugar donde nadie me conozca —le digo a Universo.

—Si las cosas fueran diferentes, me iría contigo. Podríamos tener una aventura.

—Pero no son diferentes —digo, porque detesto cuando los hombres comienzan con lo de la fantasía en la cama. Todo tipo de imposibilidades difíciles de contemplar.

—Asegúrate de decirme antes de irte.

—¿Para qué?

—Para saber dónde encontrarte.

No le digo que el motivo de mi partida es que no quiero que me encuentren.

Nos besamos porque parece que es lo que hay que hacer, y nos acostamos juntos un rato más mientras cae la noche. Afuera, oigo los carros de la gente del barrio llegando a sus casas, maridos, esposas y niños que vuelven justo para la cena.

Universo comienza a inquietarse a mi lado.

—Está bien. Puedes irte si quieres.

—No quiero —dice él, y le creo, hasta que se sienta, me da la espalda desnuda, agarra sus bóxers arrugados del piso, se los pone, y luego sus jeans.

El suyo es un cuerpo que conocí delgado e infantil, y ahora, grueso y varonil. De alguna manera, creo que es agradable que nuestros cuerpos hayan crecido juntos.

Dice que vendrá a verme de nuevo antes de que yo me vaya para siempre.

No lo hace, pero tampoco lo hace nadie más.

Mis compañeras del salón me despiden en mi último día con una torta, como si celebráramos un cumpleaños. Recibo una llamada telefónica de tío Jaime y Mayra. «Sólo queremos desearte mucha suerte», dice Mayra. No hablamos mucho por estos días. Creo que al verme, ven un recuerdo del dolor. Así que yo no esperaba una fiesta de despedida, pero sí que alguien estuviera ahí para verme partir, para marcar de alguna manera el momento de mi salida de la casa de toda una vida.

Sin embargo, no pasa nada.

El cielo está despejado y vacío, salvo por el sol del otoño y una rebanada de la luna diurna. El murmullo ininterrumpido del barrio continúa mientras cargo el baúl de mi carro con dos maletas, como si me fuera de vacaciones, no en busca de una nueva vida. Cierro la casa con llave y salgo del garaje por última vez.

Soy mi única testigo.

Los Everglades están en llamas durante mi último viaje a los Cayos. En la curva de la autopista donde terminan los piñales y comienza la marisma, veo el horizonte verde arder con helicópteros que revolotean por encima, luchando contra las llamas. Es demasiado tarde ya en la temporada para que se trate de un incendio forestal. La radio dice que un pirómano es el responsable.

No creo en los presagios. Creo que elegimos nuestras propias señales, así que tomo esta como la mía: con este incendio, dejo mi antigua vida aquí en esta tierra firme en cenizas.

Como, por ahora, no tengo otro lugar adonde ir, tomo una habitación en el South Glades Seaside Motel, sórdido como siempre, aunque todavía siento una especie de lealtad hacia el lugar.

Es viernes y el motel ya se está llenando con la vieja cuadrilla, caras conocidas, mujeres con las que crecí como hermana de prisión, aunque nunca compartimos más que unas pocas palabras. Mujeres con las que esperé en la fila, todas nos mirábamos mientras salíamos de la penitenciaría al final de las horas de visita, con ese mismo aspecto adolorido de esperanza y fatiga. Mujeres con las que hacíamos nuestro camino de regreso al motel. Mujeres que, a diferencia de mí, siguen cumpliendo su condena con los que aman.

La gente tiene esta idea de que es difícil comenzar una nueva vida, pero realmente es bastante fácil. Me digo que si mis padres pudieron cambiar de país sin hablar el idioma, yo también puedo migrar. Marco con un círculo los avisos del periódico local que me interesan y anoto números del tablero de anuncios de la lavandería. Hago varias citas para ver una serie de apartamentos de concreto mohosos y desolados en edificios altos que brotaron durante el auge inmobiliario y quedaron vacíos por la recesión, algunos apartaestudios de motel junto a la playa y un par de tráileres en el parque que está junto al agua, y que se bambolean con la brisa más leve de noviembre, así que imagínate cuando lleguen los huracanes. Pero sé que tiene que haber algo mejor por aquí.

Antes de irme, una clienta del trabajo que dejé en Coral Gables me dijo que visitara a una amiga suya, Julie, una inmigrante canadiense que había contraído la «enfermedad de los Cayos» y había decidido quedarse administrando una de esas tiendas que están en el Overseas Highway, en Crescent Key, donde venden conchas y caracoles brillantes y buzones pintados para que parezcan flamencos. Crescent Key es una de las islas más pequeñas, a medio camino por la ruta de los Cayos, entre los pantanos de Card Sound Road y las multitudes de los cruceros de Key West. Es tan pequeña que parece una ocurrencia tardía de una isla, y la mayoría de la gente que conduce por el Overseas Highway ni siquiera la nota al pasar, pero está lo suficientemente cerca de Marathon, una de las islas más grandes y desarrolladas, con grandes cadenas de tiendas y farmacias que abren las veinticuatro horas, y lo suficientemente lejos de la cárcel de Carlito como para que a veces la olvide.

—Supe que ibas a venir. —Julie me sonríe cuando llego, como si lo hiciera con todo su cuerpo, desde su panza de contrabandista de licores hasta sus mejillas rosadas.

Mi clienta me había recomendado. Le había dicho a Julie que yo era decente y responsable. Y resulta que su amiga Louise Hartley está buscando precisamente este tipo de inquilina para una cabaña de su propiedad, una antigua plantación de icacos en la pequeña isla de Hammerhead, que termina justo antes del puente en Crescent Key Cut.

Julie llama antes y me manda a verla.

La señora Hartley está esperando en el camino de entrada cuando llego. Tiene el pelo rubio paja y maquillaje ceroso y está en ropa deportiva blanca. Quiere saber si alguna vez me han arrestado (no), si consumo drogas (no), si tengo marido o niños (no y no).

Se inclina y baja la voz, como si esperara una confesión.

—¿Tienes a un hombre detrás de ti? ¿Tal vez un novio del que estás tratando de alejarte? ¿Algo por el estilo?

—No hay nadie. Sólo yo.

Retuerce sus labios delgados como si todavía estuviera pensando si debe darme una oportunidad.

—¿Ya tienes trabajo aquí?

—Empezaré a buscar uno cuando me instale.

—¿Dónde te estás quedando por ahora?

—En el Motel South Glades.

—¿El que está al lado de la cárcel?

Asiento con la cabeza y ella parece escandalizada.

—Ten cuidado. Un montón de gente extraña pasa por allá. Gente que querrás evitar. Sabes a lo que me refiero.

Levanto las cejas ante la revelación.

—Tienes que salir de allá.

—Es lo que estoy tratando de hacer.

—¿Cómo piensas pagar el alquiler si todavía no tienes trabajo?

—Tengo un poco de dinero ahorrado.

—Necesitaré tres meses de alquiler por adelantado.

—Está bien.

—De acuerdo. Sígueme.

Me conduce por un sendero enmarcado por bananos y palmeras hasta una cabaña que está en el extremo de la propiedad, frente al mar y a un muelle pequeño.

—Debo mencionar que nunca hemos alquilado la cabaña —dice la señora Hartley, en un tono que creo que pretende asemejarse a la modestia—, nuestra familia en realidad no necesita el dinero. Simplemente queremos que alguien de este lado de Hammerhead mantenga alejados a los invasores de tierra o vándalos que vienen en botes a través del canal. Estoy sola aquí la mayor parte del tiempo. Mi marido trabaja en Filadelfia y sólo viene unas pocas veces al año.

La vegetación es tan espesa que casi devora la cabaña, que es pequeña y amarilla, de ventanas con celosías blancas y un pequeño porche que da a una playa estrecha. A medida que nos acercamos, los sonidos de los árboles se hacen más fuertes, el murmullo de los animales atraviesa las ramas. Veo dos manchas rojas que pasan de un árbol a otro, en medio de un parche de luz.

—Mierda.

—Loros —me dice la señora Hartley con orgullo—. Tenemos unas pocas parejas que sólo Dios sabe de dónde vinieron, pero ya se sienten como en casa. Como esas iguanas enormes que ves alrededor, las ratas africanas, o incluso esas pitones que todos están cazando en los Everglades. Ya es fácil olvidar lo que es natural de la región.

La cabaña consta de una habitación con un pequeño baño integrado en un rincón y una cocineta a lo largo de una pared, sin duda un avance, comparada con los lugares que he visto hasta ahora. También tiene unos muebles de mimbre y una cama doble metida en una esquina. No tendré que sacar ninguno de mis muebles de la bodega. Es un alivio empezar de nuevo.

—No le prestes atención al mal olor —dice ella, y abre todas las puertas y ventanas, aunque no percibo el leve olor a aguas residuales hasta que ella señala el exterior.

—Viene de afuera. La marea está baja y a veces las algas se acumulan debajo del muelle. Pronto desaparecerá. Así es la vida en las islas.

Me observa mientras curioseo, abro gabinetes, puertas de clósets, miro por la ventana, veo el océano extenderse más allá de los matorrales.

—La presión del agua es buena y la cocina está equipada con más ollas y sartenes de las que probablemente necesitarás. Tendrás que conseguir un buzón postal en el pueblo y todos los jueves recogen la basura en la entrada principal. Hay linternas, bengalas y una corneta en el clóset de las escobas. Ya sabes, por las tormentas. Aunque nos obligan a evacuar en caso de huracanes. Supongo que tendrás algún lugar en la península adonde puedas ir, en ese caso.

Asiento con la cabeza, aunque no estoy segura de tener uno.

Ella se esfuerza un poco más para tratar de convencerme, pero sé que esto es todo lo que necesito.

En mi primera noche en la cabaña, espero para reconocer qué sonidos llenan el atardecer mientras el sol se desliza detrás del bosque de icacos en Hammerhead y se adentra en el golfo. Salgo al porche para recibir una dosis de luz solar antes de que anochezca y avanzo por el camino de piedra hacia la pequeña ensenada de la playa. Más allá, al otro lado de un muro de coral y después de una hilera de manglares de tallos largos, la casa de Hartley se eleva sobre el litoral.

Una bandada de pelícanos se desliza sobre mí, probablemente algunas de las decenas que se reúnen para cazar peces y descansar sus alas a lo largo del valle de troncos de madera de los muelles de Crescent Key Cut, y aterrizan en el mío, como si ya les perteneciera a ellos también.

Me siento en la playa y echo un vistazo hacia el agua. Al este, veo el sol que desaparece detrás de mí, veo el mar oscurecerse con sombras, siento la arena fresca bajo mis pies.

El océano es diferente acá. En el continente, el agua encrespada de la bahía es de un azul oscuro e incluso en los bordes poco profundos de la orilla se aclara hasta alcanzar un verde pálido. Las olas que se doblan en el mar abierto se hacen más gruesas y los picos se vuelven más altos mientras avanzas hacia al norte. Se siente una corriente amenazante y un viento que fractura esas olas capaces de hundirte con la fuerza de cien hombres.

Aquí abajo la marea está tranquila, palpita suavemente, incluso bajo un viento más pesado. El agua destila un azul turquesa y sólo se oscurece más allá de los arrecifes.

Duermo con las ventanas abiertas, algo que nunca hubiera hecho en casa. Sólo escucho los sonidos de los animales nocturnos. Búhos. Los mapaches o zarigüeyas que se disputan las ramas. No hay sirenas policiales. No hay pitos de carros ni chirridos de llantas. No hay vecinos que griten. No hay discusiones entre la pareja de ancianos que vive al lado ni adolescentes gritando. No hay sonidos de una casa vieja que cruja, goteos de tuberías, no hay lluvia que golpee en un techo que necesite repararse. No hay televisión que reporte los crímenes de la ciudad ni voces radiales de programas de consejos de medianoche a los que llama la gente con sus historias tristes: el ruido al que recurría mi madre para llenar nuestro vacío. No hay el sonido de Mami en lo que solía ser el cuarto de mi hermano, de rodillas, en su altar casero, cuando elevaba oraciones, hacía promesas y negociaba con sus santos para liberarnos a todos.

DOS

Cuando Carlito tenía dieciséis años, ya había ahorrado lo suficiente con su trabajo en el lavadero de carros para comprar su propia cucaracha, un Honda de tercera mano. Él y sus amigos se apretujaban dentro de ese carro y conducían hasta el MacArthur Causeway, donde los agresores sexuales en libertad condicional habían instalado su propia aldea de carpas, en vista de que la ley no los dejaba vivir en ningún lugar cerca de parques o escuelas. Si pasabas por ahí, nunca habrías imaginado que una colonia de exconvictos viviera bajo esas lonas y cocinara a cielo abierto con utensilios de *camping*. Vi el lugar cuando Carlito me llevó una vez. Quería asustarme porque yo tenía catorce años y era la clase de chica que, cuando identificaba lo que otros llamaban *peligro*, me abalanzaba sobre ello, sólo para ver qué podría pasar.

Como aquella vez que hice autoestop, una de esas cosas sobre las que normalmente previenen a los chicos en la escuela, pues la sociedad está llena de depredadores y de pedófilos. Había ido al centro comercial para encontrarme con un chico que me dejó plantada en menos de una hora por una chica que había conocido en el puesto de *donuts*. Recuerdo que ese día me sentí mal, pero tuvo que pasar otro mes antes de darme cuenta de que el imbécil me había dejado embarazada. Yo sólo quería irme a casa, pero Mami estaba en el trabajo y Carlito, afuera en su nuevo carro. Fue antes de la época de los teléfonos celulares y no había manera de contactarme con él. Entonces salí a Kendall Drive y alcé el pulgar. Un Audi negro y brillante se detuvo unos segundos después. Nunca había estado en un carro tan lindo, así que me subí.

A veces puedes distinguir de inmediato a un degenerado y otras veces consiguen pasar inadvertidos, incluso ante la gente más desconfiada y cínica. No había detectado la perversidad de este tipo hasta que me senté en el asiento del copiloto y el carro ya avanzaba. Entonces caí en cuenta estrepitosamente: la humedad de su sonrisa, la saliva que se acumulaba en las comisuras de su boca, el sudor que se formaba en la parte superior de su labio y entre los pliegues de sus manos, que se dirigieron directamente a mis muslos. Y no ayudó que ese verano fuera la época en la que yo usaba *shorts* pequeñitos.

Me preguntó hacia dónde me dirigía y le dije que a mi casa, que tomara el Palmetto. No lo hizo, y lo próximo que supe fue que íbamos volando por la autopista Snapper Creek, sus dedos metidos en mi entrepierna, y cuando los retiré de un golpe, él lo tomó como una broma y entonces empujó más adentro.

Cuando bajamos la velocidad por un poco de tráfico, abrí la puerta y salté. Di volteretas, el cemento rasgó mi piel como un trapo y me acurruqué contra el separador de la autopista. Es una especie de milagro que no me haya matado, pero el misterio más grande es por qué nadie se detuvo a preguntarme si estaba bien o por qué había saltado de un carro en movimiento.

Cometí el error de contarle a Carlito lo que había sucedido y, para asustarme sin rodeos, como si mis codos y piernas vueltas pedazos no fueran un recordatorio suficiente, me llevó a la colonia de delincuentes sexuales a mostrarme algunos depravados de verdad. Yo sabía que a él y a sus amigos les gustaba ir allá a tirar piedras y a gritarles a esos tipos que deberían castrarlos. Pensé que era cruel, aunque aquellos hombres fueran lo peor de la sociedad. Es decir, pagas la condena y deberías poder seguir adelante con tu vida, pero la gente es especialmente susceptible cuando se trata de los niños.

La vez que se lo mencioné al doctor Joe, el psiquiatra de la prisión con el que solía andar, dijo que tal vez Carlito proyectaba en esos hombres su ira por nuestro padre, pues la mayoría de los exconvictos eran viejos y descuidados, tal como me imaginaba que sería Héctor, si aún estuviera vivo. Pero no creo que se tratara de algo tan profundo. Aquellos eran esos años en los que Carlito y sus parceros levantaban pesas y golpeaban peras de boxeo en el garaje de alguien, deambulaban de noche por el Tropical Park y asaltaban a las personas por pura diversión, ni siquiera por sus billeteras. La suya era una violencia casual, pero se las habían arreglado para que nunca los atraparan.

Ese día, cuando llegamos al campamento de delincuentes sexuales, los muchachos comenzaron con sus burlas habituales. Yo me alejé unos metros mientras ellos iban en busca de a quién molestar, porque no quería que los pervertidos creyeran que estaba allí para ser mezquina con ellos. No se veían tan malos. La mayoría parecían ser tipos comunes, como el abuelo achacoso o el tío borracho de alguien. Unos cuantos se vestían normalmente, con pantalones y camisas abotonadas, como si vivieran en una casa de verdad o algo así, pero otros se parecían a la gente de los pantanos que viste con harapos, con el pelo enmarañado y tatuajes de mugre en la cara. Sin embargo, muchos parecían amables y tristes de estar allá y no me miraron más de una vez mientras caminaba por la periferia del campamento. Sólo dos o tres hicieron lo que podría esperarse y se sacaron el pene cuando me vieron, pero era yo la que estaba en su territorio, así que no puedes culparlos del todo.

Uno de los tipos se acercó a mí y me preguntó de dónde era. Me contó que él era de Mississippi y que quería volver, pero le había perdido el rastro a su familia. Le dije que eso era lamentable, entonces sentí un tirón en el brazo y ahí estaba Carlito, que me jalaba con brusquedad mientras el tipo trataba simplemente de contarme una parte de su historia. Carlito llamó al hombre violador, pedófilo, todo tipo de cosas, y me gritó durante todo el camino a casa por ser tan tonta.

Ambos éramos la clase de personas que nos moríamos de risa en las películas de terror. Monstruos, demonios que poseían las casas, asesinos enmascarados. Nos parecía graciosísimo pensar en que hubiera una industria del terror artificial cuando la vida real es mucho más letal. El secreto está en que los verdaderos asesinos se parecen a cualquier persona y que incluso podrías tener uno viviendo en tu propia casa. Todos sabemos que la persona que más amas en este mundo podría tratar de matarte un día. Pero ese día el objetivo de Carlito era darme una lección práctica de miedo y yo había fallado.

—¿Qué te pasa? —Parecía desesperado por entender—. ¿Te llevo a un zoológico de psicópatas y tratas de hacer amigos como una especie de bobita? Te vas a hacer matar un día, Reina.

Me mantuve callada. Sabía que él estaba equivocado y que era precisamente lo contrario. Hacerse amiga del peligro es la única manera de sobrevivir.

Una buena cosa fue que no me dejé traumatizar por la experiencia del autoestop, pues de lo contrario Nesto y yo nunca nos habríamos conocido. Aunque en realidad no puedes llamar autoestop a lo que hice para conocerlo. Y él no trataba de levantarse a nadie.

Yo estaba en la fiesta de luna llena del Broken Coconut, un bar en la playa donde se mantienen todos los lugareños de Crescent Key. Desde mi llegada, la población de la isla me ha parecido extrañamente desigual: una generación perdida de jubilados norteamericanos y la mayoría de los jóvenes son sus hijos o nietos que vienen de visita, o gente de la industria de servicios ya en el limbo de la vida. Como Ryan, el larguirucho de Nebraska encargado de la piscina del Starfish Club Hotel, con el que había ido al bar esa noche y al que había conocido cuando conseguí un trabajo pintando uñas en el *spa* del hotel. Ryan formaba parte de una tribu de empleados de cruceros y nómadas por temporadas que mataban el tiempo en trabajos como *jockeys* en barcos de alquiler o en hoteles y restaurantes hasta decidir su próxima movida.

Tal vez confundí a Ryan tras haber salido con él unas cuantas noches por semana, como si fuéramos a convertirnos en algún tipo de pareja, y al haber pasado con él el Día de Acción de Gracias, junto con otros cuantos que estaban lejos de su familia, allá mismo en el Broken Coconut, comiendo frituras de caracol y pargo ahumado. Pero para entonces yo llevaba casi un mes en las islas, y con la llegada del invierno y la oscuridad, que ahora comenzaba temprano, no tenía mucho más para llenar mis noches.

Todos mis años de aislamiento en casa no me habían preparado para este tipo de soledad. Incluso cuando has sido ignorada o evitada por parte de una comunidad hostil, aprendes a percibirlo como una particular forma de sentirte acompañada..

La noche de la fiesta de luna llena, Ryan había estado especialmente tocón. Me había manoseado la cintura, los muslos y había puesto sus labios agusanados muy cerca de mi cara. Hasta esa noche había sido prudente conmigo, y yo no me había hecho la fácil, como a veces hago cuando veo que un tipo avanza despacio. Ni siquiera nos habíamos besado, por lo que la tensión entre nosotros era alta y tal vez, si su acercamiento hubiera sido diferente, aunque no estoy segura de qué manera, yo me habría interesado. Tal vez, incluso habría permitido que las cosas empezaran allá, en el estacionamiento, y me habría ido con él a su casa de alquiler en el canal, que compartía con otros cuatro chicos, y me habría escabullido de allí por la mañana, justo a tiempo para ir a trabajar. Pero algo me detuvo.

Por esos días yo reflexionaba sobre esta nueva vida acá abajo, en los Cayos. Quería intentar hacer las cosas de un modo diferente. Y entonces le dije a Ryan, tan amablemente como pude, que no íbamos a tirar esa noche. Pareció derrotado y enojado, trató de argumentarme que no había razón para no hacerlo si ambos queríamos, pero yo insistí en que no quería. *Créeme, yo no quiero*. Y él se ofendió y me dejó sola en la silla del bar, mientras la multitud de borrachos trataba de pasar sobre mí a empellones, con sus vasos de plástico, para servirse más ponche de ron.

Me escabullí entre ellos para salir, pero descubrí que mi carro estaba bloqueado en el estacionamiento por una docena de vehículos, y que no había taxis en este extremo del Overseas Highway. Mi cabaña en Hammerhead estaba a pocos kilómetros, pero no era el tipo de caminata que quieres hacer sola en la noche —no soy tan audaz—, así que me quedé a la entrada del estacionamiento para ver si podía encontrar a alguien que saliera y pudiera arrimarme a mi casa.

Fue entonces cuando vi a Nesto, que caminaba a la luz de la luna, hacia su camioneta azul, estacionada oportunamente al lado de la carretera. Me acerqué a él. Desconfió de mí. Es decir, quién no —una chica sola en medio de la noche que pide que la lleven en carro—, pero él aceptó con un acento que, por mi educación en Miami, supe que era claramente cubano, del tipo de los recién llegados, que aún no se había diluido en varios años de exilio. En el mar de gringos que era el Broken Coconut esa noche, esto me hizo sentir más cómoda.

Además, pegada al tablero de la camioneta tenía una estampita descolorida de un pequeño santo peregrino que sostenía un bastón y que reconocí enseguida gracias una imagen similar que Mami tenía en su altar, en la antigua habitación de Carlito.

—El Santo Niño de Atocha —dije cuando nos pusimos en marcha y señalé al mini-Jesús. Era importante en Colombia, especialmente para aquellos que habían salido del país, y se decía que protegía a los peregrinos y viajeros. Él, san Antonio y la Virgen del Carmen fueron los últimos santos a los que Mami les había pedido misericordia y libertad para su hijo. Aunque había desheredado a Carlito de día, aún rezaba por él todas las noches. Mi madre era especialmente devota de este pequeñito porque también se decía que era el santo patrón de los prisioneros.

Nesto inclinó el mentón hacia mí y sacudió la cabeza.

—No. Es Elegguá.

—Ah, no sabía eso.

Me habría gustado conversar durante aquel recorrido a casa, pero él no parecía muy dispuesto. Traté de hacerle preguntas. Él arrastraba una polea con una caja de herramientas cuando lo vi en el estacionamiento. Le pregunté por eso y me dijo que había ido al bar para arreglar el goteo de una tubería, no para la fiesta.

—¿Eres plomero?

—No. Simplemente arreglo cosas.

—¿Qué tipo de cosas?

—Cualquier cosa.

Tomó lentamente la carretera hacia la propiedad de Hartley en Hammerhead y puso las luces bajas mientras nos acercábamos a la casa principal.

Le di las gracias y salté desde su camioneta al camino de gravilla.

—¿Cómo vas a ir mañana por tu carro? —me preguntó cuando empecé a alejarme.

Me encogí de hombros.

—En el bus.

—Yo te llevo.

—No tienes que hacerlo.

—Lo sé. Pero lo haré.

Crescent Key es una isla lo suficientemente pequeña para que, después de una semana o dos, ya veas las mismas caras y les dirijas automáticamente sonrisas de saludo a los conocidos en la lavandería, en la oficina de correos y en el minimercado, a pesar de que nunca te los hayan presentado formalmente. Pero también es el tipo de lugar donde puedes pasar días sin ver a una sola persona que no sea gringa, lo que no significa que no haya algunos, sino que simplemente no se ven.

Habría recordado la cara y la figura de Nesto Cadena si lo hubiera visto antes. Lo pensé a primera hora de la mañana siguiente, cuando salí al muelle detrás de mi cabaña. Aunque duermo mal —me despierto en medio de la noche con mis propios pensamientos—, nunca fui madrugadora en mi vida anterior. Jamás llegué tarde al trabajo y a menudo tenía que abrir el salón, pero me costaba despertarme temprano para otro día de la misma vida aburrida.

Aquí, sin embargo, los sonidos del matorral alrededor de la cabaña son estímulos amables y me despierto con el sol, los pájaros y el rocío matinal en los tablones del porche. Los animales se incorporan en una rutina conmigo; las iguanas que viven en los arbustos descubren la hilera de uvas tajadas que les dejo a lo largo del sendero y las veo asomarse desde las plantas y arrastrarse hacia su premio.

Esa mañana, permanecí en el muelle viendo dos ejemplares de pez león —otra de las especies invasoras que la señora Hartley me había advertido que vigilara, ya que son venenosos— girar alrededor de los postes, y luego dos delfines que serpenteaban a través de la corriente en la distancia.

Un viejo bote de pesca deportiva, perteneciente a uno de los vecinos del canal, salió lentamente de la ensenada hacia el mar abierto, con un tipo barbudo y fornido al timón.

Me saludó al pasar por el embarcadero donde yo estaba, y su barba se partió con una sonrisa.

—Hermosa mañana.

—Acabas de perderte los delfines. —Parecía un saludo amable de vecino. Los delfines habían desaparecido con el zumbido de su bote al salir del canal.

—Sé dónde encontrarlos —Inclinó la cabeza hacia el sol—. Hay toda una manada a pocos kilómetros.

Un poco más tarde, me dirigí por el camino que iba desde la cabaña hacia la entrada, a la espera de que Nesto cumpliera con llevarme, como me lo había ofrecido la noche anterior. Allí donde normalmente yo estacionaba mi carro, vi la camioneta azul, Nesto apoyado en el borde del capó.

Me detuve en el camino antes de que me viera venir, disfrutaba verlo por primera vez a la luz del día.

Te puedo decir lo que él me dice ahora: que su sangre es una mezcla tormentosa, producto de generaciones de encuentros clandestinos hasta llegar a su madre, la morena mestiza de la que heredó su amplia sonrisa y una tez bronceada que él compara con un ron añejo de siete años, y su padre, un guajiro del que obtuvo su nariz afilada, así como sus ojos taínos negros y rasgados.

Mi madre decía con frecuencia que estaba agradecida porque ninguno de sus hijos tenía el menor rasgo de su padre. De hecho, los dos éramos muy parecidos a ella, con ojos y boca pequeña, la frente alta y las cejas pobladas. Bromeaba cuando decía que era como si no tuviéramos padre y ella nos hubiera hecho sola.

Nesto tiene trenzas gruesas, como lazos, que amarra con una cinta y le azotan los hombros. Dice que se las dejó crecer en el momento en que empezó a planear su deserción y que sólo se las cortará el día en que *ese*, Fidel, el barbudo, finalmente se muera. Es alto y musculoso, con piernas fuertes, porque dice que la leche todavía abundaba cuando creció, no como después, cuando los soviéticos se fueron de la isla y todo comenzó a escasear.

Ambos somos del Caribe inventado, dice Nesto. Una alquimia del Nuevo Mundo de sangres africana, española, india, asiática y árabe destiladas; cada uno de nosotros producto de mezclas diversas. Le gusta comparar el color de nuestra piel y pone su brazo junto al mío, y me dice «Canelita, ni muy tostada ni muy blanquita», me muestra su piel oscura, prueba —según su madre— de un noble parentesco yoruba y de valerosos antepasados cimarrones, una raza prieta de la que debería estar orgulloso, sin importar lo mucho que otros se hayan resistido al mestizaje al aferrarse a la blancura lechosa de su linaje, como si fuera su bien más preciado.

Me hace pensar en mi abuela y en la forma en que me hacía pararme en el escalón de madera de su apartamento cuando iba a tomarme medidas para los vestidos que me hacía; su manera de examinarme, de advertirme que no me sentara al sol para que la piel no se me oscureciera, ya trigueña de por sí. Me recogía el pelo, «Tosco como el de una rata, negro como el azabache», decía. Igual que el de mi madre y un remanente de nuestras raíces karib; se quejaba de que deberían pasar generaciones para que el linaje de nuestra familia se aclarara.

—A nadie le importa mi pelo de rata en los Estados Unidos —le decía yo a Abuela.

Ella sacudía la cabeza.

—Crees que no les importa, Reinita. Pero créeme, sí les importa.

Mi abuela era pobre. Siempre hemos sido pobres, incluso aquellos que vivieron antes que nosotros. Pero Abuela se avergonzaba de ese hecho y trataba con frecuencia de hacerse pasar por ser de mejor familia, porque, de alguna manera, compartía su apellido con una de las familias más distinguidas de Cartagena. Pero Mami dice que la gente toma apellidos prestados y se los roba todo el tiempo, «Tan fácil como un santero se roba una misa», y un apellido encopetado ya no significa nada; lo único que demuestra de dónde vienes de verdad es tu sangre.

Esa primera mañana, Nesto me esperaba con un vaso de plástico en la mano. Me lo dio. Vi que estaba lleno de un líquido espeso y anaranjado.

—Te traje esto. Es guarapo de caña. Pruébalo.

Yo ya había tomado jugo de caña de azúcar y no me gustaba, pero lo acepté porque Nesto sonreía, con todos sus grandes dientes al descubierto, y me habló del viejo en el parque de tráileres donde él vivía, que tomaba el bus hasta el mercado mexicano en los Redlands cada fin de semana sólo para poder comprar caña de verdad y hacer guarapo para él y sus amigos caribeños, con el propósito de aliviar la añoranza.

Yo tenía un poco de tiempo antes de tener entrar a trabajar en el *spa* y Nesto todavía esperaba su primera llamada para las reparaciones del día, así que fuimos a Conchita's. Conchita es una dominicana que vende café, pasteles y sándwiches en un pequeño negocio que montó en el zaguán de su casa y completó con unas pocas mesas en el patio adyacente. Está casada con un tipo de la Guardia Costera que nunca está, y puedes sorprenderla con frecuencia en medio de conversaciones con los pollos y gatos callejeros que se mantienen en su propiedad. Le compré un cafecito a Nesto en agradecimiento por llevarme a casa la noche anterior y de vuelta a mi carro hoy.

Esa mañana, noté las pálidas costuras de las cicatrices alrededor de sus dedos, gruesos como tabacos. Durante nuestras primeras semanas de amistad, Nesto me decía que su cuerpo estaba marcado con indicios de su juventud, y señalaba el mapa de esa historia por todo su cuerpo. Los pies curtidos, ásperos, de años de jugar baloncesto descalzo en la cancha de cemento, porque sólo había un par de tenis que se turnaban entre todos los chicos del barrio, y él nunca había tenido la paciencia para esperar su turno; los dedos de los pies, marcados por cortes e infecciones. Los nudillos raspados, las palmas de las manos encallecidas, de arreglar, arreglar —de *inventar*, como dice él—, de usar los radios de una llanta de bicicleta para reparar el encendido de un Chevrolet 1952; de quebrar piedras para convertirlas en cemento fresco y así reparar un muro derrumbado; o de robar ladrillos de una fábrica abandonada en Marianao para convertir un cuarto en dos, o dos cuartos en tres y así acomodar a la creciente población de su casa; finas líneas purpúreas y huellas queloides marcaban allí donde un cuchillo mal manejado o una cerca saltada le había perforado la piel.

—Mírate —me dijo cuando se sintió más cómodo a mi alrededor, y me contaba las historias de algunas de sus marcas, tomaba mi muñeca entre sus dedos y sostenía mi brazo, como si me estuviera inspeccionando—. Es como si hubieras vivido en una vitrina toda tu vida. Sin marcas, sin cicatrices en absoluto. ¿Cómo es posible eso?

—Ah, tengo muchas —dije, un poco sorprendida porque nadie jamás me había considerado perfecta en ningún sentido.

Aunque Carlito me dijo una vez que nuestro padre solía golpearnos con saña — incluso a mí que era apenas una bebecita—, no tengo ningún recuerdo ni ninguna evidencia en la carne que haga que me lo pregunte.

Desde el día en que hice autoestop y salté del carro del pervertido, sólo tengo un parche delicado y sombrío, que se ha ido encogiendo hasta alcanzar el tamaño de una moneda de veinticinco centavos en la rodilla, ahí donde el pavimento se me enterró hasta el hueso. Aparte de eso, es un poco curioso lo inmaculada que me encuentro.

Moví el cabello hacia atrás para mostrarle a Nesto el lugar donde mi padre me cortó la oreja para romper la maldición que, según él, llevaba conmigo.

—¿De qué es eso?

—Mi padre me marcó. Dijeron que yo era una abikú.

—¿En serio? —Parecía sorprendido, aunque no me pidió explicaciones.

Asentí.

—Esa no puede ser tu única cicatriz.

—Tengo más.

—¿Dónde están?

—Son de esas que no puedes ver.

Cuando Carlito estaba todavía entre los vivos, yo solía conducir de vuelta, después de mis visitas de fin de semana en los Glades, y me encontraba con mi madre, que los domingos por la noche me esperaba en casa con una cena recalentada. Normalmente, ella recién regresaba de pasar esos días con su novio. Era el único día de la semana que cocinaba. No era muy talentosa como chef y sus comidas eran siempre las mismas: sancocho, que duraba varios días, o algún tipo de pescado frito, o cerdo con arroz con coco, y a veces unas empanadas o carimañolas que compraba en una panadería de camino a casa.

Nos sentábamos juntas en la mesa de la cocina y me hablaba de los restaurantes agradables a los que Jerry la llevaba en Orlando, me mostraba cosas que él le regalaba, se jactaba de las promesas que él le hacía de comprarle un carro, ropa nueva; de llevarla a Roma para que finalmente pudiera ver la plaza de San Pedro. Ella nunca preguntaba por Carlito. Habíamos llegado a un acuerdo, años atrás, en el que yo no le hablaba de él, ni siquiera para transmitirle los mensajes que él me pedía que le enviara, ni sus preguntas suplicantes sobre cómo una madre podía olvidar a su hijo, negarlo, darle la espalda. Para él, era tan antinatural como el asesinato. Mami sólo me miraba cuando yo entraba por la puerta y me decía que me veía cansada, me acariciaba el pelo y ponía un plato sobre la mesa frente a mí.

A veces las visitas eran particularmente duras, como cuando Carlito me contó sobre los días que pasó en «el hueco», un confinamiento solitario, peor que todo a lo que ya se había acostumbrado, en una celda vacía, sin luces ni ventanas, solo con sus manos para hablar con ellas. Lo habían enviado allá por haber peleado con un guardia que lo provocaba mientras empujaba el carrito de la comida a través del salón del corredor de la muerte. Cada mañana, alrededor de las cinco, le decía: «Disfruta del sabor de mis orines en tu papilla, Castillo», a la vez que deslizaba el desayuno de Carlito por la ranura de la puerta y quebraba intencionalmente el tenedor-cuchara de plástico que venía con el plato. Era el mismo guardia que elogiaba el grosor de mis labios cuando yo iba a visitar a mi hermano, me decía que le gustaría ver qué podía hacer con ellos, y una vez me dejó una nota en la recepción del Glades Motel en la que decía que le gustaría invitarme a salir.

Puedo adivinar qué clase de cosas pudo haber dicho para provocar a mi hermano hasta llevarlo a intentar atacarlo a mano limpia, mientras lo llevaban esposado hasta la ducha. Pensar en mi hermano agachado en el piso sucio de la mazmorra de una prisión me había hecho sentir enferma durante días, pero nunca le conté estas cosas a Mami porque no es lo que a ella le gustaría saber.

Nunca entendí cómo Mami había podido abandonar a Carlito y olvidarse de aquel bebé que había mimado, besado y amamantado, al que siempre había preferido por encima de mí.

Yo anhelaba que ella pudiera ser más como Isabela, casi patológica en su cortesía, con la que cada año le enviaba a Carlito una tarjeta de cumpleaños en la que le decía que sabía que, más allá de su corazón endurecido, él seguía siendo el chico que una vez ella había amado, con el que había creído que se casaría y al que le había perdonado que matara a su hija.

Mi madre era una mujer capaz de aparentar felicidad de cualquier manera. Hubo momentos en que supe que sentía dolor, su cuerpo se marchitaba de ansiedad, pero ella exhibía su cara sonriente y pintada, y ningún desconocido

108

podía adivinar lo que llevaba por dentro. Sólo yo lo sabía. Pero ella nunca consintió una cercanía que nos permitiera compadecernos la una de la otra, ayudarnos, darnos fuerza mutuamente. Cada una iba por su propia cuenta.

Ahora, en lugar de reunirse conmigo en la cocina con un plato de comida, los domingos por la noche, ella me llama por teléfono. Siempre llama a la línea de la cabaña y rara vez a mi teléfono celular, porque la señal es intermitente aquí en Hammerhead.

Dice que quiere saber si estoy bien.

—No es normal que una muchacha viva sola en medio de la nada, Reinita.

Ella piensa que debería mudarme a una ciudad, a algún lugar donde haya gente culta, gente que va a lugares, y sé que con esto se refiere a gente con dinero.

—¿Has conocido a alguien?

—He hecho algunos amigos —le respondo.

Miento y mi madre lo sabe. Podemos aprovecharnos bastante bien de los hombres y tal vez tener unas pocas mujeres como conocidas, pero nunca amigas de verdad. El único candidato aquí es Nesto, que hasta ahora no ha hecho ningún acercamiento, lo que me hace sentir agradecida y recelosa, por igual. Pero quizá sea así como se hacen los amigos de verdad.

Lo veo sentado en mi sofá, hojea una vieja copia de *National Geographic* de un arrume que ya estaba en un rincón de la cabaña cuando me pasé. Envuelvo el cable del teléfono alrededor de mi dedo mientras mi madre pasa al siguiente asunto en su agenda: Nochebuena.

—Te estamos esperando. Ojalá puedas quedarte con nosotros por lo menos unos días esta vez.

—No creo que pueda sacar tiempo libre en el *spa*.

—Nadie trabaja en Navidad.

—Es un hotel. Abren todos los días y acabo de empezar. No puedo tomarme días de vacaciones cuando quiera.

La verdad es que ni siquiera he intentado pedir días libres, y no pienso hacerlo. Mami sabe que no soy fan de Jerry, cuyo verdadero nombre es Jerónimo y llegó aquí desde Puerto Rico cuando era un adolescente, aunque cuando está rodeado de personas que él considera que son gringos de verdad, finge no hablar español, como si el inglés fuera el idioma de los dioses. Piensa que su casa adosada es un palacio, se quita los zapatos en la entrada, y constantemente pasa el dedo sobre las repisas para revisar si la señora del aseo que viene cada semana o mi madre limpiaron bien el polvo. Y tampoco es que sea ninguna belleza, de rasgos aplastados, como si lo hubieran puesto boca abajo al nacer, y dientes enchapados que parecen sacados de una ferretería.

—¿Entonces, pasarás la Navidad sola?

Todavía tengo un ojo en Nesto, absorto en alguna foto plegable de orangutanes.

—Pensaré en algo.

Hay una pausa. Lo obvio sería que mi madre se ofreciera a visitarme, ver cómo vive su hija, pasar un poco de tiempo juntas durante las vacaciones. Pero sé que Jerry no viajará a un sitio lejano por mí y Mami ha entrado en la etapa en la que es reacia a ir demasiado lejos, durante demasiado tiempo, sin su hombre. La edad la ha hecho un poco paranoica. Ahora que consiguió marrano, de ninguna manera se arriesgará a que se le escape.

Más bien cambia de tema. Me dice que Jerry ha hablado de que este podría ser el año en el que finalmente le proponga matrimonio. Habría que preguntarse por qué habría de molestarse en hacer eso. Ella es ya tan esposa suya como lo será siempre y me molesta la forma cómo él se lo restriega a ella, como si tener que atenderle su pinga de por vida fuera una especie de honor.

Mami nunca tuvo una boda de verdad, no de las que se celebran. Tenía diecinueve años cuando Héctor pidió su mano en Cartagena, y ya estaba embarazada de Carlito cuando se casaron en una iglesia en Barranquilla, donde

110

nadie los conocía. No hubo fiesta porque su madre pensó que era vergonzoso que Mami ya tuviera barriga. Ahora, con Carlito fallecido, no hay razón para recordar ese día, y a los cincuenta, ella podría lograr finalmente su sueño de usar un vestido blanco. Habla de locaciones y de esquema de colores, sin importar que no tenga a casi nadie para invitar. Dice que seré su dama de honor. Que me va a comprar un vestido especial y todo. Quiero decirle que no somos ese tipo de familia. No somos de rituales o celebraciones. Somos personas que vivimos día tras día. Pero permanezco en silencio.

Cuando colgamos, suspiro largamente y miro por la ventana la oscuridad sobre el océano, sin distinción entre el agua y el cielo. Siempre es desorientador cuando hablo con mi madre, el arrastre de su voz hacia nuestra antigua vida, a pesar de que ambas hemos tratado de superarla.

En su suave acento caribeño oigo la risa de mi hermano, me veo jugando con él, juntos, de niños, en el jardín trasero, cuando aún estaba cubierto de hierba verde y crujiente y nuestros juguetes eran nuevos.

La voz de Mami era la canción de nuestra casa, aun sin un padre, aun cuando vivíamos con esa masa negra de lo que nunca nos dijimos, aun con las marcas en nuestros huesos, esas que no sabíamos que llevábamos.

A lo largo de la incertidumbre de la vida, nos sentimos anclados por el amor que había en su voz.

Carlito la adoraba. Siempre recogía flores para ella y, cuando fue lo suficientemente mayor, robaba joyas en el Walmart local, y luego, incluso en tiendas más elegantes. Nunca soñó con que ella le retiraría su amor algún día, con que el amor de una madre no era incondicional ni eterno, como dicen por ahí.

La voz con la que crecimos, la voz que nos arrullaba durante la noche, había sido sólo eso, una voz, no una promesa ni una plegaria.

Mami era sólo una mujer que trataba de cuidar a dos hijos que había tenido con un hombre al que odiaba. Eso era todo.

—¿Todo bien? —pregunta Nesto, detrás de mí cuando cuelgo el teléfono.

Me vuelvo hacia él y asiento con la cabeza.

—Sí. Todo está bien.

Nesto hizo su propia llamada telefónica familiar del domingo esta mañana. Me encontré con él para tomar un café en Conchita's y luego lo esperé en la oficina de correos mientras él usaba una tarjeta telefónica para llamar a Cuba desde un teléfono público. Lo miré apoyarse en el vestíbulo, presionar sus dedos en las sienes, sus manos que se movían animadamente en un punto, y luego, su cabeza que se hundía mientras asentía, como si la persona con la que hablaba pudiera verlo. Cuando regresó a la mesa de plástico donde yo estaba sentada, le pregunté lo mismo.

—¿Todo bien?

Él sonrió, pero suspiró.

—Normal. Todo está normal.

—Vamos, Reina —me dice Nesto ahora—. Vamos a caminar.

Bajamos por el camino de piedra hacia la playa. No hay viento, de modo que el frío de diciembre no consigue atravesar nuestra ropa. Caminamos hasta el borde del agua, permanecemos sobre la arena húmeda, dura por la marea baja, fría a través de las suelas de mis tenis.

Nesto también vive en la playa, en el extremo noreste de Crescent Key, en uno de esos moteles que están en los parques de tráileres, como en el que me registré cuando vine por primera vez. El suyo es un apartaestudio para una sola persona en el edificio principal, con pocos muebles, pero con una gran vista del Atlántico. El único problema es que la propiedad está llena de borrachos y vagabundos, cada noche es una sinfonía de discusiones y de gritos, y al otro día siempre se despierta en medio de un jardín de botellas rotas.

Le gusta más mi pequeño terruño de la península de Hammerhead. Aquí parece que el mundo nos olvidara, parece que pudiéramos olvidarnos del mundo.

Me siento en un montículo de arena seca mientras Nesto camina por la orilla del mar, como si buscara un camino por el cual poder atravesar el agua.

—Reina, ¿puedo preguntarte por qué viniste acá? Es decir, ¿por qué te fuiste de donde eres?

Tardo un momento en responder. Hemos logrado hablar de ciertas cosas hasta ahora, pero decido intentar responder con la verdad esta noche, o al menos con una parte de ella.

—No tenía ninguna razón para quedarme después de…

—¿Después de qué?

—Después de que murió mi hermano.

—¿Cómo fue que los dejó?

Me gusta la forma en que lo dice, como si Carlito acabara de salir de viaje y aún pudiera volver.

—Se suicidó. Nuestro padre hizo lo mismo. Y el padre de nuestro padre, también.

Él asiente con la cabeza como si no estuviera tan sorprendido.

—Cómo… cómo…

—¿Mi hermano? Se ahorcó. —No menciono que el tubo que usó estaba en una cárcel—. Nuestro abuelo también se ahorcó.

—¿Y tu padre?

—Se cortó la garganta.

Nesto toma aire. Noto que trata de no parecer sorprendido por mi propio bien.

—Entonces los hombres de tu familia son buenos con las cuerdas y los cuchillos.

—Lo suficiente, supongo.

—Debes ser descendiente de marineros… o de mercenarios.

—Todo lo que sé es que mi madre dice que vengo de una extensa línea de bastardos por ambos lados.

—Todos lo somos.

Se inclina y hunde las palmas de las manos en la marea, las saca y pasa los dedos húmedos por su cara y su pelo, el agua gotea de sus hombros como penachos de plumas.

Se inclina sobre mí y pone una mano en mi mejilla, para que yo pueda sentir lo fría que está el agua en su piel.

—¿Sabes por qué vine acá, Reina? —Retrocede hacia el agua.

—Para alejarte —le digo. Calculo que Crescent Key es el tipo de lugar al que la gente llega simplemente, harta de otra vida deshecha.

—No. Vine para acercarme.

—¿A qué?

—Allá. —Señala el horizonte negro. No hay luna esta noche—. A casa.

El ruido repentino de un trueno se escucha por encima de nosotros. Nesto mira al cielo y levanta una mano, luego la vuelve a bajar para cubrir su corazón.

—Bendición, Changó.

Se vuelve hacia mí con una amplia sonrisa.

—Ese trueno significa que él me oye.

114

Cuando a Carlito lo detuvieron por primera vez, no me permití dormir para castigarme por ser la que había despertado su locura. Cerraba la puerta de mi cuarto para que mi madre pensara que me había acostado, pero me sentaba en una silla en todo el centro, de modo que ni siquiera pudiera inclinar la cabeza hacia atrás para apoyarme contra una pared. A veces me adormecía. Luego me volví más estricta y me amarré una cuerda tensa alrededor del cuello, que estaba atada al ventilador del techo, de modo que si me quedaba dormida, el tirón me despertaría. Pero a veces nada podía detenerme y me sumía en un sueño sonámbulo, en el trabajo, durante algún descanso entre clientas. Mi jefa me llamó a solas y me preguntó si estaba consumiendo drogas. Comprendí que así podía poner en peligro mi fuente de ingresos, y entonces decidí encontrar otra forma de castigarme: dejé de comer.

Por un tiempo me sentí a gusto con mi huelga de hambre silenciosa. Las punzadas pasan, la mente se instala en una mancha difusa que te protege del mundo que te rodea. Mi carne se encogió, mis rasgos se afilaron, pero estas son cosas que la gente elogia en las mujeres, así que nadie notó que sólo quería encarcelarme, como gesto de solidaridad hacia mi hermano.

Sentí el hambre que Carlito sentía en la prisión del condado, donde estaba detenido, sin fianza hasta su juicio, porque el juez pensaba que podía escapar. Y luego cuando lo trasladaron a la cárcel del sur. Sentía su disgusto cada vez que veía un plato de comida de la prisión, algunos de los cuales, según me dijo el doctor Joe, venían de bolsas y barriles marcados como «NO APTOS PARA EL CONSUMO HUMANO».

Sentí el ruido ineludible de intercomunicadores y alarmas, los aullidos y susurros que impregnaban las paredes y los barrotes de la prisión y que le impedían dormir de verdad, las fuertes pisadas de las botas de los guardias cuando revisaban su celda cada quince minutos, las luces fluorescentes de arriba que nunca se apagaban por completo.

Dejé de bañarme como antes para limitarme a las tres duchas de diez minutos por semana que le permitían a mi hermano.

Cuando al fin me permití dormir, mantuve las luces encendidas en mi cuarto para acordarme del sufrimiento de mi hermano y a menudo sólo descansaba en el piso, porque mi hermano dormía en una colchoneta recubierta con plástico, sobre una losa de cemento, apenas con una manta áspera para cubrirse.

Yo tenía miedo de olvidar, como si pudiera hacerlo.

Vi a mi madre con su amnesia fragmentada con respecto a nuestro padre, la forma en que también desechaba recuerdos de Carlito, y pensé, *alguien tiene que recordar*, por el bien de nuestra familia, aunque fuera sólo para poder contar lo que éramos, lo que podríamos haber sido, y lo que nunca seríamos otra vez.

Y estaban los sueños.

Creo que nací teniendo pesadillas. Mi madre me dice que me negaba a dormir cuando era una bebé y combatía el cansancio llorando, hasta que mi cuerpo cedía, e incluso entonces, mi sueño siempre era de corta duración y me despertaba con gritos, con una mirada de terror en la cara.

Las pesadillas me han acompañado toda la vida, pero ya no les tengo miedo, como si fueran una vieja película repetida, escenas de los momentos más oscuros de nuestra vida: un bebé que cae de un puente, la cara de mi hermano cuando recibió su sentencia de muerte, los gemidos de nuestra madre que llenan nuestra casa.

A veces sueño con mi padre. Aunque en los sueños no es mi padre, sino un hombre que se parece a él y grita mi nombre desde muy lejos.

Sueño con la casa vieja; yo, una niña, sentada en ese pedazo de tierra que mi madre llamaba jardín, a pesar de que se negaba a darle flores. Cavo en el suelo con una pala de plástico, saco gusanos y los pongo en fila, como reuniéndolos. A veces me atrevo a comer tierra. Mami nos había advertido que los niños que comen tierra se vuelven locos, pero yo de todos modos lo hago, me meto un puñado en la boca y me digo que ella nunca lo sabrá.

Sueño con Cartagena. Juego en las calles mugrientas con mi hermano, que me lleva de la mano por los escalones ocultos hasta el techo del edificio de Abuela, donde toda la ciudad se extiende frente a nosotros y podemos ver hasta La Matuna y Getsemaní. Cuando me lleva al tercer piso para espiar a doña Gabriela, que siempre tiene visitantes masculinos. Desde la escalera podemos oírlos gruñir y golpear los muebles. Nos reímos y los imitamos, observamos a los hombres cuando salen del apartamento y bajan temblorosos por las escaleras restregándose el sudor de la frente con un pañuelo. Les lanzamos miradas de reproche cuando los vemos en la misa de Santo Toribio, los domingos por la mañana, sentados en los bancos de la iglesia con esposa e hijos, recibiendo la comunión.

Sueño con mi abuela. La manera en que me cose blusas con flores bordadas en las mangas acampanadas mientras mi madre observa, y cuando las blusas están terminadas me las da para que me las ponga, me dice que me ama más que a nadie en el mundo y mi madre mira, sacudiendo la cabeza.

Durante años, cuando éramos pequeños, Mami hablaba de volver a vivir en Cartagena, como si esta vida norteamericana fuera sólo un interludio y hubiéramos terminado aquí por accidente. Pero cuando le preguntábamos: «¿Cuándo, Mami? ¿Cuándo vamos a volver?», ella

117

nunca respondía. Y cuando Abuela murió, en lugar de conservar su apartamento para la familia, como Carlito y yo le rogábamos que hiciera, Mami lo vendió y dijo que ahora no tendríamos necesidad de regresar jamás.

Dejé de extrañar a Cartagena en mi vida de día, pero la seguí anhelando mientras dormía, y a veces, vagar por esas murallas de la ciudad en mis sueños era la única paz que tenía.

En la vieja casa de Miami me despertaba con la sensación de tener una mano que me presionaba el pecho, los ojos abiertos en la penumbra azul oscura de mi cuarto. Todo en silencio, aunque sintiera todavía el ruido a mi alrededor, a través de mis oídos, detrás de mis ojos, debajo de mi piel.

En la cabaña me quedo dormida lentamente, mientras identifico los sonidos de los animales nocturnos: grillos, ranas, mapaches que chillan, una gata en celo en algún lugar más allá de los árboles de icacos.

Pero la mía es aún una soledad que me saca del sueño.

Puedo olvidar mi soledad durante el día, a lo largo de mis horas de trabajo, cuando hago mandados y mientras llevo a cabo el ritual de limpieza que he preparado para la cabaña cuando oscurece.

Sin embargo, la noche aún se siente como una tumba, cuando soy más vulnerable, acostada para descansar sin distracción.

Sólo este cuerpo, esa oscuridad, los susurros de la noche interminable:

No perteneces a nadie. Nadie te pertenece.

Nesto dice que nunca conoció el silencio hasta que llegó a este país. Que no se puede encontrar sosiego en La Habana. En su barrio de Buenavista, en los pliegues altos del distrito de Playa, Nesto vivió en una casa de cemento que descendía desde la calle por un largo pasillo, con un patio, y un jardín a un lado en el que había un árbol de mango y otro de aguacate. Era una casa buena, dice él, en un barrio no tan bueno, un reparto al que la gente nunca iría si no tuviera que hacerlo. La casa había pertenecido al padre de su madre, propietario de una tienda de abarrotes, hasta que había sido incautada por la Revolución. Pero él y su familia habían apoyado, de manera entusiasta, lo que entonces se creía que sería un giro democrático de la marea, seguros de que resultaría en una mejora con respecto a la vida durante la dictadura de Batista, cuando en las calles de todos los barrios resonaban los gritos de las cámaras secretas de tortura y dejaban a los cuerpos ejecutados en las aceras durante días, como advertencia contra la disidencia.

Por haberse sometido a la causa y haberse acogido a la nueva política de redistribución de la propiedad, la familia de Nesto podía permanecer en su casa de Buenavista si entregaba su cabaña de playa en Guanabo. Y así pasó a ser de la madre de Nesto y, allí vivió ella durante tres matrimonios, tres hijos, y ahora, tres nietos. Nesto dice que era una casa bastante maleable, como todo en Cuba. Se pueden añadir paredes para hacer más cuartos, extender la casa, agrandarla, como las bacterias. Se añade un segundo piso arriba y una entrada separada, para dar cabida a las tías viudas, a los niños y primos desplazados por el divorcio y las relaciones rotas. Y así, una casa familiar sencilla se convierte en una comuna, llena de voces, pasos, puertas que se abren y se cierran, y afuera, una hilera de casas que soportan el mismo hacinamiento, una simple calle que se convierte en su propia ciudad turbulenta.

Dice que la vida en La Habana fue una serie de intercambios de casas, pues comprar o vender propiedad era ilegal. Él había dejado el hogar de su madre en Buenavista para mudarse a unas pocas cuadras y vivir en la casa que pertenecía a la familia de su nueva esposa, con quien se había casado a los diecinueve.

—¿Eres casado?

Me sorprende que no lo haya mencionado hasta ahora, aunque a lo mejor debería haberlo sospechado.

Estamos sentados en la terraza frente al Lobster Bay Inn, mientras escogemos los últimos trocitos de cangrejos de piedra del bufet permanente de mariscos. Es un despliegue desagradable, más chabacano aún por las luces navideñas, los muñecos de nieve en miniatura que adornan la exhibición y los empleados con gorros de Papá Noel; recordatorios artificiales de que ya es época de fin de año en el trópico.

—Estuve casado. Terminó hace mucho tiempo.

Antes de que pueda preguntarle algo más, me devuelve la pregunta.

—¿Has estado casada alguna vez?

—Nunca. —No sé por qué me siento avergonzada por la pregunta.

—¿Nadie ha querido casarse contigo?

Se está burlando y lo sé. Me aparto de su sonrisa y miro hacia una mesa de turistas barrigones con platos llenos de patas de cangrejo y ensaladas de mariscos.

—No —le digo fríamente—. Nadie ha querido casarse conmigo.

Me pellizca el brazo como acostumbraba hacer Carlito para llamar mi atención.

—Estoy seguro de que alguien quiso casarse contigo. Simplemente, no lo supiste.

Más tarde lo sigo de regreso a su apartaestudio, donde nos sentamos en el patio, frente a su puerta, en un par de sillas plásticas inestables, medio enterradas en la arena frente al mar. Empieza a hacer frío y él me presta una sudadera para que yo no tenga que volver al carro por la mía. Ha estado ansioso porque casi no ha tenido trabajo esta semana; pocas llamadas para arreglar algo. Y esta es la temporada alta, justo antes de las vacaciones. Le preocupa que si la cosa está tan tranquila ahora, se ponga peor cuando los turistas regresen al norte. Vive de una forma tan simple y frugal que yo no había pensado que la falta de trabajo fuera un problema, hasta que me habla del clan de personas a las que ayuda en su país y que esperan sus remesas mensuales.

Digo algo acerca de haber oído que allá te dan todo —alimentos y artículos de primera necesidad—, pero su expresión se oscurece y dice que eso es un mito, que lo que suministra el gobierno apenas alcanza para que los corazones continúen latiendo, no para evitarle el hambre a la gente o el sufrimiento debido a enfermedades.

—Eso no es vida —dice en un tono tan bajo que apenas puedo oírlo en medio de la marea—. No es una vida en absoluto.

Cuando oscurece, me muestra su cuarto, un bloque en una hilera de apartaestudios idénticos, con el techo bajo, gris como un charco. Su cama, un futón cubierto con una manta y una almohada sin funda, un viejo sillón arrinconado junto a un arrume de libros raídos. Una guitarra descansa en posición vertical en una esquina y noto un pequeño cerro de fotos encima de la única cómoda de madera.

La desnudez de los muros de concreto pintado me recuerda cómo me había imaginado la forma en que vivía mi hermano durante los años en que estuvo lejos de nosotros.

Pero Nesto tiene un par de ventanas. Carlito me había dicho que lo único que él tenía era una rejilla de ocho centímetros de ancho, tallada en la pared gruesa que daba hacia una de las torres de vigilancia. Sólo podía ver hacia afuera si se paraba en el inodoro y torcía tanto el cuello hacia la izquierda que pensaba que podía fracturárselo.

Me hundo en el sillón de Nesto mientras me sirve un vaso de agua de coco preparada por el mismo anciano que hacía el guarapo de caña y luego escarba en su único gabinete para ver qué más puede ofrecerme de comer, aunque insisto en que no tengo hambre.

—Supongo que estaba embarazada —le digo.

—¿Quién estaba embarazada?

—Tu esposa. —La palabra *esposa* se siente extraña en mis labios—. Es decir, la chica con la que te casaste.

Trato de sonar medio aburrida ya por el tema, no como si fuera algo en lo que no he dejado de pensar desde que él lo mencionó en el restaurante.

Él asiente.

—Lo estaba.

—Eres padre.

—Lo soy.

—¿De cuántos?

—De dos. Un niño y una niña.

—¿Los dos con ella?

Él se ríe.

—Sí, los dos con ella.

Lo veo vaciar una bolsa de platanitos en un plato. Me lo pasa y encuentra un lugar en el piso a mis pies, sus piernas cruzadas.

No puedo imaginármelo cargando a un niño.

Nesto tiene treinta y cinco años. Es siete años mayor de lo que soy ahora. Mientras la noche parece engullirse el océano afuera de su ventana, me pregunto cómo era a los diecinueve años, la edad a la que fue padre. Escucho mientras me habla de la chica que era su amor de la escuela

122

secundaria, a quien conoció a los quince años durante uno de sus períodos obligatorios en la Escuela al Campo, cuando habían trasladado la escuela a la provincia de Pinar del Río durante cuarenta y cinco días para atender los cultivos gubernamentales —papas, café, fresas, tomates—. Cultivaban para el Estado a cambio de su educación «gratuita».

—Yanai era tan bella que hasta los maestros trataban de estar con ella. Yo era delgado y tímido. Ella, mucho más blanca que yo. No tan blanca como un huevo, más bien como un flan o una corteza de pan. Pero sí era mucho más clara que yo y la gente siempre se lo recordaba a ella. «¿Qué tú quieres con ese tinto?». No pensé que alguna vez quisiera estar conmigo. Pero lo hizo.

A los dieciocho años, él se había vuelto atleta, fue a prestar su servicio militar y lo asignaron para custodiar la puerta de la casa de un general en El Laguito, donde las mansiones habitadas una vez por las familias más ricas de La Habana eran ahora casas de pinchos, oficiales militares de alto rango. Fue durante una de sus salidas, en su segundo año de servicio, que Yanai quedó embarazada. Sus madres estuvieron de acuerdo en que debían casarse y él y Yanai aceptaron, por el bien del bebé —un hijo al que llamarían Sandro por un músico brasileño al que Nesto vio presentarse una vez—, porque se amaban lo suficiente el uno al otro y porque no había razón para no hacerlo.

Intentaron mantener su matrimonio por diez años, en medio de separaciones ocasionales, y tuvieron a su hija Camila, hasta que él finalmente abandonó la casa de Yanai para siempre y regresó a vivir con su madre y su familia en Buenavista.

Pensé en mi propia vida y en las veces que había estado embarazada, y en los hombres, la mayoría de ellos muchachos en ese momento, que hicieron conmigo a esos bebés no nacidos.

Cuando yo tenía dieciocho años, Carlito me llevó a la clínica. Pensé que era mi primera vez, pero en realidad era mi tercera. Hasta el último minuto antes de que me llamaran para entrar, trató de convencerme de que tuviera al bebé. Dijo que podíamos criarlo juntos, que como familia habíamos pasado por cosas más duras.

—Un bebé traerá alegría, Reina. Tal vez sea tu destino.

—A la mierda el destino —dije, y él me advirtió que no tentara la mala fortuna al hablar de esa manera.

Hasta que lo encarcelaron, Carlito era un tipo de iglesia. Primero con Mami, incluso cuando me negaba a ir con ellos, y luego con Isabela y su hija. Se sentaban el uno al lado del otro en la parte delantera de la iglesia. La pequeña familia perfecta.

—¿No quieres ser madre nunca? —me preguntó Carlito ese día.

—No con un huevón que ni siquiera me habla ahora.

Cuando eso terminó, me llevó a casa y me ayudó a meterme en la cama. Dormí durante dos días.

—¿Y a esa qué le pasa? —preguntó Mami.

Carlito mintió, le dijo que yo había comido un bistec podrido y que simplemente me hiciera un caldo para calmarme el estómago.

Con Nesto frente a mí mientras habla de su familia, recapitulo, por un momento, todas las veces en que yo pude haber formado una familia propia y dónde estaría ahora si hubiera dejado que eso pasara.

Lo único cierto es que ahora no estaría aquí, en esta isla, con él.

—¿Por qué los dejaste para venir acá? —le pregunto—. Es decir, a tus hijos.

—No los dejé. Simplemente, di el primer paso. Para poder tirar la cuerda y que ellos puedan venir detrás de mí.

Nesto salió de Cuba hace tres años, pero me dice que había tratado de salir de la isla desde mucho antes. Como tantos otros, dice él, sólo esperaba encontrar una forma de hacerlo.

Cuando era niño, se zambullía con los otros chicos desde las rocas debajo del Malecón, practicaban contener la respiración bajo el agua, contaban los segundos, los minutos que pasaban, se cronometraban unos a otros, para ver qué tan profundo podía bajar cada uno, y prometían que un día serían lo suficientemente valientes como para ir nadando a la Yuma, al otro lado del estrecho.

Pero la vida pasa rápidamente, me dice él, incluso cuando los días son todos iguales, *especialmente* cuando los días son todos iguales.

Un día ya era un hombre, sentado en el mismo Malecón, que veía a los muchachos más jóvenes lanzarse desde las rocas, como lo había hecho él. Asimilaba el océano, ese oleaje resbaladizo, pensaba en los que murieron cuando intentaron cruzar, muchos de los cuales eran los padres, los tíos, los hermanos y los amigos de personas que él conocía, que habían salido de la isla llenos de esperanzas pero nunca lograron cruzar el mar.

Su generación había crecido con historias de terror de lo malas que eran las cosas en otros países, de cómo el mundo, en particular los yanquis, odiaban a los cubanos, y si ellos se iban y llegaban a una tierra extranjera, sólo sufrirían, morirían de hambre y suplicarían para poder volver. Pero para entonces sus bienes habrían sido incautados, sus identidades borradas y, en Cuba, la tierra que habían abandonado, ellos ya no existirían.

A través de los murmullos de Radio Bemba se enteraban de los cuerpos que aparecían escupidos por el mar en las playas, los cuerpos de aquellos que intentaban escapar y fracasaban, y de las personas que se lanzaban al mar abierto, a la deriva durante días, y que cuando tocaban tierra se daban cuenta de que la corriente serpentina había jugueteado con ellas, y las había llevado lejos sólo para arrojarlas en otra parte de la isla.

Escuchaban cómo los tiburones más gordos del mundo son los que nadan entre su isla y las costas de la Florida. El cementerio de La Habana no es el cementerio Colón, me dijo él; su verdadera necrópolis es el fondo del océano, cubierto con los huesos de aquellos que descansan con Olokun, el orisha de las profundidades.

Aun así, cuando las varas y los tablones de las balsas rotas se estrellaban contra las rocas o aparecían en la arena, e incluso cuando ser atrapado mientras tratabas de irte podía costarte un año en prisión, no pasaba mucho tiempo antes de que alguien recogiera los restos de esas balsas rotas y los usara para construir otra.

Nesto era un buen nadador, con extremidades fuertes y pulmones grandes. Sabía de mareas y corrientes, y podía leer las nubes y el viento tan fácilmente como el alfabeto. Pero respetaba demasiado el mar como para desafiarlo.

Si vas a la ciudad de Regla, dice Nesto, encontrarás gente en la iglesia de la Virgen que guarda vigilia sobre el puerto de La Habana, colocando flores en su altar, pidiéndole a Yemayá, orisha de la parte viva del mar, que les ayude a encontrar un camino hasta el otro lado.

Nesto fue muchas veces allá.

—Pero si Yemayá respondiera a todas las peticiones que dejan a sus pies —me dice él—, la isla estaría vacía.

Sus dos padres eran unos adolescentes cuando los rebeldes salieron de la Sierra Maestra y se convirtieron en fieles socialistas. Creían en los sueños y promesas de la Revolución y querían que sus hijos crecieran con una devoción ciega al régimen. Su madre pasó de ser la hija del dueño de una tienda de comestibles a unirse a las brigadas de alfabetización en el campo para enseñarles a leer a los campesinos, y luego trabajó con el Ministerio de Agricultura, desde donde ayudó a negociar acuerdos de caña de azúcar con Canadá y el Bloque Oriental. Su padre, el guajiro que se unió al ejército después de que las vacas de la familia para la que trabajaba en el campo fueran nacionalizadas, se dirigió con orgullo a la batalla en Angola y regresó con vida sólo para morir unos meses después, en un accidente, mientras viajaba en el *sidecar* de la motocicleta de su hermano. Nesto tenía siete años. La familia se confabuló para ocultar la verdad. Durante la semana del funeral, lo habían mandado a quedarse en la casa de un primo en Alamar. Durante otro año, la familia mintió colectivamente, dijeron que el padre de Nesto había regresado a Angola. Hasta que a él se le ocurrió preguntar:

—¿Mi padre está muerto? —y su madre asintió a regañadientes.

Siempre habían sido una familia que se sentía orgullosa de ser comunista. Como todas las demás.

—No tuve un padre, y entonces la gente decía que yo debía pensar en Fidel como en mi padre —dice Nesto—. Y yo era un buen pionerito. Estudiaba mis lecciones de ruso en la escuela. Llevaba en el cuello mi pañuelo azul con orgullo y no podía esperar hasta ser lo suficientemente grande para llevar el rojo. Como todos los demás chicos, cantaba *¡Por el comunismo, seremos como el Ché!* y creía en esas palabras. Quería ser como él, tan valiente e inteligente y encantador, un héroe que había muerto por sus ideales. A fin de cuentas, me pusieron Ernesto por él. Era el nombre más honorable que se le podía dar a un niño en aquellos días. Ahora es un nombre que me avergüenza.

Pero al menos no terminé con un nombre ruso, como mis hermanas y muchos de mis amigos.

Sus padres habían abandonado obedientemente a Dios por el Estado, tal como se incentivaba. Eran exactamente el tipo de jóvenes que la Revolución esperaba —pronto embrujados por las enseñanzas de Marx y la doctrina de Lenin, creyentes devotos en las promesas que el régimen hacía para el futuro de la isla— y pensaban que ya no había nada que las viejas religiones pudieran ofrecer. Pero la abuela de Nesto era seguidora de la regla de Ocha y había logrado que a él y sus hermanas los bautizaran como católicos cuando eran bebés, aunque la Navidad siguiera siendo ilegal, y al final pagaron para que él fuera donde un babalawo y recibiera sus orishas cuando tenía dieciséis años, a pesar de que su madre se opuso.

Fue así como Nesto supo que había sido reclamado por el orisha Elegguá, controlador del destino, y por el guerrero Ogún, protector de huérfanos y orisha de las herramientas y del trabajo. El babalawo predijo que Elegguá le mostraría a Nesto su camino y que Ogún, machete en mano, le ayudaría a despejarlo. De un santero recibió collares, elekes, abalorios de devoción, negros y rojos para Elegguá, y negros y verdes para Ogún, que ahora lleva alrededor del cuello, para que le caigan sobre el corazón.

Una iyalocha le dijo más tarde a Nesto, por medio de una adivinación guiada por Orunmilá, que su futuro estaba al otro lado del mar y que los orishas le ayudarían a encontrar una manera de cruzarlo.

Dijo que tenía la suerte de ser reclamado por Elegguá, identificado como «el ánima sola», el espíritu solitario, una de las almas que sufren en el purgatorio y soportan la purificación por medio de las llamas, hasta ser liberadas al cielo, porque para Nesto también habría dificultades, advirtió ella, pero al final estarían la salvación y la promesa del paraíso más allá de sus sueños.

Nesto me dice que hay otras formas para llegar acá, aparte de la balsa. Un viaje en un bote que lleva gente a través del estrecho de la Florida habría costado unos diez mil dólares, imposibles en una economía de pesos, y tampoco tenía a nadie en el extranjero que pudiera pagar eso por él. Incluso si le hubieran concedido un permiso de salida, una visa legítima por medio de la Sección de Intereses de los Estados Unidos, esta habría tardado años en ser procesada entre listas de espera y retrasos burocráticos. Rondaba un rumor de que la cuota de veinte mil visas era más para los cubanos blancos que para los afrocubanos, y la única manera de avanzar en la cola era con sobornos.

—Como decimos allá, en Cuba uno tiene que esperar en la cola hasta para morirse.

Incluso con los parientes establecidos en Miami, que se habían ido de Cuba desde hacía mucho y que podían hacer todo el papeleo para él, Nesto sabía que a los muchachos como él —sanos y fuertes— rara vez se les daba permiso para salir. Se trataba de un riesgo demasiado obvio en términos de migración, y la Revolución, envejecida, necesitaba a su juventud.

Jugaba baloncesto casi todos los días en el patio rocoso y sin asfaltar, a unas cuadras de la casa de su familia, en Buenavista, donde lanzaba la pelota contra un tablero sin aro. Un día, el sacerdote de la iglesia donde Nesto iba a veces a clases de inglés fue a buscarlo. Le dijo que el equipo de baloncesto de la iglesia había sido invitado a jugar en un torneo interdiocesano en Ciudad de México.

Nesto comprendió de inmediato lo que le estaba ofreciendo el sacerdote.

Jugó el partido, le ayudó a ganar al equipo de la iglesia y desertó la noche del triunfo. Le agradeció y se despidió del sacerdote, que además le mostró a Nesto el camino para escabullirse del dormitorio. Durmió en escalones de iglesias y en bancas de parques, hasta que se dirigió a

Matamoros, donde cruzó a pie la frontera hacia Brownsville, se identificó como cubano en la oficina de aduanas y le concedieron el asilo.

Desde allí se trasladó a Miami en bus, donde el hermano mayor de su padre, que había huido en los años sesenta, lo esperó en la estación, lo llevó a comprar ropa, le mostró los alrededores y le ayudó a encontrar trabajo con un amigo reparando aires acondicionados y refrigeradores en las bodegas y cafeterías de Sweetwater y Hialeah.

Consiguió algunos amigos. Tipos que le enseñaron cómo abrir una cuenta bancaria y hacer un cheque, le enseñaron sobre créditos y pagos del carro y del seguro, y cómo usar el internet, cosas en las que nunca había tenido que pensar en Cuba. Eran tipos con los que iba a jugar baloncesto los sábados, en el parque José Martí, que hablaban la misma chabacanería que se hablaba en la isla, que lo llevaban a ver bandas en clubes cubanos, que le presentaron a sus hermanas y a otras muchachas también de La Habana, algunas llegadas recientemente y otras que habían llegado de niñas. Rara vez coincidía con las hijas de los exiliados que ya llevaban mucho tiempo aquí instalados, aquellas chicas que, cuando él las conocía, lo miraban con desprecio por ser hijo de comunistas fracasados, una pequeña marioneta soviética, un recién llegado, un *reffy*, un cubano más.

Se suponía que ahora él también era un exiliado, pero no se sentía así.

Tal vez, dice él, porque había dejado las mejores partes de sí mismo allá en casa.

Había cosas que le gustaban de Miami, como el quimbe y el cambalache. La forma en que las cosas podían canjearse e intercambiarse en los negocios diarios, igual que en La Habana; había una economía sustituta de intercambios y favores. Y todo lo demás podía encontrarse barato en ¡Nooo! ¡Qué Barato!, o bien en el mercado de Opa-Locka y en los pulgueros locales. Pero había muchas otras

130

cosas que lo impactaron: la abundancia de electricidad, toda la ciudad iluminada a lo largo de la noche, donde el gobierno no corta la luz sin previo aviso; el exceso de supermercados estadounidenses, tanto de todo, tanto que se desperdiciaba.

A veces se encontraba con personas de la isla que habían cruzado antes que él, ya instaladas en casas nuevas y con nuevas familias, que parecían tan contentas con su vida que no pensaban mucho en todo lo que habían dejado atrás.

Miami era tal como se describía en la isla: «Cuba con Coca-Cola». A él le gustaba ver la pintura fresca en los edificios y en las casas, la apariencia de que había un carro recién salido de la fábrica por cada posible conductor de las carreteras lisas y pavimentadas de Miami, bordeadas de palmeras y farolas que funcionaban, todo tan nuevo, como si la ciudad entera acabara de salir de una caja.

Aunque las playas no fueran tan hermosas como en casa, había barrios que le recordaban a Tarará, una comunidad reluciente construida al lado del mar, a la que llevaban a los niños de la escuela primaria por quince mágicos días al año, sin saber que en esas residencias en las que se hospedaban, posteriormente alojarían a otros niños que llegaban a Cuba desde Chernóbil para curarse. Y los niños como Nesto, que jugaban en los campos y se bañaban en esas olas, luego se convertirían en adolescentes que tendrían que trabajar en el campo, a cambio de educación. Había barrios en Miami llenos de imitaciones de villas italianas y españolas casi tan grandiosas como los palacios que abundaban en la Quinta Avenida, alrededor del Vedado y que se extendían por Miramar y Siboney. Si cerraba los ojos, podía casi convencerse de que el aire del continente era el mismo que soplaba desde el Atlántico, pero él echaba de menos la agitación de los vientos alisios y la espesa niebla salada que emanaba del Caribe.

La cubanía y el cubaneo habían aliviado la conmoción de su llegada, pero después de un año se sintió solo, sin rumbo, en medio de la nostalgia de segunda mano de la última generación de exiliados de un país que no había existido en más de cincuenta años, y las diatribas de esquina de barrio sobre aquello en lo que se había convertido su país por parte de los que se negaban a regresar para ser testigos de lo que ahora era.

En Cuba, le encantaba hacer largos viajes a las colinas de Viñales y Las Terrazas, a Artemisa, a las playas más allá de Varadero y a la bahía de Matanzas, pero la gasolina para el carro era cara, y cuando las cosas se ponían duras, pasaba meses, incluso años, sin salir de La Habana. Pero una vez que empezó a ganar dinero en este país, lo suficiente como para pagar las cuotas de una camioneta propia y llenar el tanque, recorrió las carreteras de la Florida y bordeó la península. A veces dormía en las playas, tal como le gustaba hacer en casa, y conducía al norte tan lejos como hasta Virginia, donde vio la nieve por primera vez y después se dirigió más y más hacia el sur, más allá de los límites de los Everglades, hasta estas pequeñas islas, y un día llamó a su tío en Miami y le dijo que había decidido quedarse.

Nesto alcanzó la mayoría de edad en los ochenta, durante el apogeo de lo que él llama la era colonial soviética en Cuba. Hablaba fluido en ruso, practicaba ejercicios militares en caso de bombardeos estadounidenses, en su escuela en Ciudad Libertad, y había sido educado, como cualquier otro niño, para servir al Estado. Pero se había desilusionado con las inconsistencias de la Revolución; todo el mundo era supuestamente igual, pero cuando un primo lejano de su padre había venido de visita desde España, a la familia no le habían permitido ingresar al hotel donde el tío se hospedaba. Y cuando ese mismo tío coló a Nesto, a los doce años —y le compró una barra de chocolate en la tienda de regalos, un quiosco lleno de caramelos y golosinas que Nesto nunca había visto en su vida, y lo mandó a casa con un sándwich del restaurante del hotel en un pan grueso, granulado y delicioso, tan diferente del pan blando, ligero y blanco que estaba a disposición de los ciudadanos del común, envuelto en un papel de aluminio para él desconocido—, comprendió que nada en la isla era tal como parecía.

Nesto se había dado cuenta, con el sabor de esa barra de chocolate, de que había sentido hambre toda su vida. Aunque luego pasarían unos años hasta llegar a conocer el hambre de verdad, dice él, con la hambruna institucionalizada que se apoderó de la isla cuando los soviéticos se fueron, ese tiempo que *aquel* llamó «un período especial en tiempos de paz».

Hasta los santeros habían justificado la escasez de alimentos por medio de un viejo proverbio yoruba que

133

decía: *No hay renovación sin declive.* Y relataban un pataki sobre cómo la Pobreza y el Hambre solían recorrer la tierra juntos, de la mano, y golpeaban a cada pueblo mientras buscaban un lugar para asentarse, hasta que el gran orisha Obatalá los había ahuyentado para que tuvieran que vagar por la tierra para siempre.

—La Pobreza y el Hambre pueden haber venido de visita —decían los santeros—, pero no dejaremos que se queden.

Claro, ya estaban acostumbrados a pasar por períodos de vacas gordas y períodos de vacas flacas, pero este período era diferente; esta vez no había vacas por ningún lado.

Con las bodegas estatales vacías y toda la familia cada vez más flaca, Nesto había recurrido a su habilidad para contener la respiración durante varios minutos bajo el agua y había fabricado una lanza con una antena vieja y trozos de chatarra, con la que él y algunos amigos pescaban en el Malecón, llevaban la pesca a sus familias y vendían lo que les quedaba. Pero la policía se había dado cuenta y les advirtió que si seguían con eso se meterían en problemas mayores.

—Qué absurdo —me dice— que en una isla sea ilegal pescar sin licencia. Incluso las criaturas que nadan en las aguas cubanas pertenecen al Estado.

Más tarde, siendo un joven soldado que prestaba servicio militar, destinado a custodiar la casa de un alto funcionario, Nesto presenció los banquetes que disfrutaban los altos cargos del gobierno, mientras que la gente por fuera de los muros de El Laguito se moría de hambre: la comida era tan escasa, que los gatos y los perros habían desaparecido de las calles y los palomares que estaban en los techos de los edificios habían quedado vacíos; las caras aterrorizadas, pero resignadas, de las jóvenes guajiras que habían venido desde sus aldeas hasta las puertas metálicas de la hacienda para el entretenimiento de los funcionarios, y los padres que a veces aparecían en busca de sus hijas, y que clamaban misericordia a Nesto, hasta que algún guardia de mayor rango los asustaba con amenazas de cárcel o algo peor.

¿Por qué?, le preguntaba con frecuencia a su madre, ¿por qué ella o su esposo no se habían ido y se habían llevado a la familia lejos de la isla cuando habían tenido la oportunidad?

Porque con la Revolución tenían más para ganar que para perder, se justificaba ella; porque no estaba bien que en su isla pudiera existir una riqueza tan obscena al lado de una pobreza tan apabullante. Y porque durante el régimen de Batista, con nadie a salvo de ser perseguido por la policía, la vida había sido mucho peor.

Pero ¿por qué, entonces —insistía Nesto—, cuando los fracasos de la Revolución se hicieron claros, no habían intentado salir, incluso en una de las embarcaciones migratorias? ¿Y qué si eran llamados gusanos y vendepatrias, o rechazados por los vecinos, que les habrían tirado piedras? Le insistía a su madre en que todo eso lo habrían olvidado en su nueva vida.

—Ay, mi amor —había dicho ella—. Es difícil salir, y es aún más difícil desintegrar una familia. Ojalá nunca sepas lo difícil que es.

Había sido un atleta talentoso y lo suficientemente bueno en la escuela como para unirse a los jóvenes comunistas de la UJC, lo que a los dieciocho años le habría asegurado un carnet del partido y una membresía en pleno, pero Nesto se había negado a unirse al partido, había decepcionado a su familia y despertado sospechas entre sus vecinos.

Después de su servicio militar, habría podido ir a la universidad para ser un abogado, como sus hermanas mayores, o incluso un ingeniero. Había aprobado los exámenes de ingreso. Pero ¿dieciséis kilómetros en bicicleta cada día, pues los buses camello no llegaban a Buenavista, y tantos años de estudio, sólo para entregar su vida al servicio del Estado, para defender unas leyes en las que no creía y ganar casi nada por ello? Incluso sus hermanas, con toda su educación, ganaban poco más de veinte dólares al mes. Nesto no quería ser parte de eso. Había completado su servicio militar como un padre joven y recién casado, y ahora tenía un futuro además del suyo en el cual pensar. Había sido criado para creer que un hombre debía servir a su país antes que nada —¡*Patria o muerte!*—, pero sabía que no le heredaría a nadie esa obediencia.

Todos tenían un trabajo del que el gobierno estaba al tanto; pero era ese otro trabajo del que el gobierno no sabía, aquel que realmente los alimentaba y proveía. Optó por ser un obrero y asistió a una escuela técnica para aprender a reparar cosas y así, por lo menos, ganar algo de dinero que declararía, y que ocultaría el de los trabajos marginales para que su familia pudiera vivir mejor, y complementar las raciones alimentarias de la Libreta de Abastecimiento, perpetuamente reducidas. Los víveres gubernamentales estaban casi todos agotados, excepto los frijoles, el café diluido, el pan rancio y las bolsas de arroz llenas de gusanos. Cualquier otra cosa tenía un costo adicional, y en fula —dólares—, no en los pesos que ganaban los lugareños, y sólo se conseguía en los diplomercados y centros comerciales destinados a diplomáticos y extranjeros.

Eran pobres, como todos los demás, pero él no quería que los cuerpos de sus hijos lo demostraran con piernas flacas, enclenques y raquíticas, así que hizo, resolvió e inventó todo lo que pudo para ganar algún dinero que le permitiera acceder a mejores alimentos, para conseguir leche, más allá de la que estaba racionada sólo para niños menores de siete años.

—Pero hay ojos por toda la isla —dice Nesto.

Y finalmente los soplones del Comité para la Defensa de la Revolución del barrio lo delataron por reparar carros —Ladas rusos o importaciones coreanas descontinuadas que habían dejado allí los extranjeros, cuando únicamente podían comprarse y venderse los carros fabricados antes de 1959—, para luego venderlos a cambio de una ganancia personal.

Después de que los cederistas lo reportaron, la policía llegó a la puerta de Nesto para arrestarlo.

—¿Así que estuviste en la cárcel? —le pregunto.

Estamos en la marina de Crescent Key y vemos a los pescadores que regresan con la pesca del día. Nesto quiere comprar un par de filetes para asarlos en la parrilla que está detrás de mi cabaña, la que él me ayudó a limpiar y a arreglar para que funcionara de nuevo. Dice que cuando tenga suficiente dinero en efectivo se comprará un arpón de verdad, del tipo mecánico y de lujo, y empezará a pescar de nuevo. Por ahora, está bien con los pescados del mercado de la marina.

—Sí. Tres veces. Tres días cada vez. Pero eso no es nada en la isla. Cualquiera puede ser arrestado por cualquier cosa. Allí hacen del trabajo honesto un crimen. Todo el mundo se convierte en criminal porque todo es ilegal.

—¿No tenías miedo?

—No mucho. No hasta la última vez, cuando dijeron que si me arrestaban de nuevo, no me dejarían ir. Entonces supe que hablaban en serio.

—¿Cómo era eso allá?

Me mira con un gesto de impaciencia en los ojos.

—¿En el tanque? Me metían en una celda grande con todo tipo de gente. Algunos eran verdaderos delincuentes, ladrones, pandilleros, jineteros. Algunos eran tipos como yo, a los que encerraban por tonterías: un tipo que vendía mangos de su jardín, un sastre que le había hecho un traje a alguien para su boda, un panadero que le había vendido a alguien una torta de cumpleaños, un tipo que había comprado un microondas.

—¿Pueden arrestarte por comprar un microondas?

—Ellos observan cuánto gasta cada persona. Todo está asignado a un nombre y nadie puede comprar más que su parte. Se le llama «enriquecimiento ilícito».

—¿Y dónde meten a los asesinos?

Él se ríe.

—En otro lugar. Con los violadores, subversivos y espías.

Puedo notar que le parezco ingenua por mis preguntas, como si de alguna manera estuviera aterrada o incluso emocionada con esta historia de su paso por la cárcel. Pero yo en realidad lo que intento es decidir si debo hablarle de Carlito.

Los pescadores extienden sus peces, Nesto se inclina sobre una mesa y escoge un bonito para que nos lo fileteen. Miro para otro lado cuando el pescador saca el cuchillo para cortarle la cabeza y comienza a desollarlo y a quitarle los huesos.

El pescador que sostiene el cuchillo pregunta si queremos quedarnos con la cabeza.

Digo que no, pero a la vez Nesto dice:

—Claro. La cabeza es la mejor parte. Los ojos son los que te dan sabiduría.

Cuando tenemos en la mano nuestros filetes empacados y regresamos a su camioneta, le digo a Nesto:

—Mi hermano estuvo en la cárcel.

—¿Qué hizo?

Espero hasta que estemos en la camioneta, la llave en el arranque, para responder.

Me da tiempo para ensayar mis palabras en la mente. Aunque realmente sólo hay una forma de decirlo.

—Mató a una bebé.

Nesto saca la llave y se vuelve hacia mí, pero yo miro por la ventana hacia la marina.

—¿A una bebé?

—Era la hija de su novia. La tiró al mar desde un puente.

138

De alguna manera, creo que no suena tan mal como si hubiera apuñalado a Shayna o le hubiera disparado, o incluso estrangulado o envenenado, tal vez porque el defensor público de Carlito me metió esa idea en la cabeza. Teníamos la esperanza de que lo acusaran de homicidio voluntario, pero el fiscal planteó directamente asesinato en primer grado con malicia e intención de matar. Carlito se declaró inocente y su abogado trató de demostrarle al jurado que había sido un momento de locura, que no se había tratado de un acto premeditado, que él no había ido ese día a la casa de Isabela consciente de que pronto pondría fin a la vida de su hija. Sin embargo, el jurado no creyó en eso. Ni siquiera yo estoy segura de habérmelo creído.

Observo cómo arde la cara de Nesto con repugnancia al imaginar la escena.

Siempre espero que la gente me pregunte por qué Carlito hizo aquello. Pero nunca lo hacen. Una vez le mencioné a mi madre que yo siempre estaba dispuesta a acudir en defensa de mi hermano para decir que había sido una psicosis momentánea y que no había sido el Carlito de verdad el que había cometido ese crimen atroz. Pero la oportunidad nunca se dio. Mami me decía que era porque la mayoría de la gente creía que la única explicación para que Carlito le quitara la vida a una niña inocente era porque era un malvado, y no importaba si había nacido o se había criado para serlo. E incluso ella estaba por aceptar que esa podría ser la verdad

¿Cómo podía decir eso?, le gritaba yo, cuando la misma gente, todos esos Judas que ahora llamaban a mi hermano un monstruo, lo habían llamado «el bebé milagro» porque Dios había elegido salvarlo de las manos de su propio padre asesino y había enviado a ese ángel, marielito, al agua por él. Había sido una intervención divina y propicia, no había duda, y el bebé, habían dicho entonces, crecería para hacer grandes cosas.

—Estábamos equivocados —dijo ella—. Y fíjate que la Biblia está llena de hijos malos nacidos de padres buenos. Mira a Caín y a todos los hermanos de José, los desgraciados.

—Es tu hijo, no un cuento. Y si quieres hablar de la Biblia, ahí también dice: «Acuérdate de los que están en prisión, como si estuvieras en prisión con ellos».

Aprendí eso en nuestro grupo juvenil de estudio de las escrituras, pero Mami no quería saber nada de eso.

—¿Cómo puedes darle la espalda? ¿Dónde está tu compasión?

—No la tuve por tu padre después de hacer lo que hizo, y no la tengo por tu hermano después de lo que ha hecho.

Le dije que tenía fe en Carlito, aunque ella no la tuviera. Yo no lo abandonaría, sino que permanecería a su lado durante sus épocas más oscuras, y lo esperaría hasta que finalmente lo redimieran. No sabía cómo iba a suceder. Pero esperaba que así fuera.

No le hablé en varias semanas. No le importaba que yo estuviera furiosa con ella ni el hecho de que al hablar de mi hermano de esa manera, ella también me destrozaba el corazón. No trató de ablandarme o de razonar conmigo. Simplemente se aferró a su postura de que no deberíamos estar supeditadas a las acciones de otro loco.

—Ay, Reina. No es fácil —es todo lo que dice Nesto, como si todavía habláramos de los ojos del pescado o de un día lento en el trabajo.

—¿No me vas a preguntar por qué lo hizo?

—Sólo él podría saberlo.

—Iban a ejecutarlo.

—¿Ejecutan gente en este país?

Asiento con la cabeza.

—Todo el tiempo.

—¿Cómo lo hacen?

—Con una inyección. O en la silla eléctrica. Te dan una opción. Pero todo el mundo escoge la inyección desde que un tipo al que electrocutaron se prendió y empezaron a salirle llamas de la cabeza. Por eso mi hermano se colgó.

Siempre he creído que fue para impedir su propio asesinato, para negarle al estado la satisfacción de matarlo, un acto de rebelión, por lo menos para evitar que al verdugo de capucha negra le pagaran sus ciento cincuenta dólares por matar a Carlito.

Nunca se me había ocurrido, hasta ahora, al oírme decírselo a Nesto, que el suicidio de mi hermano tal vez tuvo algo que ver con su conciencia, con la culpa, con el sometimiento.

Nesto me observa. No puedo mirarlo a los ojos todavía. Después de un momento, desliza la llave de nuevo en arranque y nos ponemos en camino bajo los últimos hilos de luz diurna, y avanzamos hacia Hammerhead.

No sé qué esperaba de esa conversación. Tal vez quería confesar, testificar. Tal vez quería la oportunidad de compartir toda mi historia, aunque fuera fragmentada, así como Nesto me había ofrecido partes de la suya.

Pensé que podría sacudirme de estas sombras cuando me mudara, despellejarme de mi vida anterior en esta nueva tan rápidamente como pudiera y sin sangre de por medio, como el pescador en la marina cuando había destripado a nuestro pescado para la cena. Pero si Nesto me conoce un poco sabrá que yo soy el crimen de mi hermano. Soy el asesinato de esa bebé.

Cuando Nesto entra por el camino que conduce a la propiedad de Hammerhead y estaciona su camioneta en la entrada lateral que la señora Hartley prefiere que usen los vehículos de servicio, le cuento cómo visité a Carlito en la prisión, cada fin de semana, durante los siete años en que él estuvo allá.

No dice nada, pero más tarde, después de asar nuestra cena y cuando estamos sentados en el suelo, el uno frente al otro, en la mesa de centro, con una botella de vino sin abrir entre nosotros, el bonito devorado hasta los últimos huesos delgados que el pescador dejó al separarlos de la espina dorsal, Nesto me dice que entiende por qué fui tan leal con mi hermano.

—Pero el asunto sobre la lealtad —dice él— es que siempre tiene un costo.

—¿Qué quieres decir?

—Por ejemplo, estoy aquí contigo, en tu casa, comiendo este buen pescado que compramos juntos, pero no puedo mirarlo sin pensar en el dinero que gastamos en él, un dinero que habría servido para alimentar a mi familia por una semana. No puedo comer sin pensar en los alimentos que les he quitado de la boca a mis hijos. No puedo gastar un dólar sin calcular los pesos en los que se convertirían en manos de mi madre. No puedo comer un pedazo de carne sin recordar que es algo que mi familia no ha probado en años, desde que pude pagarle por última vez a un vendedor de carne por un bistec que había contrabandeado en un maletín desde los mataderos del gobierno hasta La Habana. Cada vez que mi estómago se llena, recuerdo el vacío que sentí todos esos años y sé que si no fuera por el dinero que puedo enviarles desde acá, ellos todavía lo estarían sintiendo.

—Esa es una de las razones por las que me fui de Miami —añade—. Allá, la gente me decía que había tenido suerte de llegar al otro lado y que esta era mi oportunidad de comenzar una nueva vida, borrón y cuenta nueva. Podía encontrar una nueva mujer para casarme y tener una nueva familia. Pero no puedo empezar una nueva vida mientras mi vida siga allá. Yo no quería irme. Todo el mundo piensa que todos quieren irse, pero ¿quién querría dejar su hogar, su familia y todo lo que ama? Nos vamos porque tenemos que hacerlo. Me fui porque llegó un momento en que no tuve otra opción. Ellos dependían de mí, y con mis detenciones, sin poder ganar un dinero extra, yo les estaba fallando. Por eso estoy aquí. No porque estuviera buscando una aventura o porque tuviera sueños de convertirme en un hombre rico en este país. Vine por ellos. Para que puedan vivir mejor. Sólo por ellos.

No sé qué decir, así que permanezco callada, mis ojos en él.

—Puedo entender por qué eras así cuando tu hermano estaba vivo, Reina. Vivías media vida libre en el mundo, y media vida encerrada en esa prisión con él. Eso es lo que hace la familia. Lo que hace el amor. Nos encadena juntos.

Nesto conoce a mucha gente en Crescent Key y en las islas vecinas. Lleva ya tres años aquí y dondequiera que vaya, alguien lo saluda o al menos le hace un gesto. A veces se le acercan para un apretón de manos y una charla, y su inglés es bastante bueno —con acento fuerte, pero fluido—, ya que uno de los beneficios que obtuvo al llegar a los Estados Unidos, como parte de la Ley de Ajuste Cubano, fueron cursos gratuitos de inglés en el *Community College* local.

Hasta la señora Hartley sonrió ampliamente cuando lo vio llegar por primera vez a la entrada de la casa, y luego me dirigió una sonrisa al darse cuenta de que estaba allí para verme. Desde que me mudé, casi nunca nos cruzamos. Deslizo mis cheques del alquiler por debajo de su puerta el primero de cada mes, y sólo sé que ella está ahí por los cangrejos de tierra que encuentro aplastados por su carro en su extremo del camino de entrada.

Nesto también tiene algunos amigos de Cuba con los que a veces nos encontramos y que llegaron a los Cayos por la misma razón que él, esa atracción gravitatoria hacia las aguas nativas. Tipos de sus días en el Malecón, con los que nadaba y pescaba, entre ellos Lolo, que se crio a la vuelta de la esquina de Nesto, en Buenavista, y cuyo padre, un exbuzo de la marina, les enseñaba a bucear en Playa Baracoa y dejó que Nesto tomara su curso bajo un falso nombre de turista, pues era ilegal para los cubanos bucear si no era con fines militares.

Lolo emigró de Cuba a la República Dominicana hace diez años; calvo y de pecho cuadrado, ahora tiene su propia tienda de buceo en Key Largo. Al menos una vez los fines de semana, y a veces durante la semana, cuando el trabajo es escaso, Nesto sale con Lolo en su lancha, ni siquiera a pescar sino a lanzarse al mar, a contener la respiración y a bajar lo más profundo que puedan, algo que no podían hacer en casa sin cuidar su pellejo de la policía.

Algunas veces van después del atardecer, y en una ocasión le pregunté por qué se molestaba en nadar en medio de la oscuridad.

—Voy a ver —dijo.

—¿Qué puedes ver de noche? —Incluso con las linternas y las luces de botes parecía algo que podía reservarse mejor para la luz diurna.

—No ves sólo con los ojos —me dijo, como si fuera lo más obvio—. Ves con todo tu ser. Un día te llevaré y lo entenderás.

Me mantuve callada porque no quería que él supiera que la idea de estar en medio del mar me asustaba. Una cosa era vadear, con el agua hasta la cintura, en la playa de Hammerhead, a la luz de la luna, donde aún podíamos sentir la arena bajo los pies y yo podía correr a la orilla si sentía alguna criatura que me rozara las pantorrillas, y otra cosa era sumergirme en el océano negro donde, si pasaba algo, nadie podía oírte gritar.

Estoy con Nesto cuando Lolo llama para invitarlo a una fiesta de Nochebuena en su apartamento de Key Largo. Estamos en el supermercado, en Marathon, comprando un poco de comida para nuestra propia cena de Nochebuena en mi cabaña, y Nesto deambula por el pasillo y se aleja, pero Lolo habla tan fuerte que puedo oír lo que le dice por teléfono.

—Ven, asere. ¿Vas a pasar la noche solo allá abajo?

—Solo no —masculla Nesto, completamente de espaldas, mientras finjo examinar las cajas de pasta.

Pienso que es dulce el hecho de que haya escogido mi compañía, aunque a veces me parece que Nesto viene a pasar más tiempo con las revistas de la cabaña que conmigo. Dice que no las aprecio. El hermoso papel en el que están impresas. El hecho de que yo pueda ir a un quiosco y comprar una revista siempre que quiera, cuando en Cuba apenas hay revistas aparte de *Revolución y Cultura*, o *Trabajadores*, y *Bohemia* —si es que tienes la suerte de conseguir una copia—, y si quieres leer una de las revistas internacionales que los extranjeros han dejado y que se han puesto en circulación, tienes que alquilarla en el mercado gris.

Más tarde recojo nuestros platos y los lavo en el fregadero, y él aprovecha mi ausencia para sumergirse de nuevo en el arrume. Ha hecho una pila al lado de las que ya ha leído. Esta noche son los leopardos de Londolozi, en Sudáfrica.

—¿Te imaginas —me pregunta, y me muestra la imagen de una madre leopardo con su cachorro— cómo será ver uno de estos animales en la vida real?

—¿Nunca has estado en un zoológico?

—No es lo mismo. En el zoológico sus ojos están llenos de tristeza. Es antinatural.

—¿Crees que es natural ser perseguidos por un tipo con una cámara?

—¿Nunca has querido ir a ninguna parte, Reina? Tú, que tienes la libertad de ir a cualquier lugar del mundo, y nunca has estado en ninguna parte. Llevo apenas tres años en este país y ya he visto más de él que tú.

Suena el teléfono y sé quién es antes de responder. Es mi madre. La única persona que me llama, aparte de Nesto. Quiere saber cómo voy a pasar Nochebuena, si es que al menos me han invitado a alguna fiesta.

—Estoy en casa, Mami. Acabo de cenar.

—¿Estás solita? —Suena preocupada.

—No —Echo un vistazo en dirección a Nesto y veo que está hipnotizado por otra foto plegable. Esta vez, la Gran Muralla China.

—¿Estás con un hombre?

146

Murmuro afirmativamente.

—¿Tiene nombre?

—Nesto.

Mami está de humor para chismes. Quiere saber qué hace para ganarse la vida, si está casado, y si es un novio de verdad o simplemente un peor-es-nada.

—Ya —le digo—. No más preguntas. Es sólo un amigo. Alguien con quien pasar el rato.

Sé que Nesto oye esa última parte porque cierra la revista, vuelve a colocarla en el arrume y me mira directamente.

Me doy cuenta de que mis palabras pueden sonar más duras de lo que quise decir con ellas.

Mi madre me dice que invitó a cenar a la madre de Jerry y a su hijo, el de su primer matrimonio. Les preparó un churrasco y un pernil. E incluso la suegra estaba impresionada.

—Nunca cocinaste cosas así para nosotros.

—Ay, por favor, Reina. Siempre miras hacia atrás. No sé cómo logras llegar a algún lugar en la vida sin chocarte contra las paredes.

Cuando nos despedimos, regreso a la cocina y comienzo a limpiar el mostrador. No hay polvo ni manchas. Ya está limpio, pero lo froto hasta que la toalla de papel se desintegra entre mis dedos.

Nesto prende el televisor para ver un documental sobre mariposas, posiblemente el único programa de esta noche cuyo tema no está relacionado con la Navidad. Cuando finalmente me siento satisfecha con el mostrador, veo una hormiga de azúcar diminuta salir de una grieta entre el mostrador y la pared. Detrás de ella, otra hormiga, y luego varias más. Las miro, la línea que forman, tan seguras de su dirección. Podría matarlas con los pedazos de papel que tengo en la mano, pero las dejo seguir su camino, incluso cuando una docena más emerge de la veta en la pared.

Mi madre mantenía la casa vieja llena de veneno. En cada rincón, una trampa para ratones o cucarachas. Los mostradores forrados con una gelatina transparente, con el fin de aniquilar la población de hormigas. El veneno era la razón por la que nunca podíamos tener una mascota, insistía ella, aunque alegáramos que un gato sería más eficaz para deshacernos de los ratones y lagartijas que se metían a la casa. Habríamos podido traer a uno de los gatos que se mantenían alrededor de nuestra cuadra y que yo alimentaba con nuestras sobras, aunque ella me gritara cada vez que me sorprendía haciéndolo.

Pero el veneno no era la verdadera razón por la que no podíamos tener animales. Cuando Carlito se fue a juicio, para aliviar el silencio de la casa, le dije que debíamos conseguir un cachorro, algo para amar y que nos amara de vuelta. Pero ella se negó y finalmente confesó que sospechaba que, con nuestra suerte, cualquier animal que llegara a nuestra casa finalmente se volvería contra nosotros, al igual que todos los hombres de nuestra familia. Ella no quería que nos convirtiéramos en esa historia, la de unos sobrevivientes de una familia destrozada que habían sido atacados y devorados por su perro. Dijo que en su casa se hacía lo que ella quisiera, y que cuando tuviera mi propia casa, un día, entonces yo podría hacer lo que quisiera.

Así que, en mi cabaña, dejo que las hormigas vivan. Admiro sus instintos. Su intrépida manera de vigilar el mostrador hasta no detectar más movimiento y abrirse camino a través de la superficie, bajando por un lado del gabinete en un trayecto hasta la parte superior de la caneca de la basura, que tiene la tapa levemente hacia arriba y apesta a huesos de pescado. Saben cómo vivir estas hormigas. Incluso con todo el veneno que Mami les ponía, sus colonias persistieron. Incluso cuando se ella frustró tanto que llamó a unos fumigadores profesionales, asesinos de plagas. Los ratones murieron. Hasta las cucarachas quedaron bocarriba, sobre el dorso, las patas enroscadas en el aire. Las lagartijas se encogieron en costras que encontrábamos apretujadas en las alfombras. Las arañas cayeron del techo, aterrizaron sobre las mesas, se curvaron hacia adentro como botones. Pero las hormigas sobrevivieron.

Carlito me dijo que en la cárcel los únicos seres libres son los insectos que entran a través de las rejillas de las ventanas y salen por su propia voluntad. A veces entraba una lagartija y él la observaba. Sabía que otros reclusos torturaban las desafortunadas formas de vida que podían encontrar en su celda, y habían aplastado incluso a algún infortunado gorrión que se había abierto camino hasta allá. Pero Carlito quería hacer amistad con ellos, invitarlos a quedarse y convertirlos en mascotas. Hizo una trampa para moscas con una hoja de papel y un poco de salsa que sobró de una comida de la prisión sólo para tenerles regalos a las lagartijas, los grillos, las cucarachas brillantes, pero nunca se quedaron. Una vez se enojó tanto con su abandono, sintió tantos celos de su libertad, que mató a un saltamontes arrancándole las patas, pero juró oírlo gritar tan fuerte que las paredes de su celda vibraron. Lo dejó en la repisa de la ventana y esperó a que fuera lo suficientemente fuerte para encontrar su propia salida. Luego empezó a observar a las hormigas, la forma en que cavaban agujeros en el cemento, y cuando se impacientó y empezó a apretar el pulgar para matarlas una por una, también las oyó gritar.

—Todo llora, Reina —me dijo—. No hay un ser vivo en este planeta que no grite para sobrevivir.

Me volteo de nuevo hacia Nesto, pero se ha quedado dormido en el sofá, con la cabeza hundida en el hombro. Nunca lo había visto dormir. Nunca lo había visto con los ojos cerrados más allá de un parpadeo.

He pensado en que se quede a dormir. A veces, cuando me toca y me roza sin otra razón aparte de que me encuentro en su camino, pienso en cómo sería tener sus manos sobre mí si quisiera ponerlas, si quisiera tocarme. He visto sus labios moverse cuando me cuenta una de sus historias y me pregunto cómo sería para su exesposa, Yanai, que lo besó durante tantos años, o para la otra chica con la que vivió por un tiempo en aquel loft-barbacoa de un solar por el parque Trillo, en el barrio Cayo Hueso, donde a menudo no había electricidad durante días y todo el edificio compartía una línea telefónica y un baño con agua sacada de un tanque.

Nesto había aprendido allí a ignorar los olores.

—Una persona puede acostumbrarse a cualquier cosa —dijo—. Ese es el mayor problema de nuestra isla.

Pero volvió con Yanai después de algunos meses, y la muchacha de Cayo Hueso encontró finalmente a un viejo italiano para casarse y ahora vive en algún lugar en Roma.

Quizá sea porque no me han besado en tanto tiempo, más tiempo del que pasó entre que fui una niña hasta que los niños comenzaron a buscarme. Pero Nesto no me besa. A veces me pregunto si con un poco de esfuerzo puedo despertar su interés, cambiar la forma en que me mira. Son habilidades que he tenido desde que tengo memoria, pero me contengo con él.

Sus labios se separan, el aire sale de ellos. Sus largas pestañas presionan contra su mejilla y su pelo se extiende en el cojín detrás de él.

Así debe ser como se ve cuando está solo en su pequeña habitación junto a la playa, cuando se desnuda de noche y su cuerpo descansa en ese futón endeble. Cuando sueña con su familia. Su vida. Su isla. Este es su rostro que enseña la libertad del sueño.

Nunca lo había invitado a quedarse, no explícitamente, pero esperaba que él pudiera sentir mi deseo de que fuera mi compañero en la noche, tal vez para hacer pasar las horas un poco más rápido, más fácil, con menos pulsaciones de soledad.

En los viejos tiempos, nunca tuve que pedirles a los hombres que se quedaran conmigo. Generalmente, se iban antes de que terminara la noche, pero nunca tuve que esforzarme para que me desearan. La seducción era intuitiva en mí. Incluso cuando yo era la que más quería, podía hacerles pensar que todo había sido idea suya.

Pero con Nesto soy diferente.

Lo dejo dormir. Apago el televisor y ni siquiera mi cercanía o mis pasos lo despiertan. Me voy sola a la cama. Desciendo bajo las mantas y apago la luz.

Después, oigo sus movimientos.

Debió haber abierto los ojos, tal vez olvidó por un momento dónde estaba y luego se dio cuenta de que yo estaba del otro lado de la oscuridad, bajo el mismo techo, en mi cama.

—¿Nesto?

—Vete a dormir, Reina.

—No tienes que irte.

—Lo sé.

Oigo cómo se saca los zapatos y cuando estos golpean el suelo. Oigo la remoción de sus collares. Una vez me había contado que sus abalorios son sagrados —ensartados con un algodón delicado, bendecidos durante siete días y lavados en un río con una ofrenda a Ochún— y por eso debe quitárselos para bañarse y para dormir, besarlos, darles gracias por sus bendiciones y protección, y colocarlos en un pañuelo blanco que mantiene doblado en su bolsillo. Y entonces sé que Nesto se queda conmigo en la cabaña, al menos por esta noche.

Carlito era odiado de una manera que puede darse solamente con la ayuda de los medios. Más allá de la naturaleza de su crimen, había sido convertido en una celebridad por ser el más joven de los cerca de cuatrocientos presos en el corredor de la muerte de la Florida, hasta poco tiempo después de su condena, cuando un joven de diecinueve años en Jupiter mató a sus dos padres con un hacha. Solíamos decir que habíamos tenido poca suerte con la geografía. Sólo dieciséis estados permiten la pena de muerte y teníamos que vivir en uno de ellos. Lástima que no viviéramos en Wisconsin, bromeó una vez Carlito, donde ni siquiera un hombre que asesina a diecisiete personas y se come sus restos es condenado a muerte. Al menos la Florida sólo ejecuta a alguien un par de veces al año. No como Texas, Ohio o Alabama, que son mucho más eficientes con respecto a estas cosas.

Hay asesinos que permanecen durante décadas en el corredor de la muerte antes de recibir su fecha. Sospecho que la ejecución de Carlito se había acelerado porque el suyo era uno de esos crímenes que se habían convertido en obsesiones públicas. El doctor Joe decía que la gente sentía una fascinación morbosa con el caso de Carlito —un tipo que había enloquecido de celos, la niña robada, como podría pasarle a cualquiera—, y que ver su juicio les daba un placer enfermizo y voyerista. Se habían firmado más peticiones para su muerte que para la de otros asesinos promedio. Joe decía que la ejecución no se trataba tanto del crimen como de extinguir una pesadilla social, una parte del inconsciente colectivo, algo así como capturar al Coco.

Cuando Carlito se quitó la vida antes de que el gobierno lo hiciera por él, la gente lo llamó cobarde. Supongo que les había arruinado la diversión.

Solía esconderme en casa y fingir que el mundo se había olvidado de mi familia y de mí. El tiempo pasaría, los periódicos serían desechados y los únicos remanentes de nuestra historia quedarían en chismorreos rancios de los viejos del barrio. Pero el internet es el congelador más grande del mundo, lo mantiene todo fresco, y siempre puedo esperar a que alguien me encuentre a través de los portales electrónicos y me consulte si puede hacerme algunas preguntas sobre mi experiencia como la hermana de un asesino. Por lo general, estas peticiones provienen de estudiantes de derecho, criminología o psicología. A veces provienen de otras mujeres que tratan de formar redes para compartir historias y quejarse juntas del sistema judicial. A veces de algún bicho raro que se encontró con una vieja foto mía *online*, en la que salgo caminando afuera del juzgado, asistiendo a otro día del juicio de Carlito, y quiere saber si me encuentro sola, dondequiera que esté, y si me gustaría tener compañía. Por eso no uso mucho el computador.

Solía pensar que eso bastaba para trazar la línea divisoria entre mi vida antigua y la nueva, sobre todo aquí en los Cayos, donde la única noticia que le importa a la gente es el informe diario sobre las mareas.

Nesto se despierta antes que yo. Oigo sus pasos en el piso de madera, entra al baño. Cuando sale, me he arreglado un poco, he salpicado agua en mi cara en el fregadero de la cocina, he cepillado la maraña de mi pelo de recién levantada. Asimilo su rostro matutino, ruborizado, suave, sus ojos todavía pequeños por el sueño. Hago un poco de café y llevamos nuestras tazas al porche. Pasa el brazo alrededor de mis hombros y medio me acerca a su pecho, pero me pongo rígida por reflejo y él me suelta suavemente.

—Casi se me olvida que es Navidad —le digo.

153

—Feliz Navidad, Reina. —Me sonríe, pero cuando se voltea hacia el mar, su sonrisa desaparece.

Hace una semana envió una caja llena de regalos para su familia con la agencia de mensajería, cosas que le habían pedido: un par de guayos para su hijo, un vestido de baño para su hija, pañales para el bebé de su sobrina, medicamentos para la presión sanguínea, gotas para los ojos de su tía, las vitaminas que le pidió su mamá, además de las cremas para el vitiligo de su padrastro, pues las farmacias de la isla permanecían desabastecidas. Su madre estaba jubilada, retirada con honores, pero su pensión no le alcanzaba para vivir, por lo que ganaba dinero extra como costurera e incluso tenía un permiso para vender sus creaciones en la tienda Fin de Siglo. Pero no era suficiente para compensar la eterna escasez de la isla. Y aunque Nesto enviaba una caja llena con los pedidos de su familia cada pocas semanas, junto con la remesa mensual, siempre parecía poco para satisfacer sus necesidades.

Cuando llama a casa, sus hijos siempre hacen la misma pregunta:

—¿Cuándo vienes a vernos, Papi?

Y él les dice:

—Pronto, mis amores. Pronto.

Él no tiene ningún trabajo previsto para el día, pero yo debo cumplir mi turno matutino habitual. Me lleva al hotel y dice que vendrá por mí cuando salga para poder hacer algo juntos por la tarde, tal vez ir a la playa o a Bahía Honda. Espero que sea un día lento en el *spa*. Soy la única manicurista de turno y el hotel ni siquiera está lleno. Me miro en el espejo del vestuario de los empleados, mi pelo recogido en la moña de rigor, vestida con el uniforme rosado que parece de enfermera, como si fuera de camino a asistir el parto de un bebé.

—Tu clienta ya está en la mesa —me advierte Gemma, mi jefa. Se trata de una mujer trinitense que por lo general

154

es amable, pero su voz tiene una especie de severidad de maestra, como si pudiera castigarte.

Salgo a la zona de manicura e incluso antes de que ella alce la cabeza o me enseñe la cara a través de la cortina de pelo acaramelado que cae sobre los pliegues de su bata blanca y afelpada del *spa*, el pecho se me aprieta de una manera conocida pero olvidada; sé, con absoluta certeza, que la mujer que me espera en la mesa es Isabela.

Regreso al vestuario y percibo que se me cierra la garganta. Me siento en un banco y cuento hasta que recupero el control de mi respiración. No sé por qué mi cuerpo reacciona de este modo. He visto a Isabela muchas veces a lo largo de los años e incluso durante los peores momentos del juicio, como aquel día en que la llamaron a testificar contra Carlito, y la semana siguiente, cuando había sido mi turno, y yo había mentido bajo juramento al decir que no era posible que Carlito pudiera haber hecho aquello por lo que lo acusaban mientras ella me observaba desde su lugar en el banco de madera entre sus padres, y los tres sacudían la cabeza hacia mí.

—Está mal mentir con tu mano sobre la Biblia, ya sabes —me había advertido mi madre mientras íbamos hacia la corte esa mañana.

—También está mal pedirle a una hermana que testifique contra su hermano.

—No sólo es un pecado, es un crimen. Podrías meterte en un gran problema.

—No me importa —le dije, porque Carlito no subiría al estrado en defensa propia y yo sabía que mi testimonio sería su única esperanza.

Así que mentí, mientras el juez, el jurado y los espectadores me observaban, pero los únicos ojos que sentí sobre mí fueron los de Isabela.

Nunca me sentí tan aturdida por su presencia, ni siquiera aquella vez en la corte.

Gemma se asoma en la puerta.

155

—Reina, ¿por qué te demoras tanto tiempo?

No respondo y ella se acerca, se para frente a mi, una mujer pequeña con una sombra repentinamente grande.

—¿Estás bien?

—Lo siento. No puedo ocuparme de esa clienta.

—¿Por qué no?

—La conozco.

—¿Cuál es el problema? Si la conoces, mejor.

Me imagino ingresando al *spa*, me sentaré frente a Isabela, tomaré su mano en la mía para limpiar y preparar sus uñas, la manera en que intentaré evitar su mirada, hacer que el peso de la charla pase lo más rápido posible. Me preguntará qué estoy haciendo aquí. Le preguntaré qué hace ella aquí, especialmente en Navidad, unas fechas que siempre pasaba con sus padres, siempre la consentida, y que cuando todavía era la novia de Carlito, nos había llegado a invitar a Mami y a mí a unirnos a ellos para su almuerzo de Navidad. Yo me había negado a ir, había dicho que no era una arrimada y que no necesitaba su caridad, pero Mami y Carlito habían ido sin mí.

O hablaremos del clima, del paisaje de la isla; ella preguntará por mi madre, y yo le preguntaré por sus padres y por los hijos que tuvo después de que Carlito mató a Shayna.

La idea de todo eso me marea.

—Tú no entiendes —le digo a Gemma—. Esa señora y yo. Tenemos una historia complicada.

—Te dije cuando te contraté que no quiero saber nada de tu vida personal, y tampoco la quiero en mi *spa*.

—No puedo salir.

—No tengo a nadie más que lo haga, Reina. Puedes ir allá y atender a la clienta, o sacar tus cosas de tu casillero y yo le notificaré a la jefa de personal de tu negativa a trabajar. La decisión es tuya.

Me mantengo callada, pero me levanto, abro mi casillero y saco mi bolsa.

—Te estoy advirtiendo —dice Gemma mientras me observa—. Aquí no damos segundas oportunidades.

Pienso en contarle la verdad. Pero, ¿qué puedo decir? ¿Que no quiero pintar las uñas de Isabela porque mi hermano tiró a su hija de un puente?

Odio más que nunca a Carlito en este momento porque, a pesar de que cometió el crimen, y aunque esté muerto, sigo siendo yo la que tiene que hacer la confesión.

—¿Entonces? —pregunta Nesto cuando se acerca al vestíbulo—. ¿Qué pasó?

No le había explicado nada cuando lo llamé para pedirle que viniera por mí.

—No quiero hablar de eso —le digo cuando subo a la camioneta.

Trato de ser fuerte al respecto, me muerdo la lengua y el interior de mis mejillas hasta que pruebo sangre. No lloro. No es que sea incapaz. Las lágrimas sólo brotan cada pocos años y la última vez fue sobre el ataúd de Carlito, no hace tanto tiempo. Pero aquí, en la camioneta de Nesto, mientras avanzamos por el Overseas Highway, aunque no sé adónde vamos, siento que mi garganta se hincha y mis ojos chisporrotean lágrimas contenidas. Le pido a Nesto que pare —en realidad, se lo ordeno—, y él se estaciona en un tramo de la vía, al lado de unos manglares suspendidos sobre el pantano. Un par de observadores de aves se acuclillan unos metros más abajo, con sus binoculares fijos en un ibis que vadea en la hierba marina.

Yo no podía estar más lejos de mi hermano, de la antigua vida, pero parecía como si todavía estuviera sentada en la mesa frente a él en la sala de visitas de la prisión, cuando estudiaba su cara y buscaba aquellos rasgos que alguna vez habían sido idénticos a los míos, y trataba de verlo como era ahora sin olvidar quién había sido antes.

Y estaba Isabela. Una vez mi amiga. Una vez la enamorada de mi hermano.

Hace años, cuando nuestras dos familias esperaban la sentencia del juez, Isabela vino a verme al trabajo. Los jurados ya habían declarado culpable a Carlito. Sólo les había tomado un día de deliberación.

Siete de los doce jurados habían recomendado que fuera condenado a muerte, y en la Florida sólo se necesita una mayoría, aunque prácticamente en todas partes donde todavía ejecutan personas el jurado tiene que ser unánime. Mami y yo aún teníamos la esperanza de que el juez le ofreciera al menos cadena perpetua a Carlito, o incluso una posibilidad de libertad condicional. Los padres de Isabela habían dado una declaración a los periodistas que había salido publicada en la portada del diario de esa mañana; decía que ellos y todos sus familiares rezaban todos los días por la muerte de mi hermano. Isabela se disculpó conmigo por el odio de ellos. Dijo que no quería que Carlito muriera y que nunca sería testigo de su ejecución, aunque sus padres la arrastraran. Dijo que nunca me desearía el dolor que él le había causado a ella al arrebatarle a su hija, y aunque él nunca hubiera asumido toda la responsabilidad y ella nunca se lo hubiera pedido —al menos no todavía— ella ya había perdonado a Carlito porque tenía fe en que él no podía haber entendido aquello que le había hecho allá en el puente, ese día, a la bebé Shayna, a ella, a todos nosotros.

—Superaremos esto, Reina —dijo ella, y me rodeó con sus brazos, pero yo permanecí sin fuerzas, incapaz de abrazarla—. Tú y yo somos como cisnes. Nadamos entre la mierda, pero saldremos limpias.

Yo quería creerle.

Quería confesarle las palabras que sonaban en mi mente cuando la vi.

Isabela, soy yo la que te hizo esto.

Nesto pone la mano en mi hombro y su contacto, el calor de su mano grande, se siente como un peso insoportable sobre mí y me desplomo hacia adelante en las palmas de mis manos, hasta quedar sin aliento. Abro la puerta del carro, desciendo en la hierba. Los pasos de Nesto me siguen, pero escondo la cara, trago saliva con dificultad, trato de silenciar mis sollozos y me froto las lágrimas antes de que me golpeen las mejillas.

Siento la coraza de su cuerpo a mi alrededor, me sostiene, hasta que finalmente susurro —aunque suena más como un gemido— que la vi a ella, a Isabela, y Nesto pregunta quién es.

—La madre —digo—. La madre de la bebé que mi hermano mató.

Le digo que estoy avergonzada, muy avergonzada de lo que soy, porque no soy yo sino lo que mi hermano hizo que yo fuera.

—No es culpa tuya, Reina. No eres responsable de lo que hizo él.

—Sí, lo soy —logro murmurar, incapaz de mirarlo a la cara.

Presiono mis mejillas contra mis rodillas hasta que me duelen las cavidades de los ojos, y cuando las lágrimas finalmente cesan, levanto la mirada para ver mis zapatos en la hierba. Un escarabajo sube por mis pantalones.

Nesto y yo nos sentamos juntos en la grama, hasta que mi respiración vuelve a ser uniforme otra vez y la fatalidad del día parece elevarse con el sol del mediodía que se levanta sobre nosotros.

No me obliga a hablar más ni me dice qué piensa de nada. Simplemente se sienta conmigo, la suave presión de su brazo alrededor de mi espalda, y yo por fin estoy lo suficientemente relajada como para permitirme inclinarme hacia él.

No hubo Navidades especialmente felices en mi pasado. Siempre fueron vestigios de algo roto en nuestra vida. Mi madre me contó que durante nuestras primeras vacaciones en este país anhelaba su hogar, la música, los faroles que bordeaban las calles de Cartagena, las velas encendidas en todas las ventanas, desde el 8 de diciembre hasta el Día de Reyes. Después de que Héctor se fue, aunque siempre fuimos a misa de gallo en Nuestra Señora de la Divina Providencia y celebramos con tío Jaime y Mayra, ese día era sólo otro recordatorio anual de nuestra deshonra. Y cuando Carlito nos dejó, simplemente cimentó nuestra sensación de que, como familia, éramos un fracaso.

Decido que debo volver a la cabaña, pero Nesto insiste en que lo único que me espera allá son mis propios pensamientos y que debo quedarme con él por el resto del día. Sucede que recibe una llamada para una reparación urgente en el delfinario en Cloud Key, porque es Navidad y su reparador habitual se ha tomado el día libre para estar con su familia. Lolo es amigo del administrador del lugar y le ha hablado bien de Nesto, que ya había hecho algunos trabajos de plomería y reparación de tanques en el Acuario Nacional de La Habana.

El delfinario se supone que es una especie de santuario, no es el acuario típico que gira en torno al dinero o las apariencias, ni uno de esos lugares destartalados que hay por todos los Cayos, empresas familiares montadas en casas a orillas de un canal, con un par de delfines cautivos para que los turistas naden y se tomen fotos con ellos. Este lugar afirma que no es un circo acuático, sino un centro de investigación privado y bien financiado, cuya misión es comprender mejor la inteligencia de los delfines. Pero a mí me parece más como una granja acuática, con corrales excavados en la bahía, con cercas de alambre, y separados por pasarelas de madera desde las que los visitantes pueden mirar a los delfines, y una cabaña de madera en una torre de observación en el centro.

Antes de llegar a los corrales de los delfines, hay que pasar por el recinto del león marino y, antes de eso, por un río largo y artificial que serpentea por el frente de la propiedad, con espacios tapiados de barracudas, rayas y tortugas marinas. El arroyo de las tortugas es el que hoy tiene el problema, en un sistema de filtración de respaldo.

Nesto y yo observamos las tortugas mientras el gerente, Mo, un hombre calvo de unos cincuenta años con el cuerpo de un niño de quince, explica el problema. Hay por lo menos una docena de tortugas caguama y laúd, y entre ellas, tres o cuatro que llevan chalecos salvavidas parcialmente inflados, como si fueran parte de una pandilla que se mueve por la corriente, incapaces de zambullirse profundamente o de deslizarse tan suave como las tortugas sin chalecos. Le pregunto a Mo qué les pasa y me explica que antes de ser incubados algo perturbó los huevos de las tortugas mientras estaban en sus nidos, probablemente bañistas, y se crearon bolsas de aire que hicieron que las conchas se deformaran, que se volvieran pesadas arriba o abajo, por lo que, sin los chalecos, esas tortugas se hunden y se ahogan.

Hace unos días, Nesto me contó de la época en que atrapaba caguamas durante el período especial, cuando conducía hacia el este, hasta Corralillo, donde los pescadores locales ponían una red a través de la bahía, en Playa Ganuza, para atrapar tortugas cuando estas venían desde el mar para poner sus huevos. Nesto llegaba temprano por la mañana con un tanque de buceo que le había prestado Lolo y se sumergía para sacar a cualquier tortuga que se hubiera ahogado en la red.

—Nunca puedes matar a una tortuga —me dijo—, porque pueden tener el tamaño de una mesa, ser fuertes como toros, y además sería cruel con el animal e irrespetuoso con su guardiana, Yemayá.

Y entonces él le rezaba a la orisha, le explicaba el hambre de su familia, le agradecía con antelación por las tortugas que le daría, pues sabía que eran sagradas para ella, y prometía pagar la deuda tan pronto como pudiera, porque decían que Yemayá puede tener un temperamento terrible si tomas algo de ella sin pedírselo, pero que también es justa y comprensiva. Esperaba hasta que las tortugas se ahogaran debido al forcejeo, y cuando llevaba una a la orilla, los pescadores la picaban para sacarle la carne y llevarse su parte, arrojaban el caparazón al mar para que no quedaran rastros de ella que pudiera encontrar la policía y así arrestarlos o multarlos por robarle al océano.

Nesto se llevaba su porción de carne de regreso a la capital para venderla en el mercado negro por tres dólares la libra. Toda su familia podía vivir más de un mes con las ganancias de una tortuga.

—Pobres tortuguitas —dije con expresión horrorizada.

—No conoces el hambre, Reina. No sabes las cosas que hace la gente para alimentar a su familia. Espero que nunca lo sepas.

Y aquí está ahora, ironías de la vida, encargado de arreglar la bomba para que estas afortunadas tortugas refugiadas con chalecos salvavidas puedan tener un hábitat agradable.

Mientras Nesto empieza a trabajar, yo camino por el resto de la instalación. Hay tan sólo unas pocas familias de turistas deambulando por allí, reunidas en la laguna grande de la parte delantera, donde un entrenador se prepara para hacer algún tipo de espectáculo. Avanzo por el camino de piedra hacia la parte trasera de la propiedad, más allá de un corral donde el par de leones marinos residentes se asolea en una plataforma de madera. Y justo después del corral hay casi una docena de recintos cercados, cada uno con dos, tres o cuatro delfines.

Camino de un recinto a otro hasta que encuentro uno en el que un tipo con un traje de neopreno se sienta en una plataforma con un delfín que sale del agua y se pone sobre las rodillas del entrenador. Él hace movimientos con la mano, a los cuales el delfín responde con cierto comportamiento, como asentir o sacudir la cabeza, y el tipo con el traje de neopreno lo recompensa con peces de un balde que está a su lado.

Me adentro más en el muelle para ver los otros corrales. Los delfines nadan alrededor, algunos simplemente están estacionados en el muelle con un ojo en mí o en otro visitante, otros dan vueltas rápidas en torno de la periferia de la valla. En otro corral, dos madres delfines nadan con sus bebés y permanezco un rato viéndolos presionarse entre sí, surcan la suave marea del golfo que penetra en los agujeros de las vallas.

Le contaría a Carlito sobre este lugar si todavía estuviera vivo.

Cuando él murió, lo más difícil fue acostumbrarse al final de sus llamadas telefónicas. Podía contar con ellas una o dos veces por semana. El zumbido de la grabación de la cárcel anunciaba una llamada de un preso con cobro revertido, aceptaba los cargos, y luego su voz:

—Reinita, hermanita. Háblame del mundo.

Él bromeaba cuando decía que yo era su exploradora, sus ojos en el exterior, su pequeña guerrera en el frente. Me sentía como una informante cuando le transmitía conversaciones enteras que tenía con otras personas; eran como chismes complejos, porque él me hacía crear escenas, describir un lugar en detalle. Él confiaba en mi visión del mundo, en la forma en que yo le contaba historias con mis propios juicios entremezclados, porque nuestras primeras impresiones de la vida se habían moldeado juntas; la misma tribu equivocada nos había enseñado los caminos de la humanidad, éramos el fruto del mismo árbol familiar anudado y retorcido, y habíamos caminado juntos por el mundo hasta que Carlito perdió su lugar en él.

Le asustaba no poder imaginar la vida más allá de las paredes de la prisión, que su memoria no fuera confiable, y había dicho que se veía obligado a vivir en su imaginación como cualquier loco en un manicomio. En la cárcel podía ver un poco de televisión y películas, pero eso sólo lo hacía más consciente de su panorama menguante de la vida y del hecho de que probablemente nunca volvería a caminar bajo el cielo abierto.

Yo sabía que él renunciaba a un poco de su tiempo de recreación para llamarme. El capellán de la cárcel le había aconsejado una vez que si se declaraba fumador podía negociar para que recibiera, cada día, treinta minutos adicionales en la perrera. Pero eso me obligaba a depositar aún más dinero en su cuenta de la comisaría, y yo ya estaba dando todo lo que podía para que Carlito pudiera comprar bolsas de papitas fritas, galletas o sopas en polvo, cualquier cosa para no tener que comer la comida de la cárcel, y para que pudiera seguir llamándome con cobro revertido, aunque las llamadas siempre se cortaban antes de que tuviéramos la oportunidad de despedirnos.

Dejaron que Carlito tuviera un reproductor de CD con auriculares. Pero me dijo que sus oídos se habían vuelto tan sensibles debido a la soledad, que incluso escuchar música era doloroso. Hablaba consigo mismo, me confesaba, algo que solía pensar que sólo hacía la gente más loca y patética. No llegó a interactuar con los otros presos, pues estaba permanentemente segregado. A la mayoría de los reclusos sólo los ponen en confinamiento solitario durante días, semanas o meses, no años, pero haber cometido un crimen contra una bebé lo había dejado en lo más bajo de la jerarquía carcelaria. Si lo hubieran puesto con el resto de los presos, lo más probable es que lo hubieran encontrado muerto en una hora.

El tedio de su confinamiento era tan insoportable, que Carlito me dijo una vez que podía pasar horas mordiéndose los brazos, las palmas de las manos, los muslos, las pantorrillas, cualquier parte de sí mismo con la que pudiera probar el umbral de su dolor, hasta hacerse un sistema solar de esferas rosadas y púrpuras a través del cuerpo, salpicadas con punticos rojos, en lugares en los que lograba perforarse la piel, sólo para ver cuánto tiempo pasaría para que las marcas de los dientes se desvanecieran de su carne. Y cuando las marcas desaparecían, lo hacía de nuevo.

El doctor Joe me dijo que los que están segregados a veces se desquitan guardando sus heces u orines para emboscar a los guardias con ellos, taquean deliberadamente sus inodoros con mierda, o inundan sus celdas con agua de la llave.

—Retira a un individuo de la sociedad y perderá su capacidad para socializar. El comportamiento normal desaparece.

—Entonces, ¿por qué lo hacen? —le había preguntado yo—. ¿Por qué los ponen en confinamiento solitario?

—Alguien se dio cuenta hace mucho tiempo de que es el peor tipo de castigo.

Ignorar a los presos era uno de los juegos favoritos de los guardias, pero al menos no era tan malo como cuando estaban realmente de ánimo para la crueldad y encerraban a los reclusos en un depósito completamente oscuro sin comida ni inodoro durante varios días. Otras veces, debido a que rotaban los guardias continuamente, los tipos nuevos se olvidaban con frecuencia de dejar salir a Carlito para su horario programado en la perrera, hacer una llamada telefónica o entregarle su correo.

—Es la monotonía lo que resulta tan destructivo —me dijo Joe—. Para algunos en confinamiento solitario, la única actividad constructiva que pueden hacer es planear su suicidio.

Yo solía pensar que era la única persona con la que Carlito había utilizado su tiempo telefónico, hasta que dejó escapar que había unas pocas mujeres con las que conversaba regularmente por teléfono. Mujeres que habían conseguido su foto y perfil de uno de esos directorios en internet en que las desconocidas pueden escribirles a los presos. Miré su perfil y ahí estaba mi hermano, en su overol rojo carcelario, medio acuclillado contra una pared de cemento gris, con un título debajo de su foto: «Busco una amiga». Pensé que las mujeres que tratan de apegarse a un asesino convicto cuando no tienen que hacerlo deben estar un poco deschavetadas, pero Carlito decía que eran como ángeles, y de cierta manera, esas mujeres solitarias, que se sentían irremediablemente agraviadas por la vida, era como si también fueran prisioneras.

Cuando la cárcel nos entregó su cadáver a Mami y a mí, también nos dieron una caja con todas sus posesiones, basura que había acumulado durante su vida en prisión y que no había sido confiscada: un radio pequeño, un álbum de fotos que hice para él, libros a los que se había aferrado en vez de donarlos a la biblioteca de la cárcel. También estaban las cartas de las mujeres, pero no las leí. Aunque estaba muerto, pensé que Carlito merecía su privacidad.

Unos días después de ahorcarse, una de esas mujeres llamó a la casa.

—Sé que eres su hermana —empezó—. No he tenido noticias de Carlos desde hace algunas semanas. Llamé a la cárcel, pero no me dicen nada.

—¿No has visto las noticias?

166

—Estoy en Utah.

Le dije que Carlito había muerto, pero antes de que yo pudiera continuar, gimió.

—¡Lo mataron! Sabía que algo así sucedería. Él me dijo que lo estaban envenenando. Tenía miedo de comer o de beber.

—Se ahorcó.

—¿Cómo sabes eso?

—El director de la cárcel me dijo que lo encontraron colgado en su celda.

Yo ya había empezado a preguntarme cómo la cuerda no se había desprendido de la viga por la fuerza del peso de Carlito, cómo había podido permanecer colgado, como ellos dijeron, si lo habían encontrado en el piso mientras se asfixiaba o si ya estaba muerto.

—¿Has ordenado que le hagan una autopsia?

—No.

—Te están mintiendo. Ellos lo mataron. Lo sé.

Comenzó a llorar y pensé en tratar de consolarla, pero le dije simplemente que tenía que irme.

Después de colgar, consideré sus palabras.

Carlito hablaba a veces de que al Estado le costaba cientos de miles de dólares mantener a un solo preso en la cárcel y que su ejecución les costaba aún más a los contribuyentes, por lo que era más barato mantenerlo vivo que matarlo. Sin embargo, nunca me dijo nada sobre ser envenenado. Supongo que no era del todo imposible. Yo sabía que a los guardias les gustaba vengarse, como la vez que cometí el error de referirme abiertamente a uno de ellos como a un «guardia» y me reprendió indignado. «Somos los que hacemos cumplir la ley, señora, no guardias de seguridad». Dije que lamentaba el error, aunque la forma como ellos se llamaban a sí mismos no tenía ninguna diferencia para mí, así como podían llamar al edificio en el que vivía Carlito un «centro correccional» en lugar de una prisión o incluso un purgatorio, pero supongo que mi disculpa no resultó tan sincera, porque ese guardia impidió que Carlito me llamara durante una semana.

Carlito sabía que yo llevaba un historial de todas las injusticias cometidas contra él durante su encarcelamiento así como de los malos tratos en su contra, para usarlos en sus apelaciones y peticiones con el fin de suspender la ejecución, aunque eran muy difíciles de probar ya que siempre era la palabra de mi hermano contra la de un oficial.

Él nunca había mencionado nada sobre ser envenenado.

Me pregunté a quién podía haber intentado proteger: ¿a la mujer en el teléfono, o a mí?

Todavía siento el impulso de informar a mi hermano sobre la vida en el exterior. A veces narro cosas en mi mente como si él pudiera oírme —siempre cosas buenas, nunca malas— porque no puedo deshacerme de la sensación de no querer decepcionarlo, aunque eso signifique embellecer o inventar el mundo tal como lo veo.

Mira dónde estoy, Carlito. Mira a dónde me ha llevado la vida.

Mira este mar y estos animales. Mira estos delfines bebés, cómo nadan pegados a sus mamis.

Mira este cielo, siente este sol, huele este aire, prueba esta sal.

Perdóname cuando te odio.

No creas que te he olvidado, hermano, aunque tú me hayas olvidado.

Te llevo a todas partes conmigo.

Sigo siendo tu pequeña guerrera. Sigo siendo tu Reina.

TRES

Nesto dice que hace años, allá en La Habana, en ocasiones se sentía tan confinado en la ciudad que cuando no tenía dinero para echarle gasolina al carro, en vez de coger una guagua se paraba en la vía, echaba dedo y esperaba a que lo recogiera algún carro local y lo llevara fuera de la capital, sólo con la ropa que llevaba puesta y unos cuantos pesos en el bolsillo. En uno de esos viajes, salió a la avenida Maceo y lo llevaron en un Pontiac por la carretera de la vía Blanca. Las otras personas que compartían el carro se bajaron en Playas del Este y Guanabo, pero él siguió, pues quería alejarse tanto como pudiera de La Habana.

Sólo consiguieron llegar hasta el puente de Bacunayagua antes de que el carro se dañara y todos los viajeros tuvieran que seguir por su cuenta. Pero Nesto no buscó otro aventón. Por el contrario, descendió desde el mirador con vista al cañón que se hundía en el estrecho y que fluía hacia la provincia de Matanzas. No había senderos definidos en las laderas de las colinas, sólo unas trochas ligeramente pisoteadas por las pocas personas que vivían abajo, en el valle. Caminó y caminó hasta encontrar un bohío en un claro, cerca de la costa. Un viejo estaba sentado bajo la sombra de un techo de paja, con un perro esquelético enroscado como una herradura a sus pies. Nesto lo saludó y el viejo le preguntó qué hacía por allá. Nesto no llevaba uniforme, por lo que el anciano pudo suponer que no era de la policía, aunque también podría haber estado encubierto. Nesto le dijo que venía a echar un vistazo y le preguntó al anciano si le importaba que él descansara un rato en su choza.

Nesto se quedó cuatro días. Dice que la mayoría de las veces él y el viejo apenas hablaban, simplemente recorrían su espacio compartido en silencio. El anciano lo invitó a dormir en el piso de su cabaña y le dio una manta y una bolsa de fríjoles para usarla como almohada.

Durante el día, salían a caminar juntos. Hacían caminatas a las colinas de Yumuri y hacia abajo, hasta la ensenada rocosa en la que el agua entraba desde el Caribe. Allí, donde el mar pasaba en medio de dos pedazos de tierra, uno podía olvidar, al menos por un tiempo, que vivía en una isla interminable, con una costa que no llevaba a otra parte distinta de sí misma. Un cuerpo de tierra pequeño y solitario, estrangulado por su propio cordón umbilical.

Al tercer día, Nesto le admitió al viejo que la razón por la que había llegado hasta allá era porque quería sentirse como un niño de nuevo, libre para vagar y perderse. Era el esposo de una muchacha con la que no había querido casarse tan pronto, y padre de un niño para el que no estaba preparado. No cambiaría nada de eso, dijo, porque la recompensa del amor que uno siente por un hijo es demasiado grande como para rendirse, pero había días en que se despertaba bajo el sol siempre ardiente de Cuba con la sensación de que le habían robado la vida desde antes de nacer. No por el matrimonio o la familia improvisada, sino por su mera existencia en esa isla robada y saqueada durante siglos, hasta su última encarnación, como un museo de ideales fallidos y promesas rotas.

No había pasado ni futuro, sólo los días que se repetían, el amanecer, y la llegada de la misión diaria de garantizar la cena de la familia. Sus sueños se hallaban al otro lado de un puente invisible, pero todos los puentes que encontraba, como el famoso Bacunayagua, que los cubanos consideraban una de las maravillas del mundo, no llevaban a ninguna parte que no fuera de nuevo a sí mismo.

Por eso ese día abandonó su ciudad y su familia sin un adiós, sin haberles dicho a dónde iba o si alguna vez regresaría. No era la primera vez. Después de todo, era un hijo de Ogún, el orisha solitario que habita en los bosques de los cuales había heredado su necesidad de huir, de abrir nuevos caminos; por supuesto, era difícil llegar muy lejos en la isla y siempre regresaba por temor a que su familia se preocupara más de la cuenta, aunque cualquier vecino o funcionario les habría notificado si lo hubieran arrestado o si hubiera sucedido algo peor. Nesto no esperaba que fuera la última vez que deambulara por ahí. Era el precio que pagaba por encontrar un poco de soledad y de silencio, por la ilusión de libertad, aunque fuera por un corto tiempo.

El viejo escuchó a Nesto y cuando terminó, sacudió la cabeza como Nesto imaginaba que habría hecho su propio padre si hubiera vivido para ver a su hijo crecer y convertirse en un hombre.

—Compañero, ¿cómo crees tú que terminé acá hace cuarenta años? Regresa con tu familia. Y piénsalo dos veces antes de dejarlos otra vez.

En los días posteriores a la Navidad, me siento inquieta. Me despierto antes de que salga el sol, sólo un poco después de haber logrado quedarme completamente dormida. Sin trabajo, las horas vacías dilatan los días que se me van en la exploración de los clasificados, la presentación de solicitudes de empleo, y el tiempo que paso con Nesto, entre sus llamadas de reparación y las esperas en su camioneta, mientras él trabaja.

Me planteo si ir a Orlando para ver a Mami. Me la imagino abrazándome como si fuéramos viejas amigas, entrándome a su casa, mostrándome las cosas que ha comprado, sentándome en su nuevo sofá y ofreciéndome té de una bandeja, a la manera ensayada que practicaba en los años de mi niñez, cuando a veces recibíamos visitas de trabajadores sociales enviados por la escuela para evaluar mi bienestar y el de mi hermano. Básicamente, fuimos niños normales, pero yo tendía a quedarme callada cuando me hablaban en las clases, y un terapeuta escolar trató de convencer a mi madre de que yo padecía de mutismo selectivo, mientras que Carlito tenía el hábito de contestarles mal a sus maestros, patear pupitres y largarse del salón, y trataron de diagnosticarlo con algún problema de ira. Pero eso no era nada; conocíamos a muchachos de su edad que ya le daban puñetazos al director, les sacaban cuchillos a las empleadas del almuerzo, alardeaban con las pistolas que guardaban en sus casilleros y habían sido enviados al centro de detención juvenil.

En *junior high*, una consejera académica comenzó a llamarme a su oficina, convencida de que algunos muchachos mayores que me abordaban en los pasillos me estaban coaccionando para que faltara a clases y fuéramos a besuquearnos y a manosearnos en el baño de los chicos, o detrás del gimnasio de la escuela. La señora no me creyó cuando le dije que no se preocupara, que todo eso lo había hecho voluntariamente y no porque alguien me obligara. Yo tenía la idea de que los chicos mayores nos enseñaban a las chicas más jóvenes qué hacer con nuestro cuerpo, del mismo modo en que nos enseñaban a bailar salsa y merengue en las fiestas de barrio y en los asados.

Vi que la había dejado perpleja.

La junta escolar nos exigió hablar con un terapeuta un par de veces. Cada uno tenía que hablar con el tipo —una especie de abuelo— individualmente, y luego los tres juntos, aunque no creo que él hubiera podido hacer mucho porque, incluso en aquel entonces, ninguno de nosotros era tan tonto como para confiar en un psiquiatra, así que finalmente dejamos de ir.

Cuando arrestaron a Carlito, los periódicos mencionaron esas cosas. Nunca había sido un verdadero delincuente, pero había bastantes señales en el pasado de Carlito, así como gente dispuesta a ser citada en las noticias, que decían que siempre hubo algo «que no estaba bien» con mi hermano, que «árbol que nace torcido, jamás su tronco endereza». Sin embargo, Carlito se había graduado de la escuela secundaria, había ido a la universidad y había conseguido un buen trabajo. ¿Y qué importaba si la gente que lo conocía dijera más tarde que había subido como palma sólo para caer como coco?

Yo no llegué tan lejos. Mis calificaciones eran aceptables y pasaba el rato con los de recuperación y con los deportistas. Pero me retiré de la escuela a mediados del último año. Fue justo después de las vacaciones de Navidad y estaba harta de todo. Mami y Carlito no intentaron disuadirme. Dijeron que eso significaba que tendría que encontrar un trabajo de tiempo completo para sostenerme sola.

Hasta entonces, había barrido pelos en el piso de un salón de belleza después de la escuela y los sábados. A Mami le iba muy bien en la escuela cuando era joven y quería ser maestra, pero eso tomaba tiempo y a los maestros no les pagaban mucho en Colombia; siempre estaban en huelga y ella había tenido que trabajar para ayudar a su madre a mantener el hogar; habían estado siempre solas desde que su padre las dejó por su otra familia en Turbaco y el padrastro que vino después fue asesinado a puñaladas por una plata que debía, un hecho que Mami siempre contaba como un milagro. Ella decía que la vida no da espera a la educación y que el trabajo siempre es la respuesta.

La misma consejera académica que había intentado convencerme de que yo era víctima de los chicos de *junior high* y que ahora era la subdirectora de mi escuela secundaria, después de retirarme, fue a mi casa para tratar de convencerme de que volviera a inscribirme. No dijo que yo fuera inteligente ni nada de eso, sólo que podía hacer algo mejor en la vida que ser una desertora escolar. Pero le dije que estaba hasta el cogote. Conseguiría mi GED y empezaría a estudiar en la escuela de cosmetología. Si hubiera sido más inteligente al respecto, tal vez habría dedicado un tiempo a tratar de salir con atletas o vendedores de drogas, como otras chicas que conocía, y habría tenido éxito de esa manera. Pero nunca he sido, lo que se llama, precavida.

En estas horas intermedias pienso en esos rostros de mi antigua vida.

Universo, los veranos en Cartagena cuando desaparecíamos juntos, nos escabullíamos en su motoneta a las playas de Bocagrande y Castillogrande, cuando él me decía, como si fuera un experto, uno de esos columnistas encopetados de un periódico o comentaristas de noticias en la televisión y no un pelado que escasamente había terminado el bachillerato, que la arena y el mar eran oscuros en los bordes de Cartagena porque estaban contaminados, no por la ceniza volcánica ni por la contaminación de los barcos de carga y las fábricas costeras, sino por la sangre que se acumulaba en las playas de todo el Caribe. El millón de almas perdidas en el viaje hasta estas costas.

—Es un mar de muerte —decía Universo—. Pero el agua recuerda lo que la civilización intenta olvidar.

O cuando Universo me llevaba a su salón de billares favorito, afuera de las murallas de la ciudad, en San Fernando, y jugaba por pesos hasta ganar lo suficiente para comprarme un helado de camino a casa. Estaba oscuro cuando regresábamos al centro y las prostitutas ya se encontraban afuera, las veteranas paradas en las puertas de Getsemaní, mientras las más jovenes esperaban al lado del puerto o alrededor de los hoteles elegantes con la esperanza de «coronar», de encontrar a un extranjero para sacarlas de Cartagena, y Universo decía en broma que su misión era coronar conmigo.

A veces me arrepiento de haber dejado a Universo tan pronto, pero mi madre me dijo, desde el día en que empezamos a salir juntos en Cartagena, que no debía enamorarme y mucho menos casarme con un muchacho como él. Eso sería retroceder, dijo, y siempre esperaba que yo tuviera al menos la sensatez suficiente para casarme y progresar.

Me pregunto si todavía estará con su esposa. Si habrán tenido hijos o si habrán comprado una casa.

Me pregunto si alguna vez piensa en mí, o si trata de adivinar adónde me fui porque nunca se lo dije.

¿Qué diría él si alguien del antiguo barrio de Cartagena le preguntara qué fue de mí?

Esa Reina. No dejó ni la sombra.

A veces pienso incluso en ese psiquiatra estúpido, el doctor Joe. Dejó su trabajo en la cárcel mucho antes de que Carlito muriera, y aunque yo había evitado a ese tipo desde la noche aquella del ave moribunda, les pregunté por él a los guardias más amigables de la sección de los detectores de metales. Pero ninguno sabía adónde había ido.

Se me vino de nuevo a la mente ayer, cuando le pregunté a Nesto por qué él, que había sido un padre tan renuente la primera vez, había tenido otro bebé. Ya me había dicho que los abortos eran lo único que sobraba en Cuba, y los condones —después de una escasez en los años ochenta, durante la cual los hombres se acostumbraron a no usarlos— eran tan abundantes que los utilizaban con frecuencia como sustitutos de globos para que los niños jugaran, o para hacer bolsas de hielo y sacos de arena. Y durante el período especial incluso los derretían para simular queso en las pizzas.

Se encogió de hombros.

—Ambos queríamos otro hijo, aunque no pudiéramos soportarnos. Fuimos a ver a un santero que nos tiró los caracoles y nos dijo que tendríamos una niña. Todo hombre quiere una hija.

Me pregunté si eso era cierto.

Nesto me observó. Yo le había hablado muy poco de Héctor, pero tal vez por eso pudo leer mis pensamientos en ese instante.

—Estoy seguro de que tu padre te amaba.

Me sorprendió, porque era justamente lo contrario a lo que una vez me había dicho el doctor Joe: que el profundo peso del dolor con el que había nacido era mi certeza inconsciente de que mi propio padre no me había amado nunca, mucho antes de que mi madre comenzara a decírmelo, lo cual suponía un trauma casi tan severo como el propio nacimiento.

—No lo sé, Nesto.

Pensé que ese sería el final de la conversación, pero él continuó:

—Todos los hombres aman a sus hijas. Es un amor especial. Diferente del amor que se siente por un hijo.

—Mira, no puedes hablar por todos los hombres más de lo que yo puedo hablar por todas las mujeres.

—Podrías, si quisieras.

—No lo haría.

—Es el miedo que sienten los hombres. A veces es tan grande dentro de nosotros que no podemos dejar de hacernos daño a nosotros mismos y a la gente que nos rodea.

Una parte de mí quería reírse por la forma en que Nesto comparaba sus fracasos con una parte de mi historia que él desconocía.

—Realmente no deberías apresurarte tanto en defender a un hombre al que nunca conociste.

—No defiendo a nadie. —Parecía decepcionado por mi rechazo a su sabiduría—. Y mucho menos a mí mismo.

Puedo adivinar lo que el doctor Joe diría sobre Nesto. Probablemente haría un recuento de los errores de su vida, culparía a su temprana promiscuidad, tal como lo hizo conmigo al decir que detuvo mi desarrollo emocional y que por eso estaba tan confundida con respecto a las relaciones humanas normales, pero sostenía que no había sido culpa mía, pues había heredado la carga femenina familiar de la pubertad prematura.

Da igual que Nesto diga que la apertura sexual era otra herramienta más de las que utilizaba la Revolución para que los chicos se entusiasmaran con su doctrina y abandonaran las tradiciones del pasado, la religión de sus mayores. Ni que diga que en la Escuela al Campo, que era gratuita para todos, las chicas y los chicos de secundaria eran presa fácil de los maestros y miembros del personal; los estudiantes aprendían rápidamente que los favores sexuales podían procurarles, no sólo mejores notas, sino algo más que la pequeña porción de comida putrefacta e infestada de parásitos que recibían después de trabajar en las cosechas durante horas. Sus padres sólo podían ir a visitarlos los domingos, tras largas caminatas en medio del calor para llevarles comidas caseras que sus hijos guardaban toda la semana en sus casilleros, pero que con frecuencia los matones o los guardias de la escuela, y hasta los mismos maestros, les robaban.

Era una formación brutal de la vida. Y era la razón por la que a Nesto le daban náuseas cuando sentía el olor de las fresas y se estremecía al ver los tomates. Por los muchos meses que pasaba recogiéndolos, y por los golpes que recibía de los matones del dormitorio todas las noches en aquel baño asqueroso, al final de ese año se le ocurrió un plan para tirarse desde el techo de su casa y romperse un tobillo o un brazo, o hinchárselo al menos lo suficiente como para que un médico certificara que no era apto para trabajar en los campos y le diera permiso para permanecer en casa. Pero al año siguiente le advirtieron que tendría que regresar, aunque tuviera una pierna fracturada.

Si hay algo que Nesto agradece ahora, me dice, es que la isla ha agotado tanto sus recursos que ya no hay cosechas que cuidar y ya no envían a los jóvenes cada año a trabajar en el campo. No más café. No más azúcar. Lo único que ahora queda en la isla para exportar dice él, es su gente.

El doctor Joe también tendría cosas que decir sobre las infidelidades de Nesto con Yanai, de las que él habla como si fueran sólo un hecho más, nada de lo cual presumir u ocultar. Nesto afirma que no se trataba de algo escandaloso o recurrente. Dice que no era ningún matatán o pingüidulce, sólo que a veces se metía con otras mujeres que estaban entre novios o maridos y pasaba tiempo en sus casas. Descargas, en realidad: sin votos o promesas requeridas.

Obviamente, Yanai lo descubrió, tal como lo hacen todas las mujeres.

Nesto dice que no hay lugar para secretos en La Habana ni tampoco privacidad. Afuera están los ojos espías del DRC y las cámaras de vigilancia en los postes de las calles. Más allá de la propaganda del periódico *Granma*, el chisme local y el chanchullo ocupan el espacio de las noticias del resto del mundo. Los años pasan y pocas cosas cambian, salvo los amantes y las parejas de la gente del barrio.

No puedes ser recatado allá, me dice. Las paredes son delgadas. Las ventanas están siempre abiertas para dejar entrar la brisa. Los callejones hacen eco. Todo el mundo lo oye todo. Cada gemido, cada grito de placer. A veces, el único lugar al que puede ir una pareja para estar a solas es a la terraza del edificio, para desgarrarse mutuamente en una azotea sucia bajo el sol abrasador, o tal vez protegidos por sombras nocturnas, pero aun así, puedes estar seguro de que alguien, desde alguna ventana, en algún edificio sólo un poco más alto, observa.

Nesto dice que Yemayá siempre fue buena con él por ser hijo de Ogún, con el que ella estuvo casada alguna vez. Que cuando era un muchacho que se zambullía desde el Malecón, fue Yemayá, la madre de todo lo que vive bajo el mar, la que lo mantuvo seguro y alejado del reino de Olokun en el fondo del océano. Ella lo protegió de la contracorriente insidiosa que podía arrastrarlo al mar, y evitó que la fuerte marea lo golpeara contra las piedras afiladas, conocidas también como dientes de perro. Cuando era un adolescente que iba a pescar, únicamente con gafas borrosas de las que hacían con caucho de botas derretido y culos de botellas de cerveza, Yemayá le llevó peces para que él pudiera atraparlos con su red o atravesarlos con su lanza. Lo salvó de ahogarse más de una vez, dice Nesto, conduciéndolo siempre hasta la superficie con su tierno poder.

A Nesto nunca lo iniciaron del todo para ser santo. Nunca tuvo dinero para pagar los ritos o comprar la ropa blanca que tenía que usar durante un año, lo que le habría costado miles de pesos. En aquel entonces, paraba a veces en un ilé ocha, iba a un bembé o a un toque de santo, veía a los músicos que golpeaban los batás para llamar a los orishas antes de hacer sus peticiones y de dejar sus ofrendas. Pero nunca hizo kariocha y no era ahijado de nadie, y tampoco tuvo un canastillero ni soperas para sus orishas. En su cuarto sólo tenía un par de velas, un plato lleno de caramelos y un vaso de ron que cambiaba todos los lunes frente a una imagen de Elegguá, el amo de los destinos.

Durante la última noche del año, Nesto abre una botella de ron dentro de la cabaña y derrama unas gotas detrás de mi puerta para Elegguá, que según él vive detrás de las bisagras, y vierte otras gotas en cada rincón en memoria de los ancestros.

Lo sigo a la playa, detrás de mi cabaña, y me siento en la arena mientras él camina hacia la orilla del mar, mira al cielo con las palmas hacia arriba, pide la bendición del Grande, reconoce a los muertos que lo acompañan, conocidos y desconocidos, el camaché, y luego se mira los pies para pedirle a Elegguá, que controla el flujo de aché, que proteja su salud y especifica en lo mismo que pide siempre: que pueda traer a su familia por el estrecho de la Florida, para que estén con él, y que interceda en su nombre ante Obatalá, creador de la humanidad, y ante su esposa Yemayá, madre del océano que lo separa de sus hijos.

A continuación, Nesto estira la mano hacia una tela blanca que ha puesto a sus pies y extiende pedazos de sandía, bayas y granos de café, los recoge y luego los lleva a la orilla y los entrega al mar. En lugar de empujar la ofrenda hasta la arena, la marea se la lleva con la corriente.

Cuando regresa a mi lado en la playa, nos turnamos para tomar a pico de botella el ron y me dice que desde que recibió su *green card*, hace casi dos años, comenzó el papeleo para traer a sus hijos, de modo que puedan estar con él. Esperaron más de un año la cita en la que les darían la tarjeta blanca para salir del país, pero se la negaron y les dijeron que pidieran otra; la primera vacante disponible que había era tres años después. Aunque han pagado honorarios secretos y sobornos, la espera para la cita se ha reducido apenas de tres a dos años.

Nesto bebe ansioso el ron. Nunca lo había visto tomar así. Se queja de que los otros rones caribeños saben a orines si los comparas con el Havana Club, pero eso no le impide beber más y cerrar los ojos, y como si olvidara que estoy a su lado, le susurra al cielo:

—No sé cuánto tiempo más puedo vivir así.

No es medianoche todavía, pero ya podemos oír petardos en la distancia. El Broken Coconut avisó que lanzarán fuegos artificiales desde una barcaza en altamar. Pensé que tal vez Nesto querría ir a ver el espectáculo, pero dijo que sólo quiere estar con el mar esta noche, y conmigo, si no me importa.

Me pasa la botella y tomo algunos sorbos. Mantengo el ron en mi boca unos segundos antes de dejar que se deslice hacia abajo y que la garganta me arda.

—¿Y tú, Reina? ¿No hay nada que quieras pedir?

—¿Pedirle a quién?

Nesto toca la arena y se besa los dedos antes de decir:

—A Olodumare.

—No sé quién es.

—Dios. El Supremo. El amo del día y la noche.

—Sé que crees en esas cosas, Nesto. Pero yo no.

—No tienes que creer para pedir.

—Sería hipócrita.

—No, serías honesta.

—He aprendido que pedir cosas no funciona. Tienes que aceptar simplemente lo que te dan. Sacar lo mejor de ello.

—¿No crees que rezar por cosas sirva de algo?

Niego con la cabeza.

—¿Sabes? Hubo un tiempo en que todas las aves del mundo tenían plumas, pero no alas. Vivían en la tierra y los leopardos venían y se las comían. Las aves sobrevivientes le rezaron a Elegguá, le pidieron que buscara una forma de protegerlas de los leopardos. Entonces Elegguá extendió las plumas de las aves y les dio alas para volar lejos de todas las criaturas que se las querían comer.

—No necesito alas.

—Estoy seguro de que hay otras cosas que necesitas. La única manera de conseguir lo que queremos en la vida es pedirlo.

Sonrío, pero puedo ver que no es suficiente para él; quiere que le diga que estoy dispuesta a creer que uno puede pedirle al cielo y al mar y ser escuchado.

Digo más bien:

—Creo en lo que sucede y en lo que no sucede. Esperar o rezar no va a cambiar eso.

—Si eso fuera cierto, yo no estaría aquí. Seguiría atrapado en esa isla.

—Nesto, si existieran cosas como las oraciones correspondidas, sería yo la que no estaría aquí.

—Hay lugares peores en los que podrías estar.

—Si mis oraciones hubieran sido escuchadas cuando acostumbraba decirlas, la vida no habría dado las vueltas que dio. No habría tenido que venir acá. Viviría otra vida, en otro lugar.

Me refiero a que estaría con mi hermano, pero Nesto lo interpreta de un modo diferente.

—Estarías viviendo en algún lugar con un marido extraordinario y muchos hijos.

—Tal vez.

—¿Eso es lo que quieres?

—No quiero las cosas que tienen las otras personas. Sólo tomo lo que tengo, lo que ya está delante de mí.

—Es bueno querer cosas, Reina. Tenemos que querer cosas o de lo contrario moriremos.

—No lo creo.

—¿Qué te hace salir de la cama todas las mañanas?

—El hecho de que estar despierta es mejor que estar dormida.

—¿Cómo así?

—Sueño demasiado.

—Tus sueños son mensajes. Te están diciendo que prestes atención al mundo que te rodea.

—Nesto. Tienes todas las respuestas.

—Simplemente mira el mar. No podemos ver debajo de la superficie, pero eso no significa que no haya todo un mundo debajo de la corriente.

—Lo veríamos, si fuéramos a nadar.

—No, sólo veríamos una pequeña parte. Y no tienes que verlo todo, es tan inmenso que llega más allá de nuestra comprensión. Sólo tienes que saber que está ahí. Es lo mismo con todo lo demás. Si te arriesgas a creer, verás lo que puede pasar.

Contemplo la posibilidad de decirle que una vez tuve fe. Durante un tiempo breve, fui una chica que rezaba y creía en lo invisible, tal vez tanto como él, pero todo se me derrumbó.

A cambio, lo empujo suavemente.

—Tú vives en tu mundo. Yo viviré en el mío.

Se levanta rápidamente y me extiende la mano para jalarme y ponerme de pie.

—¿Qué pasa?

—Vamos —dice—. Tenemos que invocar este nuevo año con alegría y no con una conversación tan pesimista. Es de mala suerte.

—¿Qué vamos a hacer? —Ahora estoy parada frente a él, sostengo su mano todavía, y él me pone su otra mano en la cintura.

—Vamos a bailar.

Comienza a moverse suavemente, me guía con sus manos y sus pasos, siguiendo el ritmo lento de la marea que lava la orilla a pocos centímetros de distancia, y une su voz a ella, tarareando la melodía de *Lágrimas negras*, el bolero favorito de su madre. Con cada paso me conduce un poco más cerca del oleaje, hasta que la espuma fría nos cubre los dedos de los pies y luego nos llega por encima de los tobillos. Está lo bastante cerca para que yo sienta su aliento tibio en mi mejilla, pero su cuerpo está lejos, sus largos brazos se interponen entre nosotros. Me acerco, sin pensar mucho en ello, pero él retrocede; lo intento de nuevo y él retrocede otra vez.

—No está tan mal donde viniste a parar, Reina, ¿verdad?

—No. No lo está.

Inclino la cara hacia adelante para besarlo, pero él retrocede antes de que mis labios alcancen los suyos, aunque no deja de bailar.

—¿Qué estás haciendo? —le digo, porque él no dice nada.

—Estoy bailando contigo.

—No quieres besarme.

—Sí quiero.

—Pero no lo harás.

Me suelta las manos y se aleja, me deja sola con los pies en el agua.

Me da la espalda para mirar la luna detrás de nosotros.

—Lolo me invitó a salir mañana en su bote. ¿Quieres venir?

Camino por la playa y me siento en un montículo de arena que no está lejos de él.

—Bueno.

—Dormiré aquí esta noche, si no te importa.

—No hay problema.

Se va a la cabaña y yo me quedo en la playa, con los pies enterrados en la arena.

Cuando entro, después de un rato, Nesto ya está tirado en mi sofá, dormido, o al menos fingiendo estarlo.

Tardo un tiempo antes de dormirme. Me siento en la cama con la luz de la mesa de noche a mi lado y pienso en el final de año pasado, cuando aún vivía en la casa de Miami y Carlito aún estaba vivo y esperaba mi próxima visita. Le llevé chocolates esa mañana, pero el guardia los pasó por el control de seguridad porque habían atrapado a alguien hacía un mes o dos contrabandeando pastillas dentro de una caja similar. Cuando llegué a la sala de visitas para ver a Carlito, tenía apenas una tarjeta de Navidad cursi para darle. La había comprado en una farmacia y pensaba escribirle una nota simpática, pero no me salió ninguna palabra y entonces me limité a firmar mi nombre debajo del mensaje impreso.

Cuando abrió la tarjeta, Carlito pasó los dedos por las letras.

—¿Sabías que fui yo el que escogió tu nombre? Mami quería ponerte María Reina de la Paz, por la Virgen favorita de la abuela, pero yo la convencí de que te pusiera sólo Reina. Le dije que eras *mi* Reina. Mi pequeña reinita.

—Carlito, ¿cómo puede ser posible? Sólo tenías tres años.

—Pregúntale a Mami. Ella te lo dirá.

Y por una sola vez, cuando le pregunté a mi madre por una de las historias de Carlito sobre nuestra infancia, ella asintió y apartó la cara para mirar el suelo.

—Sí, Reina. Tu hermano te puso el nombre. Eso es cierto.

Nesto no puede creer que yo no haya montado nunca en un bote. Crecí cerca del Atlántico, y no en una isla donde necesitaras permiso para llevar un bote a altamar, como él y Lolo. Pero nunca me he subido siquiera a uno de esos hidrodeslizadores de los Everglades que vuelan a través de los pantanos en los *tours* para ver caimanes. Nunca he montado siquiera en una canoa.

Para facilitar mi introducción al mar abierto, camino a la marina donde nos encontraremos con Lolo y su barco, Nesto me cuenta uno de sus patakís favoritos:

—Al principio, la tierra sólo estaba hecha de rocas y fuego. Entonces, Olodumare, bajo la forma de Olofi, el todopoderoso, convirtió el humo de las llamas en nubes, de las cuales cayó el agua que apagó los incendios, y un mundo nuevo nació. En los agujeros que había entre las rocas que una vez ardieron, se formaron los océanos. Lo que quedó sobre el agua fue conocido como tierra. Olofi le dio los océanos a Olokun y la tierra a Obatalá, a partir de un pequeño montón de tierra que un pollo había escarbado con sus patas para formar los continentes. Pero Obatalá estaba celoso del vasto dominio de Olokun y entonces la encadenó al fondo del océano, donde todavía permanece con una gran serpiente que sólo asoma la cabeza con la luna nueva. Pero Olokun es vengativa, y sigue intentando robarle partes de la tierra a Obatalá, por lo que sacude el fondo del mar y envía maremotos y tsunamis desde las profundidades.

»Cuando fue creado, el océano era enorme y estaba desprovisto de vida. En esa época, Yemayá vivía en los cielos con Olofi, y se quejaba de que le dolía el vientre. Fue Yemayá quien dio a luz al sol, a la luna, a los planetas, a las estrellas, a los ríos, a los lagos y a los orishas, y así se convirtió en la madre de toda la vida en la Tierra. Para demostrar su amor por ella, Olofi proclamó a Yemayá reina de los océanos y le dio el arcoíris para que lo usara como una corona, que sólo aparece cuando Yemayá se muestra al mundo en forma de lluvia.

Estamos a pocos kilómetros de la costa cuando me empieza a temblar el estómago.

Siento la vibración del motor debajo de nosotros, observo la marina encogerse, el oscurecimiento de las aguas cristalinas que bordean las islas desde mi lugar en un banco abullonado en la parte trasera del bote donde voy con Melly, la esposa de Lolo, mientras Nesto está a su lado en el timón.

Melly ya se ha quitado los *shorts* y lleva puesto su bikini, posa como una modelo voluptuosa. Tiene veintidós años y es la tercera esposa de Lolo, a pesar de que siempre bromean y dicen que él se casó sólo porque ella es canadiense y él quería darle los papeles de Estados Unidos. Dice ser una pintora de la naturaleza, pero vi su trabajo cuando Nesto y yo fuimos a conocerla en la tienda de buceo de Lolo, temprano esta mañana, y sus cuadros no son lo que llamarías del mundo natural: pinta delfines y mantarrayas emparejados con sirenas de pechos grandes que tocan a los animales de forma lujuriosa. Nesto y yo tuvimos que contener la risa cuando los vimos por todas las paredes de la tienda junto a los afiches de marcas de trajes de buceo.

Pienso en los cuadros de Melly cuando devuelvo por primera vez todo mi desayuno en las olas blancas que golpean contra un lado del bote. Nesto está de espaldas y no se da cuenta, hasta que Melly hace un alboroto, corre hacia mí lado y me frota los hombros. La aparto de un empujón y sigo vomitando, lo que sería vergonzoso si me detuviera a pensar en ello, pero sólo puedo concentrarme en la agitación de mi estómago y en el ardor de mi garganta mientras todo sigue subiendo y saliendo.

Los oigo a todos detrás de mí, Lolo dice que apenas estamos a tres kilómetros de distancia y ya he vomitado hasta el último tetero. Luego Nesto está a mi lado, me dice que me concentre en el horizonte, pero cuando lo intento me parece que se ve torcido y lo único que me ayuda es cerrar los ojos y olvidar dónde estoy, así sea por un solo segundo.

—¿Quieres que regresemos?

Puedo saber, por el tono de Nesto, que quiere que yo diga que no, de modo que le digo eso mientras mantengo el equilibrio en la baranda, y él regresa donde Lolo y le dice que voy a estar bien.

Pero no estoy bien. Mis sentidos están confundidos. El sol es cálido y me cae delicioso en la espalda; la sal marina es calmante y aromática, y el chapoteo del bote al cortar las olas me rocía gotas frías en la cara, es un alivio para las convulsiones que siento desde el cuello hacia abajo, mis intestinos se retuercen, se exorcizan a sí mismos, aunque ya no tengan nada para expulsar. Quiero olvidar dónde estoy. Olvidar que estoy en un bote que se dirige a ninguna parte del mar, con Nesto, que en este momento me parece más extraño que la noche en que lo conocí, y sus amigos, a los que siento burlarse de mí a la vez que intercambian miradas.

Y entonces ya no estoy ahí.

Aún estoy bajo el sol invernal, rodeada todavía de agua, pero ahora soy una niña de nuevo, tal vez de cinco o seis años que nada en la piscina pública a la que Mami nos llevaba de vez en cuando durante la hora gratuita, pues Carlito no detestaba las piscinas tanto como odiaba el mar. Una tarde, Carlito y yo nos hicimos amigos de otra niña, una chica que estaba con su padre. Tenía neumáticos inflables, juguetes flotantes; todo para ella, pero aun así los compartió con nosotros. Me sentí atraída por ese dúo de padre e hija, perpleja por la dulzura con que el padre la trataba y cómo ella se le colgaba con sus brazos alrededor del cuello. Cuando Carlito salió de la piscina y se sentó al lado de nuestra madre, en las sillas, me quedé en el agua con la niña y su padre. Dijo que un día me invitaría a jugar a su casa con sus docenas de muñecas Barbie. Yo no tenía ninguna.

Su padre la alzó y la arrojó al agua y ella provocó un gran chapoteo al caer. Debió haber visto la envidia en mi cara porque me dijo que nadara hacia él y me alzó para hacerme lo mismo. Nunca sentí unas manos tan grandes sobre mi cuerpo. Nunca supe que una persona pudiera ser tan fuerte. No recuerdo haber sido levantada del suelo por nadie. Me lanzó lejos y hacia arriba y me estrellé contra el agua. Cuando subí en busca de aire, ubiqué a mi hermano para ver si me había visto, pero no me miraba.

Luego el padre cargaba a su hija y la empujaba hacia la parte más honda, donde yo no tenía permiso de ir.

—¿Quieres venir? —me preguntó, y miré a mi madre, que leía una revista tendida en una silla plástica; volví a mirar al hombre y asentí. Me alzó con su otro brazo y los tres nos deslizamos, dos niñas en el abrazo de un padre, hasta la parte más profunda, y sentí la emoción de saber que el fondo estaba demasiado lejos para tocarlo. Me sentí segura en los brazos de este padre. Nos condujo hasta el muro y permanecimos los tres ahí, cada una sentada a horcajadas en una de las rodillas del padre. La hija hablaba del nuevo vestido que su padre le había comprado esa mañana: largo y de color lavanda, con volantes abajo. Parecía ser el vestido más hermoso del mundo. Yo no podía imaginar cómo sería tener un padre que me comprara cosas lindas y observé la forma en que ella y su padre se amaban. Sentí que algo me tocaba la pierna y cuando miré hacia abajo, a través del brillo del agua de la piscina, vi que el pene del padre había crecido y salido de su pantaloneta de baño. Sabía qué era un pene porque tenía un hermano y durante nuestros primeros años nos bañábamos juntos. Le dije al padre:

—Deberías acomodarte la pantaloneta —le dije.

Él miró hacia abajo y dijo:

—Sí, debería. —Y se alejó.

Pero ocurrió de nuevo y cuando se lo dije esa vez, respondió:

—¿Por qué no me la acomodas tú?

Miré a la niña, que no reaccionó; luego a mi madre, clavada todavía en las páginas de su revista, y a mi hermano, que se secaba con una toalla en la silla de al lado. Llamé a mi madre, pero se limitó a levantar la vista, y como no dije nada más, regresó a su revista. Intenté con mi hermano. Lo llamé por su nombre. Me miró, y otra vez no dije nada, pero él se levantó y se acercó. Él sabía que algo estaba mal. El hombre se retorció debajo de mí, y estiré mi mano hacia mi hermano y dejé que me sacara del agua. No dije nada y mi hermano no vio nada, pero de todos modos miró al hombre con sospecha. Regresamos donde nuestra madre, que no había notado nada.

—Quiero irme a casa —le dije a mi madre, temerosa de mirar de nuevo a la niña con su padre, asustada por lo que había visto bajo el agua.

Es un recuerdo que no había vuelto a mí en años. Uno del que no he hablado nunca. Pero aquí está, expuesto ante mí en el delirio de mi mareo, ahora que estoy tan lejos que no hay tierra firme ni bote alguno que pueda verse en ninguna dirección. Estamos más allá de las boyas, de las aguas poco profundas y pálidas y de los bancos de arena a lo largo de la costa, vaciada en una meseta lapislázuli acuosa.

Lolo lanza el ancla y el bote se balancea en las olas, que me hacen tambalear hacia un lado, los vapores del motor conjuran otro episodio de vómito.

Nesto se arrodilla a mi lado.

—Lo siento, Reina. Si hubiera sabido que te ibas a marear tanto, nunca te habría pedido que vinieras.

Sus palabras no son ningún consuelo. Retrocedo, me acuesto en el piso del bote con la esperanza de sentirlo más estable; me enfoco en el cielo allá arriba, pero no sirve de nada.

—Tienes que meterte al agua —me dice—. Te hará sentir mejor.

Se pasa la camisa por encima de la cabeza y queda en *shorts*, que también se quita, y ahí está, todo él metido en un traje de baño pequeño, del tipo que la mayoría de los hombres, excepto los nadadores profesionales, evitan.

Nunca he visto tanto de Nesto. Tanto de su piel, de sus extremidades, de la longitud de sus piernas desnudas desde el dedo del pie hasta el muslo. El estiramiento de su cintura, su cadera plegándose hacia la axila. Recuerdo que él me dijo que en Cuba es común que los tipos se afeiten el cuerpo de la cintura hacia arriba o incluso en todas partes porque el clima es muy caliente; a veces cortan el agua y es una manera de no apestar entre ducha y ducha. Nesto, lampiño, salvo por un vello incipiente en el pecho y esa melena, que se amarra con una gruesa banda de caucho, me sorprende observándolo y me agita la mano, como si estuviera hipnotizada, y entonces desvío la mirada, me apoyo en mis rodillas y otra vez sobre las barandas del bote, con los ojos de nuevo en ese horizonte poco fiable, y regurgito un poco más.

Cuando miro de nuevo hacia arriba, Lolo tiene un traje de baño igualmente pequeño y noto un tatuaje en la espalda de lo que debe ser una de las sirenas de Melly. Saca una botella de champú de una bolsa, le echa un poco en los hombros a Nesto, luego se pone otro poco en el pecho y cada uno comienza a frotarse. No quiero preguntar qué hacen. Simplemente veo cómo la piel oscura de Nesto se vuelve reluciente y brillante, pero entonces se hace evidente que sólo se están lubricando para poder entrar más fácil en sus trajes de buceo.

Nesto se me acerca cuando ya está totalmente envuelto en su *wetsuit*.

—Ven, Reina.

Me toma de la mano y me conduce por la baranda hasta la parte trasera del bote, donde me ayuda a sentarme a su lado, nuestros pies cuelgan del borde sobre el agua fría.

Sumerge en el mar la máscara que ha estado sosteniendo con la otra mano, la llena de agua y luego la pone frente a mi cara.

—Cierra los ojos —me dice, y eso hago.

Dice algunas palabras en lucumí, y entonces, para que yo pueda entender, añade:

—Yemayá, toma a Reina en tus brazos. —Y luego me vierte agua sobre la cabeza.

Siento cómo el agua me corre por la cara, me enfría el cuello, la espalda y el pecho.

Abro los ojos y Nesto me mira.

—Métete al agua y nada. Te ayudará, te lo prometo.

Comienza a ponerse unas aletas largas, mientras Lolo arroja un gran flotador rojo con una cuerda larga desde la parte trasera del bote.

—Y cuando te metas, lo haces así.

Se lanza de lado, desaparece bajo el agua, y luego sale de nuevo a la superficie sonriendo.

—Te sentirás peor si te quedas en el bote, Reina. Métete. Te estoy esperando.

Melly me deja usar su *wetsuit*, pues ha decidido quedarse en el bote para ocuparse de su bronceado, y me ayuda a aplicarme loción; luego sube el traje por mis muslos y alrededor de mis caderas, y es mucho más difícil de lo que parecía cuando vi a Nesto hacerlo. Cuando lo tengo puesto correctamente, me sube el cierre por detrás y siento cómo el *wetsuit* me presiona desde las costillas hasta el cuello.

—Respira —me dice—. Te acostumbrarás. Te sentirás mejor en el agua.

Me pasa sus aletas y su máscara, y me lleva a la escalera de la parte trasera del bote para ayudarme mientras me las pongo.

—¿Tienes miedo?

—¿De qué?

—De esto —y señala el agua oscura que nos rodea.

—¿A qué te refieres?

—Aquí es donde el fondo del mar se hace más profundo. ¿No notaste lo clara y ligera que es el agua cuando estamos más cerca de la tierra? Eso es porque no es muy hondo. Después el fondo del mar cae en picada por cientos de metros y estás aquí, en *lo azul*.

—¿Debería asustarme?

—Estarás bien, siempre y cuando no entres en pánico y empieces a tragar agua.

Nesto y Lolo están en la cuerda junto a la boya, me llaman para que me meta, y entonces Melly me ayuda a bajar de la escalera y a sumergirme de lado, tal como me dijo Nesto, y siento el agua fría colarse entre mi piel y el traje. Empujo las aletas con las piernas, me impulso a lo largo de la superficie, avanzo por la cuerda hacia la boya, donde Nesto espera con Lolo.

—¿Todavía estás mareada?

—Ahí voy.

Pero apenas digo esto, una ola me empuja y mi estómago sube con ella, luego baja de nuevo, y el malestar regresa.

—Ponte la máscara y sumérgete —me instruye Nesto, y hago lo que me dice.

Nesto y Lolo tienen cinturones con pesas, y bajan otra cuerda con pesas que cuelga del flotador y empiezan a cronometrarse entre sí, mientras practican patrones de ventilación para poder retener mejor la respiración al bucear con tanques. No tengo un cinturón con pesas, sólo la máscara, el *snorkel* y las aletas, así que permanezco en la superficie, pero cuando me agacho jadeo ante la inmensidad del reino que está debajo, las astillas de luz solar que penetran a través del azul como relámpagos.

No veo peces pequeños como los que ves en los acuarios tropicales, ni como esos que ves cuando nadas con el *snorkel* por los arrecifes o cerca de la playa, que tienen rayas y puntos. No veo nada en realidad, sólo un pez grande que se mueve despacio varios metros por debajo de mí, los contornos de unas pocas medusas pequeñas que rebotan. De lo contrario, todo está calmado y silencioso, sólo sombras, azul y vacío hasta donde puedo ver en cualquier dirección, que resulta no ser muy lejos porque Lolo después me dice que no importa lo buena que sea la visibilidad del día, la luz solar sólo penetra en los primeros doscientos metros del mar y que más allá de eso es una eterna medianoche.

Incluso durante el día soleado más perfecto, el mar se ilumina como un candelabro. Nesto dice que hay un inframundo de montañas invertidas muy por debajo de la superficie reluciente del mar, valles y cañones kilómetros más allá del menor rastro de luz.

Siento un tirón en mi traje y levanto la cabeza para ver a Nesto que me amarra una soga alrededor de la cintura.

—Estás yendo a la deriva. No quiero perderte aquí.

Tal vez sea porque me siento un poco más segura al saber que estoy amarrada a él y al flotador, que me quito el *snorkel* y trato de bajar, aunque mi *wetsuit* me hace flotar y no voy muy lejos, pero me tranquiliza estar bajo el agua. Mi estómago y mis nervios se calman. Los vapores del bote se disipan. Mi cuerpo gira y se enrosca como quiere, sin peso, con la facilidad de una acróbata.

Pienso en mi madre y en cómo, cuando yo era niña, me llevaba al agua y yo sentía que el tiempo quedaba suspendido en su abrazo. Cuánto he querido regresar a esos momentos. Permanecimos bajo el mismo techo, pero los años nos separaron para que nunca pudiéramos recuperar la suavidad que yo sentía que ella emanaba bajo el sol, entre las olas.

Aquí, en el océano abierto, sin nadie que me sostenga en la superficie, salvo yo misma, me entristezco por lo que ha sido de mi madre y de mí, por cómo la vida nos endureció mutuamente.

Me doy vuelta y veo a Nesto a pocos metros, se hunde de cabeza desde la cuerda, con una mano en la soga y con la otra se aprieta la nariz. Un par de caballitos de mar entran a mi campo visual y luego flotan cerca, justo delante de mi máscara. Nunca los había visto nadar con tanta libertad. En el delfinario hay una vitrina al lado de la entrada, con unos cuantos caballitos de mar que suelen enrollar sus pequeñas colas en las algas del fondo del tanque. Se supone que prefieren las aguas poco profundas, pero aquí este par se desliza, sus colas unidas en cortejo, y por poco hago lo que Melly me advirtió que no hiciera, tragar agua en mi esfuerzo por llamar a Nesto, que está de nuevo en la superficie y jadea en busca de aire.

Regula su respiración y nada hacia mí, parece preocupado, mientras Lolo espera en la jarcia detrás de él. Lo tomo de la mano y lo llevo adonde los caballitos de mar parecían bailar hace un momento, bajo un estroboscopio de luz solar. Descendemos juntos y los caballitos de mar siguen ahí, girando bajo la corriente. Los observamos por unos segundos. Cuando salimos a respirar, Nesto parece complacido.

—Los caballitos de mar son una señal —me dice.

—¿Una señal de qué?

—No crees en las señales, ¿recuerdas?

—Dime, Nesto.

—Es una señal de Yemayá. Ella te está dando la bienvenida. Te está dando un lugar acá.

En el camino de regreso a la orilla, Lolo detiene el bote en el montículo de Key Largo, donde la plataforma continental se eleva en una colina que empuja a los peces más pequeños a la superficie y los más grandes se abalanzan sobre ellos. Me dice eso cuando le pregunto si puedo bajar del bote para volver a nadar. Ya no estoy mareada. Me siento tranquila desde que me metí al agua allá en lo azul, y la sensación permaneció cuando volví a subir al bote y arrancó de nuevo, dando saltos y rompiendo las olas.

En el montículo hay muchos botes, la mayoría, equipados con múltiples cañas de pescar, esperan la mordida del macabí, del tarpón o del róbalo. Lolo instala un par de cañas en la parte trasera del bote y sé que estaremos un rato aquí. Pero dice que no puedo nadar porque además de barracudas hay un montón de tiburones en el montículo y de vez en cuando aparece uno grande, blanco y errante. Me instalo en un banco con Melly. Ha sido amable y me ayudó a quitarme su *wetsuit*, así como me había ayudado a ponérmelo. Me echó agua dulce por todas partes con la manguera para lavar los residuos de sal y champú, y me cepilló el pelo.

—Nunca había visto a Nesto con una chica —me dice cuando ellos están fuera de alcance y enfrascados en alguna historia sobre los viejos tiempos de pesca con lanza en El Salado—. Siempre viene solo. Traté de presentarle amigas mías unas cuantas veces, pero siempre dijo que no. ¿Cuánto tiempo hace que lo conoces?

—Unos dos meses.

—Conocí a Lolo tres meses antes de casarme con él. Y eso fue hace tres años.

—¿En serio?

—Fui a su tienda en busca de trabajo. Él dijo: «No puedo darte trabajo si no tienes papeles». «Bueno, ¿cómo se supone que debo conseguir papeles si no tengo trabajo?», contesté, y él replicó: «Puedes casarte conmigo». Y se inclinó sobre el mostrador y jaló mi cara hacia la suya y me besó ahí mismo con los clientes alrededor. Fue así como me hizo salir con él. No pensé que me casaría con él, pero me gusta un tipo que persigue lo que quiere.

Recuerdo estar con Nesto en la playa anoche. La manera en que reaccionó a la idea de besarme, como si yo le hubiera pedido que se arrojara de un acantilado.

Hay un jalón en uno de los sedales y Lolo se apresura hacia él mientras Nesto mira los otros, pero todos están flojos. Lolo enrolla su sedal y, después de un leve forcejeo, aparece un pez wahoo enorme que se bate y lucha contra el anzuelo, hasta que el pobre se desploma en su muerte sangrienta en el piso del bote, Melly aplaude y aclama como si fuera una fiesta, mientras Lolo agarra el pez y le clava los dedos en las branquias. Miro a Nesto, que también parece complacido con la masacre, y luego vuelvo mis ojos al horizonte porque sé que podría marearme de nuevo.

Más tarde, en la casa de Lolo y Melly, los hombres descaman y evisceran el pescado para la cena en el patio y yo le ayudo a Melly a preparar una ensalada en la cocina. Es una casa pequeña, con una sala exterior que da a un canal estrecho, y los cuadros de orgías entre especies de Melly cubren las paredes. Ella me manda atrás a preguntar si deberíamos poner también un poco de arroz en la estufa. Cruzo la puerta de anjeo y voy alrededor de la casa hasta el patio donde están fileteando el pescado. Oigo a Lolo preguntarle a Nesto, como si esperara una actualización:

—¿Qué vuelta, asere? Dime, ¿qué pasa con la situación familiar?

Espero detrás de un rincón de la casa, curiosa por oír lo que responderá Nesto.

—No pasa nada, mano. Siguen diciéndonos que esperemos. Pero ya no puedo más. Tendré que pensar en otra cosa.

Me quedo otro rato ahí para ver si dicen algo más, pero no lo hacen. Los dos me miran sorprendidos cuando me ven avanzar por la curva. Pregunto por el arroz y Lolo dice que es una buena idea, pero Nesto se limita a mirarme como si nos viéramos por primera vez, o como si hubiera olvidado que he pasado toda la tarde con ellos.

Los dejo y regreso al lado de Melly en la cocina. Cuando nos sentamos a la mesa bajo el atardecer para comer el pescado que Lolo nos asó en la parrilla, he apartado de mi mente la conversación que he escuchado, hasta que noto que los ojos de Nesto me dejan a mí y a todos en la mesa, y mira a través del Atlántico como si escondiera algún tipo de respuesta.

Estoy acostumbrada a las desapariciones.

Nunca me sorprende que los tipos se larguen. Todo lo contrario. Nunca espero que se queden.

Pasan unos días sin tener noticias de Nesto.

Entonces me encuentro con él, aunque no es una coincidencia porque sé que va a mirar su buzón en la oficina de correos los martes y viernes por la tarde, después de llenar el tanque de la gasolina. Voy a revisar mi correo casi al mismo tiempo y allá está él, estacionando su camioneta azul en el parqueadero. Finjo no verlo de inmediato. Quiero que sea él quien decida si va a acercarse a mí o si nos ignoramos mutuamente hasta que quede claro que uno de nosotros no quiere tener nada que ver con el otro.

Me estaciono frente a la oficina de correos y por un rato pretendo buscar algo en mi bolso, me bajo del carro y camino hacia las puertas de vidrio aún más despacio para darle tiempo de terminar y, con suerte, sorprenderlo a la salida. Lo planifico todo muy bien porque consigo que suceda exactamente así y él me ve bajar del carro, se aproxima como si no le sorprendiera verme, y me acerca a su pecho.

—Lo siento…

—No tienes que disculparte por nada —lo interrumpo y me sacudo de sus brazos—. No nos debemos nada el uno al otro.

Parece un poco confundido con mis palabras, pero añade:

—Lamento no habértelo dicho. Fui unos días a Miami. Acabo de volver.

—Creí que lo odiabas.

Tenía que encargarme de algunas cosas.

—¿Cosas?

—Asuntos familiares.

—¿No podías hacer eso desde acá?

—No.

Nos miramos un momento, hasta que Nesto pregunta:

—¿No vas a revisar tu correo?

Me encojo de hombros.

—Ya sabes que casi nunca recibo nada.

—Entonces vámonos de aquí. Hice un trabajo para un amigo en Miami. —Se golpea la billetera en el bolsillo de atrás—. Déjame invitarte a cenar.

Dejo mi carro en la cabaña y voy con Nesto en su camioneta. No hablamos mucho. Pone un disco de baladas, canta y murmura entre las canciones que debería haberse esforzado un poco más para hacer algo de sí mismo cuando era más joven y tuvo la oportunidad. A lo largo de su adolescencia, él y sus amigos tocaban guitarra y cantaban en medio de los apagones que clausuraban la ciudad durante la noche, hasta que volvía la luz. Siempre le dijeron que tenía una buena voz, profunda y fuerte. Podía haber ido a un conservatorio, dice él, tal vez haber hecho incluso una carrera musical. Habría sido lo más inteligente, ya que los únicos cubanos que pueden hacerse ricos legalmente, hoy en día, son los artistas y los músicos.

Conduce hacia el sur hasta que estamos en todo el extremo de Marathon. Sale de la carretera hacia un restaurante con techo de paja en el paseo marítimo, al lado del puente de las Siete Millas, el cual se extiende sobre la superficie cristalina. Un barco de pesca ocasional avanza debajo de sus columnas. La mesera, una chica descolorida y quemada por el sol, nos sienta en una mesa plástica a la orilla del agua y suelta un par de menús laminados entre los dos.

—Quieres decirme algo. Puedo sentirlo —digo cuando Nesto termina de ver el menú.

—Tienes razón.

—¿Qué es?

—He estado pensando en decir esto de varias maneras. —Sus fosas nasales se dilatan con un largo suspiro—. Quería que fuéramos amigos cuando nos conocimos. Tú lo sabes. Pero las cosas son diferentes de lo que yo esperaba.

Me mira fijamente, como si yo tuviera que terminar su pensamiento.

—Entiendes lo que quiero decir, ¿verdad?

Niego con la cabeza.

—Sé que te gusto. Tú sabes que me gustas. Más de lo que me gustaría cualquier otra chica en este momento.

Mira el agua, luego el cielo, murmura algo que no puedo entender en dirección a las nubes, y entonces me mira de nuevo.

—No quiero saturarte con mi basura personal, Reina. Te he hablado de mi vida. Es un desastre. La situación con mi familia... está candela.

—La vida de todos es un desastre.

Niega con la cabeza y sé que sin importar lo que yo diga, él ha decidido que yo no he entendido nada.

—Desde que salí de casa he sido como un lobo solitario en el agujero en el que vivo. Voy a trabajar solo. Regreso solo a mi casa. Como solo. Duermo solo. No le sigo el rastro a nadie y nadie me lo sigue. Esa es la única forma en que puedo ser hasta que se restablezcan las cosas, hasta que saque a mis hijos de allá. Hasta que eso suceda, no voy a ser una persona completa. Ni siquiera soy la mitad de una persona. Soy una maldita sombra.

Mira de nuevo en dirección al agua, como si pudiera verlos al otro lado del atardecer.

—Me gusta el tiempo que paso contigo. Te has vuelto importante para mí. Y creo que me he vuelto importante para ti. Pero escúchame cuando te digo esto: no puedo darte nada. Yo no soy nada.

—No digas...

—Tú no lo sabes, Reina. No puedes entender lo que es estar separado de mis hijos. Vidas que has visto desde que nacieron, que trajiste a este mundo loco. Oírlos llorar cada vez que llamas porque no entienden por qué los dejaste. Ellos tienen la idea de que en este país todos son millonarios y viven como estrellas de cine. No saben lo duro que es. No saben que todo lo que hago, cada día que trabajo, que todo es para ellos. Todo lo he hecho bien. Regulé mi estatus para obtener asilo político, conseguí la tarjeta de residencia. Presenté todos los papeles para que ellos vinieran y aún no pueden salir. Cada año es otra negación. Le dicen a todo el mundo que espere, que espere, porque no hay nada más que hacer, y no hay nadie mejor para esperar que un cubano. Pero estoy aquí y no puedo esperar más. Tal vez hice la elección equivocada. Tal vez debería haberme quedado a su lado. Me pregunto eso cada día que estoy aquí sin ellos. Aún comería mierda allá, pero al menos los vería todos los días y seguiríamos pasando los cumpleaños y los días de fiesta juntos. Tú no sabes lo que se siente cuando tu familia es destruida por un sistema, por ancianos que se niegan a morir, y todo porque nacemos en el país equivocado en el momento equivocado de la historia y no podemos hacer nada al respecto.

La mesera aparece para tomar nuestro pedido.

—Reina —dice él con impaciencia cuando ella se va, como si mi propio nombre lo irritara—. ¿Crees que no quiero besarte? Estoy allá en tu casa, duermo en tu sofá, ¿y crees que no se me ocurre meterme a la cama contigo?

Siento que el calor me sube por la cara. Así que esto es el rubor. Algo que no recuerdo que me haya pasado nunca. Me vuelvo hacia el muelle que bordea el agua, los pelícanos se posan en sus estacas.

—Mírame a los ojos, Reina. ¿Por qué siempre miras hacia otro lado cuando tengo que decirte algo importante?

Me vuelvo hacia él.

—Quiero hacer todo eso y más contigo —dice, muy serio—. Pero no estaría bien. Tienes tu propia vida y tus propios problemas. Y no necesitas soportar los míos.

No digo nada y él se calla también.

No más discusiones sobre esta idea de él y de mí. No sé si esperaba un debate o alguna expresión adolorida de mi parte. De cualquier manera, no se los doy.

La noche ha caído por completo y el puente es sólo un rayo plateado que atraviesa el mar, salpicado de las luces de los carros que van y vuelven desde y hasta Key West. Escasamente puedo ver los contornos de su rostro, pero la mesera deja una linterna en el centro de la mesa y lo veo de nuevo, difuso en la luz dorada.

Creo que estamos en el punto de la confesión en el que deberíamos comenzar a sentirnos absueltos, a renunciar a las expectativas, pero la pesadez todavía se siente de su lado de la mesa; en vez de eso Nesto suelta una exhalación tan larga y aireada que siento su aliento rozar mis labios.

—Reina, tú me conoces bastante bien, tras el corto tiempo que hemos pasado juntos. Pero cuando estás conmigo, no sólo estás conmigo. Hay otras personas que llevo conmigo a todas partes. Gente que no puedes ver. Gente que dejé atrás. Tú no sabes cómo es eso.

—Lo sé —susurro.

Quiero decirle que para mí es igual, pues cargo mi propio ejército sobre los hombros. Que protejo contra mi pecho a aquellos que no puedo quitarme de encima por más que lo intento.

—No me sentiré completo hasta que vuelva a estar con ellos —dice—. Es en lo único que pienso.

Algo en mí se contrae. Una conciencia repentina. La siento en lo más profundo de mí, como aquella vez en que entré a la sala el día de la sentencia de mi hermano, y a pesar de nuestras esperanzas y oraciones interminables para que el juez anulara la recomendación del jurado sobre la pena capital, antes de que él comenzara con sus observaciones, antes de ponerse sus bifocales, antes de que se aclarara la garganta y mirara a Isabela y luego a Carlito y dijera: «Señor Castillo, usted ha cometido uno de los actos más monstruosos que he visto en mi larga carrera», supe que mi hermano sería condenado a muerte.

Tal vez no sea una premonición sino sólo un impulso de crueldad o de celos mi deseo de agarrar a Nesto por los hombros y decirle que se olvide de eso, que la redención no existe, y que el día del gran reencuentro de sus sueños tal vez nunca le llegue, así como el mío nunca ocurrió.

El trayecto de regreso a Crescent Key es igual de silencioso, salvo por los momentos en los que Nesto canturrea *Corazón partío*, que pone en *repeat*. Cuando se detiene en el camino de entrada de Hammerhead, salgo de la camioneta, pero sus reflejos son rápidos y me agarra por la muñeca.

—Espera, Reina.

—Creo que ya lo hemos dicho todo.

—No todo.

—¿Entonces?

—Hablo en serio cuando digo que no tengo nada para darte. No por un tiempo.

—Nunca te pedí nada.

—Entonces, ¿qué estás haciendo conmigo?

Me encojo de hombros.

—¿Simplemente pasando el tiempo, como le dijiste a tu madre el otro día por teléfono?

—Sólo quiero estar aquí, contigo, ahora.

—¿Sólo esta noche?

—No lo sé. Esta noche es esta noche. Mañana es mañana.

Me doy vuelta y nos miramos a través de las sombras, pero es demasiado para mí, y lo dejo ahí para dirigirme a la cabaña.

Me detengo detrás de los árboles para verlo marcharse, pero no lo hace. No de inmediato.

Permanece estacionado un rato en la entrada como si esperara algo, tal vez a mí, a que regrese, pero no lo hago.

No esta noche.

Sigo el camino a lo largo del sendero oscuro que he memorizado hasta que llego a mi puerta.

A mi casa.

Oigo pasos. Golpecitos en la puerta.

Es Nesto. Trae una mirada decidida que me desconcierta un poco, pero ahora cruza mi puerta y no puedo describirlo paso a paso, sólo sé que de un momento a otro sus labios están sobre los míos, sus brazos a mi alrededor, pesados y aplastantes, y caemos con tanta fuerza en mi cama que se mueve hacia un lado de la pared. Siento su pesadez, la dureza de sus músculos y sus huesos contra los míos.

Normalmente, me pierdo en mi cuerpo, en otro plano de ceguera en el que no veo nada, ni siquiera la cara que se cierne sobre la mía. En la tensión, en el placer creciente, siento que me desintegro, me desmorono, me libero, y floto en la nada, en el intercambio físico, en las afirmaciones de que se siente bien, de que él me desea. No recuerdo nada después. Ningún anhelo, ni siquiera residuos de deseo. Como la humedad en mi piel, una vez lavada, desaparece.

Nesto encuentra los lugares más profundos en mí, sus labios nunca me abandonan, sus pestañas suaves rozan mi mejilla, su aliento me calienta. Quiero decir que Nesto es el primer hombre con el que he estado. No lo es. Ni siquiera de cerca. Quiero decir entonces que es el último. Y que, al ser el último, es el primero.

Desde la primera noche ha habido muchas más como esa. Y mañanas. Y tardes. En mi cama, en el sofá, hasta que caemos al suelo de mi cabaña, contra los duros ángulos de la cabina de la ducha, afuera en mi playa, bajo el manto discreto de la noche, las conchas y ramas enterradas en nuestras espaldas. En su cuarto, probando la estructura inestable del futón; en esa silla destartalada, sobre el frío metal de la parte trasera de su camioneta, estacionada en una carretera desolada al final de Indigo Key. Y en el bote de Lolo, en los días en que no hay ningún grupo de buceo para llevar a los naufragios y al arrecife, cuando se lo presta a Nesto para poder escapar de mi mareo para siempre.

Quiere que me sienta como en casa dentro y fuera del agua, tal como lo hace él, dice Nesto, y una vez que nos detenemos, lo bastante lejos como para que ningún otro humano pueda posar su mirada en nosotros, lanza el ancla y arroja un flotador y una cuerda. Me besa mientras el agua me sostiene cerca de él. Mis sentidos se amplifican. Cuando abro los ojos, en lugar de preguntarme qué estamos haciendo en medio del mar, siento que ya no necesito tierra ni aire, siempre y cuando esté con él.

—¿Por qué esperamos tanto para esto? —dice él. Y luego—: No entiendo cómo terminaste sola en este mundo, Reina. No entiendo cómo alguien te dejó ir.

Nuestra única promesa es no hacernos ninguna, no hablar nunca del mañana, sólo de este día y de esta noche.

Ahora, cuando mi sueño se rompe, en lugar de sumirme en los recuerdos, simplemente me dejo arrastrar hacia el cuerpo que duerme a mi lado. Él se mueve, los ojos cerrados, para alcanzarme, para envolverse a mi alrededor, para atraerme hacia él. Siempre se despierta antes de que despunte el alba para poder disfrutar el uno del otro, antes de que el día nos separe.

Mi madre me enseñó a leer la mano al mismo tiempo que me enseñó a aplicar esmalte. No lo hizo con las líneas de una palma, sino de la forma como lo había aprendido de su madre y de la madre de su madre: con el tacto, descifrando las curvas de la mano, sin mirar. Carlito nunca supo de nuestra habilidad. Nuestra madre nunca compartió esas cosas con él. Decía que había algunas cosas que estaban destinadas a permanecer entre madre e hija. Y fue al sostener las manos de mi hermano, una vez, cuando fui a verlo a la cárcel durante los primeros días después de su detención, mientras pasaba los dedos por las inflamaciones ásperas en la base de sus dedos, cuando supe que, aunque Carlito todavía clamaba injusticia, era culpable y nunca volvería a caminar libre. Viví mi vida de otra manera, llevé siempre el disfraz de la esperanza, pero eso es sólo un ejemplo de lo fácil que puede ser ignorar la intuición y traicionarse a sí misma.

Le pregunté a mi madre una vez si había leído la mano de nuestro padre. Pensó en ello antes de admitir que no recordaba haber sentido nunca la mano de él en la suya. Siempre la agarraba, la tocaba, pero sólo en su cuerpo o cuando la jalaba del brazo por la calle, como si ese pudiera ser el momento en el que ella escaparía. Nunca hubo intimidad, de la que presumes que existe entre la gente casada. Mientras más lo pensaba, más segura estaba ella de que nunca le había tocado las manos. No hasta que murió y ella lo vio en la morgue cuando la prisión lo entregó. Había ido con tío Jaime y Mayra. No quería ir, pero la obligaron, para despedirse de manera apropiada, pues era su esposa y habían hecho votos entre ellos. Tío Jaime y Mayra pensaron que era el momento en que Mami debía habernos dicho a Carlito y a mí la verdad sobre nuestro Papi, y habernos dado la oportunidad de verlo por nuestros propios medios, pero Mami se negó y guardó el secreto por algunos años más.

Después de Héctor, sin embargo, Mami empezó a leer las manos de todos los tipos con los que salía. Y cuando Jerry entró en escena, puso la palma de su mano sobre la mesa de un restaurante en su primera cita y supo de inmediato que tenía suficiente dinero para dos, además de sus dedos cuadrados, lo que cualquier clarividente que valga un centavo sabe que les son concedidos a quienes nacen para contar dinero en efectivo. No le importaban el amor o el romance. Sólo quería a un tipo que pudiera hacerle la vida un poco más fácil.

Ella nunca me leyó la mano y no me permitió leer la suya. Me advirtió que hacerlo era cortejar a la mala suerte, así como quemarle las alas a una mariposa. Pero no le hice caso, y siempre traté de leer mi propia mano, hasta que mi intuición se nubló y sólo pude percibir que la soledad en la que vivía, incluso antes de que mi hermano nos dejara, la misma que sentía cuando estaba rodeada de mi propia familia, nunca me abandonaría.

Luego fui a donde la bruja de pelo azul porque pensé que era una profesional y la gente venía de otros estados a verla, y tenía incluso su propia línea directa internacional. Y ella, con sus cartas del tarot, sus velas y sus largas uñas pintadas con chispas de color púrpura, presionó con fuerza las líneas de mi mano y me dijo que mi madre estaba maldita por sus pecados y que yo, en calidad de hija suya, pagaría sus deudas; que el diablo había seguido a mi familia desde Cartagena hasta Miami, y luego, lo que yo había sospechado durante mucho tiempo:

—El amor no es para ti. Siempre estarás sola.

—Necesitas una manicura —fue lo único que contesté.

Pensé que la lectura había terminado y entonces retiré mi mano para coger mi cartera y pagarle, pero ella sostuvo mi muñeca con firmeza entre sus dedos hinchados y artríticos y me dijo que esperara, que había más.

—Tu madre no te quería —dijo.

—Tampoco la tuya.

Me soltó la mano y me dijo que le debía doscientos dólares.

Tiré el dinero en la mesa y me fui.

Intento resistirme a leerle la mano a Nesto. Pero a primera hora de la mañana, cuando la luz blanca ilumina la cabaña, cuando sus brazos me cubren y ronca en mi hom-

212

bro, no puedo dejar de cerrar los ojos y que mis dedos busquen la verdad en su piel.

Una sensación lejana se apodera de mí. Al principio no sé qué pensar, pero luego entiendo que, a pesar de su cercanía, de sentir su pecho tan apretado contra mi espalda que compartimos el sudor, de su boca que descansa en mi cuello tal como anoche y decenas de noches antes, todavía existe entre nosotros un vacío sin nombre que nunca se disipará.

Es lo que me pasa, decido, por tratar de atisbar el futuro cuando parece que el presente empieza a ser amable conmigo.

Así que me detengo y me vuelvo a centrar, no en mi manera de tocarlo y de leerlo, sino en su propia manera de tocarme y leerme a mí.

Cuando éramos niños, Carlito y yo comíamos el repugnante almuerzo que nos ofrecía el programa de asistencia pública de la escuela. Mirábamos nuestros sánduches de mantequilla y mortadela y las manzanas cerosas, mientras otros niños se comían los almuerzos que les empacaban sus padres, llenos de golosinas y de comida de la noche anterior. Carlito identificaba a estos niños y les quitaba la comida y me daba la mitad de todo, hasta que la señora del almuerzo lo pilló y lo llevó ante el director.

—No me importa cuánto detestes la comida que te dan, pero robar está mal —le dijo Mami después de recibir la llamada de la escuela.

—¿Cómo se supone que voy a conseguir lo que quiero si no lo tomo? —preguntó Carlito.

Mami nunca le respondió.

Cuando Carlito era monaguillo en la iglesia, comenzó un negocito. Recogía las flores que la gente dejaba a los pies de las estatuas de los santos y las vendía afuera del supermercado o en las estaciones de gasolina, o simplemente se las ofrecía a otros muchachos de la escuela para que se las dieran a las muchachas que les gustaban. Uno de los sacerdotes lo confrontó, pero Carlito sostuvo que no estaba causando ningún perjuicio, y que de todos modos esas flores eran desechadas al final de cada semana. El sacerdote nunca le contó a nuestra madre, pero Carlito decidió incursionar en los cementerios, donde recogía los ramos de las lápidas y de los jarrones en las paredes de los mausoleos.

En lugar de vender las rosas y los claveles por su cuenta, me puso a mí a trabajar. Me paraba en las estaciones de gasolina y le decía a la gente que vendía flores para recaudar dinero para nuestra escuela y así poder comprar libros nuevos y bolígrafos y materiales de arte, mientras Carlito observaba y me esperaba cerca. Me daba un dólar por cada cinco que yo vendía.

Era ceremonioso cuando contaba el dinero en el piso de su cuarto. Me hacía extender las palmas de las manos hasta que ponía los billetes sobre ellas.

—Bien hecho, hermanita.

O en los días en que no vendía tanto, sacudía la cabeza con desaprobación.

—Puedes hacerlo mejor, Reina. Haz que tu hermano mayor se sienta orgulloso.

Siempre me dio un bono de unos pocos dólares para cerciorarse de que yo mantuviera la boca cerrada con respecto a toda la operación y no empezara a sentirme culpable, y fuera a confesarle a Mami lo que hacíamos. Carlito me enseñó que había que pagar un precio por mi silencio y complicidad, y yo me sentía honrada de ser quien guardaba su secreto.

Por toda la gente nueva que aparece cada día en los Cayos en busca de una nueva vida, son más las personas que se van. Pero eso no hace que encontrar trabajo sea más fácil. Lo he intentado en cada salón en Crescent y en todos los cayos vecinos, pero me dicen que no hay lugar para nuevos empleados. Aplico para unos cuantos trabajos como mesera, pero dicen que no tengo experiencia en restaurantes. Pruebo suerte en las tiendas de lado a lado de las islas, le pregunto incluso a Julie si necesita ayuda para vender cocos pintados y a Lolo si necesita a alguien en su tienda. Pero la gente dice que como pronto llegará la temporada baja, estarán mejor con poco personal que si aceptan a una nueva empleada. Nesto se cuenta entre los afortunados. Después de reparar el hábitat de las tortugas, Mo, el gerente del delfinario, siguió llamándolo para más trabajos de reparación, hasta que finalmente le ofreció a Nesto un cargo permanente, pues todos los días hay que reparar algo.

Pasé mucho tiempo acompañando a Nesto a trabajar, antes de que lo contrataran a tiempo completo. Le pasaba sus herramientas, era su mano derecha para sentirme útil en medio de mi desempleo. Nesto se queja por tener que trabajar bajo el sol, pero a mí me gustan la calidez y la brisa, tan diferentes del aire rancio y reciclado, y del esmalte de uñas y los vapores de acetona a los que estoy acostumbrada.

Decido aplicar también para un empleo en el delfinario.

—¿Cómo te va en matemáticas? —me pregunta Mo durante mi entrevista.

Estamos solos en medio de las paredes de madera, en la oficina de atrás. Entre los dos hay un escritorio ancho, cubierto con un montón de papeles sueltos y carpetas de manila que lo hacen parecer aún más pequeño ahí sentado en su silla giratoria.

—Nunca he tenido problemas para hacer cuentas, contar propinas o pagar facturas.

Mira mi currículo en sus manos. Hace poco que lo imprimí, pero el aire acondicionado que sopla con fuerza lo está arrugando.

—Veo que no tienes un diploma oficial de la escuela secundaria. Necesitarías al menos eso para poder ponerte en la registradora de la tienda de regalos.

—Nunca ha sido un problema.

Vuelve a mirar la lista de mis empleos anteriores y noto la cortada en su mejilla que produce una sombra en la mitad de su cara.

¿Qué tal si te pongo con el equipo de limpieza y alimentación, y simplemente te roto a donde te necesite? Ayudarás a preparar los barriles de comida de los animales y a limpiar los corrales. ¿Qué piensas?

—Puedo hacer eso, si es todo lo que tienes.

Me mira con un poco de lástima y recuerdo algo que me dijo el bocón de Lolo: aunque se supone que es de carácter anónimo, todos en las islas saben que Mo es prácticamente el presidente del capítulo de AA en la iglesia protestante local. No está casado y nadie sabe si tiene una mujer; la gente sólo sabe que vive con una cacatúa llamada Dorothy. Lo miro fijamente. Solía ser muy buena para evaluar a los hombres. Por la forma en que me mira, calculo que han pasado más que unos pocos años desde que se acostó con alguien que no le haya cobrado por ello.

—Te diré algo, Reina. Has trabajado tantos años en salones de belleza, que debes ser buena con la gente. Puedo ofrecerte una vacante en nuestro departamento de atención a los visitantes. Harás rondas por el parque para cerciorarte de que los visitantes vivan una experiencia agradable; te asegurarás de que nadie incumpla las normas, como tirar basura en los hábitats, tocar a los animales, fumar o beber en las instalaciones. Tendrás que estar alegre todo el tiempo. Lista para responder a cualquier tipo de preguntas que los clientes puedan hacerte. Si hay alguna cosa que no puedas manejar, me la dejas a mí o a un empleado con más experiencia. ¿Qué te parece?

—Me parece bien.

Me siento orgullosa por haber sido contratada, aunque sea en un trabajo muy básico. Incluso si la última chica que tuvo ese puesto, y que se retiró para ir a trabajar en el acuario grande de Key Largo —la competencia principal del delfinario—, fuera diez años menor que yo.

En mi primer día oficial en el trabajo llevo mi uniforme nuevo de *shorts* azules y una camisa de polo azul. Mo me detiene en el patio y me dice que como parte de mi trabajo también se supone que debo informarle a la dirección si aparecen activistas.

—¿Activistas?

—Personas a favor de los derechos de los animales, específicamente. Vienen de vez en cuando.

—¿Por qué? Este lugar es mucho mejor que los otros parques de delfines de los alrededores.

Lo digo en serio. Hay lugares donde puedes encontrar a un delfín en una piscina en algún patio trasero o en una fuente detrás de un motel, y niños que les lanzan centavos para pedir un deseo.

—Ellos rehúsan aceptar que aquí los cuidamos muy bien. A veces sólo quieren hacer un poco de ruido, hacerles pasar un mal rato a los adiestradores, pero hemos tenido casos más graves. Hasta vandalismo. Hemos encontrado huecos en las cercas y la manera en que usualmente lo descubrimos no es porque los animales se salgan, sino porque otros entran. El mes pasado tuvimos a un tiburón limón que nadaba en uno de los corrales, y Wilma y Betty casi se mueren del susto. Todo por culpa de los malditos activistas que no saben nada de nada.

Es un poco gracioso que diga eso, si tenemos en cuenta que Lolo nos dijo a Nesto y a mí que antes de venir a los Cayos para dirigir el delfinario, Mo manejaba un *outlet* de tenis en Ocala.

—Somos una institución acreditada, no un acuario casero —continúa Mo—. Tenemos todos nuestros permisos al día. Estos no son delfines de mercado. La mayoría han sido rescatados o retirados de otros acuarios o circos, y los recibimos. Queremos a estos animales como a una familia. Si no fuera por nosotros, no tendrían ningún otro lugar adonde ir.

—¿Y por qué no los devuelven al mar?

Puedo notar, por la expresión de Mo, que está mal decir esto. Lo intento de nuevo.

—Es decir, si están jubilados, ¿por qué no los sueltas?

—No saben cómo valerse por sí mismos. Pon a cualquiera de estas criaturas en ese océano salvaje y verás que no durarán ni un día. Ya no tienen sus instintos. Y estoy tan seguro como el infierno de que ellos no tienen ganas de cazar de nuevo ahora que reciben su comida gratis acá. Si estos animales pudieran hablar, te dirían lo felices que están aquí.

No digo nada.

—Quiero que hables con los adiestradores y los técnicos, Reina. Ellos pueden explicarte las investigaciones que hacemos aquí. Intentamos aprender de los animales. Ver lo que tienen para enseñarnos. Hacemos mucho bien acá, especialmente con nuestros programas de interacción. Veo cómo todos los días ocurren milagros cuando las personas con discapacidades se meten al agua con los animales. Eso es lo que los activistas no entienden. Aquí los delfines no están sólo para hacer un espectáculo.

Dice esto justo cuando ha comenzado un espectáculo en la laguna del frente y la música *rockabilly* sale a gran volumen de los parlantes. A través de la ventana ubicada detrás de Mo, veo a un adiestrador ordenarle a un delfín que camine parado en la cola tras el *wow* colectivo de la pequeña multitud.

Mo mira por encima del hombro el espectáculo y a mí.

—A ellos les encanta actuar. Les encanta hacer felices a sus entrenadores. Y a nosotros nos encanta cuidarlos. Está en la Biblia, Reina. Génesis 1:26. Dios le dio al hombre dominio sobre los animales. Sabemos lo que es mejor para ellos y los animales son muy inteligentes. Ellos también lo saben.

—Muy bien. Estaré atenta a los problemas.

Cuando Mo me deja para iniciar mis rondas, camino por el muelle de la laguna que contiene a una familia de delfines. Está frente a otros corrales acuáticos donde viven parejas y grupos de delfines que normalmente están separados por género, y al final queda el corral o «kínder» que contiene a las madres y los bebés. Veo a uno de los delfines más grandes metido en un corral delantero, sus ojos me siguen mientras paso por ahí. Flota a medias sobre un costado y parece que estuviera muriéndose o algo así, y cuando le pregunto a Luke, uno de los adiestradores, si el delfín está bien, él se ríe y dice que simplemente es la manera en que Sunshine me espía.

—¿Cómo lo sabes? —pregunto.

—Conocemos muy bien a estos chicos. Cada animal tiene su propia «delfinalidad». A Sunshine le gusta espiar, así como a Strawberry, por allá, le gusta tirarnos a veces manojos de algas para llamar la atención. Se divierten con nosotros.

—Pero ¿cómo puedes estar seguro de eso? No es que ellos puedan decírtelo.

—Por nuestras investigaciones.

Veo cómo llama a un delfín hasta donde está él, en una plataforma en el centro del corral. Luke señala con la mano para que el delfín abra la boca, y luego le mete un tubo largo por la garganta.

Después me llama desde la plataforma.

—Hago esto porque tiene sed. Necesitan agua, al igual que nosotros.

Nesto me dice más tarde que los delfines salvajes se hidratan capturando peces vivos, y que la dieta de alimentos congelados que reciben los delfines en cautiverio puede deshidratarlos, por lo que los entrenadores la complementan metiéndoles una manguera lubricada en la garganta, echándoles hielo en la boca, o dándoles cubos de gelatina. Aprendió eso durante los días en que trabajó en el Acuario Nacional de La Habana. Dijo que allá algunos delfines, los que no eran arrebatados de las aguas locales, venían del mar Negro, importados —como tantas otras cosas— por los bolos, los soviéticos. Sólo otra absurdidad de la isla, me dijo, delfines rusos en el Caribe, y era apenas apropiado que el acuario estuviera justo al otro lado de la calle de la embajada soviética, que se hunde como una espada a través del corazón de Miramar.

Cuando los rusos se fueron, no se llevaron a los delfines con ellos. Y obviamente muchos se murieron porque allá, dice Nesto, no hay ninguna Reina que se asegure de que la gente no eche basura a los tanques, y tarde o temprano las necropsias revelaron botellas de plástico en sus estómagos o demasiadas mandíbulas de caballa. Algunos de esos animales, decía la gente, eran antiguos delfines militares, entrenados para soltar granadas a los submarinos e inyectarles veneno a los buceadores enemigos.

Durante mis primeros días en el delfinario oigo decir a un tipo llamado Sonny, del equipo de mantenimiento, que este país tuvo un proyecto similar en marcha, y que los delfines de la marina de guerra secreta finalmente también terminaron en el circuito de los acuarios.

—Algunos podrían estar aquí —dice arqueando una ceja.

Menciono esto a un par de adiestradores, que se ríen, lo descartan como un mito urbano y añaden que Sonny es un *seminole* de sangre pura, criado para no confiar en el gobierno, por lo que yo no debería escuchar ninguna de sus teorías.

Él está a cargo de vaciar todas las canecas de basura y de sacar las algas y los peces de los corrales. Me señala la pequeña biografía que ha puesto el delfinario en cada corral con una imagen y una corta y simpática reseña de cada animal sobre sus orígenes, por ejemplo, si se tratan de delfines que vengan de acuarios o que hayan sido rescatados de algún varamiento masivo en Carolina del Sur, y que han encontrado el paraíso aquí en estos corrales. Mentiras, dice él.

Se me hace extraño que Sonny tenga que pasar la mitad del día atrapando a los peces que se cuelan por entre los huecos de la cerca que da hacia el mar, si se supone que los delfines comen pescado. Pero él me explica que no quieren tentarlos a cazar por sí mismos.

Cuando le pregunto más tarde a Mo, me dice que les deje esos asuntos a las personas que realmente saben de estas cosas; los técnicos veterinarios con sus diplomas, los adiestradores con sus *wetsuits* y sus voces alegres que recitan una letanía de hechos sobre las especies a los visitantes, mientras los delfines esperan a sus pies un bocado de peces muertos.

—Y tú eres una novata, querida. —Agarra un pedazo de mi mejilla entre dos nudillos—. No conoces la diferencia entre un delfín y un perro de la calle.

Cuando mi hermano tuvo la edad suficiente para conseguir trabajos de verdad, primero como lavaplatos en un restaurante, después como surtidor en una tienda de comestibles —hasta que lo despidieron por robar filetes de carne—, y luego en el lavadero de carros donde permaneció hasta terminar la escuela secundaria, aún iba a las tiendas en su tiempo libre para ver qué podía llevarse sin pagar.

A veces era poco ambicioso e iba a la farmacia por cosméticos, perfumes, gafas de sol, pilas o condones, y siempre me traía algo adicional, como un labial o un esmalte de uñas. O iba a una librería con la mochila vacía y salía con ella llena de novelas nuevas. A veces era más ambicioso y probaba suerte en una tienda por departamentos y salía con camisas y chaquetas puestas. Nunca lo atraparon y varias veces trató de convencerme de que me uniera a él.

Decía que yo tenía el tipo de cara adecuada para robar, desapercibida y olvidable.

—Nadie espera nada de ti, Reina. Nadie te nota cuando entras a un lugar. Eres como el aire que la gente no se da cuenta que respira.

No me gustaba la idea de robar, aunque nuestra madre nunca preguntara de dónde salían todas las cosas nuevas que aparecían en la casa, probablemente porque él también la mantenía surtida de regalos.

Un día le dije a Mami lo que Carlito había dicho de mí, y lo mucho que me molestaba ser una chica en la que nadie reparaba, como aseguraba él, y tan insignificante como una pulga.

—No te preocupes, mijita —me dijo. Y me acarició la cara con su mano delgada—. Es una ventaja para una mujer pasar desapercibida por la vida. Es mejor ser subestimada.

—¿Por qué?

—Porque es sólo cuando finge ser bizca que una mujer es capaz de ver el doble.

CUATRO

Nesto dice que fue Yemayá quien sacó a mi hermano a la superficie después de que nuestro padre lo arrojara al mar para que Cielos Soto pudiera salvarlo. Y está seguro de que Cielos había hecho un pacto con Yemayá antes de lanzar ese día su sedal desde el puente, para pedirle que llevara a los peces hasta su cebo y su anzuelo. A cambio, Yemayá lo convirtió en un héroe y mi hermano fue rescatado.

Pero la deuda sigue ahí, advierte Nesto. Ni Carlito ni nadie en mi familia le pagó a Yemayá por sus bendiciones, y a nadie, especialmente a los orishas, les gusta un ingrato.

Yemayá sólo castiga cuando está profundamente ofendida, dice él. Esa es la razón por la cual, cuando Carlito se enloqueció y arrojó a la bebé de Isabela al mar, Yemayá no hizo nada para detenerlo y dejó que la bebé se sumergiera en sus aguas hasta el reino de Olokun, en el fondo del océano.

—Por eso necesitas hacerte amiga del mar —me dice, una mañana soleada, mientras nos sentamos juntos en la playa detrás de mi cabaña—. El mar es el origen de toda la vida y la tumba de toda la muerte. Antes de que Obatalá reclamara la tierra, los océanos cubrían la tierra. Así que toda la vida tiene un origen acuático y debemos honrarla.

—¿Crees que alguna vez fuimos peces?

—Sólo Olofi lo sabe.

Pasa la mano por la arena a su lado, toma un poco en su palma y la deja escapar entre los dedos.

—Los bebés respiran el líquido amniótico hasta el nacimiento. Es una especie de agua de mar. Recibimos nuestras vidas en la tierra y perdemos nuestra conexión con el agua, pero somos del océano.

Nesto me coge la mano y me lleva hasta el agua. Caminamos de lado, como dice que deberíamos hacer siempre que nos acercamos al mar.

Me sostiene a medida que nos sumergimos, me alza como solía hacer mi madre, me deja flotar en sus brazos y me hunde la cabeza bocarriba en el agua.

Me pide que contenga la respiración, para ver qué tipo de pulmones tengo. Luego me enseña patrones de exhalación y ventilación, algo que hace cada vez que sale a pescar con lanza o con sedal en el bote de Lolo. Me muestra la manera en que un cuerpo puede llenarse de oxígeno más allá de la garganta y los pulmones, hasta el diafragma, a través de los músculos entre las costillas y el pecho, incluso en los músculos de la parte superior de los pulmones y debajo de los omoplatos, absorbiendo y acumulando el oxígeno por medio de sorbos pequeños, y luego, cómo hacer respiraciones de purga y limpieza.

Practicamos en el agua poco profunda, donde él puede estar de pie; sumerjo la cabeza, contengo la respiración, agarro a Nesto de la cintura en busca de apoyo mientras él me observa, cuenta el tiempo y me golpea el hombro a intervalos para que yo levante un dedo como señal de que estoy bien.

Me enseña a destaparme los oídos. Pero no soplando por la nariz, como ocurre durante el cambio de presión en un avión, sino con el movimiento de la mandíbula para liberar el aire a través de las trompas de Eustaquio, con la contracción de las mejillas, con el movimiento de la parte posterior de la lengua hacia arriba, como una palanca.

En la superficie, siento que el aire se mueve alrededor de mi cabeza, hay una leve compensación de la presión, y a medida que avanzamos, la presión se intensifica hasta que logro expulsar el aire.

Practico durante días hasta que Nesto dice que estoy lista para intentarlo en el mar abierto.

Confío en él, y quiero intentarlo, no porque me haya preparado con un protocolo de seguridad, para evitar que me desmaye abajo y que me hunda o trague agua en la superficie; tampoco lo hago porque quiera sumergirme más profundo en el mar, sino porque quiero llegar más profundamente hasta él.

Los sábados y los domingos, las aguas frente a la costa de los Cayos de la Florida se convierten en una autopista líquida, llena de navegantes de fin de semana, de pescadores de vientre gordo que vienen desde tierra firme, de gente que tiene una casa de recreo al lado de un canal, o de personas con tráileres estacionados en los campamentos.

Nesto prefiere salir al mar abierto entre semana o cuando está nublado y las vías fluviales no están tan congestionadas. Pero esta vez decidimos pedirle a Lolo que nos lleve, a pesar de que va con un grupo de buzos, dos parejas casadas atiborradas de equipos costosos que Melly los convenció de comprar en la tienda de Lolo.

Nesto y yo nos sentamos separados en la parte delantera del bote. Él tira cáscaras de coco y bayas al agua —ebbós para Yemayá y Olokun de las profundidades—, y les pide protección para cuando se sumerja en el agua. Me da algunas bayas para que yo pueda hacer mi propia ofrenda, y en vez de dejar que se conviertan en papilla en mis manos, las arrojo a las olas.

Nunca tuve problemas para forzar la esperanza, incluso cuando no había ninguna a la vista. Pero la fe siempre me ha parecido mucho más peligrosa.

Observo el Atlántico estallar contra un lado del bote mientras tomo conciencia de su oscuridad y sus profundidades desconocidas.

Pienso en la bebé Shayna, veo su cuerpo pequeño y dorado caer por el aire, oigo sus huesos blandos hacerse pedazos, mientras su cuerpo se abre camino a través del agua hasta el fondo del mar.

¿Cómo es que un bebé arrojado al agua se salvó y el otro, arrojado desde el puente, de la misma manera, murió?

¿Era realmente una cuestión de vientos y corrientes, o pudieron haber obrado las fuerzas mayores?

Me pregunto si es verdad cuando Nesto dice que he heredado las deudas tanto de una vida salvada como las de una vida arrebatada.

Los buzos tardan más tiempo en ponerse sus trajes. Nesto y yo nos nos hemos puesto los nuestros, de menor flotabilidad, para poder hundirnos con menos peso en nuestros cinturones. Ya tengo mi propio traje. Lolo me hizo un gran descuento en uno de segunda mano de su tienda. Tenía un roto en el muslo, pero Nesto lo remendó con un poco de neopreno y cinta adhesiva. Nos prestaron caretas de poco aumento y aletas de palas largas. Nesto entra primero y prepara el flotador y los aparejos, mientras Lolo y su asistente atienden a los buzos. Salto y me encuentro con Nesto en la cuerda.

Comenzamos a flotar juntos, las manos en la cuerda. Nos adaptamos al movimiento de las olas, a la frescura del agua. Nesto me ha hablado del reflejo de inmersión de los mamíferos: de qué manera, mientras uno más baja, el cuerpo entra en una flotabilidad negativa y empieza a hundirse en caída libre, hasta ser tragado por el océano; la frecuencia cardíaca se vuelve lenta, y la sangre pasa de las extremidades al centro del cuerpo del buzo para alimentar los órganos y evitar que el pecho colapse. Los buzos competitivos llegan aún más profundo, y se someten a un estado meditativo y a veces alucinatorio, a medida que el cerebro se ralentiza y los pulmones se comprimen, a la vez que luchan contra el impulso de respirar.

¿Por qué alguien se sometería a eso?, le pregunté una vez a Nesto, pero él me dijo que yo lo entendería cuando tuviera la oportunidad de experimentar la profundidad del mar azul.

No se trata de la profundidad. Él nunca estuvo de acuerdo con eso. No se trata de poner los límites a prueba. Cuando era niño, uno de sus amigos salió a la superficie de una inmersión profunda sangrando por las orejas y la garganta. Y otro niño, que trataba de superar en profundidad a un amigo, quedó con parálisis permanente en el lado derecho de la cara.

Sólo quieres bajar lo suficiente para llegar a ese momento en el que tus pensamientos se detienen y todo lo que sientes es el agua y los latidos de tu corazón, dice él. Dejas que el océano te posea, y cuando sales a la superficie estás conectada a tus instintos, embelesada por el misterio de la vida y de la creación.

El agua es fría, así tengamos nuestros trajes puestos, pero de alguna manera se siente cálida y reconfortante. Nesto me guía a través de los patrones de ventilación mientras nos aferramos a la boya, y aunque no hablamos mucho, él asiente y me dice que ya es hora.

Ensayamos los pasos en voz alta en el bote. Después de una sucesión de respiraciones de calentamiento meditativo para primero relajar la mente, que según Nesto también quema oxígeno, toda nuestra energía está conectada, hasta la última inhalación profunda, cuando perforo la membrana de la superficie para descender. Me dejo halar hacia abajo de la cuerda que él instaló con una placa de pesas en la marca de los cinco metros de profundidad. Tengo que concentrarme en destapar constantemente mis oídos, o la presión del agua, que es ochocientas veces más densa que el aire, será insoportable. Casi sin darme cuenta, estoy abajo, toco la placa en la marca y regreso a la superficie mientras Nesto me mira a través de su careta.

Nesto baja más la placa a cada intervalo mientras yo descanso en la boya y recupero el aliento. Pero cuando intento alcanzar la marca de los quince metros, el peso del océano me presiona el cráneo, tengo dificultades para mantener los oídos destapados con cada tirón de la cuerda, y percibo, quizá por primera vez, la asombrosa apertura del mar desde el pequeño espacio que ocupo en la cuerda, un azul de neón atravesado por la luz solar azucarada.

Veo que los buzos flotan debajo de mí, concentrados en los bancos de peces y en un par de mantarrayas curiosas que aletean cerca. Es todo un mundo, y lo contemplo en su conjunto por un segundo o dos antes de que mi cuerpo me obligue a subir para romper el cascarón del agua. Jadeo en busca de aire en los brazos de Nesto y él me pide que le haga señas de seguridad para demostrarle que estoy bien y que puedo reaccionar.

Ahora entiendo por qué dice que él y sus amigos iban al mar desde niños, pues era el único lugar en el que podían sentirse libres. Incluso con la limitación que les suponía la respiración y su forma humana en el agua, era menos que aquella que les esperaba en tierra.

Veo a Nesto hacer unas inmersiones y me hundo bajo la superficie para ver a través de mi careta la facilidad con la que se mueve. La conversación que parece tener consigo mismo allá abajo, o con esos dioses que dice que lo cuidan mientras está a merced de ellos.

Él me dijo que a unos doce metros, el océano comienza a abrirse, y en lugar de empujarte de vuelta a la superficie, te atrae hacia él y te hundes cada vez más.

Cuando está de nuevo en la boya, las líneas de la presión que hace la careta le arrugan la cara. Se ve cambiado, y me pregunto si yo también me veo cambiada.

No decimos nada. Él recupera el aliento.

Recuerdo que una vez me dijo que el secreto para ir más hondo es pensar en los otros animales del mar como en tus compañeros. Tienes que creer que eres uno de ellos, pero sin olvidar que eres diferente y que necesitas salir de nuevo en busca de aire.

Una semana después, Lolo me deja tomar uno de sus cursos de buceo de fin de semana. Leo el libro, hago las inmersiones en la piscina con el tanque en la espalda, me introduzco el compensador en la boca, paso el examen y completo la certificación con algunas inmersiones poco profundas con el grupo de buceo. Cuando estoy en el bote tengo dificultades para meterme al agua, pero una vez que estoy adentro, con Nesto como mi compañero de buceo, descendemos metro por metro bajo la superficie, y desde un punto, sentada, puedo ver cómo el océano abre sus cortinas y sus criaturas se hacen visibles.

Descendemos para ver un naufragio artificial. Por encima de nosotros pasa una tortuga caguama, y justo detrás de ella, una enorme mantarraya águila con manchas, con su cara extraña, casi como la de un delfín, pero alada, y su cola como un látigo.

Dejo que Nesto me guíe por el naufragio y me señala a una anguila que se esconde en un rincón de la cubierta, un mero gordo que pasa, mientras los otros buzos hacen sus propios ejercicios.

La civilización marina nos rodea, peces que únicamente he visto en los acuarios o en la televisión, tiburones de los que sólo he oído hablar en las noticias tras el ataque a algún surfista o nadador.

Es fácil perderse en el espectáculo, olvidarse de mirar el computador de buceo, darse cuenta de que todo esto es una especie de experimento de la tecnología y del cuerpo. Todo es tan hermoso, pero el sonido del oxígeno en los oídos, el sabor del plástico en la boca, el flujo voluminoso de las burbujas que me sigue a cada paso, la limpieza de la careta, el peso del tanque en la espalda y la estabilización de las aletas son agotadores, y de alguna manera, restrictivos.

Pese a nuestro hechizo, la conciencia de nuestra invasión nunca se disipa. Los animales tratan de alejarse de nosotros. Ahora entiendo por qué Nesto prefiere confiar en sus pulmones y no en los tanques. Él prefiere algunos minutos con su propia respiración, como cualquier otra criatura del océano, antes que una zambullida mucho más larga, agobiado por todos esos equipos. Dice que el ruido de nuestra respiración, de nuestras burbujas, debe retumbar como un helicóptero para todos los animales en el océano.

No veo la hora de ascender y de volver al bote, descargar nuestros tanques, registrar la inmersión, y regresar al agua sólo con nuestros trajes de buceo para sumergirnos simplemente con nuestra respiración.

Y lo hacemos.

Los otros buzos se acercan en parejas, se toman su tiempo para adaptar una vez más sus ojos al cielo abierto y al sol, pero Nesto y yo estamos absortos en el agua, y ahora entiendo por qué me trae aquí. Las voces en el bote se desvanecen detrás de nosotros y por unos instantes sólo estamos Nesto y yo, flotamos y vamos a la deriva, nos sumergimos y pataleamos debajo del agua.

Con mi careta en la mano, abro completamente los ojos bajo el agua y me sorprendo al descubrir que no me arden en absoluto.

Cuando vuelvo a subir para tomar aire, Nesto me espera con la mano extendida, me dice que es hora de volver al bote, pero no quiero irme.

Quiero quedarme aquí.

Nesto sonríe, contento de ver que me he convertido.

—Lo mejor es que siempre está ahí, esperándote.

Tardo un momento en comprender que habla del mar y no de mí.

El invierno en los trópicos es traicionero. A pesar del sol radiante, de un cielo ligeramente emplumado de nubes, hay días de un frío intenso en que los vientos del norte traen escarcha y dejan a la naturaleza confundida con reportes de iguanas que caen de los árboles, lagartos congelados en el pavimento, tortugas y manatíes que se reúnen en las aguas más cálidas alrededor de las plantas depuradoras. Los agricultores entran en pánico de perder sus cosechas de piñas y naranjas. Nos ponemos nuestras ropas más abrigadas, y por la noche, como la cabaña no está diseñada para mantener el calor, nos sepultamos bajo las mantas, sacamos las de repuesto que la señora Hartley dejó en el armario, y utilizamos el calentador portátil de la casa principal que ella me prestó. Pero el frío nos abandona tan repentinamente como llegó, y salimos del invierno para sentir el verano. El sol se mantiene fuerte durante semanas sin lluvia, calienta las aguas, y por la mañana, en lugar de sentir nuestros huesos entumecidos de frío, Nesto y yo despertamos en medio de la humedad y el pálido cielo invernal de nuevo con su azul, sin nubes.

Nesto pasa ahora la mayoría de las noches acá, y duermo mejor con él. Pero me levanto con frecuencia en la oscuridad, y cuando mis ojos se adaptan, observo la pesadez con la que duerme, la forma en que siempre parece encontrar mi cuerpo, aún en su inconsciencia, y se enrosca a mi alrededor. Nunca he dormido así con nadie.

Cuando pasé noches enteras e ininterrumpidas con otros hombres, jamás sentí este tipo de cercanía. Nunca tuve una misma cara que se encontrara con la mía entre las almohadas, una mañana tras otra. Nunca tuve a alguien que no se cansara de mí, que no me encontrara, en últimas, poco interesante. Alguien que no decidiera que otra mujer era más digna de su tiempo.

Siempre me entregué. Los dejaba convertir mi cuerpo en lo que quisieran. Mi mente abandonaba el lugar, flotaba en un espacio donde nunca podían encontrarme.

Una vez le hablé de esto al doctor Joe. Dijo que yo «disociaba» al imaginarme en un lugar más feliz. Le dije que estaba equivocado. No había un lugar más feliz. Simplemente, yo no estaba ahí.

En ocasiones me despierto lista para que Nesto me diga que hoy es el último día que compartiremos, una señal de que nuestro tiempo juntos ha terminado. Pero cada mañana él está ahí, y al final del día, cuando es hora de dormir de nuevo, él también está ahí.

Creo que ahora soy bastante buena para vivir en el presente, cuando cada día es tan bueno —o acaso mejor— que el anterior. Pero todavía no abandono mi mirada retrospectiva y a veces, cuando hasta mi propia historia se me hace aburrida, vislumbro el pasado de Nesto. Trato de imaginarlo como el hombre que perteneció a una tribu y no como el hombre solitario que conozco.

Pienso en la mujer con la que tuvo una familia. La cercanía que compartían. Las rutinas. El amor por sus hijos que los une hasta ahora. Procuro imaginarlos en la vida que tuvieron juntos. La casa en la que vivían, que había pertenecido a los padres de ella.

Vi su rostro una vez, rápidamente, en una foto que él me mostró de una fiesta que le hicieron a su hijo cuando cumplió cinco años.

Era mucho más joven entonces, bonita, con el pelo largo y oscuro recogido atrás con una cinta, pero de cara triste. Él estaba a un lado, también con aspecto serio. Nesto me dijo después que era un hábito cubano no sonreír en las fotos, un rasgo heredado de los soviéticos, como el aplauso sincronizado en los discursos del gobierno. Una cosa comunista.

Nunca me pregunta por mi pasado. Ni por novios, amantes o aventuras.

—¿No quieres saber de mí? —le pregunté una vez, curiosa y medio ofendida, pero él sacudió la cabeza y se acercó con sus labios para decirme entre besos—: No necesito saber de otros hombres. Para mí, naciste el día en que te conocí. Nada cuenta antes de eso.

—¿Y tú qué? ¿Significa que también naciste ese día?

Él asintió.

—¿Y nada cuenta antes de eso?

Parecía pensativo, y luego inquieto.

—¿Qué quieres que te diga, Reina?

—Nada. No digas nada.

Me sentí aliviada de que él escuchara, y salí de mi cabeza y entré de nuevo a mi cuerpo para sentirlo encima de mí y disfrutar la presión de sus costillas contra las mías.

Lo observo, envuelto por la noche, el azul casi como el que nos traga cuando nos metemos al océano. Debe sentir mis ojos en él porque estira la mano sin despertar, me hala hacia él y moldeo mi cuerpo en el suyo, lo beso hasta que él me besa de vuelta y aprendo otra vez la lección que he aprendido todas las noches que he pasado con él: que es en su cuerpo, y no en sus palabras, donde encontraré las respuestas a todas mis preguntas.

Una mañana, a finales de marzo, Nesto me deja para irse a Cuba. Hace más de un año que no va y quería ir a pasar las fiestas navideñas, pero no tenía dinero para pagar sus facturas mensuales y tampoco quería perderse ningún trabajo que le pudiera salir. Ahora que tiene empleo de tiempo completo en el delfinario es más fácil. Y compró un tiquete para el fin de semana. Me ofrezco a llevarlo al aeropuerto, pero insiste en tomar el autobús. Lo llevo a la parada, espero con él, y veo cómo se cuelga al hombro su mochila llena de regalos y encargos para su familia —medicinas, vitaminas, champús y jabones—, pues dicen que allá hay una escasez tan ancha como una isla.

—Te veré pronto —me dice tal como se lo he oído decir a sus hijos tantas veces por teléfono. Me besa una última vez y se aleja.

Es un buen ejercicio, me digo, recordar la vida antes de Nesto. Me he acostumbrado demasiado a la forma en que nos hemos construido mutuamente en nuestras rutinas diarias.

Pero lo extraño. Las noches sola, las horas oscuras antes del amanecer cuando a veces me doy la vuelta y lo despierto con mis labios.

Una mañana salgo al muelle con mi café, en mi lado del terreno de Hammerhead, y veo al hombre barbudo del canal aparecer en su bote. Me saluda como suele hacerlo, pero esta vez desacelera y se acerca al muelle para preguntarme, sin tener que gritar, si quiero ir a pasear con él.

—Tengo que trabajar más tarde —le digo.

—Te traeré a tiempo. Lo prometo.

Acerca el bote hasta el muelle y dejo mi taza en los tablones del piso antes de subirme. Me tiende una mano para que la estreche y me dice que se llama Jojo, que su familia desciende de los colonos originales de Key West, y que ser un *Conch* genuino es algo de lo que muy pocos pueden jactarse.

—¿Qué tal es vivir en la tierra de Hartley?

—No está mal. ¿Conoces a la señora Hartley?

—Era amigable con mi esposa hasta que ella se enfermó. Luego se alejó, como si tuviera miedo de contraer cáncer. Sin embargo, envió unas flores bonitas para el funeral.

Sonríe, pero tiene una expresión triste, un poco como el viejo psiquiatra que nos obligaron a ver cuando Carlito y yo éramos niños. Aquel tipo que le dijo a Mami que yo estaba «en riesgo» y Mami decía: «¿Qué significa eso? ¿En riesgo de qué? Mírala. Ella está bien».

—Debes extrañarla mucho —le digo a Jojo mientras nos alejamos de la corriente costera, más allá de la última hilera de boyas.

—¿Alguna vez has perdido a alguien? —me pregunta cuando estamos en el mar abierto, todo desierto todavía porque es un día de entre semana y los pescadores probablemente están comenzando la mañana en el montículo.

—Sí.

—Entonces ya sabes cómo es. Lo único que podemos hacer es tomarnos la vida día por día.

Hace un giro, acelera el bote, y unos minutos después señala unas hendiduras en la línea del agua, claramente dorsales de delfines, media docena de ellas.

—Mira hacia atrás —dice Jojo, y en la estela del bote veo a un grupo de delfines que serpentean y saltan sobre las olas espumosas.

Después de un rato, Jojo disminuye la velocidad y apaga el motor. Las olas que hemos producido se aquietan y el bote se desliza a lo largo de la corriente apacible.

En un principio, parece que los delfines hubieran desaparecido, pero vuelven a emerger, giran alrededor del bote, se asoman en parejas, y luego regresan hasta nuestro lugar en el agua. Me inclino sobre el borde, trato de seguirlos con la mirada mientras se apresuran bajo la superficie. Nunca he visto nada parecido. Jojo se sienta en el puesto de mando y disfruta de mi asombro.

—Sólo los verás cuando esté así de calmado. Mantienen un perfil bajo cuando hay botes. No les gustan los motores.

—¿Cómo sabías que estarían aquí?

—Conozco todos los puntos.

—¿Por qué?

—Prácticamente nací paseando por estas vías fluviales. Mi viejo me traía desde que era un niño. Era un capturador. Hace mucho tiempo.

—¿Un pescador?

—No, un *capturador*. De delfines. Era el negocio en aquel entonces. No había mucho trabajo por aquí, aparte de la pesca de altura. Muchos tipos se dedicaron a eso. Mi padre fue uno de los mejores.

—¿Para qué los atrapaban?

—En los años sesenta, todos los acuarios decidieron que necesitaban delfines. Los animales no aparecen precisamente para ofrecerse como voluntarios. Alguien tiene que atraparlos. De todos modos, así solía ser. Las leyes cambiaron en los años setenta, con la Ley de Protección de Mamíferos Marinos y todo eso. Sólo unas pocas empresas grandes consiguen permisos para atraparlos ahora. Ya no es un juego que pueda hacer cualquiera.

—Éntonces, ¿él simplemente venía hasta acá y los atrapaba?

—No sólo él. Tenía un equipo de hombres. Se necesitan tipos muy fuertes para sacar a un delfín del agua, maniobrar las redes y todo lo demás.

Estoy callada, pero no importa. Jojo se siente feliz de poder hablar.

—Tuve uno por un tiempo. Mi viejo le construyó un corral detrás de la casa, en el canal. Lo entrené para que hiciera algunos trucos.

—Estuvimos haciendo *shows* de veinte minutos dos veces al día por un tiempo. También nos volvimos un poco famosos. Tan famosos como puedes serlo por aquí.

—¿Cómo lo entrenaste?

—Así como entrenas a cualquiera. Incluso a un ser humano. Le quitas la comida. Lo alimentas cuando hace lo que quieres. Ellos aprenden.

—¿Qué fue de él?

—Ah, era mi bebé. Se llamaba Mónica. Todos la queríamos. Mi esposa y yo nunca tuvimos hijos, así que era nuestra niña. Pero era una chica grande. Una chica fuerte. Por poco me arruino al darle de comer. Cuando falleció mi papá, empecé a sentir que no estaba bien mantener a Mónica, a pesar de lo mucho que la queríamos. Pero no puedes soltar a un delfín una vez que lo has acostumbrado a comer de tu mano, ¿sabes? Toma un tiempo.

— Entonces, ¿cómo lo hiciste?

—Tuve que deshacer todo lo que había hecho. Dejar de quererla. Dejar de hablarle. Dejar de tocarla. Dejar de alimentarla y de utilizar ese maldito silbido con ella. Dejar de seguir un horario. Le dejaba peces vivos en el corral para que se acostumbrara a cazar su comida. Aunque vivía en un corral marino y no en un tanque, su estado físico era malo en comparación con el de un delfín salvaje. Se supone que esos animales deben nadar ochenta kilómetros al día, en vez de moverse dentro de un corral. Al cabo de un par de meses, abrí la cerca para que se fuera, pero no quiso irse. Hasta que un día, finalmente, se fue.

Pasé mucho tiempo sin venir acá, por si estaba cerca. Ella me conocía a mí y a mi bote. Yo tenía miedo de que me siguiera de vuelta a casa. Pero nunca volví a verla. La gente me decía que probablemente había muerto allá afuera, pero sé que ella lo logró. Estoy seguro.

—Sabes que trabajo en el delfinario —le digo a Jojo.

—¿En serio?

—Dicen que no son animales de mercado.

—Claro, es lo que dicen ahora. Pero cuando abrieron, al menos diez de sus adquisiciones originales salieron de las redes de mi viejo.

—Dicen que los que tienen ahora son rescatados y jubilados.

—No importa. Ya sean comprados o nacidos en cautiverio, siguen siendo animales de mercado, porque cualquiera que los tenga les está sacando mucho dinero.

Cuando Jojo me deja de vuelta en el muelle, tengo la esperanza de ver a Nesto aguardándome en la cabaña, pues sé que regresó anoche.

Le ofrecí recogerlo en el aeropuerto, pero él insistió en que vendría en autobús a los Cayos. Pensé que llamaría al llegar, y cuando no lo hizo, creí que aparecería para verme antes de trabajar, pero no está.

El delfinario es un hervidero cuando llego a trabajar. Todo el mundo está emocionado con un nuevo delfín del que hasta ahora me entero. Me uno al pequeño grupo de entrenadores y técnicos en el muelle del nuevo corral que han construido al final de la hilera de los que ya están ocupados, y veo a Nesto, el agua casi hasta el pecho con un tanque de buceo en la espalda, mientras se asegura de que todas las cercas estén firmemente unidas a las varas que enmarcan el recinto.

Me saluda con la mano, y luego se sumerge de nuevo en el agua.

Rachel, una de las entrenadoras, se me acerca. Tiene mi edad, es de Tampa, y lleva el pelo largo y rubio recogido en una moña alta. En un clima más frío, el cutis de Rachel podría ser de un rosa nacarado, pero los trópicos le han dejado una piel rosada y chiclosa, como goma de mascar, y labios agrietados, pelados y cubiertos de vaselina. Al igual que la mayoría de los entrenadores, fue una nadadora destacada en la universidad, pero cuando se hizo mayor para competir descubrió que había pocas perspectivas de trabajo que pudieran mantenerla en el agua más allá de ser salvavidas o dar clases de natación a niños.

Aquí, en el delfinario, ella trabaja con delfines recién llegados, les enseña a vivir en los corrales, aunque Nesto dice que no hay mucho que enseñar acerca de cómo vivir en una jaula; es un proceso de sumisión que cualquier animal puede descubrir por sí mismo.

—No veo la hora de conocer a nuestra nueva niña. He oído que es dulce.

Rachel sonríe aturdida.

—¿Quién dijo eso? —pregunto.

—Sus adiestradores. Nos enviaron sus archivos.

—¿Cómo sabes si un delfín es dulce y otro no?

—Por su actitud, en general. Por la forma en que interactúa con nosotros. Dice que desde que llegó ha estado muy dócil. Y estará mucho más feliz aquí que en el tanque.

Es como si hablara de un gatito callejero, y no de un delfín de seis años y de trescientas libras, rescatado del derrame de petróleo en el golfo de Luisiana, uno de los pocos animales que emergieron de los campos de alquitrán con muy pocas probabilidades de supervivencia.

La adoptaron y le pusieron el nombre de un laboratorio que está en Biloxi, donde la tuvieron hasta que la transportaron aquí. Roxi de Biloxi.

Rachel me dice que a ella y a los otros entrenadores les aseguraron que Roxi tiene potencial para actuar, e incluso para procrear.

—¿Cómo les enseñas trucos y vueltas y todo eso?

—No les enseñamos trucos. Los animamos a aprender nuevos comportamientos.

No veo cómo el hecho de lograr que un delfín se acueste en el muelle, le lleve una rosa en la boca a un miembro de la audiencia, y ofrezca su aleta para un «saludo de delfín», se pueda llamar de otra forma que no sean «trucos». Pero me reservo esa parte para mí.

—De acuerdo, la enseñanza de comportamientos. ¿Cómo haces eso?

—Practicamos el condicionamiento operante. —Puedo ver que le gusta el sabor de las grandes palabras en su boca—. Cambiamos o creamos comportamientos utilizando refuerzos positivos, como alimentos, a manera de recompensa.

—¿Los castigas?

—¡Por supuesto que no! —Ella se ríe de mi traspié.

245

—¿Y si no hacen lo que quieres?

—Simplemente no reforzamos su comportamiento hasta que lo hagan bien.

— Entonces, ¿no les das comida hasta que hagan lo que quieres?

—No los recompensamos hasta que demuestren el comportamiento deseado.

—¿No les haces caso?

Ella niega con la cabeza.

—No es tan sencillo, Reina. Hay décadas de investigación detrás de lo que hacemos.

Con eso encuentra una razón para alejarse de mí y camina por la plataforma que se extiende desde el muelle entre el corral nuevo y el más viejo, donde están dos hembras: Belle y Bonnet. Roxi de Biloxi vivirá sola hasta que la lleven a otro corral con delfines residentes o le encuentren un nuevo compañero.

Obervo a Nesto trabajar en el corral y pienso en cuando comencé a trabajar de tiempo completo y Mo me dijo lo felices que eran los animales aquí. Tanto así que, aunque la cerca que los mantiene adentro está escasamente a unos treinta centímetros sobre el agua y los delfines pueden saltarla con facilidad para salir, nunca lo intentan siquiera. Incluso durante los huracanes, cuando los recintos a veces se abrían, me dijo Mo, si los delfines nadaban hacia el golfo, solían ser fácilmente persuadidos por los silbatos de su entrenador para volver a sus corrales a la mañana siguiente.

Recuerdo cuando Carlito y yo éramos niños y una tormenta tropical de principios de verano devastó el acuario de la ciudad, reventó la cerca que daba a la bahía y los seis delfines que estaban dentro salieron al mar abierto. Las personas que estaban en el puente desde el que arrojaron a Carlito y a la bebé Shayna los vieron hacer sus rutinas en los horarios habituales de sus espectáculos: daban vueltas, caminaban en la cola y hacían piruetas, a la espera de su recompensa. La gente se agrupó en la carretera elevada y en las playas adyacentes para ver el *show*. Los delfines, acostumbrados a ver multitudes, se acercaron a la orilla y no pasó mucho tiempo antes de que el personal del acuario llegara a recogerlos en botes.

Hubo rumores sobre su posible liberación, pero la gente del acuario usó las grabaciones de sus rutinas en estado salvaje para mostrar que los animales estaban desesperados por regresar al acuario. Les *encanta* actuar —les dijeron sus cuidadores a los reporteros—, y el acuario es su hogar.

Y ahí terminó la discusión.

Ahora es sólo una historia que cuentan los locales: el caso de los delfines que se escaparon y ejecutaron en el mar abierto las rutinas que los seres humanos les habían enseñado.

Todavía recuerdo la cara de Mami al ver las noticias, la forma en que sacudía la cabeza y decía que era patético que esos animales tontos hubieran perdido su maldita oportunidad de ser libres.

No sé cuándo ocurre.

Ese momento en el que simplemente no puedo seguir con mi trabajo y paso al lado de los delfines en sus corrales y pienso en ellos como en nuestros residentes mansos y dóciles.

Tal vez sea después de que Jojo me lleva en el bote y veo a los demás delfines nadar en largas líneas rectas, sumergidos profundamente, y no dando vueltas superficiales y limitadas como las de estos delfines, contenidos por cercas.

Tal vez comienza mucho antes, cuando, durante mis rondas, me detengo en sus corrales y me pregunto por sus historias diversas, que normalmente sólo se remontan a sus dueños anteriores.

Creo que el objetivo de la rehabilitación es dejarlos ir, y quiza utilizar un lugar semejante a este como hogar de paso en su viaje de regreso al mar abierto. Pero al igual que con Rachel, cada vez que hago demasiadas preguntas, los entrenadores, los técnicos y los veterinarios simplemente se alejan de mí, y entonces tengo que volver a mi trabajo, circular por la instalación, preguntar a las familias de turistas si la están pasando bien, tratar de convencerlas de que se inscriban en el programa «Nadar con delfines» —un negocio redondo para el parque—, y decirles que se trata de una gran oportunidad de tener una «experiencia natural» con los animales, tal como me han preparado para hacerlo, aunque, si se detuvieran para echar un vistazo al panorama más amplio de todo esto, verían que no hay nada natural en absoluto.

Los entrenadores utilizan a los delfines que nacieron en cautiverio y no a los que alguna vez conocieron la vida por fuera de estas lagunas artificiales. Y cuando ha terminado la hora, la gente sale del corral con una mirada de arrobamiento. No se dan cuenta de que es un consuelo unilateral. Los delfines están hambrientos, y trabajan por cada recompensa de macarelas inyectadas con agua que les embuten en la boca.

A veces, un visitante les da un sermón a los entrenadores después de haber visto un documental, de leer un artículo sobre las crueldades que pueden ocurrir en los parques marinos, o por la manera en que capturan a los delfines en el mar, pero los entrenadores nunca pierden sus risas ensayadas, y responden que los delfines aman su hogar aquí, y luego le señalan al visitante a Oliver, un delfín que terminó cerca de Sarasota, completamente desangrado después de que un tiburón le arrancara la mitad de su aleta dorsal y su aleta caudal. Un delfín como ese nunca sobreviviría en la naturaleza, dicen los entrenadores. Y es cierto. Aquí Oliver tiene la oportunidad de llevar una vida segura, así el delfinario haya recibido recientemente advertencias por no contar con suficientes áreas de sombra para los animales en sus recintos, algo que, según el inspector, viola la Ley de Bienestar Animal.

—Pero si esto es realmente un refugio —le preguntó una adolescente a Rachel—, ¿por qué los crían?

—La cría es parte de nuestro compromiso con la conservación. —Rachel le dio su respuesta habitual, a pesar de que los delfines mulares, que son los que se crían aquí, no se consideran en peligro de extinción.

Los visitantes del parque señalan que es un delfinario hermoso, en el que los animales nadan en agua marina de verdad, no en el agua clara y llena de cloro de los acuarios que hay por todo el país, con tanques de cemento y de vidrio.

Mo y el personal hablan del cautiverio como si fuera lo mejor que pudiera esperar un delfín, pero ese tipo de conversación sólo me hace pensar en Carlito y en todos los años que pasó atrapado en las rutinas de la vida en prisión, confinado en una celda de menos de dos por tres metros, del tamaño de un estacionamiento. Y en lo que solía decir el doctor Joe sobre los reclusos como mi hermano a los que también habían sentenciado a confinamiento solitario: «No tiene que ser violento para que sea una tortura».

Estamos de nuevo en mi cabaña. Nesto está agotado tras su día de trabajo en la cerca, ansioso por bañarse y lavarse el sudor y el agua salada y descansar la espalda antes de tener que levantarse mañana para seguir haciendo lo mismo. No le pregunto por qué no vino a verme la noche anterior o incluso esa mañana. Sólo le pregunto cómo fue su viaje, pero me ofrece pocas palabras a manera de respuesta.

—Fue *normal* —dice—. Simplemente normal —y añade que todos están pasando por tantas dificultades como siempre y que lo único que logró al regresar a La Habana fue refrescar su corazón destrozado.

Miro cómo se quita los jeans, la camisa, los arroja sobre un montón en el piso, y entra a la ducha, cantando, *Parece que el ciclón ya se fue y ya se pueden ver las estrellas, parece que la vida cambió y yo cambié con ella...*

Cuando sale, con una toalla alrededor de la cintura, se deja caer sobre la cama, sus ojos se cierran fatigados, me subo a la cama y me siento a horcajadas sobre su toalla, no porque extrañara su cuerpo mientras estuvo ausente —lo hice, y mucho—, sino porque no puedo esperar para contarle lo que sucedió mientras él se fue, que salí en el bote con Jojo, y todo lo que él me contó. Pero cuando termino mi historia, Nesto sólo se centra en el detalle de que subí a un bote con un completo desconocido.

—Podrían haberte matado, Reina.

Si hubiera cerrado los ojos en ese momento, habría creído que era mi hermano regañándome.

—No puedes subirte a un bote con alguien que no conoces. Es peligroso e irresponsable.

—Fue así como te conocí.

—Al menos estábamos en tierra. Sin embargo, podría haberte hecho daño. Y ese tipo podría haberte estrangulado y arrojado al mar sin ningún problema. Habrías desaparecido y nadie lo habría sabido.

Me bajo y lo dejo tranquilo. Pero una hora después, cuando finalmente decide que es hora de comer en lugar de dormir y nos sentamos en el sofá con platos de arroz con pollo en el regazo, trato de mencionar de nuevo el tema de los delfines salvajes.

—¿Crees que es verdad lo que dice Jojo? ¿Que se los robaron de estas aguas?

—¿Por qué no? En Cuba, y probablemente en la mayoría de los lugares, cuando muere un delfín, simplemente envían a la gente a capturar otro.

—¿Crees que es cierto que los animales están contentos en sus corrales porque son alimentados y no tienen que preocuparse por los depredadores?

—Esa es una mentira que dicen para poder seguir haciendo lo que hacen.

—¿No crees que pierden sus instintos?

—Ningún animal lo hace. Por eso se llaman *instintos*. Todo lo que se aprende puede desaprenderse.

—¿Aunque hayan estado cautivos durante años y años?

—Sí.

—¿Aunque hayan nacido en cautiverio y no hayan conocido otra vida?

Pienso en los bebés en los corrales, nacidos de colectas de semen e inseminaciones forzosas; los bebés que el delfinario anuncia con un cartel afuera de la entrada y que dice: «¡CONOCE A NUESTROS NUEVOS INTEGRANTES!».

—Sí —dice Nesto y vacila ligeramente—. Incluso si han pasado ya varias generaciones y sus antepasados fueron los últimos en conocer la libertad.

Se levanta, lleva los platos vacíos al fregadero y los lava.

Cuando termina, vuelve a la cama, se derrumba encima de las cobijas y cierra los ojos.

Transcurren algunos minutos en silencio, y supongo que se ha quedado dormido, pero luego escucho la voz de Nesto llamarme una vez más.

—Créeme, Reina. No hay un animal en esta tierra al que, si se le da la opción de escoger entre la libertad y el cautiverio, no elija ser libre.

Nesto duerme y trato de dormir a su lado, pero me despierto cada hora, hasta que finalmente me levanto de la cama y cruzo la puerta hacia la playa. Voy descalza y no pienso mucho en ello, hasta que, a medio camino de los tablones de madera que conducen a la orilla, noto que están llenos de cucarachas, gusanos y caracoles que salen a pasear a medianoche. A mi alrededor oigo los sonidos de las criaturas nocturnas, los búhos, el forcejeo en los arbustos de lo que probablemente son mapaches o zarigüeyas.

Camino hasta que estoy en la playa. Me siento cerca del borde del agua y miro el cielo turbio, el mar como una hoja bajo la luz de la luna fracturada.

Siento una lejana desorientación, como si ya no fuera yo la que viviera mi vida sino una extraña, una desconocida que vive en un mundo totalmente ajeno a mí. Como si viera en imágenes las instantáneas de una vida que me podrían arrebatar en cualquier momento.

Mi hermano no reconocería a esta mujer abrazada a sus rodillas en la playa en el momento más oscuro de la noche. Sólo me reconocería como la chica que era cuando él estaba vivo, en esa casa marrón con barrotes, en esa calle donde la gente evitaba hablar con nosotros.

Me pregunto qué pensaría de mí acá, en esta isla, al verme en el agua, lanzándome al mar sólo con Nesto para protegerme si algo saliera mal. Probablemente me advertiría que no confiara en él, diría que no tengo ninguna razón para creer que Nesto no me haría daño. Diría que no hay que confiar en nadie más que en la propia familia y que, aun así, es un riesgo.

Echo de menos mi tristeza.

La siento escabullirse entre la tranquilidad de estas islas, de esta nueva vida, de este mar, de este sol que nunca te abandona.

Nunca imaginé que llegaría a extrañar el dolor de todo lo que ocurrió antes.

Mis ojos se deslizan cerca de mis pies hasta los agujeros de donde salen los cangrejos de la arena, y un poco más lejos, donde las siluetas curvas de los cangrejos ermitaños se arrastran hacia las dunas. La playa bulle de vida aunque nadie esté allí para verlo.

Una vez más, pienso en Carlito. En los años en que traté de cumplir su condena con él, y en cómo él me permitió hacerlo. Tal vez no he debido hacerlo, pero a veces esperaba que él viera en mis ojos que yo había dejado de vivir por cualquier cosa y por cualquier persona que no fuera él, y que me dijera que no volviera.

Otro recuerdo viene a mí.

Cuando yo era una niña de tal vez doce o trece años, una de nuestras vecinas anunció que una santa especial iría a su casa por una semana y que todas las madres de la cuadra estaban invitadas a llevar a sus hijas. Yo no sabía qué significaba eso, pero Mami me llevó, y la señora hizo que todas las chicas se sentaran alrededor del piso de baldosas de la sala mientras ella permanecía junto a una enorme estatua de la Virgen de esto o de lo otro, vestida con una capa llena de pedrería y con pelo humano en la cabeza, y nos dijo que debíamos rezarle a esa estatua para que nos trajera a nuestros futuros maridos, pedirle que fueran hombres buenos, y que nos ayudara a mantenernos puras mientras esperábamos que este hombre bendito apareciera en nuestra vida. Recuerdo que yo miraba a mi alrededor. Las chicas, algunas de las cuales probablemente estaban tan confundidas como yo, se apresuraron a agachar la cabeza para rezar. Las madres también lo hicieron, incluso la mía, que en aquellos años tenía tantas esperanzas como siempre en volver a casarse. Pero yo sabía que no había motivos para rezar por algo como la pureza cuando ya había hecho cosas que las otras chicas en esa sala no habían hecho. Ya les había mostrado mi cuerpo a los chicos, y había dejado que me tocaran. En un año o algo así, estaría embarazada por primera vez. Ya sospechaba que no había nadie arriba que me estuviera cuidando. Sabía que debía haber una razón para que la gente del barrio, e incluso a veces mi propia madre, me dijeran La Diabla.

Mientras la señora en la parte delantera conducía al grupo a través de una ronda de avemarías, una de las chicas sentadas en el suelo cerca de mí me tocó la oreja.

—¿Qué te pasó? —dijo, recorriendo mi marca de abikú.

—Me enredé con un anzuelo —mentí, porque acababa de oír una historia sobre un niño que había perdido un ojo de esa manera.

Antes de salir de la casa de la señora esa noche, cada una de nosotras escribió en un pedazo de papel nuestros más profundos deseos y oraciones para la Virgen, que debíamos doblar en pedacitos y dejar en una canasta junto a la estatua. Vi a las niñas y a nuestras madres pensar con cuidado antes de escribir las palabras de sus oraciones. Fingí escribir, pero el papel que dejé doblado a los pies de la Virgen estaba en blanco.

Mami no se sentía satisfecha con presentarle sus deseos sólo a la Virgen viajera. Acudió al mayor buscador de maridos de todos los santos, san Antonio, y le pidió a la estatua que le trajera a alguien maravilloso. Intentó todos los trucos: sacó al Niño Jesús de los brazos del santo y lo escondió en un cajón hasta que sus oraciones fueran respondidas y san Antonio le concediera un nuevo marido. Cuando eso no funcionó, amarró la estatua bocabajo a una pata de su cama, hasta que un día vino uno de sus novios, la golpeó con el pie, y cuando miró debajo de la cama y vio la estatua allí, como un secuestrado a la espera del pago de su rescate, supo exactamente cuáles eran las intenciones de Mami y dejó de venir. Pero ella siguió rezando y me contó la historia de una chica, prima de una prima de una prima allá en Colombia, que también le rezaba a san Antonio por un marido, y un día se enojó tanto con el santo porque no se lo daba, que arrojó la estatua por la ventana de su apartamento y unos momentos después un joven tocó la puerta con el san Antonio en la mano, y dijo: «Discúlpeme, señorita. ¿Se le perdió un santo?». Y, por supuesto, ese tipo se convirtió en su marido».

Después de conocer a Nesto supe que san Antonio era otro rostro de Elegguá, a quien Nesto le pedía ayuda con frecuencia; el sabio, el embaucador que en su niñez era el único orisha capaz de curar a Olodumare cuando estaba enfermo, y por ese motivo el Grande lo había convertido en el controlador de los destinos, aquel cuya bendición se debe buscar al comienzo de cada oración que se haga a cualquier otro orisha.

—Tienes que darte permiso para creer —me dijo Nesto una vez—. Los orishas son fuerzas de luz, y no tienes que ir muy lejos para encontrarlos. El Sol, que nos alimenta con su calor, es Olorun. Marte y Mercurio son Ogún y Elegguá, guardianes de sus hijos guerreros. La Luna es la reina Yemayá, que guarda vigilia por sus hijos en la Tierra. Nos vigilan aun cuando no pensamos que lo hacen.

Sonreí, porque mi madre solía, a su manera, con sus propios santos y oraciones, decir lo mismo.

Cuando la arena se ha puesto demasiado fría para mis pies, regreso a la cabaña. He dejado la luz del porche encendida y las polillas se apretujan en el resplandor. Veo lo que no he notado en el día, que las arañas estrella han estado trabajando en algunas redes debajo del borde del tejado de la cabaña. Estoy cerca de la puerta cuando miro hacia abajo y veo lo que parece ser una cucaracha particularmente enorme en el umbral, pero cuando me inclino un poco más, me doy cuenta de que es un escorpión.

Mami nos crio a Carlito y a mí con su propio hábito infantil de buscar escorpiones en nuestros zapatos antes de ponérnoslos, ya que a los escorpiones les gusta esconderse en lugares pequeños y oscuros. Pero nunca he visto uno en Miami. Ni siquiera cuando Carlito y su grupo de amigos decían que iban a cazar escorpiones pudieron encontrar alguno.

Este escorpión es marrón oscuro o negro, con patas grandes en forma de gancho y una cola que se enrosca hacia arriba. He oído que pueden saltar. A Mami la mordió uno cuando era niña y decía que por poco la mata, y otras veces decía que *deseaba* que la hubiera matado.

Miro a este escorpión por unos minutos.

No se mueve.

No sé de qué manera pasar a su lado ni cómo devolverlo a su camino, así que llamo a Nesto.

Aparece finalmente en la puerta, frotándose los ojos mientras se adapta a la luz del porche.

—No te acerques más —le advierto y señalo al escorpión entre nosotros.

—¿Qué diablos haces acá?

—No podía dormir.

Regresa a la cabaña y vuelve con una escoba, un vaso y una revista. Se inclina. Con un movimiento rápido utiliza la escoba para meter al escorpión en el vaso, cubre la abertura con la revista y se aleja del sendero para liberar al escorpión en el terreno que se extiende detrás de la cabaña, en los límites imprecisos de lo que solía ser la plantación.

Todavía estoy en el pasillo cuando él vuelve, me empuja, me jala del codo y murmura:

—Reina, por Dios, quisiera que cuando yo cierre los ojos o no esté cerca, simplemente estés donde creo que estás.

Cuando volvemos a la cama, permanece acostado mirando el techo, el ventilador que rota lentamente, casi sin aire.

—Reina. Tengo que decirte algo.

Espero que diga que el escorpión es un mal presagio, porque yo justo pensaba en eso hasta que recordé que no creo en los presagios desde que mi padre decidió que mi nacimiento era el peor presagio de todos. Algunos dicen que cuando los abikús vuelven a la vida, el trato que hacen con los espíritus para permanecer entre los vivos es que, en su lugar, envían a otra persona al mundo de la muerte.

—Algo pasó cuando estaba en Cuba.

Vuelve la cabeza hacia mí. Casi tengo miedo de mirarlo.

—Estuviste con alguien.

—No.

Estaría más aliviada si no presintiera que a esto le seguirá algo igual de malo.

—Decidí algo mientras estuve allá. Decidimos algo.

—¿Decidimos?

—Mi familia y yo.

—¿Qué decidieron?

—Que tengo que casarme.

Me esfuerzo al máximo para no reaccionar, pero mis ojos seguramente me delatan.

—Déjame explicarte. Sabes de los problemas que tengo para traer a mis hijos. Todos los retrasos. Hay una manera de evitarlo. Una manera mucho más rápida. A través del Programa de Reunificación Familiar. Pero tenemos que ser una familia completa. Si me vuelvo a casar con su madre, no tendré que esperar a los niños uno por uno. Y ellos no tendrán que dejar a su madre. Ella tiene parientes en Miami con los que pueden vivir. Podré verlos cuando quiera. Puedo mudarme allá para estar más cerca de ellos. Todo será mejor. Es lo más fácil. No tendremos que esperar tanto. Es la espera, Reina. Me está matando.

—Serán una familia de nuevo. —Quiero sonar como si fuera algo extraordinario.

—Podré volver a ser un padre de verdad. No a larga distancia. Pero no será un matrimonio real. Es sólo para sacarlos de allá.

Me ha contado muchas veces cómo las personas se casan fortuitamente en Cuba para facilitar cualquier tipo de papeleo, desde visas e intercambios de automóviles hasta permutas de vivienda, y luego se divorcian con la misma facilidad. Así, personas que viven como parejas casadas a menudo no lo están. Yanai se casó con un alemán, con la esperanza de que él los llevara a ella y a los niños a Europa, pero no logró pasar el examen de idioma requerido, por lo que nunca le aprobaron la visa y el alemán se divorció de ella para casarse con una chica dominicana. Y aunque los matrimonios puedan ser transaccionales, no me parece que este sea uno de esos casos.

—Ella no quiere estar conmigo, así como yo tampoco quiero estar con ella. Es por los niños. Es eso. Una vez que estén aquí y ella reciba el asilo político, acordamos que nos divorciaremos de inmediato.

No sé si debería sentirme alegre de que él haya encontrado finalmente una forma de poder reunirse con sus hijos, o decepcionada, porque de un modo u otro estará casado con otra persona.

Mi silencio debe transmitirle algo porque me toca el brazo y repite:

—No será un matrimonio de verdad. Pero es una familia de verdad. Por eso tengo que hacer esto.

—Entonces, ¿cuándo será, esta boda tuya?

—No la llames boda. No va a ser en el Palacio de los Matrimonios ni con una fiesta o algo así. Es sólo una cita en una oficina gubernamental. Firmamos los papeles y listo, estamos casados. No sé cuándo será.

—¿Pronto?

—Eso espero. Mientras más rápido lo hagamos, más rápido podré traer a Sandro y a Camila.

Nesto me ha dicho que le preocupa más Sandro porque su historia es muy parecida a la suya; había sido un gran estudiante en su aula, pero los profesores informan ahora que parece no interesarse en nada, y si sigue así, terminará en una Escuela de Conducta. Se está volviendo inquieto, intranquilo, desilusionado, como Nesto a esa edad, aunque también lo hayan criado para ser un buen pionero. Nesto dice que así lo hacen todos los padres —la típica doble moral, patriotas en público, disidentes en sus corazones— para que el Estado no les haga la vida difícil. Pero la Revolución es vieja, me dijo Nesto, no significa nada para los jóvenes, y ahora Sandro ve la gran Nada que le espera si se queda en la isla. Nesto teme que su hijo caiga en malas compañías en Buenavista, o peor, que pase de un reformatorio a El Combinadito, la cárcel de menores. O que tal vez termine como uno de los mejores amigos de infancia de Nesto, un tipo llamado Lenin, que empezó a vender marihuana jamaiquina que entraba por Oriente a los extranjeros para sostener a su familia, y fue delatado rápidamente por el CDR. La policía le partió las dos piernas y el tribunal lo condenó a quince años de prisión.

—Sé que no puedo pedirte que me esperes hasta que pase todo esto —me dice—. Tienes que pensar en tu propia vida.

Los dos estamos callados.

—Te extrañaré, Reina, pero lo entenderé.

No sé qué más decir porque sé que yo haría lo mismo si estuviera en su lugar. Así como habría hecho cualquier cosa para poder estar bajo el mismo techo que mi hermano por un día más, antes de perderlo para siempre.

—Yo también te extrañaré —digo—. Pero lo entenderé.

—¿Y qué hacemos entonces?

Quiero decir que esto se terminará, del mismo modo en que todo en la vida termina, y los dos empezaremos de nuevo, una vez más, igual a como hemos hecho antes para llegar a esta misma noche.

Pero lo único que digo es:

—No lo sé. Esta noche es esta noche. Mañana es mañana.

El nuevo delfín llega al día siguiente. Cierran el delfinario porque supongo que quieren ocultarle al público el misterio de cómo llegan los animales a la instalación. Y nunca lo sospecharían si al conducir por el Overseas Highway a su lado, en un gran camión blanco que parece que llevara muebles o frutas de Centroamérica, hubiera un delfín tirado en una camilla, con sus aletas perforando la lona, rodeado de unos manipuladores humanos que vierten agua en su lomo inmediatamente después de haber volado desde Biloxi hasta el aeropuerto de Key West.

A los empleados de bajo rango nos mantienen alejados de la conmoción del delfín que llega, de los entrenadores ansiosos y emocionados, de los veterinarios y técnicos que se inclinan sobre sus portapapeles para comparar notas. Nesto y yo encontramos un lugar en la sombra, debajo de una caseta que da a todos los corrales.

No hablamos mucho esta mañana en mi cabaña. Normalmente, él se despierta lleno de energía, pero hoy sus movimientos han sido pesados, y en lugar de bañarse como lo hace habitualmente, se limitó a mojarse la cara bajo la llave del baño y se puso la ropa del día anterior.

Tenía que volver temprano para ultimar los detalles del cercado. En el caso de los otros delfines, me dijo Mo una vez, incluso cuando los activistas entraban de noche y cortaban una parte de la cerca, estos apenas se movían, incapaces de entender que podían nadar a través del hueco en la valla y salir al mar abierto. Pero el nuevo delfín no lleva tanto tiempo retirado de sus días en el mar abierto, así que ellos no piensan poner en riesgo su capacidad para liberarse.

Cuando los adiestradores de delfines llegan al corral, Mo le pide a Nesto que vaya a ayudarles. Ni siquiera tiene puesto el traje de buzo con el que trabaja, pero termina en el agua con sus jeans y ayuda a llevar la camilla al centro del corral, hasta que anuncian que pueden bajar y ayudar al delfín a nadar. El nuevo animal tarda un poco en moverse. Parece renuente, con todas esas personas que lo miran, y contiene la respiración como si fuera un niño a punto de dar sus primeros pasos. Pero entonces se mueve lo suficiente como para salir del círculo humano, y mientras los adiestradores se retiran al borde del corral, miran a la nueva niña explorar lentamente su entorno, y todo el mundo empieza a aplaudir y a silbar, como si hubieran hecho algo increíble juntos.

Más tarde, cuando me envían a ayudar a los aprendices en la bodega de los pescados, separo las caballas mutiladas de las completas, que son las que se utilizan para los espectáculos, y que engordan luego con inyecciones de agua. Mo entra en busca de un balde limpio para el nuevo delfín y le pregunto cómo está el animal.

—Bien —dice él, y me desliza la mano por la espalda—. Sólo que vamos a cambiarle el nombre. Ya tuvimos una Roxi aquí que falleció en el 94. Queremos algo nuevo para esta niña. ¿Alguna idea?

Me encojo de hombros.

—En realidad no importa cómo la llames. Quiero decir, los nombres son para nosotros, no para ella.

Dejo escapar entonces algo que me contó Jojo: que las madres delfines les imprimen un nombre a sus bebés con un lenguaje de sonidos, y que el bebé puede reconocerlo con su sonar a varios kilómetros de distancia. Mo y los aprendices me miran sorprendidos.

—Bueno, necesita un nombre que podamos pronunciar —dice, y me agarra del hombro—. Ahora somos sus padres.

Mantienen el corral del nuevo delfín acordonado por varios días para que los visitantes no puedan verla, pero a veces me asomo, bajo al muelle y veo a Rachel o a uno de los otros entrenadores en el agua con ella, le frotan un costado cuando lo permite, y tratan de llamar su atención cuando nada hasta el borde del corral que da al golfo. Siguen entusiasmados con Roxi, aunque les preocupa un poco que no sea tan dulce como les habían prometido ni que se muestre muy ansiosa por colaborar. De hecho, no parece tener el menor interés en ellos.

Me quedo cuando la dejan sola. El delfín nunca sale de la valla, sólo se deja llevar a lo largo de su periferia, y no estoy segura al principio, pero luego me queda claro que empuja el alambrado con la cabeza, suavemente, y después con más fuerza, como si tratara de salir.

Hace años, cuando estaba sentada frente a Carlito en la sala de visitas de la cárcel, él me habló de la orca del acuario de Miami, que luego de sentirse tan desgraciada en su piscina diminuta, tan lejos de su hogar en el Pacífico Norte, se dedicó a golpearse contra las paredes del tanque con tanta fuerza que a veces rompía el cristal, y en algún punto se causó una hemorragia cerebral que la mató. Yo era muy joven para recordar cuándo sucedió eso, pero era un mito local, como el de los crímenes de nuestra familia.

Ese día, durante nuestra visita, Carlito dijo que entendía por qué la ballena se había hecho eso. Me dijo que él también sentía a veces el impulso de golpearse la cabeza contra las paredes de su celda, y contra la ventana blindada de la puerta de acero que lo aprisionaba. Y que si todo el dolor en su corazón pudiera traducirse en fuerza física, él sabía que habría podido liberarse.

Pero no fue el caso. El vidrio y las paredes eran demasiado gruesos.

No había manera de regresar a casa.

No para la ballena. No para Carlito.

Cuando recibí la llamada en la que me avisaban del suicidio de Carlito, recordé lo que me había dicho —porque él era el más listo, el que había leído libros de filosofía y aprendido tantas cosas a diferencia de mí— sobre los grandes pensadores del mundo, que dicen que el instinto de cualquier ser vivo es sobrevivir. Sin embargo, Carlito tenía otra teoría. Decía que cuando le fueran arrebatadas la libertad y las dignidades básicas, un ser vivo tenía que negar sus propios instintos y rendirse al opresor, o ser consumido por un nuevo instinto: buscar su propia muerte.

Veo a Roxi, o como sea que vayan a llamarla, pues han decidido dejar que el público sugiera nombres para luego someterlos a votación. Rachel sube detrás de mí y me ve mirando al delfín, que todavía intenta salir a empujones del corral.

—No te preocupes —dice, aunque por su tono suena como si tratara de tranquilizarse a sí misma más que a mí—. En poco tiempo se sentirá como en casa. Todos lo hacen.

—Supongo que no tiene opción —digo, entonces Rachel se sumerge en el agua para trabajar de nuevo con el delfín, y le canturrea. El delfín no responde y permanece de espaldas a nosotros, junto a la valla, con los ojos al otro lado.

En mi antiguo trabajo podía mirar a las clientas, escuchar todos sus problemas, historias de sus matrimonios que se desintegraban, de sus hijos horribles, de sus deudas financieras, y sentía lástima por ellas cuando las miraba a los ojos. Pero cuando terminaba una cita y la próxima clienta se sentaba en la silla frente a mí, me olvidaba de la anterior. Al final del día me deshacía de todas sus palabras problemáticas como el agua sucia que se va por el desagüe del fregadero, y regresaba a mi pequeña vida.

No entiendo por qué ya no puedo hacer eso después de mis días en el delfinario. Por qué no puedo aceptar lo que me dicen acerca de lo mucho que se preocupan por los animales y que están mejor aquí que en el grande y malvado mundo salvaje.

Solía ser capaz de pasar al lado de sus corrales. Ahora me detengo frente a cada uno y me siento culpable cada vez que tengo que marcharme para seguir con mis otros deberes del día.

No necesito la carga de su cuidado. Quiero alejarme de ellos, olvidarlos cuando introduzca mi tarjeta en el reloj registrador para irme a casa, despejar mi mente de las condiciones y los rituales de su confinamiento.

Pero cuando logro apartar mis pensamientos de los animales, es sólo para pensar en Nesto, en la confesión de su matrimonio inminente que todavía parece una de esas predicciones que se anuncian al comienzo de cada temporada de huracanes y que especulan sobre si tendremos un verano moderado o despiadado.

Sin importar las estadísticas, sin importar cuán precisa sea la ciencia, siempre están equivocadas.

Es domingo. Nesto y yo nos levantamos temprano porque planeamos encontrarnos con Lolo y Melly para salir a bucear con la soga y, tal vez, pescar en el montículo en el camino de regreso. Estamos desayunando donde Conchita, en el pequeño patio de su negocio, cuando oímos el estruendo de unos helicópteros que pasan por encima de nosotros. Los helicópteros sobrevuelan las islas con frecuencia, lo suficientemente bajo como para que veamos su color. Los azules son de los noticieros y los anaranjados transportan médicos. Pero los helicópteros de hoy son verdes y blancos y sé, incluso antes de que Conchita venga a decirnos que acaba de enterarse por su marido, que lo supo por un amigo que pescaba en Barkley Beach, que algunos inmigrantes han tocado tierra y que probablemente todavía hay más en el agua.

Nesto quiere verlo por sí mismo. De vez en cuando vemos una historia en el noticiero sobre avistamientos de balsas, en ocasiones algún volcamiento, o personas abandonadas por contrabandistas a las que encontraron agarradas de neumáticos en el agua, y otras que contaron con la suerte de haber tocado tierra. Hubo una historia de un tipo que llegó a Key West flotando en una tabla de *windsurf* sin vela. Pero no es común que los migrantes aparezcan en mi playa en Hammerhead o en frente de la playa de su motel en Crescent Key, así que saltamos a su camioneta y nos dirigimos a Barkley Beach, y Nesto se estaciona al lado de la carretera, detrás de la furgoneta de un noticiero.

Caminamos hasta la pequeña curva en la costa donde decenas de otros lugareños ya se han reunido, entre ellos

Ryan, aunque no nos saludamos porque ya tenemos el hábito de ignorarnos el uno al otro cuando nos cruzamos en el pueblo. Siento sus ojos en mí, pero estoy mirando la escena que ocurre ante nosotros.

Tres hombres y una mujer, vestidos como si hubieran planeado ir a la iglesia o a una fiesta, y no a pasar cinco días en un bote. Sus ropas están sucias, pegadas a sus cuerpos con manchas de sudor y de agua, sus pieles resecas y aporreadas por el mar. Los tipos de la Patrulla Fronteriza hablan con ellos como si fueran turistas regulares, y algunos otros bañistas se acercan y les ofrecen agua y sándwiches. La pared de gente que está detrás de nosotros hace comentarios sarcásticos, y dicen que los tratan así de bien porque son cubanos, no como al migrante promedio. Los oímos decirle a la policía que se suponía que vendrían más en su barco, pero en el último minuto varios se asustaron y cambiaron de opinión. Un hombre dice que otro barco salió al tiempo de la misma playa en Puerto Escondido, pero lo perdieron de vista después del primer día en el agua.

Nesto los mira. Aprieta los labios, sostiene los brazos rígidos contra el pecho y se para con las piernas separadas, como si vigilara el espectáculo en la orilla. Miro a la multitud que nos rodea. Gente pálida con expresiones de curiosidad y conmoción ante la vista de la embarcación en la que estas personas llegaron, una cosa de madera del tamaño de una tina con un motor improvisado, sogas y lonas, latas de comida y jarras de agua vacías que cubren el piso de estaño.

Los recién llegados se ven felices, a pesar de su fatiga. Sonríen con los labios marchitos, la cara tostada por días bajo el sol, bañados en la sal de la aspersión marina.

Recuerdo al muchacho bajo el baniano, sus ojos que ardían de terror, tan diferentes de la mirada de estos cuatro. Le dicen a la policía que cada uno tiene familiares en la Florida que los reclamarán y vendrán por ellos cuando los llamen.

Nesto y yo estamos juntos entre la multitud, si bien separados de alguna manera, y cuando la policía hace que los recién llegados suban a las furgonetas blancas y verdes de la Patrulla Fronteriza para ser procesados y luego entregados a sus familiares, emprendemos en silencio el camino de regreso a su camioneta. Pone la mano en la imagen de Elegguá que tiene en el tablero, enciende el motor y nos dirigimos a la marina, donde Lolo y Melly nos esperan, aunque será una sesión de buceo sombría, y nos preguntaremos, en nuestra breve suspensión en el crepúsculo azul violeta del océano, donde es fácil confundir tu camino de vuelta a la superficie, cómo habrán sido las cosas para esos viajeros, luego de pasar días y noches solos en el agua, con poco más que la esperanza para guiarlos.

Esa noche, después de haber cenado, mientras me muevo en la cocineta, veo a Nesto de pie junto al sofá, que me observa con aspecto ansioso.

—¿Qué pasa?

—Voy a dormir en mi casa esta noche.

—¿Por qué?

—Necesito estar solo.

No digo nada, y entonces él añade rápidamente:

—Por favor, no te enojes.

—No hay problema —lo digo en serio, aunque no hayamos cumplido lo que nos propusimos hacer, disfrutar el día a día. Contamos con la presencia del otro cada mañana y olvido fácilmente que mientras él duerme en mi casa todas las noches, no ha dejado de pagar el alquiler de su apartaestudio en el motel.

—Tengo que pensar en cosas sin ti a mi lado. Entiéndeme por favor.

Se acerca y me sostiene en una especie de abrazo a medias. Se aleja de mi mejilla con un beso suave, se da vuelta sin mirarme a los ojos y sale por la puerta.

Déjalo que se vaya, me digo. *Esto es algo que necesitas aprender.*

Déjalo que se vaya.

Espero que vuelva más tarde en la noche, pero no lo hace.

Me llama a la mañana siguiente.

—Me tengo que ir a casa, Reina.

—Pensé que era allá adonde te habías ido anoche.

—No, me refiero a mi verdadero hogar. Tengo que ir a ver a mi familia.

Estoy de nuevo en Miami con Nesto. Intenta encontrar una manera de llegar a Cuba, ya que, por ahora, no tiene dinero para el tiquete aéreo. Yo sabía que volvería algún día. Pero no esperaba que al estar acá, me sintiera tan incómoda, como si me fueran a descubrir en cualquier momento y a pedirme que me fuera.

Salimos de la autopista hacia la calle Ocho, la arteria principal de la Pequeña Habana, pasamos despacio al lado de los autobuses estacionados que esperan a los turistas que fotografían a los viejitos que juegan dominó en el parque, y que compran guayaberas *made in China*. Vamos a una agencia de viajes tras otra —hay muchísimas acá—, para ver si Nesto puede inscribirse y viajar a Cuba como mula, intercambiar sus cuarenta y cuatro libras de equipaje por un billete de avión gratis y servir de mensajero para las personas que utilizan esas agencias para enviar paquetes a sus seres queridos del otro lado.

En la mayoría de las agencias le dicen a Nesto que ya tienen todas las mulas que necesitan para el año, pero en la última agencia donde averiguamos una mujer lo lleva a un escritorio que está al fondo para inscribirlo. Espero en una silla plegable junto a la puerta, con afiches de La Habana por todas paredes: imágenes descoloridas de la catedral, las playas de Varadero, las colinas de Viñales, CUBA ES AMOR impreso en letras rizadas en el fondo.

En el trayecto hasta Miami le señalé a Nesto la cárcel de Carlito donde la carretera principal se divide y empieza un camino lleno de baches que nunca pareció estar pavimentado, y que yo tomaba hacia la primera puerta en la que decía mi nombre y mi identificación, y en la que el guardia revisaba la lista de visitantes aprobados antes de dejarme ingresar por entre los muros altos y las torres de vigilancia.

Siete años. Tan eternos pero tan rápidos como un parpadeo.

Cerré los ojos hasta que las barricadas y los alambres desaparecieron detrás de nosotros, pero sentí como si hubiera sido ayer que estuve en la prisión, pasando un domingo por la mañana con mi hermano y sosteniendo sus manos sobre la mesa, sin saber que sería la última vez que lo vería.

—Nunca te hablé de mi tío —comenzó Nesto, tal vez para aliviar el silencio mientras salíamos del terreno de la cárcel y entrábamos de nuevo al paisaje costero habitual—. También estuvo en la cárcel. No como yo. Siempre me soltaron después de unos días. Pero a él lo encerraron para siempre.

—¿Qué hizo?

—No hizo nada. Fue antes de que yo naciera. Era el hermano mayor de mi madre. Se llamaba Guillermo. No acogió la Revolución con el mismo entusiasmo de mi madre y el resto de la familia. Empezaron a capturar subversivos. Los llevaron al Jardín Botánico y él estaba entre ellos. Lo llamaron «purga social». ¡Purga! Así como hacían con nosotros cuando éramos niños, y nos daban aceite de ricino para que cagáramos nuestros gusanos. Un vecino lo denunció por ser «extravagante». En esos días te arrestaban por cualquier cosa: por tener el pelo largo, por escuchar música imperialista yanqui, por cualquier cosa que consideraran que socavaba la Revolución. Así que la familia tuvo que ir a la asamblea pública y repudiarlo. Luego lo trasladaron a la UMAP.

—¿Qué es eso?

—Era un campo de reeducación. Una prisión laboral. Hacían trabajar a los prisioneros en la construcción de nuevos barrios para las personas que la Revolución traía del campo. La gente decía que esos edificios nuevos tenían sangre mezclada con cemento y yeso.

—¿Qué pasó con él?

—La familia le perdió el rastro. Ninguno trató de visitarlo.

—¿Por qué no?

—Eso es lo que hace la Revolución. Destruye a las familias. Padres e hijos que se acusan los unos a los otros de ser traidores. Pasaron los años. Tal vez murió o lo asesinaron en la cárcel. Si fue liberado, nunca lo supimos. Pensé en buscarlo cuando vine acá. Me gusta pensar que salió de la isla cuando sacaron a los prisioneros en barcos durante el éxodo del Mariel. Tal vez tuvo suerte y lo logró antes de que las cosas empeoraran tanto.

Oigo a la mujer de la agencia explicarle a Nesto que pueden inscribirlo en la lista de espera de mulas, pero que si no viaja cuando lo llamen, apenas con dos días de aviso, perderá su cupo y pasará al final de la cola porque sobran las personas que quieren viajar en la fecha exacta que dice la agencia.

Nesto acepta los términos, entrega su pasaporte cubano y firma algunos formularios.

Había una gringa que conocí en el trabajo que se ganaba un bono de Navidad por viajar a Cuba cada diciembre. Paraba en Ciudad de México, donde le daban un bolso tan pesado como una pelota de bolos y un tiquete a La Habana, todo ello organizado y pagado por un desconocido. Allí pasaba por la aduana, donde todo el mundo estaba comprado para dejarla seguir, y se encontraba con un tipo afuera del aeropuerto con el que se abrazaban mutuamente como si fueran familiares. Después de entregarle el bolso y de dormir una noche en el Hotel Habana Libre, regresaba a México al día siguiente con el bolso lleno de un contenido de diferente peso para entregárselo a su contacto en México. Le advirtieron que nunca mirara el interior del bolso, pero un día lo hizo y vio paquetes pesados envueltos en plástico negro. Fue sólo después de dejar de hacer esos viajes cuando otra chica involucrada en el mismo contrabando le dijo lo que había en ellos: barras de oro que entraban a Cuba y cocaína que salía.

Nesto y yo regresamos a su camioneta cuando termina su último recado. Supongo que querrá pasar un rato en la Pequeña Habana, ingerir un poco de la nostalgia pintada, explorar Flagler, o tal vez conseguir un poco de comida cubana, pero no lo hace.

—¿Hay algún lugar donde quieras parar antes de que regresemos?

Pienso por un momento. Un impulso inesperado me invade.

—Hay un lugar. En realidad, hay dos.

Así fue como terminamos en la casa vieja. O en lo que queda de ella.

Cuando la agente de bienes raíces me dijo que los nuevos propietarios planeaban renovarla y remodelarla, pensé que mantendrían al menos las paredes, pero no quedó nada. No hay rastro de los cuartos donde mi hermano y yo dormimos una vez, ni de las baldosas sobre las que aprendí a caminar. Sólo los cimientos, la hierba arrancada por todas partes que crea una especie de foso. Lo único que me resulta familiar es el ciprés en la parte delantera del patio, con raíces que parecen brotar todavía de la tierra, el árbol al que mi abuelo se trepó con una escalera inestable para colgarse de una de sus largas ramas.

No quiero bajarme de la camioneta. No quiero que ninguno de los vecinos me vea, y creo que si mantengo los pies fuera del suelo de la vieja cuadra, es como si no estuviera en realidad aquí.

Nesto se inclina sobre mí desde su lugar en el asiento del conductor para ver mejor.

—Así que esta es tu casa.

—Sí. Era *nuestra* casa.

Pude anticipar la tristeza al ver lo que había sido de la única casa en la que recuerdo haber vivido antes de la cabaña. Sin embargo, siento un vacío, como si el viento que agita las copas de las palmeras pudiera soplar a través de mí, sin carne, sin huesos, sin corazón en su camino.

Nesto siente que es hora de irnos y enciende la camioneta sin que yo se lo pida.

La casa, y todo en ella, ahora está detrás de mí.

Ha desaparecido.

Y luego llegamos al puente.

Nesto se estaciona en el lote destinado a los pescadores y a los bañistas, que está en uno de los terraplenes
que unen las bases del puente. Recuerdo la última vez que
vine aquí con mi madre. Como lo hice entonces, trato
de sentir los pasos en el sendero de concreto, intento conjurar una parte de mi hermano, de mi padre, en el recorrido que cada uno hizo para catapultar una pequeña
vida sobre la baranda, enviando tantas otras vidas al agua
con ello.

Recuerdo estar en el punto más alto del arco del puente con mi madre, las cenizas de la mitad de nuestra familia
en las manos. Dos vidas reducidas a polvo.

Esta vez estoy con Nesto.

Me mira, como si me preguntara si este es el lugar
donde todo sucedió, y asiento.

El mar debajo de nosotros es de un verde brumoso,
salpicado de veleros. La bahía se extiende por varios kilómetros, hasta que las dos franjas de tierra que la cubren se
desvanecen y todo el horizonte se convierte en agua, el sol
se sumerge en ella.

—Nesto, ¿qué crees que nos pasa cuando morimos?

—Creo en lo que dice el Diloggún. La vida se alimenta de la vida. Por cada vida que termina, una nueva comienza.

—¿Crees en las almas?

—Sí.

—¿Crees que van a otro sitio?

—Así es.

—La gente dice que si hay un cielo, Carlito no habría
entrado.

—Nadie puede saber esas cosas.

Él señala directamente delante de nosotros.

—¿Ves eso allá afuera, donde el cielo se une con el mar? Cuando se creó el mundo, no había separación entre el cielo y la tierra. Allá en el horizonte estaba la puerta del cielo, completamente abierta para que los humanos pudieran entrar cuando quisieran. Esa fue la primera generación de seres humanos. Todavía eran inmortales. No conocían la muerte. Un día, un hombre y una mujer notaron que los animales eran diferentes de ellos. No podían entrar al cielo cuando quisieran, pero podían crear vida a partir de sus propios cuerpos y hacer bebés. Así que el hombre y la mujer le dijeron a Olofi que ya no querían ser divinos. Querían ser como los animales y crear vida también. Olofi dijo que si les concedía el poder de crear vida a partir de su carne, su hijo sería de esta tierra, no sería esculpido por las manos de Obatalá ni recibiría el soplo de vida de Olodumare, como lo habían recibido ellos. El niño tendría defectos y fallas. También podría crear vida, pero un día tendría que morir. El hombre y la mujer querían tener su propio hijo más que nada, así que estuvieron de acuerdo. Entonces Olofi rompió el camino abierto entre el cielo y la tierra para que los seres humanos sólo pudieran entrar al cielo al morir.

—¿Crees en eso?

—Creo en el mensaje.

—¿Cuál es?

—No podemos ser humanos y divinos. Ser humano es ser imperfecto.

Cuando éramos niños, me aterrorizaba la idea de perder a Carlito, incluso antes de saber que casi nos lo habían arrebatado una vez. Después de que nuestra madre se acostaba, yo me colaba en su cuarto, y si no me dejaba acostar en su cama, dormía en el suelo, a un lado, para asegurarme de que no le pasara nada en la noche.

—No te preocupes, hermanita —me decía—. Nunca te dejaré sola en este mundo.

A medida que crecíamos y que él se volvía un temerario, a toda velocidad en su carro destartalado por las calles desiertas de los Redlands que él y sus amigos usaban como vías rápidas, yo le hacía prometer que si moría antes que yo, me hiciera señales para hacerme saber que su espíritu todavía estaba conmigo, aunque nuestra madre nos había advertido que era mala suerte hablar de nuestra propia muerte.

Cuando lo arrestaron, suspendimos ese tipo de conversaciones, y en vez de eso me obligué a creer que la muerte de mi hermano nunca ocurriría.

—Hay algo más que dice el Diloggún —comenta Nesto—. La muerte no es más que un viaje a la vida, y la vida no es más que un viaje a la muerte.

Me atrae hacia él. Creo que me va a abrazar, pero sólo me toca el brazo y me dice que espere ahí, que regresará enseguida.

Estoy sola arriba del puente por lo que parece ser un largo rato.

La baranda metálica, suave bajo las yemas de mis dedos, el silbido del viento, fuerte y salado en mis oídos, me quema los ojos y me enreda el pelo. Un corredor ocasional pasa detrás de mí mientras admiro la vista al otro lado del puente, el horizonte atiborrado de Miami, el banco donde Carlito una vez trabajó, ahí incrustado.

Miro el agua que corre por debajo de mí, la marea arremolinada y plateada que presiona contra ambos lados de la bahía y hacia la boca del Atlántico. Me mareo, me inclino contra la baranda, cierro los ojos y veo la imagen de mi cuerpo caer al mar, justo cuando las palabras me llenan los oídos y abandonan mis labios:

—Perdóname —digo una y otra vez—. Perdóname.

Cuando regresa a mi lado, Nesto tiene en las manos un ramo de flores que dice haberle comprado al vendedor que está en el paso inferior, justo antes del giro para tomar el puente.

Me las da y le digo que son hermosas: una mezcla de girasoles, unas pocas rosas moradas y aves del paraíso.

—No son para ti. —Me toca el pelo suavemente—. Son para que se las ofrezcas al mar.

No creo en estas cosas como él, pero estoy agradecida porque ahora puedo dejar algo bonito en memoria de Carlito.

Nesto susurra algunas palabras que no entiendo y luego repite varias veces:

—Yemayá awoyó, awoyó Yemayá —y me dice que repita yo también.

Susurro esas palabras, tomo las flores y las sujeto sobre la baranda.

Es difícil dejarlas ir. Siento la mano de Nesto en mi espalda, me guía hasta que puedo soltar mis dedos, dejar que mis nudillos se ensanchen como una estrella de mar, y las flores caen de mis manos directo al agua.

Las vemos abrirse como un abanico en la corriente, algunos tallos se hunden y otros flotan lejos de nosotros sobre las olas.

Esa noche, Nesto y yo no nos desgarramos el uno al otro como lo hacemos normalmente. Nos acostamos juntos y en silencio, y dejamos que el sonido de la marea llene la cabaña.

Por primera vez en mi vida, me quedo dormida y no despierto hasta la mañana siguiente. Y cuando lo hago, me siento distinta, no más ligera sino más pesada, como si las partes de mi ser que he dejado allá en el puente durante estos años, y aquellos pedazos que han sido dejados por otros para mí, me hubieran sido restaurados.

CINCO

Durante una de mis visitas a Carlito, noté que su traje carcelario se veía un poco sucio y me di cuenta de que nunca le había preguntado cuántas mudas de ropa tenía, o cómo las limpiaba. Dijo que en la lavandería de la cárcel no usaban detergente y que la ropa olía peor cuando salía que cuando entraba. Así que él, como muchos tipos, utilizaba un champú comprado en la comisaría para lavar su propia ropa en el inodoro de la celda. Otro recluso le había explicado ese tipo de cosas poco después de llegar a su celda. Cómo hacer la vida un poco más fácil adentro.

Si hubiera sido un condenado cualquiera a cadena perpetua, Carlito habría tenido un compañero de celda, pero como estaba en el corredor de la muerte, él y los otros en su ala vivían aislados. La mayoría de las veces, los únicos ruidos que oían eran las puertas metálicas que se abrían y se cerraban en su corredor, o los presos que gritaban y golpeaban las paredes de sus celdas hasta que los guardias entraban, pues consideraban violento a un preso rebelde y lo amarraban de los brazos y las piernas a las cuatro esquinas de su cama de concreto, donde podía permanecer por horas.

Pero los presos también podían llamarse mutuamente por el pasillo que estaba entre los controles de seguridad. Presionaban la oreja contra las ranuras de la puerta de acero a través de la cual les servían las comidas, y cuando todos los demás estaban lo bastante callados como para permitir la propagación de los ecos, podían sostener incluso lo que parecía ser una conversación.

A veces Carlito recibía consejos, como por ejemplo que debería considerar la posibilidad de convertirse al judaísmo en la cárcel porque la comida *kosher* era mejor que la estándar, y a veces te dejaban incluso hacer una fiesta de bar mitzvá con torta e invitados. Pero Carlito decía que hasta el recluso más amistoso, un tipo que jurarías que no intentaría matarte si tuviera la oportunidad, podría darte la espalda en un segundo. A veces los guardias aparecían en medio de la noche para registrar su cuarto, lo esposaban y lo presionaban con fuerza contra la puerta mientras arrancaban cada foto y recorte de revista que él había pegado en las paredes, rompían las portadas de los libros y revisaban cada hebra de esa celda diminuta. Aunque hicieran registros regulares en las celdas tres veces por semana, lo hacían sólo con que otro recluso afirmara que él escondía un arma. Si Carlito era atrapado con un cuchillo o con cualquier tipo de contrabando, el soplón podría ganar puntos por delatarlo, y tal vez se desestimara alguna de las acusaciones disciplinarias o quejas que existieran contra él.

La única vez que llegó a socializar, me dijo Carlito, fue cuando lo llevaron a un hospital civil por orinar sangre después de que un guardia lo golpeó varias veces en el estómago, aunque no pudo decirle la verdad a la gente del hospital, porque otros guardias se vengarían más tarde. Y otra vez, cuando su colon estaba tan irritado por la comida de la cárcel que lloró de dolor en su celda durante tres días antes de que acordaran practicarle exámenes. Había que estar cerca de la muerte para ir de la unidad médica de la prisión a un hospital, me explicó Carlito, porque los reclusos tenían la idea de que, con sólo dos oficiales por cada prisionero en el hospital, sería más fácil escapar. Un tipo lo había logrado años atrás y anduvo libre tres meses completos antes de que lo atraparan en Jacksonville y lo encerraran de nuevo.

Algunos presos trataban simplemente de ir al hospital para interrumpir la rutina de la vida en prisión; para ver a otras personas fuera de los guardias y psiquiatras y religiosos a los que estaban acostumbrados, para que un médico o enfermera los tratara con amabilidad, que los tocaran por otras razones que no fueran esposarlos o encadenarlos, piel contra piel, y para poder mirar por una ventana que no diera a las paredes de la cárcel, a las torres de vigilancia y al alambre de púas que los rodeaba.

Hacían cualquier cosa para que los enviaran allá. Desde rasparse un brazo contra la pared hasta hacerse cortes en la piel, o cultivar una infección hasta que la carne se les llenara de agujeros, para así garantizar una intervención médica. Un tipo al que Carlito había conocido en el hospital había masticado su propio dedo del pie.

Allá en el hospital civil, en camillas amontonadas en el pabellón cerrado, Carlito se enteraba por otros reclusos —presos que esperaban tratamiento para tumores que les salían del cuerpo como nuevos miembros, cánceres diagnosticados tardíamente, heridas necróticas de diabetes descuidadas, neumonía, o incluso la falla de algún órgano debido a una huelga de hambre—, de las penas de muerte que ya había firmado el gobernador en Tallahassee y de los prisioneros ejecutados recientemente en Raiford.

Cuando una enfermera fue a pincharle el brazo con una aguja para inyectarle líquidos intravenosos, Carlito entró en pánico, pues temió que fueran a acelerar su ejecución y que la hicieran justo ahí. Y que en lugar de darle electrolitos y nutrientes como se suponía que iban a hacerlo, le saturaran las venas con sustancias químicas que lo quemaran desde adentro hacia afuera.

Empezó a hiperventilar y tuvieron que sedarlo.

Cuando Carlito despertó, me dijo que estaba solo en un cuarto. Entonces vio a los dos funcionarios penitenciarios a sus pies.

—¿Estoy muerto? —les había preguntado Carlito.

Un oficial miró al otro y se rio.

—Cuando te llegue la hora, Castillo, no será tan bonito como esto.

Carlito permaneció en silencio y me observó a través de la mesa. Miró mis manos alrededor de las suyas.

—Cuando salgas de aquí, podrás contarle a todo el mundo sobre este lugar —dije—. Deberían saber cómo es la vida aquí.

—Si alguna vez salgo, nunca volveré a hablar de este lugar.

—¿Qué harás entonces cuando salgas?

Yo todavía jugaba a un juego esperanzador, y Carlito también. No tuvimos la suerte de que su pena de muerte fuera derogada por ser un «castigo cruel e inusual» y, por tanto, inconstitucional. Pero estábamos trabajando para conseguir otra apelación sobre la base de que el jurado había sido predispuesto por los medios de comunicación y que el juicio debería haberse trasladado a otro condado. El nuevo abogado que presentó la moción nos dijo, «nunca se sabe», tal vez su sentencia podría ser conmutada por cadena perpetua, con lo que Carlito podría obtener la libertad condicional después de veinticinco o treinta años. Tendría cincuenta y tantos años y aún podría labrarse un futuro en el mundo exterior.

Sería un hombre libre otra vez, por más que ya nunca pudiera serlo en este país. Al cometer su crimen, Carlito se había arriesgado a ser desnaturalizado y posiblemente deportado, obligado a viajar de regreso a Colombia en un avión, lo cual no era tan malo, pues de todos modos el plan de Carlito siempre había sido volver a Cartagena —ganar dinero en Miami para comprar un apartamento frente a las playas de Bocagrande, comer en los restaurantes donde comían los ricos—, y Mami y yo podríamos unirnos a él, decía, y se aseguraría de que viviéramos como reinas.

En ocasiones fantaseábamos juntos acerca de lo que haría cuando saliera de la cárcel, porque era mejor que hablar de lo que pediría para su última comida o lo que diría en su declaración final antes de que lo encerraran en la cámara de muerte.

—Si alguna vez salgo —decía—, lo primero que haré es ir a casa, cortar ese *fucking* árbol del patio delantero y le prenderé fuego a la casa. Luego iré a un restaurante y pediré una cerveza fría y un filete grande y sangroso.

Otras veces yo le hacía la misma pregunta y él se limitaba a encogerse de hombros.

Tal vez sea mejor si me mantienen aquí. No tengo dinero, y no te dan una pensión por cumplir tu condena en la cárcel. Ya no hay nada para mí en el exterior. No tendré en dónde vivir. Me meterán en un hogar de transición con un montón de lunáticos.

—Vivirás conmigo.

—Nadie me dará un trabajo. La gente trata a las personas en libertad condicional peor que a la mierda debajo de sus zapatos. ¿Cómo se espera que una persona cambie su vida en esas condiciones?

—Te ayudaré, Carlito. Y eres tan inteligente que cualquier persona con cerebro sabrá que debe contratarte.

—¿Para hacer qué? ¿Limpiar sanitarios, recoger aguacates doce horas al día en alguna granja de Homestead?

—Sea lo que sea, es sólo un comienzo.

Le recordé a todas esas personas que veíamos por ahí, con tanta frecuencia que era como si no las viéramos en absoluto: las mujeres que vendían frutas en las intersecciones, los tipos que tocaban la puerta y se ofrecían a arrancar la maleza por unos cuantos dólares.

—Ningún trabajo es vergonzoso —le dije a Carlito—. Esa gente no tiene la educación que tú tienes para reintegrarte, y probablemente los mirarán con más odio que a los asesinos cuando salen a buscar trabajo.

—No soy un asesino, Reina —era lo único que contestaba él, y yo me sentía como una fracasada porque, como de costumbre, había conseguido lastimarlo.

—Yo te cuidaré —lo intenté de nuevo—. Así como siempre me cuidaste a mí. Te lo prometo.

Pero Carlito ya no quería escucharme. Sus ojos empezaron a recorrer la sala, como lo hacían con frecuencia cuando nuestro tiempo de visita se aproximaba a su término.

El doctor Joe me dijo una vez que uno de los efectos que había observado en los presos en confinamiento solitario era que sufrían de problemas de concentración, debido, sospechaba él, a la falta de estimulación.

Carlito comenzaba a mirar más allá de mí, como si las grietas en las paredes de la prisión contuvieran algún código, y yo sabía que ya no podía contar con él.

Nos sentábamos juntos en silencio por el resto de nuestra hora hasta que el guardia se lo llevaba.

Mo me informa que el consenso entre los veterinarios y los técnicos es que el nuevo delfín, a quien ahora llaman Zoe, tiene problemas psicológicos. Dicen que podría sufrir daño cerebral o un trauma que la incapacitó para ocuparse de las necesidades básicas, como alimentarse por su cuenta.

—Tal vez está deprimida —digo.

—¿Deprimida? Este lugar es un paraíso para los delfines.

Miramos por encima del muelle a Rachel, que está en un corral menos hondo que los demás, no más profundo que una piscina. Trata de alimentar al delfín con algunos peces, pero no se los come. Sé que han tenido que complementarle la alimentación de manera forzada, a través de un tubo. El delfín se niega a dejar la cerca. Tiene la parte frontal de la cabeza marcada con los eslabones de la reja, y se aleja de Rachel cada vez que ella se le acerca. En lugar de simplemente acordonar el área y aislarla de los otros corrales, Mo hizo que Nesto instalara un telón enorme con varillas, de modo que quedara completamente fuera de la vista del público.

Hoy es mi día libre, pero vine a trabajar porque quería ver cómo le va al nuevo delfín. Han pasado varias semanas desde su llegada y todo el mundo está perdiendo la paciencia. Rachel sigue intentando todo tipo de cosas para captar su interés. Juguetes inflables, aros, espejos; artículos de la tienda de 99 centavos que los miembros del personal llaman «herramientas de enriquecimiento». Incluso han traído a Coco, una hembra mayor y más apacible, de uno de los corrales cercanos, pero la nueva no está interesada en socializar, por lo que las han separado. Necesitan que Zoe establezca un vínculo con Rachel, me dicen. Necesitan que entienda que Rachel es su fuente de alimento.

Cuando llaman al *walkie-talkie* de Mo y le piden que vaya a otra parte del parque, me quito las sandalias, las dejo en la cubierta a mi lado y meto los pies en el agua. Veo enseguida que el delfín lo percibe. Tal vez sea el sonido de mis dedos al rasgar la superficie lo que la alerta. Ella levanta la cabeza. Pero luego se aleja de la valla, se acerca un poco más a mí y Rachel comienza a animarla, tratando de guiarla en dirección a sus brazos abiertos, pero el animal se dirige hacia mí.

—¿Puedo meterme en el agua con ella?

Rachel parece sorprendida de que yo me haya atrevido a preguntar, aunque se ablanda ahora que Zoe está a mis pies.

—Bueno. Ponte el *wetsuit*. Y recógete el pelo.

Mantengo un vestido de baño en mi bolso, para los días en que Nesto y yo nos escapamos del trabajo a la hora del almuerzo o después de terminar el día y vamos a nadar a Hemlock Beach antes del atardecer. Entro al vestuario para cambiarme y sacar uno de los *wetsuits* que mantienen en las perchas del rincón, y vuelvo al corral tan rápido como puedo, con la esperanza de que Mo ni ningún veterinario me paren para hacerme preguntas.

El delfín está de nuevo junto a la valla cuando llego allá, y luego de bajar la cubierta y de adentrarme en la parte menos profunda, sintiendo la arena blanda bajo mis pies, Zoe se voltea y se dirige directamente hacia mí.

—No estás embarazada, ¿verdad? —pregunta Rachel.

—No. ¿Por qué?

—A veces se sienten atraídos por las mujeres embarazadas. Pueden sentirlo con su ecolocalización.

Ahora el delfín está frente a mí, y hunde la cabeza en mi costado. Dejo que mis dedos recorran su aleta dorsal, a lo largo de su lomo gomoso.

—Relájate no más —me dice Rachel, aunque no necesita decirlo. Siento el poder en el cuerpo del delfín, la forma en que el agua se separa ante el menor movimiento suyo y se abalanza contra mí, pero permanezco ahí, dejando que nade en círculos a mi alrededor, que serpentee en el agua, mueva la aleta y vuelva otra vez a mi lado.

Rachel retrocede hacia la cubierta y regresa al lugar donde yo estaba con Zoe en el centro del corral, me entrega un balde con peces y me dice que trate de alimentarlo. Saco de a un pescado a la vez, se lo ofrezco al delfín, y me lo arrebata de los dedos con sus dientes, hasta que se los doy todos y el balde queda vacío. Espero que Rachel esté contenta con esto, pero me observa con las manos en las caderas y los labios apretados. Dice que ahora quiere ver si con mi ayuda podemos lograr que la niña se interese en algunos de los juguetes, y nos lanzamos una pelota inflable. Pero el delfín se sumerge en el agua, se dirige a los rincones más profundos del corral, sólo para reaparecer frente a mí, mientras estira la cabeza y emite sonidos.

—Se está dando ínfulas contigo —dice Rachel, y suena aún más molesta.

Algunos miembros del personal se han reunido en la cubierta, incluido Nesto.

Mo se acerca al grupo en la cubierta y me mira con desaprobación.

—Creo que deberías salir ya del agua, Reina. Deja que Rachel vuelva a su trabajo con Zoe.

—Logré que se comiera un balde entero de pescado —le respondo.

—No estás entrenada para estar en el agua con los animales. Hazme un favor y sal de ahí ahora mismo.

Me dirijo a la escalera que está en un rincón del corral, pero el delfín me sigue, y cuando estoy afuera del agua, parada en los tablones del piso, me mira por última vez antes de darse vuelta y regresar a su sitio junto a la cerca.

Rachel intenta alejarla otra vez de los bordes del corral, pero la niña no se mueve.

Nesto regresa conmigo al vestuario, y me dirige la misma mirada que me dirigió cuando supo que yo había ido a pasear en el bote con Jojo. No quiero oírlo decirme que me puse de nuevo en peligro, así que camino rápidamente, para evitar sus ojos.

Cuando estamos lo bastante lejos del resto de la multitud, me dice en voz baja:

—Vas a darles una razón para deshacerse de ti.

—Sólo estaba tratando de ayudarle.

— Es un trabajo, Reina. Venimos aquí a trabajar. A nada más.

Los sábados y los domingos por la mañana, a veces voy a la playa detrás de la cabaña, y pienso en que estaría con mi hermano en la prisión a esa hora si él siguiera con vida. Me siento en la arena frente al mar, trato de conjurar el recuerdo de Carlito, y lo invito a sentarse conmigo. Mantengo las palmas de las manos abiertas, cierro los ojos e intento recordar el peso de sus manos sobre las mías, su voz antes del crimen, antes de que la amargura se arraigara, cuando me rodeaba con sus brazos sólo para decirme que me amaba.

Había tipos en su prisión que habían matado a varias personas y en lugar de sentencias de muerte recibieron varias cadenas perpetuas acumuladas. Carlito me dijo que se preguntaba qué era peor, si saber que tu vida pendía de un hilo muy delgado y que podían anunciarte tu muerte en cualquier día, o si poder tener tu vida y varias más extendidas frente a ti por otros doscientos años, una ilusión de inmortalidad, así debas soportarla dentro de las paredes de la cárcel.

Todos tenemos que asistir a nuestra muerte, pero tal vez sea un privilegio saber la fecha de tu último día. A diferencia de aquellos con sentencias eternas, a mi hermano le prometieron un escape temprano, aunque al final él decidiera huir a su manera.

Nesto dice que Carlito era probablemente un hijo de Changó, quien en sus días mortales era un rey impulsivo y, acechado por el arrepentimiento, se ahorcó, para posteriormente ascender como un orisha. Se dice que sus hijos en la tierra nacen con una violencia interior, con la guerra

292

en la cabeza, como Changó, que siempre lleva un hacha de doble filo, listo para luchar y morir en la batalla. Pero también están protegidos por Oyá, la esposa de Changó, patrona de los muertos, quien según Nesto ayudará a Carlito en su viaje a través del más allá.

—Carlito —susurro. El sonido de mi voz sepultado por la marea.

En mi mente le cuento sobre el delfín, cómo se me acercó, me eligió entre todos los demás, cómo sentí su piel y la enormidad de su cuerpo empujar el agua entre nosotros.

Me he sentido insignificante toda la vida, pero en esos momentos con el delfín fui especial.

Recuerdo cuando éramos niños y tío Jaime y Mayra compraron una poodle en una tienda de mascotas que no dejaba que nadie la tocara sino Carlito, ni siquiera Mayra, que intentaba someterla con amor. Pero cuando estaba cerca de Carlito, la perra se acurrucaba a su lado, le lamía la mano y suplicaba su atención. Cuando ponía mi mano cerca de ella, me agarraba los dedos entre los dientes hasta que Carlito me la quitaba de encima. Un día, mientras Carlito jugaba con la perra en la sala, fui al patio trasero donde Mayra mantenía sus periquitos y loritos en pequeñas jaulas metálicas colocadas en estantes, casi siempre ignorados por ella, salvo cuando los hacía volar alrededor de la casa hasta quedar agotados.

Fui a cada jaula y abrí el pestillo, como Mayra me había enseñado a hacerlo alguna vez. El pájaro se posó en mi dedo, saqué mano y lo sacudí en el aire.

Solté a los ocho pájaros.

Esa noche, tras darse cuenta de lo que había pasado, Mayra llamó a nuestra casa para contarle a Mami. Pensaron que había sido yo, pues era la única que había ido allá, pero lo negué, así como Carlito me había enseñado a hacerlo.

Mayra le dijo a Mami que yo era una niña problemática. Que yo era más descarada que cualquier chica de mi edad y mucho más chinche que mi hermano. Dijo que yo no tenía conciencia.

—Cálmate, Mayra —dijo Mami—. Son pájaros. ¿A dónde más pertenecen sino al cielo?

Mayra y tío Jaime se sintieron tan frustrados por el comportamiento de la perra, por la forma en que los rechazaba, que la llevaron a un veterinario y la mandaron a dormir para siempre. Carlito se puso furioso. Dijo que no le habían dado a la poodle la oportunidad de adaptarse, que no podían culparla por sentirse molesta luego de haber estado atrapada con seres tan malvados como Mayra y Jaime. Lloró varios días y me dijo que debería haber hecho como yo con los pájaros y haber sacado a la perra de allá.

Una vez, por el teléfono de la cárcel, en una de las pocas veces que Carlito habló de su sentencia de muerte, mencionó a la poodle.

—Ellos van a hacerme eso. Me van a aplicar la eutanasia como a un perro.

—No digas eso.

—Me pregunto cómo será —continuó—. A veces pienso en ello. Caminar desde el bloque de las celdas hasta la cámara de la muerte. Me pregunto lo que sentiré cuando me inyecten las drogas en las venas. No siempre mueres enseguida, ¿sabes? Dicen que supuestamente todo dura menos de diez minutos. Pero un hombre tardó una hora en morir. La piel comenzó a desprenderse de su cuerpo mientras los venenos lo achicharraban. Pero él no se moría, así que tuvieron que inyectarle más.

Recuerdo haberme sentido tan asqueada por sus palabras que no pude hablar.

—Te aplican tres inyecciones. Una para anestesiarte, otra para paralizarte y otra para detenerte el corazón. Se supone que el anestésico te impide sentir, pero nadie sabe si realmente funciona porque aun si estás despierto y tu cuerpo puede sentir dolor, el paralizante te impide gritar y llorar, hasta que la última droga finalmente te sofoca y sufres un paro cardíaco.

—¿Quién te dijo todo esto?

—Un guardia nuevo. Un tipo joven. Permanece afuera de mi puerta y habla durante horas. Es como si le hubieran inyectado el suero de la verdad o algo así. ¿Sabes qué más dice? Que toda la gente que va contigo a la cámara letal lleva máscaras. Hasta el médico, cuya labor es permanecer a tu lado y asegurarse de que no tengas pulso. Y se las ponen para que nadie afuera sepa que acá adentro les pagan por ser asesinos en serie.

—Carlito —fue todo lo que pude decir después de un rato.

—Prefiero ser fusilado por un pelotón. Prefiero ser gaseado o arrojado desde un avión. Todas esas personas sentadas al otro lado del vidrio, esperando para verte morir en un experimento químico, como si se tratara de un *fucking* espectáculo de magia. Deberían ahorrarse el dinero y simplemente llevarme de vuelta al puente y tirarme. De todos modos, es así como se suponía que debía morir.

La línea telefónica comenzó a pitar como cuando una llamada de la cárcel está en sus últimos segundos.

—Tengo que encontrar una forma de salir de aquí, Reina. No puedo dejar que me maten.

Pensé que se refería al proceso de apelaciones o a nuestras peticiones de clemencia, con las que muchos de los condenados a muerte, especialmente mujeres, logran que les anulen la sentencia y que las condenen a cadena perpetua.

Pero ahora sé que se refería a otra cosa.

No me dejan meterme de nuevo al agua con el delfín. Cada vez que voy a su corral para ver su progreso, así como lo hacen con frecuencia los otros miembros del personal, Mo viene y me dice que soy una distracción, que regrese a mi trabajo y me ocupe de los invitados del parque. El delfín sigue desanimado, sin reaccionar, ignora a Rachel y todos sus intentos de atraerlo con pescados o juguetes, y permanece varias horas al lado de la cerca, a veces tan inmóvil que se da vuelta sobre un costado simplemente para ponerse otra vez en posición vertical, hasta que cae el sol y todos nos vamos a casa.

Están consultando con expertos de otros acuarios para ver si han tratado con casos de resistencia similares. En el peor de los casos, al animal permanecerá solo en un corral indefinidamente, sujeto a más alimentaciones forzosas, y el personal sostendrá que este es un destino mejor que liberarlo a la naturaleza. Pero tienen la esperanza de que ella vea cómo los otros delfines a su alrededor se han adaptado a la vida en sus recintos, responden a las comidas programadas y al contacto humano, y que entonces entienda que la docilidad es su medio de supervivencia.

Esto me recuerda los días de Carlito en prisión, cuando el doctor Joe me dijo que aunque la mayoría de los reclusos fantasean sobre el día en que serán liberados, muchos de ellos en realidad no quieren quedar libres; han pasado demasiado tiempo en el sistema y en algunos casos, a través de generaciones, las garras de la ley han estado presentes en su vida desde la cuna.

—La encarcelación es contagiosa —decía Joe—. Se convierte en un estado de ánimo, y una vez que ha penetrado la psique de un prisionero, es muy difícil de eliminar. Los reclusos quedan tan destruidos en términos emocionales, que interiorizan su entorno y se olvidan del mundo exterior y de dónde provienen. Comienzan a creer que la prisión es su hábitat natural.

—No creo que los prisioneros olviden nunca dónde están.

—Te sorprenderías, Reina.

—Intenta vivir el resto de tus días en una celda. Mira qué tan natural te parece.

—Esa es exactamente la cuestión. El aislamiento está diseñado para quebrantar la conciencia de una persona. Para algunos, la única manera de soportarlo es perder la cabeza.

Cada vez me despierto más temprano debido a mis sueños. Sueño con la iglesia de Santo Toribio, con la muralla donde solía esconderme de mi madre y de mi abuela y a donde me escapaba con Universo. Siempre es de noche en mis sueños y siempre estoy sola.

Me despierto para descubrir a Nesto a mi lado. Me he acostumbrado a contarle mis sueños en las mañanas, y él dice que vienen a través de Olokun, el orisha de la parte más profunda del mar, que trae mensajes de los antepasados.

Entonces pienso en mi madre, que creía que no era bueno pensar en los sueños. «Es como buscar pelos en la sopa», decía. Nunca te sentirás feliz con lo que encuentras.

Cartagena. Siempre Cartagena.

Después de su sentencia, Carlito me hizo prometer que regresaría a Cartagena por él, para poder contarle acerca de los colores, los olores y los sonidos, y así él podría cerrar los ojos y pretender por un momento que había estado allá conmigo.

—Tal vez tus sueños te están diciendo que es hora de regresar —dice Nesto.

—Supongo que sería bueno ver si es como yo lo recuerdo.

—Nada es como uno lo recuerda. Eso es lo que pasa con la memoria. Que puedes conservar las imágenes de tu vida que quieres conservar y olvidar lo que necesitas olvidar. La única razón para regresar sería poder ver el lugar como es ahora, y cómo te sientes en él.

En nuestra siguiente llamada telefónica del domingo, le pregunto a mi madre si estaría interesada en regresar a

Cartagena conmigo, y le digo que es algo que Carlito siempre me pidió hacer. Espero que ella lo entienda como algo especial. Hacer ese tipo de viaje juntas, que tal vez podría darnos la paz para seguir adelante. Pero dice que no dejará solo a Jerry para ir de vacaciones a ningún lugar.

Le digo que lo puede traer con nosotras, aunque lo último que quiero es viajar con ese tipo, pero Mami me ignora y finalmente admite que Jerry se niega a viajar a un país que considera «incivilizado». Tal vez todos podamos ir en un futuro, sugiere ella, después de que se casen.

—¿Y tú? —le pregunto a Nesto—. ¿Irías conmigo?

—Me gustaría. Pero primero tengo que ir a casa.

Sigue a la espera de que la agencia le informe si le han abierto un lugar para viajar como mula. Mo aceptó darle los días libres sin pago.

En las mañanas en que mis sueños nos despiertan, Nesto y yo no volvemos a dormirnos. Permanecemos acostados en la oscuridad fresca antes del amanecer, escuchamos trinar a los pájaros en la mañana, esperamos a que la salida del sol disperse la noche.

En una de esas mañanas, le digo a Nesto que me acompañe al muelle. El alba ha despuntado y sé que en cualquier momento Jojo llegará en su bote a la curva del canal. Nesto patea el muelle con impaciencia.

—¿Qué hacemos acá afuera, Reina?

—Espera un minuto más conmigo.

Y claro, ahí está Jojo saliendo por el canal.

Lo saludo con la mano y se acerca al muelle. Le pregunto si puede llevarnos. Quiero que Nesto vea lo que he visto las pocas mañanas en que he salido con Jojo.

Nesto y yo nos sentamos en el banco ubicado en la parte trasera del bote, mientras Jojo se pone en marcha. El cielo matinal está salpicado de naranja y rosa. Jojo nos dice que miremos a la derecha y allí, al igual que la primera vez, un grupo de delfines nada contra las olas para alcanzar el bote. Jojo apaga el motor y el agua se aplana lentamente, los delfines giran sobre la superficie, sus lomos resplande-cen a la luz del amanecer.

Nesto se levanta para ver mejor y noto cómo se anima su rostro cansado. Observamos durante un rato a los del-fines, que desaparecen bajo el agua y resurgen al otro lado del bote, y se apresuran unos hacia otros.

El sol está más alto ahora, y sabemos que es hora de regresar para poder llegar a tiempo al trabajo.

Mientras Nesto prepara sus cosas para ir a trabajar, dis-pongo las uvas para las iguanas, algo de lo que él siempre se ríe. No hay iguanas en Cuba, según Nesto, porque to-das las asaron durante el período especial, junto a las ju-tías, las ardillas y casi todas las otras especies comestibles que se pudieran capturar y sacrificar para alimentar a la familia. Incluso la población de zoológicos disminuyó en aquellos días, las palomas y las tórtolas eran recogidas de la hierba de los parques, los manatíes eran sacados de los canales para alimentar a todo un barrio, y se rumoraba que los pasteles que se vendían en las esquinas estaban repletos de carne de buitre y de totí. Pero eso sucedió hace mucho tiempo. Estas eran cosas de las que la gente ya no hablaba más allá.

—Entonces, ¿por qué hablas de esto acá? —pregunté.

—Porque si no te lo digo, nunca lo sabrás. Y creo que es importante que lo sepas. Es parte de lo que soy. Tam-bién tuve que comer cosas que nunca imaginé.

Un par de loros rojos sobrevuelan la cabaña y se posan en lo alto de una palma que se inclina sobre el tejado. Son aves que podrían haber llegado desde Colombia, an-tes de que las robaran de la selva tropical, las envolvieran en periódicos, las empacaran en maletas y las contraban-dearan fuera del país para venderlas por miles de dólares en Norteamérica: mascotas exóticas convertidas en espe-cies fugitivas.

Cuando Nesto sale finalmente de la cabaña con las llaves en la mano para dirigirse a la camioneta, lo agarro del brazo para atajarlo y decirle lo que he tenido en mi mente durante días.

—Creo que deberíamos dejarla ir.

—¿Dejar ir a quién?

—Al nuevo delfín.

Me mira de reojo y levanta las cejas.

—¿Dejarla ir a dónde?

—Liberarla.

—¿De qué estás hablando?

—No está entrenada. Ni siquiera come. Golpea la cabeza contra la cerca todo el día y toda la noche. Sabe dónde está y qué hay afuera del corral. Ella sabe que el golfo es su hogar. Quiere irse. Sólo tenemos que facilitarle el camino.

—Es propiedad de ellos, Reina.

—No es propiedad de nadie. Le pertenece al océano. Tú lo sabes.

Se aleja unos pasos, aparta su cara de mí, y mira el sendero que conduce a la playa.

—¿Y cómo se supone que debemos sacarla de allá? ¿Haciéndole una escalera?

—Pusiste esa valla. Sabes cómo quitarla.

Nesto suelta un suspiro tan largo que se convierte en un silbido.

—Todavía no soy ciudadano. No puedo cometer delitos. Si me detuvieran, lo arriesgaría todo.

—Sólo escucha —le digo. Camino hacia él y busco su mano para que regrese a mi lado en la baranda del porche—. Lo único que tienes que hacer durante uno de tus controles de mantenimiento es desatornillar las agarraderas que aseguran la valla a los postes. Luego, por la noche, sacamos el bote de Lolo, vamos hasta la parte trasera del corral, nos zambullimos y los soltamos para que el muro se caiga y el delfín pueda irse.

—Sabes que dicen que ellos no nadan a través de cualquier superficie. No saben que hay un hueco.

—Ella lo hará.

—¿Cómo lo sabes?

—Simplemente lo sé.

—¿Y si no se va? Perderemos el tiempo.

—Nadaré con ella. Viste cómo estuvo conmigo en el agua. Sé que me seguirá. Cuando esté lo suficientemente lejos, sabrá recorrer el resto del camino por su cuenta.

Nesto sacude la cabeza.

—No lo creo.

—Escucha, así como tú cruzaste esa frontera en México, ese delfín cruzará ese hueco en la cerca.

Me doy cuenta de lo tonta que sueno mientras hablo.

—Estás loca, Reina.

—Si no la sacamos de allá, se morirá de hambre o será torturada hasta aceptar que tiene que vivir en ese corral para siempre. Ese tampoco es ningún tipo de vida.

—Los otros delfines parecen estar bien allá.

—Ya están convertidos en zombis.

—No intentan escapar.

—Algunas personas son mejores para ser prisioneras que otras.

—No son personas, Reina.

Me aparto de él. La iguana más grande, con una cresta alta que va desde la cabeza hasta la cola, traga unas uvas a poca distancia de nosotros.

—Reina. ¿Oíste lo que dije? No son personas.

—Imagina que construyen una cerca alrededor de esta propiedad en la que estamos sentados y nos dicen que nunca podremos salir. Nunca jamás, durante el tiempo que vivamos, comiendo sólo la comidita de mierda que nos dejen comer después de hacer cualquier tarea estúpida que quieran que hagamos. Un pedazo diminuto de tierra será el único mundo que conoceremos en nuestra vida. ¿Cómo te sentirías?

—Ya conozco un lugar como ese.

—Entonces sabes por qué tenemos que hacer esto.

—Mira, podemos hablar de esto más tarde. Vamos a llegar tarde al trabajo.

Cuando estamos en la camioneta, antes de que él introduzca la llave en el encendido, le digo:

—Si no me ayudas, haré un agujero en esa valla. Será mucho más difícil hacerlo sola. Pero lo haré.

Se cubre la cara con las manos, sus dedos largos y agrietados con callos. Su cuerpo me parece especialmente cansado esa mañana.

Empiezo a sentirme mal por lo que le pido, pero no me detengo.

—He pensado en esto durante mucho tiempo. No voy a cambiar de opinión.

—Reina, por Dios santo. ¿Puedes olvidarte de esto?

—No puedo. Ella no es como el resto. Ella sabe adónde pertenece.

Más tarde, en el trabajo, veo a Nesto al lado del nuevo corral. Estoy hablando con algunos visitantes junto al recinto de Belle y Bonnet cuando él pasa a mi lado, y se agacha detrás de la cortina que separa al nuevo delfín del muelle. Cuando termino con los visitantes, voy al otro lado de la cortina y lo veo, con los ojos fijos en el delfín, que sigue presionando la cabeza contra la valla, mientras Rachel y algunos técnicos se sientan en el muelle cercano con portapapeles y discuten nuevas estrategias para lograr su integración.

Por la noche, de nuevo en la cabaña, Nesto se tira en la cama sin haber comido. Se quita los collares de cuentas y los deja en su pañuelo sobre la mesa de noche. Me meto en la cama y me arrodillo a su lado. Pasa las manos sobre la tela de mis jeans, sobre mis muslos hasta mis rodillas, y me coge la mano.

303

—Si nos descubren, asumiré la culpa por todo —le digo—. Diré que sólo conducías el bote y no tenías ni idea de lo que yo planeaba. Pero no nos atraparán. No tienen cámaras de seguridad allá. No pueden pagarlas. Y podemos hacer que parezca un accidente, como si la cerca se hubiera desbaratado simplemente.

—No vine a este país para liberar a un delfín, Reina.

—Yo tampoco.

—¿Y qué de los delfines en los otros corrales? ¿Y qué de todos los otros parques en estas islas? Hay delfines tan desgraciados como ese en todas partes. Dejar ir a uno no hará ninguna diferencia.

—No importa. No puedo dejarla allá. Tengo que intentarlo.

—Es como tratar de tapar el sol con un dedo.

—Con dos dedos —digo—. Somos dos.

Cierra los ojos y sacude la cabeza. Cuando los abre, me toca el pelo suavemente, como si mis mechones desordenados estuvieran hechos de luz.

—Te ayudaré. Pero sólo porque tienes una deuda que pagarle a Yemayá por tu familia. Vas a saldarla cuando devuelvas ese delfín a sus aguas.

—No sé nada sobre deudas, pero sé que es lo que hay que hacer.

—Deberíamos esperar hasta que llueva. Justo antes o después de una tormenta. O incluso mejor, durante una. De modo que el guardia de turno no oiga venir el bote.

—¿Lo haremos entonces? —Sólo quiero asegurarme de lo que dice.

—Lo intentaremos, Reina. Es todo lo que puedo prometerte. Lo intentaremos.

Lo abrazo y le susurro mis agradecimientos al oído, aunque no parece suficiente, no por lo que él ha accedido a hacer, sino por lo que significará para mí si somos capaces de hacerlo.

—¿No tienes miedo? —me pregunta.

Niego con la cabeza y sonrío, aunque siento una pesadez en el pecho, de saber que la verdadera razón por la que tengo algún rastro de coraje es porque tengo muy poco que perder.

Los rayos del sol primaveral brillan cada vez más tarde, pero aun en los días nublados, cuando la visibilidad bajo el agua es pobre, vamos a nadar. Una vez que estás en el azul profundo, dice Nesto, no hay manera de que lo rechaces.

Y ahí estamos. Nesto hace sus propias ofrendas al mar —sandía, fruta bomba, o simplemente una cáscara de banano que lanza a la corriente con una pregunta para Yemayá y Olokun, y espera para ver si flota o se hunde—, yo hago mis propias peticiones al agua, pido ayuda para que me guíen a través de la oscuridad, para encontrar mi camino a lo largo de la marea nocturna más allá de la valla metálica, y así poder despejarle el camino al delfín, y conducirla a su libertad. Sobre todo, le pido al mar que nos mantenga a todos, a Nesto, al delfín y a mí, sin miedo.

Como una semana después, dos tipos de Suiza llegan al delfinario, y cuando me detengo para preguntarles si están disfrutando del lugar, tal como me ordenan hacerlo, empiezan a preguntar, no por los animales o el delfinario, sino por mi vida, por cómo tuve la suerte de terminar trabajando aquí y de dónde soy, pues no me parezco a ninguna chica de Crescent Key.

Preguntan qué hay para hacer por la noche y si me gustaría salir con ellos.

—Se ve que sabes cómo pasarla bien—dice uno de los tipos. Cuando me rehúso, se vuelven aún más coquetos y se hacen los payasos conmigo.

Mo me detiene en el pasillo tan pronto me alejo de ellos.

—¿Qué fue todo eso? Parecía que trataban de echarte los perros.

—Sólo estaban preguntando por el lugar.

—¿Preguntando qué?

Me doy cuenta de que tengo una oportunidad.

—Hacían preguntas sobre el nuevo delfín. Supongo que ha corrido la voz de que no está muy bien aquí.

A Mo se le eriza el poco pelo que tiene y mira a los suizos, que están frente al corral de Dottie y de Diana. Los mira detenidamente, y sé que he sembrado una semilla de sospecha que después me servirá.

Es el día de mantenimiento. Me acerco al corral de Zoe y veo que Nesto ya está bajo el agua. Revisa los soportes de la valla, como en todos los corrales, y hace lo que acordamos: en lugar de apretar los tornillos que sujetan las abrazaderas a las esquinas y a los postes de apoyo, en realidad los afloja. Trabaja alrededor del delfín, que sigue en su sitio junto a la cerca. Rachel está en la laguna del frente trabajando en uno de los espectáculos. Me doy cuenta de que Mo me ha seguido.

—¿Qué crees que le parece tan fascinante de esa cerca? —pregunta Mo, aunque no estoy segura de si me hace la pregunta a mí o a él mismo.

—Lo que está en el otro lado. El mar.

Saca la mano del bolsillo y la ahueca en mi hombro, su palma tibia a través del algodón de mi camisa.

—Déjame explicarte algo, Reina —dice mientras señala la cerca—. Eso allá es el *golfo*. Detrás de nosotros está el *océano*. Y allá abajo, al sur del estrecho de la Florida, está el *mar*. Aquí utilizamos la terminología correcta. ¿Entendiste eso, muñeca?

—Entiendo.

No le digo que allá no hay vallas que demarquen dónde terminan los océanos y comienzan los mares. Es la misma agua que fluye libremente. Leí en una de las revistas de la cabaña que una ola puede viajar alrededor del mundo entero antes de golpear la orilla. No hay fronteras ni controles de seguridad para impedir el viaje de una ola. Los océanos del mundo son un cuerpo de vida. Sólo la tierra separa el agua, pero la tierra también está arraigada en el océano.

No le digo que hace unas noches, mientras nos sentamos juntos a ver una tormenta desde el porche de la cabaña, mientras los relámpagos llenaban el cielo como arterias sobre columnas de lluvia lejanas, Nesto me dijo que el reino de Yemayá en el océano es el mayor conductor de energía, capaz de absorber la temperatura de los rayos de Changó, cada uno más caliente que el sol.

—Es un poder que está más allá de nuestra comprensión —dijo Nesto.

Luego añadió que las únicas cosas que podemos dar por ciertas son dos profecías del Diloggún que descansan la una contra la otra:

Nadie sabe lo que está en el fondo del océano.

Y la siguiente:

Sangre que fluye a través de las venas.

Es un plan simple. Nesto ha sido programado por la agencia para un vuelo a La Habana el próximo fin de semana. Debemos hacerlo rápido o nos arriesgaremos a tener que esperar hasta que él regrese.

Sabemos que violamos unas cuantas leyes, empezando por irrupción en propiedad ajena y vandalismo.

Tenemos de nuestro lado una noche nublada y sin luna y una tormenta de lluvia fría, aunque sin viento, truenos o relámpagos.

Esto, me dice Nesto, significa que Olodumare, el Creador, dueño de los secretos del mundo, que derrama la lluvia, nos ofrece refugio.

Hemos tenido el bote de Lolo unos días después de sacarlo para algunas inmersiones. Durante este tiempo, Nesto y yo practicamos, navegando lentamente por el canal a lo largo de Hammerhead, cada uno con el *wetsuit* y saltamos para medir el tiempo que pensamos será el necesario para soltar todas las abrazaderas en dos de los postes, para luego jalar la tela de la cerca hacia abajo en la arena y despejar el camino para que salga el delfín. Era más rápido que si hacíamos un agujero con alicates, un cortapernos y una sierra. Llevaremos nuestros *wetsuits*, aletas, caretas y guantes, porque Nesto sabe que la cerca ya está recubierta de percebes afilados. Sin embargo, iremos sin tanques de oxígeno, porque sabemos que el ruido y las burbujas probablemente harían que el delfín se sintiera aún más aprensivo.

La noche en que salimos, hacemos patrones de ventilación para abrir los pulmones, para oxigenarnos y relajar nuestros cuerpos. He esperado ansiosamente esta noche, he imaginado a los delfines nadar afuera del corral y alejarse de nosotros. Pero el trayecto que iniciamos en nuestro muelle alrededor de la isla y debajo del puente hasta el lado del golfo de los Cayos, parece especialmente largo. Nesto promete que con nuestras luces apagadas y la lluvia que ahoga el sonido del motor del bote, nadie notará nuestra presencia en la costa.

Hemos ensayado muchas veces en voz alta. Nesto hizo dibujos del aspecto que tiene la cerca bajo el agua para que yo pueda memorizarla, porque no podemos usar una linterna grande y arriesgarnos a llamar la atención. Sabemos que sólo hay un guardia de turno en el delfinario por la noche. Contamos con que esté cansado de sus rondas a las tres de la mañana, y se resguarde de la lluvia en uno de los toldos situados en la parte delantera de la instalación.

Cuando nos acercamos al corral, Nesto y yo tratamos de no hablarnos. Recurrimos a los gestos de las manos en la oscuridad, nos tocamos el uno al otro, o susurramos al oído del otro si es necesario. Él detiene el bote a unos veinte metros del corral. Me tiro al agua, y el frío se filtra a través de mi traje de buceo. Deslizo la careta sobre mi cara, y tal como lo temía, sólo veo negrura. Tendremos que usar las pequeñas linternas que hemos traído y que sólo iluminan a un palmo de distancia. Nado hacia adelante, palpo la cerca e interiorizo mis intenciones, así como Nesto me enseñó a hacerlo cada vez que vamos al mar para una inmersión, y debido a que Jojo me dijo que sabía que los delfines pueden sentir nuestra motivación, tenemos que hacer que sea clara para ellos, y asimilarla nosotros mismos, de modo que puedan leer en nuestro ser que no queremos lastimarlos.

En cuestión de minutos, mi respiración se acorta a la vez que procuro que sea más prolongada, y me esfuerzo para no jadear cada vez que salgo en busca de aire. Me ocupo de un poste, y las luces diminutas nos guían mientras desenroscamos los pernos y las abrazaderas y cortamos los cables de la cerca con el cortacables. Nesto se ocupa del otro, termina antes que yo y se acerca para acabar con mi parte del trabajo. La cerca comienza a tambalearse y cae sobre nosotros. Nesto me había advertido que tendríamos que retroceder rápidamente para bajarla desde arriba si no queríamos quedar atrapados debajo de ella.

Nos hemos preparado para esto en sus dibujos y hago lo que él me dijo hasta que la cerca golpea la arena bajo nuestros pies. Nado hacia el delfín, que sigue en el mismo punto del que se apropió cuando la cerca estaba en pie. Voy hacia ella, con la esperanza de que me huela, me vea o me sienta con su sonar, así como lo hizo el primer día en que me metí al agua con ella. Temo que no me reconocerá en esta oscuridad como lo hizo antes, o que no me seguirá. Pero entonces empieza a moverse al igual que yo, mientras Nesto se aparta del camino y regresa al bote.

Me alejo lentamente de la valla. Miro hacia atrás para asegurarme de que el delfín esté detrás de mí. En la noche sólo puedo ver el brillo ocasional de su aleta dorsal y sentir el agua que se mueve a mi alrededor. Pero entonces siento la presión que deja su estela y sé que está a mi lado y nado un poco más rápido, con cuidado de no chapotear el agua con mis aletas. Nos alejamos más allá del bote, hacia las pequeñas islas de manglares que salpican la bahía y luego se extienden hacia el golfo. Ella no me toca, pero la siento a través del agua, su peso se mueve contra la corriente, y luego, cuando estamos tan lejos que empiezo a sentir mi cuerpo mucho más pesado, mi respiración aún más corta, tengo que dejarla ir.

Me doy vuelta, regreso al bote, confío en que ella no volverá conmigo, y me niego a mirar atrás para que no piense en seguirme. Siento algo cerca de mis piernas, y espero que no sea el delfín. Cuando llego a la parte trasera del bote, le doy mis aletas a Nesto y él extiende los brazos para alzarme.

No hablamos. No decimos una sola palabra. Él enciende el bote y nos dirigimos de nuevo a la cabaña.

Solamente más tarde, cuando estamos en las baldosas del baño y nos quitamos los trajes de buceo, cada uno capta la mirada aturdida en la cara del otro.

Estoy segura de que hemos hecho lo correcto, pero sólo podremos saber si hemos tenido éxito a la mañana siguiente. Mientras tanto, tendremos que esperar.

No sé qué decirle, cómo agradecerle por haberme ayudado a hacer lo que le pedí. Paso mis brazos a su alrededor y recuesto mi cara en su pecho. No nos bañamos. Esta noche nos vamos a la cama como estamos, pegajosos, salados de mar.

Cuando llegamos a trabajar a la mañana siguiente, el delfinario está que arde con el escándalo. Mo lleva más de una hora llamando a Nesto para decirle que se dé prisa y venga a trabajar, aunque no le dijo por qué. Una camioneta de noticias locales está estacionada en el frente, junto con varias patrullas de la policía. Los empleados, desde las mujeres de la tienda de regalos hasta los trabajadores de mantenimiento, los entrenadores y los veterinarios, están sumidos en la incredulidad. Nesto y yo nos acercamos a la multitud que está al final del pasillo, donde antes estaba la cortina, que ya ha sido removida. Charlie, uno de los técnicos, nos dice que la cerca se derrumbó y que el delfín escapó del corral. Rachel y algunos empleados ya están en los botes tratan de encontrarla, pero no han tenido suerte.

Mo, los dueños del parque y los policías llevan a Nesto a un lado, pues fue él quien levantó la valla y se encargó de cerciorarse de que estuviera firme. Observo cómo lo interrogan para sus reportes policiales y de incidentes, y le piden que explique los procedimientos exactos que utilizó para construir y revisar la cerca. Nesto les dice que en su última revisión la valla estaba en perfecto estado, y que no había un solo tornillo fuera de lugar.

Pronto, Mo les dice a todos que regresen a sus trabajos. Dice estar seguro de que la cerca no se derrumbó accidentalmente; es muy poco probable que todas las bisagras se desprendieran al mismo tiempo y cayeran al suelo de manera uniforme. Por eso él sabe que la cerca la rompieron intencionalmente, y que no fueron los vientos los que la soltaron ni el delfín el que la derribara por sus propios medios.

La única actividad sospechosa en la que puede pensar Mo para contarles a los policías es la visita de los tipos suizos que vinieron el otro día, e hicieron preguntas sobre el nuevo delfín.

—Maldita sea —dice—. Probablemente vinieron a explorar el lugar.

Por la tarde, oigo a Rachel decirle a Mo que tal vez deberían tratar de llevarme en el bote con ellos para buscar al delfín. Están a la sombra debajo de la torre de observación y no me ven bajar por las escaleras detrás de ellos.

—Es la única persona que Zoe permitió que se acercara —le recuerda Rachel.

—Ella no sabe nada acerca de esos animales ni cómo estar en el agua con ellos. No necesitamos ese tipo de responsabilidad ahora.

Luego su conversación se dirige a Nesto.

—A partir de ahora, tendremos que decirle a alguien que revise el trabajo del cubano con las cercas —dice Mo—. Asegurarnos de que no sea descuidado.

Nesto y yo nos quedamos casi hasta el anochecer. Él reconstruye el corral que desmontamos, y trabaja diligentemente para mitigar el caos, mientras hablo con los últimos invitados que se están yendo antes de cerrar, personas de Iowa que preguntan si es cierto lo que dijeron en las noticias esa tarde, que un delfín se había escapado.

Les digo lo que Mo dijo que sería la historia oficial: la cerca se rompió durante la tormenta y el delfín probablemente se desorientó, pero seguramente regresará aquí, a su hogar.

—Siempre regresan —digo y espero estar mintiendo.

En casa, Nesto y yo no hablamos de lo que hemos hecho, como si nos fueran a descubrir, por el simple hecho de admitirle nuestra culpabilidad el uno al otro.

La paranoia se instala. Nesto siente ojos sobre él por todas partes. La policía lo llama para interrogarlo y él siempre da las mismas respuestas.

Los entrenadores siguen saliendo en el bote, creyendo en su propio cuento de que el delfín simplemente se ha extraviado.

La investigación no arroja ninguna prueba. El guardia de seguridad que estaba de turno esa noche jura que hizo sus rondas completas, revisó varias veces el corral y no oyó nada extraño en el agua.

Nesto y yo flotamos juntos en un extraño estado de hiperconciencia.

No siento ningún arrepentimiento ni orgullo, sólo alivio y una satisfacción tranquila, como si después de todo, Nesto tuviera razón: he empezado a pagar mi deuda y de alguna manera las cosas están entrando en equilibrio.

Una mañana, veo el bote de Jojo subir por el canal y pasar por el muelle donde estoy sentada con las piernas colgando del borde, sobre el agua. Se detiene, me saluda con la mano y apaga el motor mientras el bote se acerca un poco más al muelle.

—¿Sigues trabajando en el delfinario?

—Sí.

—Supe del animal que se salió. ¿Ya lo recuperaron?

—Todavía no.

—¿Qué dicen al respecto?

—Toda la cerca se vino abajo. Parece que se derrumbó debido a las lluvias.

—Estamos hablando de un animal de cien mil dólares. Esa es la tarifa actual para los salvajes que capturan por

315

estos días. No hay duda de que alguien lo sacó. Tal vez se lo haya robado incluso para otra instalación.

—Pero la habían rescatado.

—De todos modos, es lavado de animales —dice él y se toca la barba y enciende de nuevo el motor—. Los delfines de segunda mano aún cuestan mucho dinero.

—¿Dónde podría alguien esconder un delfín?

—Hay casas en el agua en todas estas costas. Alguien tendría que construir apenas un corral. Es fácil. Y ya se ha hecho antes.

Me mira fijamente por tanto tiempo, que me pregunto si mi cara me delata.

—Creen que han podido ser activistas —le digo.

—Podría ser. El verano pasado, un par de ellos trató de liberar a una docena de manatíes que quedaron varados tras la marea roja y los mantuvieron en un corral en Islamorada.

—¿Se salieron con la suya?

—Sólo dos o tres manatíes lograron salir. Pero alguien los delató. Los detuvieron. Creo que les dieron libertad condicional y tuvieron que pagar algunas multas. No importa. Estoy seguro de que, si les preguntas, dirían que valió la pena.

—Estoy segura de que lo harían.

—También existe la posibilidad de que el animal muriera y dijeran que se lo robaron para no tener que reportar la muerte.

—¿Por qué no querrían reportarlo? ¿Los animales no están asegurados?

—Por supuesto, pero también quieren mantener bajas sus cifras oficiales de rotación de animales. Muchos lugares hacen eso. A nadie le gusta oír hablar de delfines muertos, o llamar la atención sobre el hecho de que los cautivos tienen suerte si viven diez años, mientras los salvajes pueden vivir hasta cincuenta.

—¿Cómo te deshaces de un delfín muerto?

—¿Cómo crees? Lo envuelves en una red, lo arrastras en un bote, le pones rocas grandes y lo hundes lejos en el mar. —Señala hacia el horizonte—. Tú misma encontrarías un cementerio de delfines no muy lejos de aquí sólo si supieras dónde buscar.

El delfín no regresa.

Unas noches más tarde, agarro a Nesto con fuerza, pongo mi boca en su cuello, y susurro tan suavemente como puedo en su oído:

—Nadie sabrá nunca que fuimos tú y yo.

Él asiente y me besa. Luego me cuenta una historia, un patakí, de los Ibeyís, los jimaguas, los gemelos divinos de Changó y Ochún que fueron criados por Yemayá, la madre de Changó. Los gemelos, un niño y una niña, jugaban en el bosque cuando se encontraron con el diablo, que había puesto trampas para los humanos y, después de apresarlos, se los comía. Los gemelos estaban atrapados ahora, y uno de ellos se escondió mientras que el otro se adelantaba y hacía un trato con el diablo, de modo que si el niño podía bailar por más tiempo que el diablo, sería liberado. Pero el diablo no se dio cuenta de que eran dos niños, y los gemelos tocaron la pandereta y bailaron y bailaron con el diablo, y cuando uno de ellos se cansó, cambiaron de posición y bailaron y bailaron hasta que el diablo se sintió tan exhausto que tuvo que darse por vencido. Con el demonio jadeando en el suelo, apenas capaz de hablar, bailaron, le hicieron prometer que pondría fin a su cacería y captura de humanos, y que los dejaría errar libremente por la tierra como quisieran. Y entonces, los Ibeyís fueron conocidos como los protectores de todas las criaturas, venerados para siempre como los dos jóvenes que, con su astucia, fueron más listos que el demonio.

Esta noche, horas antes de partir a Cuba por la mañana, Nesto hace un ebbó a Elegguá, y le pide ayuda con su plan para reunir a la familia. Observo cómo acomoda cuatro cocos en el borde del colchón, pone una tarjeta con la imagen de Elegguá sobre la mesa al lado de la cama, baja la cabeza y hace la señal de la cruz. Toma un coco en su mano, lo frota a lo largo de su cuerpo desde la cabeza hasta los pies, hace lo mismo con los otros tres cocos, y le pide a Elegguá, controlador de los caminos, que cambie su fortuna y lleve a su familia hasta él. Luego sale y yo lo sigo, mirando desde el porche mientras él deja un coco en cada uno de los cuatro puntos del terreno que rodea la cabaña. Empieza en el este, frente al mar; aplasta cada coco con un martillo hasta convertirlo en un amasijo de pulpa y jugo, salta sobre las cáscaras rotas hasta terminar con la última, y regresa a la cabaña, teniendo cuidado de no mirar atrás por encima del hombro para no romper el ebbó. El trueno se descerraja justo cuando él pasa por el porche, y sé que Nesto está contento porque el trueno es una señal de Changó, el amigo de Elegguá, que galopa por los cielos en su caballo blanco para manifestarle que sus peticiones han sido escuchadas y serán respondidas.

Ambos estamos en el aeropuerto de Miami, después de un largo viaje en autobús desde los Cayos antes del amanecer, a punto de abordar vuelos a extremos opuestos del Caribe.

Mi viaje fue planeado de manera impulsiva, como otra parte de la restitución, el viaje final que mi hermano

319

nunca pudo hacer para presenciar por última vez la primera casa en que ambos vivimos.

También me voy porque no quiero estar sola en la cabaña preguntándome qué pasa, del otro lado, durante el viaje de Nesto.

Un representante de la agencia de viajes se encuentra con Nesto y con las otras mulas afuera del aeropuerto, y les da una tula llena de paquetes que deben entregarle a su agente en La Habana para ser repartidas.

Estamos en la zona del *check-in*, a medio camino entre la multitud de pasajeros que esperan a que pesen sus maletas en el mostrador, enormes paquetes envueltos en cinta plástica, maletas a punto de reventar, televisores y tostadoras en las cajas originales. Delante de nosotros, un hombre empuja un carrito de aeropuerto con una llanta de carro envuelta en plástico, y cuando Nesto le pregunta qué hará con una sola, él dice que ya ha llevado las otras cuatro y que esta es sólo la de repuesto.

Estoy con él en la congestión de filas. Impuestos del aeropuerto por pagar, formularios para completar, antes de que le den una tarjeta de embarque.

—Todas las veces es lo mismo —dice Nesto—. Es más difícil salir de este país que entrar.

Una vez me contó de su llegada al cruce fronterizo de Matamoros hacia Estados Unidos. Le dijeron que era una ciudad peligrosa, llena de trapaleros y paqueteros ansiosos por estafar o robar a cualquiera que pasara por allí. Llamó a algunos amigos de amigos, cubanos que se habían instalado allá y se ganaban la vida alquilando habitaciones a los inmigrantes que se preparaban para cruzar. Le advirtieron a Nesto que lo mejor era andar sólo con su pasaporte cubano porque los guardias fronterizos eran tan malos como los bandidos y le confiscarían el dinero, la ropa, y todo aquello que llevara. Debería dejar sus cosas con ellos, le dijeron; lo mantendrían todo a salvo hasta que él llamara desde el otro lado y les diera una dirección, y entonces le enviaría sus pertenencias. Cuando llegó a Brownsville —sin ladrones en la puerta, sin agentes hostiles de la Patrulla Fronteriza— y luego a Miami, trató de llamar a sus amigos en Matamoros para darles la dirección de su tío, pero el número era incorrecto y nunca más supo de ellos.

Su llegada a Miami estuvo llena de engaños similares. El amigo que lo ayudó a abrir su primera cuenta bancaria, a hacer un cheque, y a usar un cajero automático, también le robó su código de acceso y lo dejó sin un centavo. Esa camioneta azul que conduce ahora no es la primera que adquirió en Estados Unidos. La primera, que le compró a un conocido, dejó de funcionar un día después de llevarla a casa. Y durante su primer año aquí, cuando salía en busca de trabajo, se sorprendía al oír que los empleadores le decían sin vacilar y sin siquiera preguntar su nombre, «No contrato cubanos», por lo que decidió comenzar a trabajar por su cuenta.

Nesto se avergüenza cuando me cuenta estas historias. No puedo imaginarlo tan vulnerable. Hasta que lo veo en el aeropuerto esta mañana, sus ojos nerviosos e inciertos buscan los míos cuando estamos frente al control de seguridad, antes de apartarnos para tomar cada uno su vuelo en extremos opuestos del aeropuerto.

Él me coge entre sus brazos. Cierro los ojos con fuerza, deseando regresar a la noche anterior, en la cabaña, cuando estuvimos juntos y en silencio, y ninguno de los dos fue capaz de mencionar la verdad: él regresará de este viaje casado con otra persona.

—Espero que todo salga como quieres —le digo.

Él cierra los ojos y asiente.

—Espero que encuentres lo que buscas en Cartagena.

Ya tiene una cita para su matrimonio en alguna oficina del gobierno, donde la persona a cargo hará muchas preguntas; por ejemplo, por qué decidieron volver a casarse si él y Yanai se divorciaron hace años, y ellos dirán que se enamoraron de nuevo en una de sus visitas a casa, que se dieron cuenta de que no podían vivir el uno sin el otro y querían que su familia estuviera completa de nuevo. La forma en que él ensayaba en voz alta en la cabaña, salpicando su historia con detalles, como que estar lejos, en *los Yunay Estey*, le había hecho comprender que sólo podía amar por siempre a la madre de sus hijos, me convenció incluso a mí. Pero Nesto se salió del personaje; sacudió la cabeza, miró al suelo, y gimió como si se hubiera enfermado súbitamente; luego ensayó el monólogo una vez más y trató de sonar aún más auténtico.

—No puedo pedirte que me esperes.

—Lo sé.

Él se aparta de mi abrazo. Mis brazos caen de sus hombros antes de entender que esta es la última vez que lo tocaré y que estas serán nuestras últimas palabras antes de separarnos. Se ha alejado de mí y se ha convertido en una parte de la multitud que se dirige hacia las máquinas de rayos X. No quiero que me sorprenda mirándolo, así que me alejo rápidamente. Si se voltea a verme una última vez, notará que ya me he ido.

El taxi me deja en mi hotel, un antiguo hostal convertido en hotel boutique en la calle de la Soledad. Me lavo la cara, me quito los jeans y me pongo un vestido ligero que no se me pegue con la humedad; salgo a la calle y trato de ver si puedo llegar de memoria a la casa de mi abuela, hasta la primera cama en la que dormí cuando estaba recién nacida, acunada por los brazos de mi madre y mientras mi hermano dormía junto a nosotras.

Las calles ahora son aún más coloridas que años atrás, cuando Carlito y yo vinimos con nuestra madre a ver a la abuela durante sus últimos días. Una canasta fucsia, turquesa y amarillo, con balcones de madera oscura cubiertos de buganvillas, calles de piedra golpeadas por carrozas tiradas por caballos, como aquella que Carlito y yo vimos volcarse en la plaza de los Coches. En un instante, avanzó mecánicamente, y al siguiente se desplomó, cayó sobre un costado y el carruaje se volcó. Los comerciantes y vendedores ambulantes se apresuraron a ayudar a los pasajeros a ponerse de pie. El caballo estaba muerto. Las costillas y la pelvis eran completamente visibles y los turistas preguntaron cuándo había sido la última vez que el cochero le había dado comida al caballo, y hablaron de abuso animal y de trabajo justo. Otros culparon simplemente al calor.

Permanecí en silencio el resto del día y Carlito se rio de mí por ser tan sentimental. Dijo que nadie extrañaría a un caballo viejo y raquítico que probablemente ya estaba enfermo. Me sorprendió que pudiera ser tan insensible. Siempre había sido amable con los animales, no como algunos de los chicos más raros del vecindario que solían matar ardillas para hacerles funerales en cajas de zapatos en sus patios traseros. Carlito incluso había salvado a un roedor o dos de una muerte segura en las manos de esos chicos, pero ese día se jactó de una nueva crueldad de macho adolescente.

—¿Te gustaría si alguien dijera eso después de haberte muerto? «Ese pendejo comemierda. Estamos mejor sin él».

Carlito se rio con arrogancia.

—Todos saben que fui salvado del agua por los ángeles. Nadie se atrevería a decir algo así sobre mí.

Cuando mi madre era una niña, todo el vecindario sabía cuándo un norteamericano ponía un pie en el centro. Ahora hay muchos turistas, aparte de las personas adineradas que se hospedan en los hoteles de lujo, una inundación diaria de extranjeros que llegan en cruceros y duplican a la población que vive entre las murallas de la ciudad. Los vendedores ambulantes lanzan frases en inglés e italiano para llamar su atención, e incluso los niños que rapean versos a los turistas que toman bebidas afrutadas en las mesas de los cafés de la plaza Santo Domingo concluyen sus presentaciones con «Come on, amigo, a dollar for my song».

Avanzo entre la multitud de peatones hasta el edificio de la abuela, que recuerdo de un gris encalado y manchado por la lluvia donde su fachada se fusionaba con el pavimento, ahora pintada del color de la guayaba, tejas recientes en el techo, sus balcones recién barnizados de color miel. Un letrero al lado de la puerta que una vez conducía a la escalera que subía en espiral hacia los apartamentos de arriba dice: «PREGUNTE POR VENTAS Y ALQUILERES».

Encima de la calle, la ventana donde la abuela solía sentarse en la mesa de su máquina de coser está abierta. Puedo preguntar en la nueva administración del edificio si es posible ver la casa que había pertenecido a mi familia. Ver cómo ha cambiado, y tomar quizá algunas fotos para mostrarle a mi madre. También le hablaré de esto a Carlito. Todavía le informo a él. No creo en muchas cosas, pero creo en que él me oye, sigo viendo su cara frente a mí en la prisión, escuchándome mientras yo describía la sensación de quedar empapada tras una tormenta repentina, el cálido crepitar del sol en mi piel, el olor dulce y ácido de los naranjales y los piñales que atravesaba cuando bajaba en carro para verlo.

Quiero ver si me siento igual que cuando vi la casa de Miami arrancada del suelo.

Pero vacilo. No estoy lista para entrar a esas paredes, identificarme con los nuevos dueños, y decir, *esta fue mi casa alguna vez.*

Solía culpar a mi madre por habernos sacado de allá. Me imaginaba que si no nos hubiéramos ido nunca, la oscuridad no nos habría encontrado, y aunque mi hermano hubiera crecido para ser un asesino, en el mejor de los casos, debido a que la pena capital no existe en Colombia, Carlito no habría sido condenado a muerte, y probablemente ni siquiera a cadena perpetua, que no es ni siquiera lo que indica su nombre, sino un máximo de sesenta años. Pero Mami me decía que yo estaba equivocada, aunque todo indicara que una persona podía salirse con la suya con más por menos en Colombia. Decía que hay otro tipo de justicia aquí, y que tarde o temprano las calles lo habrían hecho pagar por su crimen.

Me alejo del edificio de mi abuela hasta la plaza rodeada de árboles en la esquina, que refulge todavía luego de la lluvia fresca de la tarde. El parque Fernández de Madrid ha sido limpiado, pero los mismos viejos están a la sombra, venden caramelos y frituras en carritos, discuten sobre equipos de fútbol, mientras un mendigo solitario busca sobras en las canecas de basura. Cuando las articulaciones de las manos de mi abuela se volvieron rígidas y ella se hizo muy vieja para ocuparse de la belleza de las uñas y el pelo de otras mujeres, vendía a los peatones mamoncillos y ciruelas de campo que llevaba en canastas. Yo solía pasar horas en este parque con mi hermano y con los chicos del vecindario, porque cualquier lugar era mejor que el calor sofocante del apartamento de la abuela, que siempre olía a tabaco y al incienso que usaba para camuflarlo. Aquí, conocí a Universo y vine a menudo con él cuando nos hicimos mayores, mientras lo oía hablar de sus planes de vida, de lo celoso que estaba de que yo tuviera la suerte de crecer lejos de Cartagena y de que un día, aunque su madre se lo prohibiera, él se iría también.

Además de los turistas, los hombres extranjeros con las muchachas del barrio, los mochileros con su andar desgarbado, están los rostros habituales de personas cansadas cuyos nombres pude haber sabido una vez, que pudieron haberme conocido cuando me consideraban todavía una hija del barrio aunque mis padres me hubieran llevado al otro lado del Caribe, porque en aquel entonces la gente seguía creyendo, durante mucho tiempo después de que te habías ido, que aún podías volver a casa.

Un viejo se sienta con una bolsa de papel en las manos y arroja migas a los cuervos, palomas y gorriones a sus pies. Hay una conmoción entre las aves que están en los bancos. Un gorjeo furioso se hace más fuerte cerca de mí: un par de gorriones se separan del enjambre hambriento, se picotean, luchan entre sí, ruedan por el suelo, sus garras unidas, hasta que uno se eleva por encima del otro y golpea el pico y el lomo del otro pájaro. Pisoteo a su lado para separarlos, pero se abalanzan de nuevo el uno contra el otro con más furia. Los ahuyento con las manos, pero se encuentran en el aire y se lanzan mutuamente al polvo, y me queda claro que estos pájaros están peleando a muerte.

—Déjalos, mi niña —me dice el viejo de las migas—. Nunca impedirás que un animal intente matar a otro. La naturaleza es más sabia que nosotros.

Dejo que los pájaros continúen su masacre, y me alejo del viejo y el parque. Camino hasta pasar frente a la cafetería que está en la esquina de la calle de la Universidad, adonde Mami se escapaba a veces, por lo general algunos días durante nuestra visita de cada verano, luego de algún altercado con nuestra abuela. Mami siempre amenazaba con empacar e irse, aunque nunca lo hizo. Me sentaba con ella, yo masticaba un pandebono mientras ella tomaba aguardiente y decía que nunca había pertenecido a este lugar y que era un error regresar.

Aunque veníamos a pasar tiempo con la abuela, Mami a menudo tenía citas con hombres a quienes conocía desde su infancia y que ya estaban cansados de sus esposas. O iba a tomar algo en el bar de un hotel y buscaba un turista o un hombre de negocios que la invitara a salir esa noche. Nunca traía hombres a la casa, pero en las noches que pasaba afuera, la abuela se sentaba junto a la ventana y miraba la calle para ver si ella venía. Si no regresaba en toda la noche, la abuela cerraba la puerta y se negaba a dejarla entrar a la mañana siguiente y nos obligaba a Carlito y a mí a que juráramos hacer lo mismo porque la abuela decía que teníamos que estar unidos en nuestro castigo.

Mami nos suplicaba a través de la puerta. Carlito siempre cedía primero y descorría lentamente la cerradura. Pero ella se sentía completamente avergonzada, se movía por nuestro espacio compartido con el mismo sigilo de un ratón, y entraba al baño para darse una larga ducha hasta que uno de los vecinos gritaba que el tanque de agua del edificio estaba vacío.

—Nunca te vuelvas como tu madre —me advertía la abuela con frecuencia, así Mami estuviera lejos o delante de ella.

Mi madre me miraba con los ojos dolidos, pero nunca discutía ni se defendía.

Años más tarde, cuando era yo la que desaparecía con chicos, principalmente con Universo, a veces no volvía a casa hasta el amanecer, mientras Mami dormía porque ya no tenía tantas citas, y la abuela se burlaba de su hija y le decía a Mami que era obvio que sentía celos de mí porque ya no podía atraer a hombres con cualidades, sólo a los vagos del barrio.

—¿Qué querría un hombre decente con una zarrapastrosa como tú? —decía entre dientes—. Sólo a los cerdos les gusta la basura.

La abuela tenía su forma de callarnos. Carlito y yo veíamos la manera en que humillaba a nuestra madre, sin atrevernos a dar la cara por ella ni mencionar nunca que, a pesar de todos sus defectos, seguía siendo nuestra mamita y que la amábamos.

Una vez en nuestra casa en Miami, nuestra madre me hizo entregarle los vestidos que la abuela había cosido para mí durante todo el verano, con las mejores telas que había podido encontrar en las tiendas de Badillo. Les echó tijera, destrozó las costuras, y después cortó los vestidos en trapos largos que puso en el extremo de un palo y los usó para lavar los pisos.

Si mi abuela pudiera conocerme como soy ahora, diría que me perdí de mis años dorados en la vida. Que lo eché todo por la borda para cuidar a mi hermano, los años en que debería haber estado ocupada labrándome un camino en el mundo. Diría que yo había desperdiciado mi potencial femenino al haber pasado tanto tiempo en una cárcel.

Ella me dio un consejo cuando yo era todavía una adolescente: que en lugar de regresar a hacer otro año de escuela, me quedara con ella en San Diego y me casara con Universo para salir de eso y tener hijos. Abuela confiaba en que Universo era un buen chico, criado por mujeres buenas, y que no sería el típico marido sinvergüenza que desaparece de viernes a domingo. Aun así, en esa época, yo no podía imaginar un destino peor.

Es de extrañar que Universo jamás me haya preñado, pues nunca fui más descuidada que con él. Podría haberme amado. Nunca lo dijo, aunque es posible. Pero él era un poco como mi hermano, con una lealtad desenfrenada a su mami. La vieja de Universo nunca me dejó pasar más allá de las habitaciones del frente de su casa, en la calle del Cuartel. Paso ahora por ahí y veo que también ha sido transformada en un hotel, la sala frontal donde las tías tejían y chismorreaban ahora convertida en un vestíbulo, la pared que alguna vez albergó una vitrina con sus mejores porcelanas ahora repleta de compartimientos para llaves detrás del escritorio de la recepción. Pero de tanto en tanto, cuando su madre y todas sus hermanas salían a visitar parientes en San Pedro, él me colaba y lo hacíamos por toda la casa.

—Esa niña Castillo malparida —les decía la vieja a Universo, a sus hermanas y a cualquiera del barrio que escuchara— es más peligrosa que un tiro en el oído.

Para mantener a su hijo ocupado y lejos de mí, la madre de Universo lo enviaba a hacer un sinfín de mandados. Ella no confiaba en los supermercados modernos que aparecían por toda la ciudad y que vendían carnes empacadas y frutas relucientes e importadas. Prefería enviar a Universo afuera de las murallas de la ciudad, a Bazurto. Yo iba a veces con él. Nos abríamos camino a través del laberinto de vendedores, y nos tapábamos la nariz hasta llegar a la sección sombreada, donde estaban los animales vivos. Universo escogía un pollo, veía cómo el vendedor le torcía el pescuezo y lo echaba en una olla de agua hirviendo para aflojarle la carne y desplumarlo con mayor facilidad. Yo disimulaba mi conmoción para que Universo no me dijera lo sobreprotegida que estaba yo en mi vida norteamericana, y que lo que sucedía en las grandes fábricas de carne gringas era mucho peor que esto. Detrás de nosotros, hileras de vacas y cerdos colgaban en ganchos para que la gente escogiera sus cortes; no se desperdiciaba ni una sola parte: los ojos, las colas y las pezuñas. Yo permanecía con él hasta que no podía aguantar más, y luego deambulaba por los puestos de pescado hasta la avenida, cruzaba el tráfico de camiones y carretas tiradas por caballos hacia la laguna contaminada, y veía las aves marinas carroñeras hasta que Universo iba a buscarme.

Recuerdo la mirada que me dirigía cada vez que me encontraba después de haberme escabullido entre la multitud. Alivio, felicidad, una especie de paz. Yo también sentía eso.

Algunas veces, Universo me llevaba en la parte trasera de su moto hasta San Juan Nepomuceno, a través de carreteras en las laderas salpicadas de puestos de control de la guerrilla, más allá de las ciénagas pantanosas que se desangraban en montañas verdes y azules. Cuando llegábamos, nos sentábamos varias horas al pie de las escalinatas de la iglesia, esperando a ver si Universo lograba encontrar a su padre, pues había sabido que ahora vivía allá con su segunda familia. Pero nunca lo vimos.

En el camino de regreso a las murallas de la ciudad de Cartagena, parábamos al pie de La Popa, el monasterio blanco en la montaña que se cierne sobre la ciudad como una nube, donde la madre de Universo, a quien todos le decíamos la Cassiani, le había contado a su hijo que los indios karib y calamarí adoraban a Buziraco, el diablo en forma de cabra dorada, pero un día apareció el fraile que quería construir el monasterio y el santuario de la Virgen de la Candelaria, confrontó al diablo y a sus adoradores, y arrojó la cabra dorada por la ladera de la montaña. El diablo tomó represalias con huracanes y tormentas hasta que la iglesia fue terminada, y luego transigió y se adentró en el continente. Por esa razón, le dijo su madre a Universo, Cartagena siempre ha permanecido protegida y el resto de Colombia está tan atribulado, desde hace ya medio siglo, bajo el yugo de su última guerra civil.

Nuestra abuela nos contó una historia diferente a Carlito y a mí: después de que Buziraco fuera arrojado de la montaña, el diablo de La Popa había merodeado en las sombras de las colinas con tanto sigilo que la gente no se dio cuenta de que estaba allí. Pero cuando nuestro padre

330

nos sacó de Cartagena, el diablo siguió a nuestra familia por el Caribe, a la espera de ver cómo podía hacernos caer. Ella nos lo dijo para que nos asustáramos y fuéramos niños buenos, pero Carlito y yo nos reímos de su historia, aunque resultó ser la misma advertencia que yo recibiría de la bruja de pelo azul tantos años después.

Subo los peldaños de la muralla hasta el muro en el que solía sentarme con Universo, donde todavía puedo oír la voz de mi hermano resonar contra el corredor de piedra, que me pide que vuelva a la casa, mientras veo el sol caer como un orbe en el océano oscuro.

Carlito quería llevar a Isabela a Cartagena. Planeaba casarse con ella y el día que fue al puente con su bebé, estaba a un paso de tener todo el dinero que necesitaba para comprarle un lindo anillo de compromiso. Había ahorrado durante un año, y antes, por más tiempo aún, para la cuota inicial de una casa. Isabela comentó que tomaría su apellido, pero le dijo a Carlito que no le daría un bebé hasta después de la boda. En su luna de miel llevaría a Isabela a Cartagena, donde, predijo Carlito, sus ojos brillantes de esperanza, concebirían a su primer hijo.

—Pero Cartagena es nuestra —insistía yo.

Yo no soportaba cuando él hablaba de un futuro con Isabela, pero detestaba aún más que le vendiera nuestro pasado como un buhonero.

—No te pongas celosa. Algún día amarás a alguien tanto como yo a Isabela y también querrás compartirlo todo con esa persona.

Años después, yo había tratado de entender que Carlito había querido darle todo eso a Isabela, aunque había logrado arrebatárselo todo. Sin embargo, el doctor Joe me dijo que la cárcel estaba llena de tipos como Carlito, que habían cometido terribles crímenes contra la persona que decían querer más.

—Es un tipo de amor confuso y desordenado —dijo el doctor Joe.

Recuerdo haberme preguntado si habría algún otro tipo.

No visito la tumba de mi abuela. Pero durante tres días recorro las calles estrechas desde Santo Toribio hasta lo que fue su casa. Me apoyo en la pared del edificio al otro lado de la calle para ver si alguien entra o sale por la puerta. Su ventana está abierta y la observo durante mucho tiempo para ver si puedo acomodar la imagen de mi abuela en el marco, la forma en que permanecía allá para vigilarnos a mi hermano y a mí mientras jugábamos en el parque. Observo la cuadra; veo un grupo de jóvenes que caminan juntos y, cuando pasan a mi lado en la acera, los miro a la cara, y siento el mismo dolor con el que he vivido por tanto tiempo, intentando ver a mi hermano tal como solía ser: su explosiva curiosidad juvenil y su lucha constante con las mejores y las peores partes de sí mismo.

Si no es hoy, tal vez nunca vuelva a tener la oportunidad de ver la casa de mi abuela.

Toco el timbre al lado de la puerta y una voz responde por el intercomunicador.

—Estoy interesada en una propiedad —digo.

La puerta produce un zumbido y entro.

El apartamento del primer piso, que solía pertenecer a un tipo al que le decían el Viejo Madrigal, un capitán retirado del ejército al que le gustaba sentarse en su sala vestido con su viejo uniforme a tomar whisky, ahora es una oficina, y una mujer delgada que habla español con acento francés, me da la bienvenida. Pienso en mentir, en decirle que estoy buscando un apartamento en alquiler, pero trato más bien de ser honesta y le digo que el apartamento en el cuarto piso perteneció a mi familia por varias generaciones.

No parece creerme, o tal vez piensa que he venido aquí para reclamar el lugar, así que digo el nombre del tipo al que se lo vendió Mami, un abogado de Medellín cuyo nombre recuerdo porque ella tuvo una aventura con él antes de transferirle la escritura.

—Me voy mañana —le digo—. Ya no volveré. Te estaría muy agradecida si me dejaras verlo sólo por un minuto. Luego me iré.

Ella mira alrededor de la oficina, buscando tal vez una excusa para decir que no, pero no hay nadie aparte de nosotros dos, y ni siquiera suena el teléfono.

Suspira un poco incómoda y se pone de pie.

—Sígueme. Pero sólo por unos minutos. Tengo que ocuparme de la oficina y no puedo dejarte allá sola.

La escalera y los rellanos han sido pintados y tienen baldosas nuevas; nuestros pasos son los únicos sonidos en un edificio que solía vibrar con voces. Pero el aroma de la humedad polvorienta y contenida en el tercer y cuarto piso sigue siendo el mismo, un olor que mi madre detestaba y decía que estaba lleno de esporas que un día nos matarían.

La puerta de mi abuela ya no es azul sino color mandarina, y la mujer me dice que el apartamento ha sido desocupado recientemente y que está disponible si quiero vivir de nuevo en él.

Sin muebles debería parecer más grande, pero el apartamento se ve muy pequeño. No puedo creer que hubiéramos vivido aquí, nosotros cuatro.

Las paredes son de un blanco reciente, los pisos de madera astillados están lijados y barnizados. La agente espera en el pasillo mientras camino por las habitaciones, me sitúo en los lugares en donde solían estar las camas en las que dormí y en la que murió mi abuela.

No sé qué sentir. Anhelo una especie de sensación que una todas mis partes extraviadas, pero sólo siento la inercia del espacio, la suave brisa que entra por la ventana que he estado observando durante días desde la calle.

—Carlito —susurro su nombre, pero estoy abrumada por la soledad.

No hay nadie aquí más que yo.

Acá en el ecuador, la oscuridad cae de manera uniforme durante las doce largas horas de la noche. No voy a restaurantes ni a los bailaderos de champeta ni a los clubes de salsa que el tipo de la recepción les recomienda a los otros huéspedes del hotel. Compro un sándwich y una gaseosa en la panadería, y me instalo en mi habitación. Los sonidos de los coches de caballos y la música de la plaza Simón Bolívar reverberan contra las baldosas de terracota y las paredes de piedra de color hueso quemado.

Las noticias de la televisión hablan de un hombre sin hogar incinerado en la calle, cerca de una universidad en Bogotá, de las negociaciones de paz entre la guerrilla y el gobierno que se llevan a cabo en territorio neutral en La Habana.

Pienso en Nesto.

A esta hora ya habrá acudido a la cita de la que habrá salido como un hombre recién casado. Me pregunto si se besaron o se tomaron fotos. Me pregunto si los niños miraron con renovada esperanza el futuro al ver de nuevo a sus padres juntos.

Mi madre, a pesar de todos sus novios, nunca logró hacer de nadie un nuevo padre para nosotros. Esperaba que apareciera un caballero rico y apuesto y se casara con toda nuestra familia, y nos diera un nuevo apellido. Creo que sigue esperando eso.

Me pregunto qué pensará Yanai de su reencuentro. Me pregunto si al final estará dispuesta a dejarlo ir, y si él estará dispuesto a irse.

Nesto me dio el número de la casa de su madre la última vez que viajó a Cuba porque su teléfono celular estadounidense quedaría bloqueado en la isla. Me dijo que lo llamara si lo necesitaba. Dijo que hiciera lo que yo quisiera.

Lo considero por un momento antes de marcar.

Me dijo que nunca habría abandonado a su familia si no hubiera tenido que hacerlo. Lo cambiaría todo para estar otra vez con sus hijos.

¿Me cambiarías?, pensé con egoísmo, aunque yo sabía bien la respuesta, porque no hace mucho habría cambiado cualquier cosa y a cualquier persona en mi vida, incluso a mi propia madre, por tener a Carlito caminando libre a mi lado.

Se requieren algunos intentos para solucionar el enredo de los números y códigos del país en el teléfono de la habitación del hotel.

El repique semejante a un zumbido, la voz de una mujer mayor que responde.

—Soy Reina. La amiga de Nesto —digo, sintiéndome tonta.

Ella responde como si fuera sólo una vecina que llama desde la vuelta de la esquina:

—Ah, sí. Aguanta, aguanta.

Oigo sus pasos como si caminara con el teléfono, otras voces en el fondo, y trato de distinguir de quiénes son, teniendo en cuenta la manera como me describió él a los miembros de su familia: ¿la voz de esa muchacha podría ser la de su prima o la de su sobrina? El hombre, ¿tal vez su padrastro, o un tío? Pero luego sólo oigo a Nesto que me dice que espere un momento más, que se dirige a un lugar tranquilo. Las otras voces se desvanecen, y él dice que ha llevado el teléfono a su habitación al fondo de la casa, que, sin importar cuántos años haya estado afuera, continúa tal como la dejó, así como mantuvimos la habitación de Carlito para él hasta que Mami la llenó con sus santos y crucifijos.

—Esperaba que llamaras. ¿Cómo encontraste tu ciudad?

—Realmente ya no es mía. ¿Cómo están las cosas por allá?

—Ya sabes. Igual.

Los dos nos quedamos callados.

—Pero no es igual, ya estás casado.

Por un momento, creo que la llamada se ha cortado. No oigo nada, ni siquiera su aliento, hasta que la línea cobra vida nuevamente con su voz.

—No. No sucedió.

—¿Por qué no?

Me imagino otro caso de citas aplazadas, demoras burocráticas.

—Digamos que los planes han cambiado. Pero no puedo hablar de eso por teléfono. ¿Me explico?

Sé que se refiere a que allá nunca se sabe quién escucha una llamada.

—Lo siento. Sé cuánto esperabas que esto funcionara.

—Puede que sí. Puede que no.

No sé cómo responder, así que sólo lo escucho.

—Me gustaría que pudieras ver cómo son las cosas aquí. Ojalá pudieras experimentar la vida como una cubana. No, me retracto —se ríe—. Nadie se merece eso.

Se detiene y lo oigo respirar profundamente.

—Sin embargo, me gustaría que pudieras venir. Ver mi casa. Conocer a mi familia. Verás que todo lo que te dije es cierto.

—Siempre te he creído.

—Puedes oírme hablar todo el día de ello, puedes leerlo en tus revistas, verlo en *TV Martí*, pero no lo entenderás hasta que lo veas por ti misma.

Hace una pausa.

—Podrías venir acá. Tienes los dos pasaportes. Podrías cambiar tu tiquete y volar de ida y vuelta a La Habana desde Colombia. No tendrás problemas cuando vuelvas a Estados Unidos.

—Se supone que debo volver mañana a casa. —Pero la palabra *casa* se siente extraña al salir de mis labios, y aún más pesada por la distancia telefónica entre nosotros.

—Reina, te estoy invitando. Ven a ver mi isla. Estaría tan feliz si vinieras.

Nesto nunca me ha pedido nada. Y hasta ahora, nunca sentí que hubiera algo que yo pudiera darle.

—Lo pensaré —le digo.

—No lo pienses. Ven simplemente.

Me digo que no es nada del otro mundo, sólo iría a visitar a un amigo por unos días, pero obviamente es más que eso; es labrar otro espacio en el poco tiempo que podamos tener juntos, encontrarlo en sus orígenes, así como regresé a Colombia para encontrarme con los míos.

Ahora ir a verlo en La Habana parece ser la única opción, el mismo camino que me trajo aquí, de regreso a Cartagena.

La única forma de aferrarme.

La única forma de dejarlo ir.

Unas pocas noches antes de partir a nuestros respectivos viajes, Nesto y yo fuimos a la playa y vimos, en el sendero iluminado por la luna, las largas huellas dejadas por una tortuga que había llegado a la orilla para poner sus huevos. Seguimos las líneas hasta encontrar su nido lejos de la marea, en un montículo al pie de las dunas. Nesto marcó el área con cocos y conchas marinas. Hubo épocas en las que él y su familia se vieron obligados a sobrevivir con carne de tortuga, y ahora que ya no pasaba hambre, dijo en señal de gratitud cuidaría a los bebés de esta tortuga en su ausencia.

En la Florida, sueño con Cartagena, pero aquí, sueño que estoy perdida entre las aguas nocturnas, trato de nadar de regreso a la cabaña, a Nesto, jadeo, mis extremidades fatigadas. Entonces me siento impulsada desde abajo por una tortuga gigante que me lleva en su espalda. Me aferro a su caparazón mientras surca la corriente, y aunque me siento segura bajo su cuidado, en mi sueño la noche sin luna es interminable, y nunca llegamos a la orilla.

No hay vuelos directos desde Cartagena de Indias hasta La Habana. Cerca de 1.600 kilómetros separan a las dos ciudades, pero en lugar de dirigirme al norte por el Caribe estoy en un avión que va hacia el sur, sobre la ondulante cordillera de los Andes, hasta la ciudad construida en la sabana, Bogotá.

Recuerdo hacer la misma escala con mi madre y mi hermano. Mami siempre parecía nerviosa y decía que era porque no le gustaba estar tan tierra adentro, el acento cantarín de la costa con sus sílabas tragadas, el dulce aire fresco con sal y sol, tan diferente de las voces guturales de la capital y el aire delgado en el altiplano, el cambio de presión que sentíamos al tocar tierra hacía que nuestros corazones se agitaran —el mismo revoloteo que siento ahora en mi pecho— y que, si alguna vez nos hubiéramos quedado por más tiempo del que duraban nuestras escalas, habríamos tenido dolores de cabeza y mareos hasta que el cuerpo y la sangre se adaptaran a la altura y pasara el soroche.

El hombre sentado en el asiento junto a mí, un tipo con un traje arrugado que no ha dicho una palabra hasta ahora, reúne sus cosas para bajar después de aterrizar.

Cuando ve que no me he movido de mi asiento junto a la ventana, se vuelve hacia mí.

—¿Esta no es también tu parada?

—Seguiré hasta La Habana.

—¿Y qué se te perdió por allá?

—No se me ha perdido nada —le digo y sonrío, porque es verdad, no he perdido a Nesto todavía—, pero nunca se sabe lo que podría encontrar.

Poco después de que el primer hombre se va, otro viejo toma su lugar. Se sienta en la silla, saca un libro de oraciones desgastado de su mochila y lo coloca en su regazo, y acaricia suavemente una pequeña fotografía entre sus dedos. Es una imagen del mismo niño con un bastón que vi en el tablero de Nesto la primera noche en que subí a su camioneta bajo esa luna llena. El que reconocí esa primera noche como el santo Niño de Atocha, rescatador de víctimas de las circunstancias, guardián seguro de los viajeros, pero a quien Nesto reivindicó como Elegguá, abridor de caminos, para que los seres vivos puedan alcanzar su destino.

SEIS

Salgo de la terminal del aeropuerto José Martí y me dirijo al corredor designado para las llegadas a través de una multitud de familias y amigos que esperan. Al principio siento como si todos tuvieran los ojos y la amplia sonrisa de Nesto. Y entonces veo una mano que sobresale entre todas las demás. Se abre camino hacia mí en medio de una pared de hombros y codos, su pelo largo apartado de la cara, las sienes y las clavículas le brillan de sudor, y me acerca a él.

—No puedo creerlo —dice entre abrazos—. De verdad estás aquí.

Nesto me parece diferente mientras me aparta de la multitud. Algo en sus ojos. O la forma en que el sol de aquí ha transformado su piel en un ámbar más profundo que nuestro sol de la Florida. No puedo definirlo, pero antes de decir algo al respecto, Nesto se vuelve hacia mí y me toca la cara.

—Te ves diferente, Reina. Algo te pasó en Cartagena.

—Lo único que pasó es que no pasó nada.

—Tal vez era eso lo que necesitabas.

Un vecino le alquiló a Nesto un carro miniatura, un Daewoo Tico coreano de los que dejaron los soviéticos en la década de los noventa. Conduce entre otros carros, Ford, Chrysler y Pontiac, la mayoría de mediados del siglo pasado, por una larga avenida flanqueada por letreros socialistas: «¡MÁS SOCIALISMO! Y ¡LA REVOLUCIÓN SIGUE ADELANTE!», pintados debajo de imágenes de Fidel Castro, el Che Guevara —homónimo de Nesto—, o Camilo Cienfuegos, y algunas veces de los tres hombres juntos.

Al entrar a la ciudad por la avenida Salvador Allende, veo las fachadas descascaradas de los edificios del color de las cenizas blanqueadas por el sol, los balcones agrietados, las ventanas tapiadas, las columnas que se desmoronan, algunas estructuras que ya han implosionado, en las que sólo quedan los pilotes de sus cimientos originales, sin pintura fresca que compense el deterioro. Nesto me dice que esto es lo que sucede cuando no hay dinero para reparaciones y te lo quitan todo, dejando que una ciudad se defienda sola contra el tiempo, las tormentas y la sal del mar.

Dobla por las calles más angostas de la ciudad en dirección al hotel que he reservado. Me invitó a quedarme con su familia en Buenavista, pero insisto en que no quiero imponerme en su clan, aparecer como una prueba de su vida al otro lado del estrecho cuando él ha venido para estar con ellos, y no para servirme de guía turístico. Cualquier tiempo que le sobre podríamos pasarlo juntos. Pero no quiero ser una carga.

—Pero al menos vendrás y los conocerás.

Con eso estoy de acuerdo.

Nesto estaciona el carro y me acompaña para poder registrarme en el hotel y bajar mis maletas.

Cuando está en la habitación pequeña con paredes revestidas de madera y muebles coloniales, Nesto dice:

—Sabes, no hace mucho tiempo yo no podría haber entrado contigo a este hotel, o haber caminado siquiera a tu lado por la calle sin ser detenido por la policía.

—¿Por qué?

—Porque eres extranjera.

—¿Cómo lo sabrían?

—Ellos lo saben. Tienen un expediente de cada persona que ingresa al país. Acabas de llegar y estoy seguro de que ya te abrieron uno.

—¿Por qué susurras?

—Recuerda dónde estás, Reina. El archipiélago tiene oídos.

Salimos del hotel. Nesto mira a los empleados, convencido de que todos son chivatos, delatores, y caminamos hacia el Malecón, donde encontramos un lugar bajo los últimos fragmentos de luz diurna, la ciudad a nuestras espaldas.

Abajo de nuestros pies, los niños chapotean en los balnearios en los que Nesto dice que aprendió a nadar, en piscinas poco profundas talladas en coral y piedra que protegen el Malecón de las olas del mar abierto. No hay barcos visibles, no hay nada que indique que exista algo aparte de esta isla o que el mar tenga límites.

Nesto dice que el Malecón es una ciudad en sí misma. A nuestro alrededor, las familias cubanas y los turistas pasean; los vendedores ofrecen maní en conos de papel y raspados de hielo azucarado rojo y azul; grupos de adolescentes se pasan botellas de vidrio y toman ron o matarrata, destilada ilegalmente. Hay parejas de amantes que se abrazan, los sonidos de la risa, la conversación, la música de guitarras y tambores y las voces que cantan canciones de las que todos parecen conocer la letra.

Espero a que él me lo explique. No quiero averiguar, pero no puedo evitar la pregunta que traigo conmigo desde Cartagena.

—¿Vas a decirme qué pasó con los planes para el matrimonio?

—Es como dijiste. No pasó nada y pasó de todo.

—¿Qué significa eso?

—Es Yanai. No quiere irse.

—Pensé que el plan también era idea suya.

—Lo era. Pero cambió de opinión.

—No entiendo. Todo este tiempo he pensado que ella estaba tratando de irse. El matrimonio con el alemán. El plan de volver a casarse contigo.

Nesto respira profundamente, sus ojos fijos en el mar.

—No es tan simple, Reina. Tuve varias oportunidades de abandonar esta isla antes de dar el paso, finalmente. En los años noventa sucedió el Maleconazo a lo largo de esta pared hasta llegar al puerto. Hubo secuestros de barcos y la gente protestó tanto que el gobierno dijo que cualquiera que quisiera podría irse y que no lo meterían preso por intentarlo, como lo hacen normalmente. Yo tenía diecinueve años, más o menos. Sandro no había nacido todavía. Era lo bastante joven como para haber empezado una vida en otro lado. Era el momento de irme. Pero estaba muy asustado. Los estadounidenses interceptaban los barcos y enviaban los pasajeros a campamentos en Guantánamo o Panamá. No podía hacerlo. No me podía arriesgar a irme solo para terminar en una prisión militar. Finalmente, entendí lo que mi madre me dijo siempre. Es difícil irse, ser quien fractura a la familia. Muy difícil. No importa cuánto detestes el lugar en el que estás, no importa cuánto maldigas a tu gobierno o desees algo mejor, abandonar tu hogar, tu país, es como arrancarte tu propia carne.

—Nunca me dijiste eso.

—Me tomaría una vida contarte todo lo que tengo para decirte.

Él suspira.

—También hubo otras oportunidades después de eso. Ya sabes que el matrimonio es un negocio aquí. La gente viene de otros países y ofrece casarse con una persona. En esa época, eran cinco o seis mil dólares por un europeo o mexicano. Dos o tres mil por un peruano o costarricense. Hombres, mujeres, no importa. A veces desaparecen con el depósito, pero otras veces es una transacción legítima. Nunca lo consideré, pero conozco mucha gente que se fue de esa manera. Después del Maleconazo, la vida se hizo aún más difícil. Con el período especial, todos quedamos más flacos que nunca en nuestras vidas. Estuve con un amigo en Santa María del Mar. La gente iba allá esperando que algún turista de los que estaban en la playa le pagara el almuerzo. Yo sólo iba a nadar, a olvidarme de las cosas por un rato. Pero una mujer nadó hacia mí en el agua.

Dijo que me había estado observando. Era de Barcelona. Estaba claro que yo le había gustado. Era una temba bastante guapa, de cuarenta y cinco años por lo menos. Yo no estaba interesado, pero ella siguió hablando. Me dijo que trabajaba para una compañía de teatro y que podía enviarme una carta de invitación para poder obtener una visa y viajar a España. Dijo que tenía un apartamento grande y que podía quedarme allá. Ella no quería dinero. Dijo que no quería nada distinto a ayudarme porque veía lo lamentables que eran las cosas para nosotros aquí. Pagaría por todo hasta que yo me estableciera. Me daría un empleo en su teatro o me ayudaría a encontrar trabajo haciendo otra cosa. No le creí, pero ella envió la carta y el dinero para el tiquete de avión y tuve suerte y obtuve la tarjeta blanca y el permiso de la embajada española para viajar. Incluso Yanai quería que yo me fuera para poder mandar por ella y por Sandro más tarde y tener una nueva vida juntos en España. Pero la gente siguió contándonos historias horribles sobre cubanos que se fueron a Europa y terminaron durmiendo en las calles, en estaciones de autobuses, y diciéndonos que las personas en el exterior los odiaban y los maltrataban y no les daban trabajo, así que no tenían más remedio que convertirse en delincuentes o en prostitutas. Dijeron que el clima frío nos mataría y que suplicaríamos por volver a Cuba, pero que para entonces tal vez el gobierno no nos dejaría entrar. Nos aterrorizaron. No dormíamos pensando en eso.

—¿Qué pasó entonces?

—No pude hacerlo. No podía irme. Terminé muy asustado. Las cosas estaban muy mal en la isla por esos días, pero yo seguía creyendo que no podían empeorar más. Cuando me di cuenta de lo equivocado que estaba, ya era demasiado tarde. Yanai también tuvo la oportunidad de irse. Ella tenía un primo en Chile que dijo que podía llevarnos a los dos. Tenía un restaurante y dijo que nos pondría a trabajar. Pero Yanai tenía miedo de irse tan lejos, casi hasta el fin del mundo, y le dijo que no. Y luego, después de divorciarnos, se casó con el alemán. Ella dijo que él era un hombre bueno que sólo quería compañía y que le había prometido enviar a los niños a una buena escuela y vivir en una hermosa casa en el campo. A veces pienso que ella no estudió lo suficiente para esos exámenes de idioma a propósito. Pero cuando dijo que se casaría de nuevo conmigo para que yo pudiera reunirme con ella y con los niños, creí que hablaba en serio. Ahora veo que nunca quiso irse y que sólo ahora es sincera al respecto. Dice que prefiere vivir en la casa de su familia y seguir con la lucha diaria porque ya sabe cómo sobrevivir aquí. Le teme al mundo, incluso a un lugar tan cercano como la Florida. La entiendo porque yo también tuve miedo durante muchos años. Todos aquí tienen miedo.

—¿No le dijiste que la ayudarías?

—Ella sabe que sólo puedo ayudarle hasta cierto punto. Tendría que conseguir un trabajo.

—¿Qué tiene eso de malo?

—Aquí ella puede ir a su trabajo en la clínica para mujeres y ganar el equivalente a doce dólares al mes, pero gastaría más que eso en los autobuses o almendrones que tendría que tomar para llegar allá. Así que está en capacidad de no trabajar y ganar lo mismo, es decir, nada.

Él señala el agua oscura y el horizonte nocturno.

—Allá, todos tienen que trabajar, y muy duro. Nada es gratis. Recibes una pequeña cantidad de ayuda a través de la Ley de Ajuste, pero más allá de eso, estás solo. Ella está asustada. Dice que no quiere ahogarse allá. Prefiere ahogarse en casa, aunque nuestros hijos se ahoguen con ella. Yo le digo, «Yanai, no hay nada para ellos aquí», y ella dice simplemente: «Mírate. ¿Qué has logrado allá en la Yuma? Eres un don nadie allá, así como lo eras aquí». No tengo nada que responder porque ella tiene razón. Soy un don nadie. Pero sólo quiero que mis hijos sean lo que quieran ser, decir lo que quieran, tener lo que quieran. Es una ambición pequeña para cualquier persona, pero lo es todo para mí.

Sé que no hay palabras que le pueda ofrecer para consolarlo, así que deslizo mi mano sobre la suya, que descansa sobre la suave pared de piedra y permanecemos un rato más en silencio, mientras el Malecón de la noche comienza a tomar forma: europeos pálidos caminan por ahí, sus brazos alrededor de chicas cubanas mucho más jóvenes, vestidas de forma provocadora; mujeres extranjeras quemadas por el sol y con las líneas del bronceado marcadas, sus codos unidos a los de unos jóvenes musculosos y oscuros. Más allá en la avenida y un poco más tarde en la noche, me dice Nesto, es donde comienza el verdadero comercio del cuerpo.

Empezamos la larga caminata por el paseo del Prado hasta mi hotel, y pasamos al lado de prostitutas en vías peatonales arqueadas, las sombras de cuerpos unidos entre sí en los callejones oscuros en medio de edificios desmoronados, detrás de las barricadas con grafitis bajo unos letreros que indican reparaciones, aunque Nesto dice que reparar cualquier cosa tarda una eternidad, y con frecuencia un edificio simplemente se derrumba, llevándose las vidas adentro con él.

El bar del hotel está lleno de extranjeros y de algunos lugareños entre ellos. Una vez en la habitación, Nesto se deja caer sobre la cama como si ya fuera suya y yo me acuesto junto a él y lo beso. No pasará la noche aquí. Quiere ver a sus hijos por la mañana para caminar con ellos a la escuela.

Nos disfrutamos en la parte de la noche que tenemos para los dos.

—Debo admitir que no pensé que vendrías.

—Te dije que lo haría.

—Pensé que cambiarías de opinión o que perderías el rumbo de algún modo. No pensé que algún día llegaría a verte conmigo en La Habana.

Esa noche, mi primera en la isla de Nesto, sueño con caminar al atardecer a través de un espeso bosque verde donde los árboles arden hasta sus raíces, cada uno envuelto en espirales de humo y fuego. En mi sueño, no corro ni entro en pánico, sino que permanezco inmóvil, el calor en la cara, viendo el bosque arder hasta que lo único que queda es tierra quemada.

Dos días en La Habana. Nesto dice que puede llevarme adonde van los grupos de turistas: a ver las preciosas plazas pintadas y restauradas de La Habana Vieja, donde los músicos interpretan *Chan Chan* y *Guantanamera* en las esquinas, donde los turistas toman daiquiris en cafeterías gubernamentales y compran recuerdos comunistas a vendedores autorizados por el gobierno que tienen tiendas afuera de la sala de su casa. «La Habana de las ilusiones», la llama él, empacada para el consumo extranjero.

—Prefiero ver tu Habana.

—Lo harás. Esta noche te llevaré a cenar a la casa de mi madre.

—¿Qué saben ellos de mí?

—Que eres importante para mí. Y que te invité aquí.

—Está bien —digo—. Pero ¿qué puedo llevar? No quiero aparecerme con las manos vacías.

—No lo harás. Tú y yo llevaremos la comida.

Hoy, Nesto le ha pedido prestado otro carro a un amigo, un Lada ruso marrón con ventanillas que no suben ni bajan, y un asiento trasero que se sale de los rieles y golpea la carrocería metálica oxidada y sin acolchado. Nos dirigimos a las calles arboladas del Vedado, en lo que Nesto dice que es la misión diaria de cada ciudadano en la isla: poner comida en la mesa esa noche.

Comenzamos en un agropecuario, un mercado construido en un lote en medio de mansiones en diversos estados de deterioro y desmoronamiento, abandonadas por los ricos que alguna vez las habitaron. Las mejor mantenidas son oficinas gubernamentales o empresas extranjeras, pero la mayoría solían ser casas unifamiliares que fueron divididas en viviendas que ahora albergan hasta veinte familias. Nesto le compra una bolsa plástica a una mujer que las vende en la acera y dentro del mercado, y avanzamos por hileras de productos agrícolas amontonados en cajas y mesas. Nesto escoge cebollas, yuca, malanga.

—¿Hay papas? —le pregunta Nesto a un vendedor.

—No, amigo. Tal vez el próximo mes o el siguiente.

—¿Y limones?

—No hay limones en los mercados desde noviembre. Sólo para los turistas.

Al fondo del mercado, Nesto compra varias libras de arroz y frijoles.

—Pensé que conseguías esas cosas gratis —le digo.

—El Estado sólo da cinco libras de arroz y frijoles por mes, y vienen llenas de piedras y gusanos. Incluso el café que nos dan viene mezclado con arvejas.

Pasamos al puesto del carnicero, donde un hombre con sangre en el delantal aplasta las moscas que se amontonan alrededor de tajadas delgadas de carne colgadas de ganchos, y de filetes que están sobre el mostrador de madera astillada, «TODO POR LA REVOLUCIÓN» pintado de rojo en el frente.

Afuera del mercado, mientras regresamos caminando a donde él estacionó el Lada, un hombre se acerca a Nesto con un montón de cajas de huevos al hombro. Nesto negocia cuatro docenas y el hombre lo ayuda a acomodar las cajas en el piso del Lada para que no se quiebren.

—¿Realmente necesitas tantos? —le pregunto.

—Con la Libreta, a una persona sólo le permiten cinco huevos al mes, pero ahora mismo no hay huevos en ningún dispensario o mercado de Playa o Marianao. Así que tenemos que conseguirlos aquí mientras tengan. La próxima semana o el próximo mes tal vez no quede ninguno.

En el instante en que el vendedor de huevos se aleja con el dinero que Nesto le pagó, otro hombre se arrima y le susurra que tiene papas, a las que sólo han tenido acceso los restaurantes para turistas desde hace varios meses.

—Bueno, amigo —dice Nesto—. Muéstrame lo que tienes.

El hombre desaparece en la esquina y reaparece unos minutos después con un costal de papel en los brazos, y se lo entrega a Nesto, que aparta las solapas para echar un vistazo a lo que parecen ser papas de verdad, gordas como puños.

—Dame una docena —dice Nesto, y el hombre está encantado de que le paguen en CUC.

—Papas del mercado negro —digo, cuando estamos en el carro y de nuevo en camino.

—*Todo* del mercado negro.

Vamos a tres supermercados donde se pueden comprar alimentos, ropa, muebles y electrodomésticos a precios inflados en la moneda turística, pero no se consigue leche para los niños de Nesto que no sea condensada o en polvo. Finalmente, en un diplomercado en Miramar, donde compran los expatriados y los diplomáticos, encontramos leche de verdad en cajas y Nesto compra una caja, además de otros lujos —queso, salami, salsa para pasta, galletas dulces y saladas—, alimentos que él dice que perdurarán después de haberse ido y que no se pudrirán fácilmente en el calor tropical. Esperamos en la fila para pagar entre compradores de aspecto extranjero, sus carros llenos de agua embotellada, vino y carnes empacadas.

—¿Haces esto cada vez que vienes aquí?

Él asiente.

—Esto es para lo que ahorro. Intento dejar los refrigeradores de mi madre y de los niños tan surtidos como pueda. Sin embargo, lo consumen rápidamente. Cuando vives con racionamiento te entra el pánico porque lo que no te comas hoy, mañana podría no estar donde lo dejaste.

Nesto me lleva a las colinas, donde un bosque serpentea alrededor del río Almendares, el río que atraviesa La Habana y desemboca en el mar al final del Malecón. Aquí en el bosque, extendidos en un campo con hierba y árboles cubiertos de musgo español, el aire exuberante y limpio, como si hubiéramos hecho un gran esfuerzo por llegar hasta acá, lejos del ruido de la ciudad y del olor a diésel y gasolina, Nesto me dice que la gente viene a encontrarse con los orishas para una limpieza o un despojo, y se bañan para purificarse en las aguas de Ochún. Depositan ofrendas de frutas y flores en la orilla del río, juntan piedras, tocan tambores, cantan alabanzas para las bendiciones continuas del orisha.

Otros, dice él, vienen a conjurar a Ogún, que habita en bosques como este. Algunos vienen para dejar ofrendas a los pies de las ceibas de Changó —el único árbol resistente a los rayos que permaneció intacto cuando la gran inundación cubrió la tierra, ofreciéndoles refugio a la humanidad y a los animales para que la vida perdurara—, con una corteza tan potente que puede curar la infertilidad: un árbol tan sagrado que no debes atreverte a cruzar su sombra sin antes pedir permiso.

Nesto dice que el bosque es un lugar conocido para llevar a cabo pequeños sacrificios bajo árboles llenos de ramas y lianas. La gente llega para alimentar a los santos con pollos vivos en bolsas de tela, dejan por ahí tirados algunos pollos desangrados, y nadie, ni siquiera los guardias que están en el puesto militar al otro lado de la carretera, mira dos veces. A nuestros pies hay pedazos de huesos de animales partidos, incluso algunas patas de pollo intactas, trozos de cerámica rota, cuerdas anudadas de todos los colores, frutas descompuestas y pequeños charcos de sangre seca que tiñen el suelo. En los parches polvorientos del bosque hay líneas blancas y círculos pintados entre ramas y ramitas que, según Nesto, son interpretaciones de los caracoles, y en la suave corriente del agua veo girasoles que pasan a nuestro lado y parecen venir desde río arriba.

Ya que muchos llegan hasta aquí para reunirse con los orishas, Nesto dice que nadie sospecharía que hemos venido para encontrarnos con el vendedor de carne.

Vemos a un hombre bajar la colina por la pendiente uniforme como si fuera un conjunto de escaleras, y se dirige hacia nosotros por el borde del río. Es un hombre mayor, tal vez cincuentón, y Nesto me dijo que era administrador de confianza de uno de los mataderos del gobierno, que diversificaba su negocio echando trozos de carne en un maletín o cartera y los llevaba durante las tres horas de viaje a La Habana para distribuirlos. Hay otros hombres que tienen el mismo negocio con pescado que viene de África y no se consigue en los dispensarios de comida de la isla durante meses, y otro tipo que vende las pechugas gordas de pollo destinadas a los turistas, pues las únicas presas disponibles con la Libreta son muslos o piernas huesudas, y cada persona sólo tiene derecho a una libra por mes.

El hombre se acerca y le entrega un paquete envuelto en un periódico a Nesto, que retira un extremo para comprobar la calidad, y cuenta seis filetes.

—Estás viendo lo mejor de Fidel —le dice el hombre a Nesto—. Holstein canadiense cruzado con cebú indio.

Unos cuantos buitres reunidos alrededor de los restos de un pollo más abajo, en la orilla del río, parecen haber notado el olor de los filetes y se acercan a nosotros.

—No está mal —le dice Nesto al hombre de la carne—. Me los llevaré todos.

Desliza unos billetes de CUC en la palma del hombre con un apretón de manos.

El vendedor de carne vuelve a subir la colina hasta su carro, pero Nesto se detiene un momento y envuelve el paquete en una bolsa plástica que trajo.

A través de los árboles veo que la luz de la tarde empieza a atenuarse, funde el bosque en una película dorada pálida, similar al bosque de mi sueño. Intento recordar el incendio que vi anoche cuando dormía, y trato de encontrar una conexión.

Nesto camina hasta el borde de la orilla del río, me entrega el paquete de carne mientras se quita los zapatos y se mete en el agua hasta las rodillas. Se inclina, sumerge las manos en la corriente, y luego saca piedras lisas del lecho del río. Se las frota en los brazos y el cuello, y luego las deja a mis pies.

—Hace muchos años, en África, cuando los orishas vieron cómo los primeros esclavos eran hacinados en barcos para llevarlos al otro lado del océano, Ochún le preguntó a su madre, Yemayá, adónde iban, y ella le dijo que a una isla lejana llamada Cuba. Ochún le suplicó que la dejara acompañar a los africanos en su viaje. Ella no quería que viajaran solos. Por eso la queremos tanto. Y dicen que si estás solo y esperas pacientemente junto a sus ríos, podrás oírla cantar la canción que le enseñó su padre, Obatalá, y que contiene el secreto de la vida. Oírla con tus propios oídos es una bendición especial.

—Tú y tus historias, Nesto.

—Prefiero estas historias a las que nos han impuesto.

—Entonces, ¿cuál es el secreto de la vida?

—¿No lo sabes? Es muy simple.

Niego con la cabeza.

—El amor.

Él se para en el río, sus piernas aureoladas por la corriente. Me lleva hacia él. Me acerco tanto como puedo con mis pies todavía sobre la tierra dura. Él recoge agua en las palmas de las manos y la deja caer sobre mi cara para que el agua gotee por mi frente y mis mejillas.

—Para tu protección. —Deja que sus dedos se detengan en las curvas de mi rostro, fresco por el agua, y los pasa por mis labios, por mi clavícula y sobre mi corazón.

Una vez hechos los mandados del día, Nesto dice que es hora de ir a casa. Conduce por la Quinta Avenida, pasando por antiguos palacios residenciales convertidos en embajadas y ministerios, donde la policía vigila las esquinas de las calles. Tienes que conducir rápido, me explica Nesto, desde principios de los años ochenta, cuando un autobús se estrelló contra las puertas de la embajada peruana, mató a un guardia y abrió las puertas a miles de solicitantes de asilo, desencadenando los eventos que llevaron al éxodo del Mariel. Si te sorprenden desacelerando de manera sospechosa en esta zona, te pueden multar. Pasamos por Miramar y Nesto señala el acuario donde trabajaba, y la cafetería al final de la calle donde dice que se mantienen las jovencitas que se venden por unos dólares a cualquiera que entre a tomar un café o a comprar minutos para sus teléfonos celulares.

—Cada vez que las veo, pienso en mi hija —dice—. Y creo que tengo que hacer lo que sea necesario para sacarla de aquí antes de que comience a recibir ofertas por su cuerpo.

Poco después toma otra calle y sube por una larga colina donde el barrio ha cambiado claramente, pasando de avenidas empedradas y lisas a calles agrietadas y llenas de baches. Un barrio de edificios incoloros destrozados por el tiempo y el abandono que los devuelven al yeso y a los tonos de concreto originales. Casas semejantes a bloques dispuestos al azar por un niño, construidas una encima de la otra. Gente que camina por la mitad de la calle. Niños que cargan a otros más pequeños. Perros esqueléticos que duermen bocarriba en pequeños parches de sombra bajo toldos de hojalata. Basura acumulada en las esquinas. Hay pocos árboles aquí y el aire salado del mar no llega tan alto hasta esta ladera de la ciudad.

—Esto es —dice Nesto—. Esto es Buenavista.

No estamos lejos del famoso Tropicana, donde los autobuses Yutong dejan a cientos de turistas cada noche para un espectáculo ni del barrio donde se dice que vive El Comandante, más allá de los portones en una zona de exclusión aérea. Pero Buenavista es una de las zonas olvidadas de la ciudad, me dice Nesto; algunos sectores ni siquiera tenían electricidad hasta hace un año o dos.

La gente lo saluda mientras él conduce lentamente por la calle destrozada, y luego se detiene, se estaciona y señala una casa con barras metálicas en la puerta principal y en las ventanas que me recuerda la casa donde crecí.

—Esta es mi casa.

Nesto me abre la puerta y permanecemos en la entrada mientras él llama a su madre, que baja por un pasillo oscuro hacia nosotros. Se ve mucho más vieja que mi propia madre, más como las dulces abuelitas de los niños que conocí en nuestro barrio en Miami, abuelas que se iluminaban cuando llegaban sus nietos, tan diferentes de mi abuela, que a pesar de su afecto por mí, refunfuñaba con frecuencia que era una lástima que yo hubiera tenido la desgracia de nacer como la hija de mi madre.

Nesto saluda a su madre con un beso y luego se aparta para presentármela.

—Esta es Reina, mamá.

—Reina. —Me acerca a su pecho con un abrazo, luego pone las manos en mis hombros para verme mejor, como si yo fuera una pariente perdida desde hace mucho tiempo y no una completa desconocida. Es una calidez a la que no estoy acostumbrada—. Bienvenida, bienvenida. Estás en tu casa.

Veo los ojos de Nesto en los de su madre. Es oscura como melao de caña, al igual que él, aunque su cara está salpicada de pecas. Me hace pasar a una sala con una puerta abierta al patio, mientras Nesto va al carro a traer los alimentos que compramos para la cena. Miro hacia el patio y veo los árboles tan preciados de los que me ha hablado Nesto, que alimentaron a su familia en las épocas más difíciles. Debajo del mango duerme la gata blanca de pelo largo, Blancanieves, a la que Nesto había rescatado de un contenedor de basura años atrás, antes de que alguien pudiera atraparla y usarla o venderla para brujería.

Esta es la casa a la que trajeron a Nesto recién nacido, el hijo largamente esperado; el espacio en el que creció como un niño sin padre, durante los años hambrientos en que tuvo que encontrar la manera de ayudar a alimentar a su familia; el hogar del joven que partió tras ser reclutado por el ejército; la casa a la que regresó después de casarse y divorciarse de la madre de sus hijos; la casa en la que había permanecido hasta que reunió el valor para irse esa última vez, cruzando el mar hasta la otra orilla donde finalmente me encontró.

Veo partes de su vida anterior en todos lados, reliquias de historias que me ha contado en nuestra nueva vida juntos en la Florida. Enfrente del sofá donde estoy sentada, la pecera que Nesto construyó en la pared cuando era adolescente con paneles de vidrio de ventanas desechadas y concreto que él mismo mezcló, llena de peces tropicales que nadan sobre pedazos de coral y rocas pintadas; los estantes que Nesto me dijo que hizo con una mesa desarmada para albergar las figurillas de cerámica de su madre y algunas porcelanas finas, las únicas cosas que tenía de valor, heredadas de su madre; otras cosas que Nesto hizo para ella cuando no había dinero para comprar regalos: una caja de conchas marinas recogidas en la Isla de la Juventud, una rosa tallada en madera de un árbol de chaca caído con el nombre de su madre, Rosa María, inscrito en la base.

En la pared encima de la silla donde su madre está sentada frente a mí, cuelgan tres cuadros: un retrato del

362

rey y la reina de España al lado de uno de Fidel joven con gorra militar; en el otro costado, una representación de la patrona de la isla, la Virgen de la Caridad del Cobre, la otra cara del orisha Ochún.

Noto en la mesa, a un lado de su sillón, una fotografía enmarcada de Nesto con sus hijos junto a una pequeña montaña rusa, la misma foto que él ha pegado a una pared en su habitación en el motel de Crescent Key, que ahora parece tan lejos, al igual que la cabaña y la vida que compartimos en esas pequeñas islas lejanas.

Nesto se acerca, se sienta a mi lado en el sofá y le habla a su madre de todos los lugares a los que fuimos a conseguir los ingredientes para la cena de esta noche.

—¿Puedes creerlo? —me dice su madre—. ¿Las cosas que tenemos que hacer para preparar una comida decente en este país?

Asiento, aunque no sé muy bien qué decir, porque Nesto siempre me ha dicho que, a pesar de las decepciones de su madre, de haberle entregado su vida y su fe a una revolución que le dio tan poco a cambio, siente todavía una lealtad conflictiva hacia ella.

Nesto le dice a su madre que iremos a la casa de Yanai a recoger a los niños y los traeremos aquí mientras ella prepara la cena. Cuando regresemos, dice él, los otros, su padrastro, su hermana, sus sobrinas y tías también deberían estar acá.

Caminamos por la calle destrozada. De vez en cuando nos interrumpe la gente que llama a Nesto, le dicen que están contentos de verlo de vuelta en Buenavista, y él hace una pausa para saludarlos, y responderles que sí, que es bueno estar en casa.

—Nesto —comienzo a decir cuando estamos a unas pocas cuadras—. ¿Qué les has dicho a tus hijos de mí?

—Que eres importante para mí.

—¿Eso es todo?

—Eso es todo lo que importa, ¿no?

—Cuando mi hermano y yo éramos niños, odiábamos cuando nuestra madre llevaba a alguien nuevo a la casa. Nos mandaba a la cocina para darle una cerveza al tipo y escupíamos en ella antes de llevársela. Luego lo veíamos tomársela y tratábamos de no reírnos.

—¿Por qué hacían eso?

—Creo que teníamos miedo de que alguien nos la arrebatara.

—¿No querías un padre?

—No.

—¿No querías que ella encontrara la felicidad con alguien?

—Yo no entendía por qué ella no podía ser feliz sólo con nosotros.

—¿Qué quieres que les diga entonces a mis hijos sobre ti?

—Diles que no soy nadie especial.

—No voy a mentirles, Reina. —Señala una casa a pocos metros de distancia con una amplia terraza de piedra detrás de una valla metálica—. Esa es la casa.

Un cuerpo se apresura hacia Nesto por detrás y él alarga la mano a su alrededor, se ríe al reconocer el peso de su hijo y lo toca. Luego acerca a Sandro a su lado. Es tan alto como su padre y ya ha dejado atrás su cuerpo de peladito con nuevos músculos. Está vestido con su uniforme escolar azul y lleva una mochila de nailon que, recuerdo, Nesto le compró en Navidad. Se abrazan y forcejean por un momento hasta que Nesto deja de reírse y me señala.

—Sandro, ella es Reina. Mi amiga de la Yunay. Vendrá a comer con nosotros esta noche.

Sandro me dice «hola» y me besa en la mejilla. En su rostro, veo su linaje de sangre, los ojos de su abuela, la sonrisa de su padre, su piel canela, una amalgama del mestizaje de sus padres.

—Ve por tu hermana —le dice Nesto. Sandro desaparece por la puerta y quedamos los dos en la acera afuera de la casa.

—Viviste aquí —le digo, mientras miro la fachada y trato de imaginar a Nesto cuando vivía ahí dentro con su esposa y su familia.

—Sí, por muchos años. ¿Ves esa terraza? Yo mismo la construí. Antes era una cosa estrecha de madera. Traje cada una de esas piedras y las puse con mis propias manos. Construí las columnas para el dosel del techo, y esa puerta delantera después de que un ciclón se llevara la anterior. ¿Y esta cerca? —Toca el cableado de metal—. También la puse yo.

—Eres bueno con las cercas. —Paso las manos por los eslabones oxidados y recuerdo cómo liberamos juntos al delfín, en una noche que ya parece muy lejana—. Para instalarlas y derribarlas.

Miro la casa de nuevo y veo una figura delgada que nos observa desde la ventana delantera. Se apoya en el marco con los brazos a los lados y el pelo oscuro recogido sobre el rostro pálido.

Nesto también la ve y le hace un pequeño saludo con la mano.

—Es Yanai. También sabe de ti.

Ella alza levemente la palma de la mano, hace un breve saludo y luego se aleja de la ventana y de nuestra vista.

Su hija es más pequeña de lo que yo esperaba, incluso en las fotos antiguas. Corre hacia Nesto cuando sale de la casa, lo ve esperarla afuera de la puerta, y mece las piernas cuando él la levanta del suelo. Se ha cambiado el uniforme escolar por un vestido que Nesto le mandó de la Florida, y lo exhibe con orgullo, girando en los pies. Tiene el pelo trenzado, similar a la forma en que mi madre solía trenzar el mío todas las mañanas antes de la escuela: me separaba el pelo suavemente con el peine, de una forma que me encantaba, aunque más tarde otras chicas me jalaran esas mismas trenzas. No puedo dejar de pensar en mi madre ahora y en lo que diría si supiera en dónde estaba yo, con Nesto al pie de la puerta de su exesposa. Ella me recordaría que no hay una mujer más estúpida que la que se relaciona con un hombre entre dos vidas.

—Mira, Cami —le dice Nesto a su hija—. Esta es mi amiga Reina.

Ella se para detrás de él y se cubre la cara con el borde de la camisa de su padre.

—Hola, Camila —le digo—. Eres más bonita aún de lo que me dijo tu papi.

—Dile «gracias»—. Nesto la empuja con suavidad, y ella murmura, agarrando la cintura de su padre.

Regresamos a la casa de la madre de Nesto. Camila suelta la mano de su padre para caminar con su hermano, que pone el brazo de manera protectora sobre sus hombros. Se inclina hacia él y él inclina su cabeza hacia ella como si estuvieran compartiendo secretos.

Recuerdo cuando Carlito y yo solíamos caminar juntos del mismo modo, y cómo sentía que cuando estaba a su lado nadie en el mundo podía lastimarme.

Daría cualquier cosa por sentirme así de nuevo.

Nesto dice que no hay manera de que el resto de su familia se pierda la cena de esta noche, no porque venga una invitada, sino porque oyeron que traería el bistec que le compró al vendedor. Mientras esperamos a que su madre prepare los alimentos que trajimos en una cena para doce personas, comienzan a llegar los demás: su padrastro, Juan Mario, a quien le estaban arreglando sus bifocales, un hollejo de hombre con la cara hundida, con parches sin pigmentos en los brazos y en el cuello, incluyendo uno en una pierna que él jura que tiene la forma exacta de Cuba; luego las dos hermanas mayores de Nesto, Bruna y Galina, mujeres con cuerpo grueso y rostro cansado que se parecen poco a él, probablemente porque tienen padres diferentes; la hija de Bruna, Clarilú, de diecinueve años, con su novio Yordan, y su hija pequeña, Lili, en los brazos; y la hija de Galina, Casandra, de veintidós años y con un anillo de compromiso que Nesto dice que le dio un británico del que ella no ha tenido noticias en un año.

Estamos hacinados en la sala, esparcidos por el patio, las hermanas de Nesto y Yordan recostados contra las paredes porque no hay sillas para todos. Nesto les dice que yo solía pintar uñas y Casandra sale corriendo y regresa con un frasco de esmalte, un regalo de Nesto, y me pregunta si puedo pintarle las suyas.

—Por supuesto —le digo, y cuando termino con ella, se las hago a Clarilú y luego las hermanas de Nesto me piden un turno. Nesto empuja a su hija hacia adelante.

—¿Y tú, Cami? ¿Quieres que Reina te pinte las uñas?

367

Aprieta los puños, esconde las manos detrás de la espalda y sacude la cabeza. Nesto le sonríe a ella y luego a mí. Se ve feliz, aunque es un tipo de felicidad diferente a la que comparte conmigo: alegría y confianza entre las personas que lo conocen mejor. La sala es pequeña y caliente, el ventilador metálico en el rincón apenas mueve el aire, pero envidio la cercanía de esta familia y pienso en lo vacía que se sentía la casa de mi infancia en comparación con esta.

La madre de Nesto ha tomado los filetes que trajimos, y los ha cortado y añadido a un guiso con arroz, papas y huevos fritos. Dispone la comida en una mesa cerca de la cocina y comemos en platos sobre las piernas, Nesto y yo en un rincón del sofá con sus hijos a su otro lado. Las hermanas de Nesto me preguntan por la vida en Miami, si es tan encantadora como la ven en las telenovelas que captan de la antena parabólica ilegal de su vecino. El padrastro de Nesto, después de saber que llegué de Colombia, pregunta si es verdad que toda la escasez de Venezuela se le debe imputar a su vecino, porque eso es lo que informan las noticias cubanas.

—No puedo decirlo con certeza —le digo—, pero realmente no lo creo.

En medio de todo esto, observo a los niños de Nesto. Comen en silencio, su hija apoyada en el brazo fornido de su padre. Recuerdo cuando yo tenía su edad y trataba de reclamar la propiedad de mi madre cada vez que ella traía a un nuevo hombre a casa para que nos conociera. Me aferraba a ella, me sentaba en su regazo hasta que ella me apartara o le dijera a Carlito que me sacara a jugar. Recuerdo a los hombres que veía como intrusos, invasores de nuestro territorio. Carlito nunca se sintió tan amenazado o molesto, pues tenía la conciencia innata de que cada hombre estaba de paso.

Hay un flan de postre, y después de servirle a cada uno de los miembros de la familia de Nesto, no queda más. Me dan la porción más grande y veo que la hija de Nesto me mira con envidia. Ofrezco compartirla con ella, pero niega con la cabeza y se esconde detrás de la cortina del brazo de su padre, jalándole el hombro a su altura.

La oigo susurrarle al oído:

—Papi, ¿la veremos otra vez?

—Sí, mi amor. Es una muy buena amiga nuestra.

—¿Regresará contigo cuando vuelvas?

Él trata de distraerla, ofreciéndole lo que queda de su porción de flan, pero ella no se inmuta y ahora le pregunta a su padre cuándo será su próxima visita, y le hace prometer que vuelva antes de su próximo cumpleaños porque su madre ha prometido hacerle una gran fiesta.

Después de la cena, Nesto lleva a sus hijos a casa y yo me quedo. Me ofrezco para ayudar a su madre y a sus hermanas a lavar los platos, a guardar lo poco que queda, pero no me lo permiten y me dejan esperando a Nesto en la sala, mientras su padrastro ve un programa de noticias que describe a Venezuela como el modelo para el futuro de las Américas.

Cuando Nesto regresa, me dice que lo siga por un pasillo estrecho después de la cocina, que da a una hilera de cuartos pequeños. Uno de ellos es como una cueva en la parte posterior de la casa, en que la mayor parte del suelo está ocupada por un colchón y un pequeño equipo de sonido en un soporte metálico; la única ventana está cubierta por una sábana para bloquear la luz.

En la pared, una imagen solitaria de Fidel cuelga bocabajo.

—¿Esta es tu habitación?

—Lo que queda de ella. Vendí casi todo lo que tenía antes de irme a México.

Permanecemos callados mientras miro alrededor. En la distancia, el sonido de alguien que golpea un par de

369

palitos, los ritmos iniciales de un guaguancó. Dudo en tocar a Nesto en su casa, pues temo que él no me pertenezca aquí, y a lo mejor nunca más.

Me pregunto lo que habría sentido si yo hubiera tenido alguna vez la oportunidad de estar con él dentro de las paredes de la que había sido mi habitación en la vieja casa de Miami, o en la primera habitación en la que viví, la misma que acabo de dejar atrás en Cartagena. Creo que nunca me habría sentido más desnuda.

Le toco la mano, como si eso fuera lo único permitido. Me toma de los dedos y me lleva al colchón y nos recostamos el uno frente al otro mientras trato de imaginar los años y noches que pasó en esta misma cama, más de treinta veranos, inviernos y primaveras, esperando, esperando, esperando, y cómo yo dormí en una cama similar en el suelo al otro lado del mar, y aunque no siempre supiera qué, yo también estaba esperando.

En mi sueño, me acuesto en una cresta de playa donde la arena se encuentra con el agua, mi cuerpo presiona con fuerza, labra su forma en la tierra, y cuando me pongo de pie y miro hacia abajo, veo que mi silueta se ha endurecido a pesar de la corriente que se precipita sobre ella y llena el espacio donde mi cuerpo descansaba, hasta que el agua retrocede y mi silueta en la arena se llena de sangre; el agua la lava nuevamente, y con cada ola hay un intercambio de sangre y marea.

Le hablo a Nesto de mis sueños cuando me llama al hotel por la mañana, y de cómo han cambiado desde que llegué a Cuba.

—Te llevaré a algún lado para que puedas encontrarles sentido —me dice.

—Nada de brujas, por favor.

—No se trata de una bruja. Es la mejor intérprete de sueños de La Habana.

El sol matinal es caliente, el aire está cargado de humedad. Nesto me recoge en un Chevrolet de 1952 que un primo le prestó. Conduce a través de Centro Habana por calles agrietadas, mientras los perros callejeros corretean para que no los persigan ni les den patadas; hombres encorvados sobre capotas de autos abiertas tratan de diagnosticar el desperfecto del día; baldes y canastas llenos de fruta o comida que suben desde la calle hasta balcones repletos de cuerdas para tender ropa; viejos sentados alrededor de unas mesas improvisadas y cajones volteados juegan dominó; mujeres jóvenes y mayores, algunas con bebés en los

371

brazos, entretenidas en las ventanas y portales mirando y dejando, viendo el mundo pasar.

Llegamos al enclave de Cayo Hueso, enmarañado con alambres y antenas, donde Nesto estaciona en la esquina de una calle estrecha y le pide a un grupo de chicos sin camisa que patean una pelota que cuiden el carro para que no le roben nada mientras volvemos.

Grita frente a un edificio:

—¡Zoraida! ¡Zoraida! —Su voz llena la pequeña avenida.

Una mujer asoma la cabeza por la ventana de un tercer piso y alza la cara para gritar también el mismo nombre. Finalmente, en el sexto piso, otra cabeza emerge de algunas cortinas. Un hombre le dice a Nesto que la atrape y le arroja a la calle una llave. Nesto abre la puerta del edificio que da a una pared del vestíbulo pintada con el retrato de un Che joven de rostro soñador, y comenzamos el largo ascenso por varios tramos de escaleras destrozadas, el sudor acumulándose en las hendiduras de mi clavícula y goteando por mi espina dorsal. Me detengo y me apoyo en la baranda para recuperar el aliento mientras Nesto pasa volando, y dice en broma que yo no tengo resistencia, hasta que ambos llegamos al último piso, que se abre a un pequeño apartamento de paredes de concreto, de una sola habitación, que está en el techo del edificio.

Zoraida se sienta en una silla de madera en el centro, al lado de un altar a santa Bárbara —Changó—, y nos mira por encima de una copa de vino blanco y una manzana roja. Zoraida es una mujer pequeña, su cabeza está envuelta en un turbante color rubí y lleva un vestido largo y blanco que llega hasta el suelo. La puerta detrás de ella da a un jardín de concreto. Nesto la saluda, se inclina ligeramente hacia ella y me presenta; y Zoraida, que Nesto dice que tiene al menos cien años, aunque nadie lo sabe con certeza, pero aparenta unos setenta, me llama a su lado, toma mi mano en la suya, la frota suavemente con sus pulgares y dice:

—Así que tú eres la que tiene problemas con tus sueños.

Se da vuelta hacia Nesto.

—Déjanos solas. Anda afuera. Espera a la sombra hasta que te llame.

Nesto obedece y lo veo acomodarse en una silla metálica en la azotea mientras Zoraida me dice que me siente en el taburete cerca de ella.

—Conozco a Nesto desde que era un niño. Su abuela solía traerlo debido a sus pesadillas. Ahora tú, querida, es tu turno.

Empiezo contándole los sueños del pasado, los de Cartagena, hasta que regresé, le hablo de mi padre, de mi hermano, de los bebés del puente, aunque no le digo el motivo de estos sueños ni que provienen de recuerdos reales. Luego le cuento mis sueños aquí en Cuba, como ninguno que haya tenido antes. El bosque en llamas que parecía tan similar al que visité ayer. Y el sueño más reciente: mi cuerpo en la arena, mi silueta llena de sangre y de agua.

Ella me mira mientras hablo, aunque tengo la impresión de que realmente no me escucha, sino que me lee de otra manera.

Cuando termino de hablar, ella dice con severidad, sin ningún asomo de especulación:

—Has sido perseguida por la vergüenza. Has sido encadenada. Has conocido la violencia y has cometido violencia contra ti misma. Debes tratar de entender por qué te has metido en una prisión. Soñar con fuego es un indicador de cambio. Tendrás que dejar ir todo lo que pasó antes. Sentirás el final de un gran dolor, pero sólo después de varias pruebas de desesperación. Soñar con arena, agua y sangre demuestra que sientes impermanencia, pero es todo lo contrario; algo en ti está echando raíces. Escucha la voz de tus instintos. Los espíritus te están guiando.

Se aparta y me mira con una sospecha súbita.

—No crees en nuestros santos ni en aquellos con los que te criaron.

Niego con la cabeza.

—Pero eres hija de Yemayá. Debes saber esto. Ella te reclamó mucho antes de que nacieras. Debes sentirlo. Mira la luna. Sigue su resplandor. Ella es la madre universal. Tienes su favor especial. Cualquier cosa que le pidas, ella te la dará.

Llama a Nesto, que viene desde el patio y se para a su lado.

—Nesto, llévala a ver a Yemayá. Ella traerá paz a sus sueños.

Toma la mano de Nesto, enorme junto a la suya, y él se inclina en una rodilla a sus pies.

—Y tú, ten paciencia, mi querido muchacho. El Grande te escucha. Con el tiempo, tendrás todo lo que quieres.

—Gracias, Zoraida. —Nesto se inclina y le besa el dorso de la mano.

Intenta darle un poco de dinero, pero ella lo rechaza y le retira la mano. Él camina hacia el altar de santa Bárbara y deja los billetes debajo de la manzana.

—Para tu santa, entonces —le dice, y ella no protesta.

Nesto dice que quiere mostrarme la vista antes de irnos del edificio de Zoraida y me lleva a la azotea, donde toda La Habana se extiende ante nosotros en cubos de concreto, casas sobre casas, tanques de agua, cables eléctricos, antenas, perros que ladran y palomares en casi cada azotea.

Siento cómo el calor me presiona el pecho y me vuelvo a sentir sin aliento. Toda la mañana he sentido náuseas, pero no lo he mencionado porque no quiero que Nesto piense que fue por la comida de su madre. Escasamente pude desayunar en el hotel. Siento que me duele el estómago, que mi cuerpo se quema y se enfría de repente.

—Hace tanto calor —le digo a Nesto, protegiéndome los ojos del sol mientras él señala allí donde comienza el

Malecón y la fortaleza de La Cabaña, al otro lado del puerto.

Todo se vuelve oscuro, pero siento sus manos sobre mí, lo oigo decir mi nombre. Entonces está encima de mí y no estoy de pie en la azotea mirando la ciudad, sino acostada en el techo polvoriento de concreto mientras Nesto me abanica la cara con su camisa, que se ha quitado, y Zoraida, que avanza lentamente hacia nosotros por la puerta, con una mano en un bastón y un vaso de jugo en la otra. Él me ayuda a sostenerme sobre mis codos, apoya mi cabeza contra sus rodillas, toma el jugo de Zoraida, sostiene el vaso en mis labios hasta que pruebo el sabor a mango.

—¡Está más acalorada que un perro caliente! —dice Zoraida, y regresa un momento después con un trapo húmedo, se lo entrega a Nesto, y él me lo pone en la frente.

—¿Qué le has hecho a esta pobre niña? ¿No ves que no está acostumbrada a nuestro calor?

Me siento; la cabeza me pesa y tengo que recostarme un momento más, hasta que Nesto me ayuda a levantarme y a ir a la puerta. Le agradezco a Zoraida, aunque estoy demasiado aturdida para hablar.

—Llévala directamente al mar —le dice a Nesto—. Asegúrate de que se moje toda la cabeza con agua.

Cuando él me ve vacilar mientras bajo el primer tramo de las escaleras, con cuidado para no perder el equilibrio, Nesto me toma del brazo, mete la cabeza en mi pecho y me cuelga en su hombro hasta la calle donde los chicos esperan al lado del carro para que Nesto les pague sus chavitos.

Nos dirigimos al este, hacia las playas afuera del perímetro de la ciudad. Cierro los ojos mientras Nesto conduce, siento el aire pasar veloz por mi cara a través de la ventana abierta, el olor a gasolina y gases de escape que da paso al aroma del mar y al verdor de los alrededores de la ciudad.

Pienso en la última vez que me desmayé cuando era adolescente y Universo me llevó a San Basilio de Palenque porque estaba obsesionado con Benkos Biohó, el rey cimarrón que fundó el refugio para esclavos fugitivos como él en lo alto de las colinas, rodeado de selva, la única comunidad de América en oponerse a la colonización. Tuvimos que hacer autoestop desde Cartagena y un camionero que iba a Mompox nos llevó. Nos dejó en el fondo de una vía fangosa y caminamos a través de la humedad espesa hasta llegar al claro polvoriento de la plaza del pueblo. Universo me dijo que los palenqueros eran conocidos por ser solitarios, desconfiados de los extraños y reacios a bajar de su colina.

Un viejo salió a nuestro encuentro en el camino y nos preguntó qué hacíamos allí.

—Vinimos a ver eso —dijo Universo, señalando la estatua de Benkos en el centro de la plaza, un hombre de hierro con los brazos extendidos, las cadenas rotas que colgaban de sus muñecas.

Caminamos hacia la estatua, el sudor resbalaba por mi espalda y mis piernas, y el sol se reflejaba en el polvo blanco a nuestros pies.

Recuerdo haberle dicho a Universo:

—Este debe ser el lugar más caliente de la tierra. —Y luego estaba en el suelo.

Cuando volví en mí, Universo y el viejo me habían arrastrado a un lugar sombreado junto a la iglesia, y me habían acostado sobre la hierba. Sentí el cráneo aplastado, escuché al hombre gritar en palenquero hasta que apareció un niño con un galón de agua que me echaron encima.

—Esta muchacha no es de aquí de las colinas —le dijo el viejo a Universo—. Ella es del nivel del mar. Llévala al agua de nuevo.

Nesto sale de la carretera y toma un camino sinuoso hacia Bacuranao, hasta llegar a una ensenada, la arena delgada como la harina, el agua turquesa y transparente.

—Cuando veo esta belleza, pienso, ¿cómo pude haber dejado mi patria? —dice Nesto—. Luego vuelvo a la ciudad, veo las condiciones en las que vive la gente, y pienso: ¿cómo pude haberme quedado tanto tiempo?.

La playa está desolada, con excepción de un caballo solitario amarrado a una soga larga a la sombra de una palma de coco.

Caminamos hacia el agua y Nesto se estira para girar mi cuerpo, me recuerda que me acerque siempre a Yemayá con humildad, de lado, nunca de frente.

Me meto al agua hasta la altura de los muslos y me recojo el vestido para que no se moje. Pero a Nesto no le importa, se mete con sus jeans, se sumerge bajo las olas y me sostiene para poder hundir mi cabeza en el agua, sentir la espuma fresca deslizarse en mi cuello y en mi pecho.

Encontramos una palma de coco y nos acostamos en la arena, la sal y el agua se endurecen sobre nuestra piel, mi cabeza apoyada en el pecho de Nesto y la suya en la almohada de sus brazos.

—Estoy cansada —le digo—, muy cansada.

Y cierro los ojos un momento para dormir.

Cuando nos vamos de la playa, Nesto conduce desde Bacuranao por la Vía Blanca a través de casas de madera, cuarterías, apartamentos de concreto en forma de cubos y edificios coloniales de Guanabacoa hasta la vecina Regla, y llegamos a la punta de la península frente a La Habana, al otro lado de la bahía, a las puertas de una iglesia blanca en el acantilado. No hay servicios religiosos en ese momento, pero hay personas que entran y salen de la iglesia, diseminadas en bancos frente a un altar en el que una Virgen negra sostiene en sus brazos a un pequeño Niño Jesús blanco.

Nesto me lleva a un altar en el lado de la iglesia donde los creyentes han dejado decenas de flores azules, blancas y violetas, girasoles, velas y dulces, y se arrodillan en oración ante la estatua de la Virgen de Regla. Una mujer lleva a un bebé vestido de azul y blanco, le ofrece su hijo a la estatua, susurra el nombre de Yemayá, y luego se inclina hacia adelante para besar la mejilla del bebé.

Nesto se postra frente al altar y yo me arrodillo a su lado. No sé por qué reza, pero espero que sus oraciones sean escuchadas. Espero que todo lo que dicen él y Zoraida sea verdad, que nuestros deseos resuenen a través de los cielos y que la fe los haga realidad. Cierro los ojos, y siento las peticiones de todos los que me rodean.

—Yemayá, estoy aquí —dice una voz detrás de mí.

Y a mi lado, Nesto:

—Yemayá awoyó, awoyó Yemayá.

Afuera de la iglesia, algunas santeras están sentadas en el muro que bordea la avenida del puerto, junto a altares improvisados de muñecas rodeadas de flores, conchas marinas, pinturas en madera de una lengua con una daga perforada, dispuestas en pañuelos y mantas a los lados, llamando a los transeúntes, ofreciendo clarividencia y bendiciones.

—Oye, muchacho —le dice una de ellas a Nesto—. Ven y déjame hablarte de tu futuro.

Nesto la ignora y yo lo sigo hasta la orilla del agua, donde desembarcan los pasajeros de un ferry que ha cruzado el puerto, y nos sentamos juntos en una piedra plana.

—¿No quieres que te lean la suerte? —le pregunto.

—Aquí no. Así no.

—¿Cuándo fue la última vez que alguien te leyó los caracoles?

—Antes de viajar a México.

—¿Qué te dijeron?

Él sacude la cabeza.

—No fue agradable.

—Dime.

—Unos días antes de irme, alguien dejó un pollo muerto en la puerta de mi madre. En la pechuga había un papel con mi nombre. Eso me dio miedo porque nadie, aparte de mi familia, sabía que yo pensaba desertar.

—¿Qué hiciste?

—Llamé a un amigo, un santero, para que se lo llevara. Lo enterró en algún lugar para que nadie tuviera la tentación de cocinarlo. Dicen que el peor maleficio es el que te comes. Pero ese amigo me dijo que fuera a ver a una iyalocha para averiguar qué estaba pasando.

—¿Fuiste?

—Sí. Y la iyalocha me dijo que alguien de mi pasado, tal vez una examante celosa o amargada, me había hecho un trabajo. Dijo que esta persona estaba en comunión con los paleros porque el hechizo era tan fuerte que no se podía romper sin importar cuántas limpiezas o polvos preparara para mí. Dijo que el propósito del hechizo era que nunca encontrara paz en mi vida. Ni con mi familia ni dentro de mi corazón. Me advirtió que no me fuera del país en esas condiciones. Dijo que nunca encontraría esa vida mejor que yo estaba buscando. Que la única forma de deshacer este trabajo era volviéndome un santo, pero no en cualquier parte. Me dijo que tenía que ir a Santa Clara porque está en un lugar sagrado en el centro del país, en la encrucijada del aché y de las energías benévolas. Pero eso me habría costado miles. Un dinero que yo no tenía, un dinero que no tengo ahora. Y si lo tuviera, sería mejor gastarlo en mi familia y en mis hijos.

—¿Le crees lo del trabajo?

—A veces sí. A veces no.

Le cuento que la bruja de pelo azul en Miami me dijo que la única manera de romper las maldiciones que había heredado era por medio de un ritual de limpieza que incluía bañarme en miel, leche, aceites y pétalos de rosa, rodeada por siete velas de los siete días, todas las noches durante una semana. Me dijo que al final de la semana dormiría como si hubiera regresado al útero y estaría libre de todos los poderes oscuros que me aquejaban.

—Ella quería cobrarme tres mil dólares. Llegó a decirme que podía pagarle en cuotas.

—¿Lo consideraste?

—No. Estaba cuidando a Carlito por esos días. Cualquier dinero extra que llegara lo tenía destinado a él.

—La iyalocha me dijo que siempre estaría solo.

—La bruja también me dijo eso.

—¿Crees que es verdad que ambos estamos condenados a la soledad?

—Si creyera eso, no estaría aquí contigo.

Pienso con frecuencia que si Carlito hubiera vivido apenas tres meses más, él y Nesto podrían haberse conocido.

Pero entonces, si Carlito estuviera vivo, y todo en nuestras vidas no hubiera salido tan mal, ni Nesto ni yo habríamos encontrado nuestro camino a esas islas solitarias, a nuestras vida en común.

Me siento atada a Nesto de una manera que nunca he sentido con nadie.

Como si fuera familia, aunque no, porque no fuimos arrojados a la marea de la vida juntos, sino que nos encontramos el uno al otro a la deriva.

—Necesito que cambie algo —dice Nesto, con los ojos en el horizonte de La Habana del otro lado del agua, pálida y borrosa en la bruma de la tarde—. Cuando era joven y me sentía tan frustrado que les daba golpes a las paredes, maldecía todo lo de este país, me encerraba varios días en mi habitación sin hablarle a nadie, y mi abuela me decía: "Cálmate, mijo. Ni siquiera la tristeza es una condición permanente". Ella pensaba que viviría para ver el final del régimen, pero por supuesto, estaba equivocada. Esos hombres son inmortales.

—Nadie puede vivir para siempre.

—La cuestión es que todos se pueden morir y, sin embargo, no importará.

—¿Por qué no?

—Porque donde hay un rey muerto, ya hay un príncipe coronado.

—¿Qué quieres decir?

—Que ya no estamos mirando los vestigios de una revolución, sino el comienzo de una dinastía.

Es una noche de media luna, y una brisa de los vientos alisios se agita contra nuestra piel. En mi última noche en La Habana, Nesto y yo nos sentamos juntos en el mismo sitio del Malecón al que me llevó en mi primera noche. Está callado a mi lado, hasta que nos separamos para poder regresar a Buenavista: ver a sus hijos otra vez para la cena, y por última vez antes de regresar a la Florida, tratar de razonar con Yanai, convencerla de que cambie de opinión para que puedan llevar a cabo su plan de casarse nuevamente y sacarla a ella y a sus hijos de aquí.

Más tarde, sueño con mi hermano en la cárcel.

Confundo las historias que me contó cuando aún estaba vivo de cómo los guardias abusaban con frecuencia de los reclusos, especialmente de los enfermos mentales. Se enteraba de estos relatos al cruzarse con ellos en la enfermería o en el hospital, sus caras con moretones, sus cabezas con cortadas. Los oía de otros presos en la «radio» de la prisión que reverberaba en el pasillo del corredor de la muerte, cuando contaban que los guardias retenían el papel higiénico y las comidas mientras escribían en sus informes que esos presos las rechazaban; provocaban a los más vulnerables hasta que estos golpeaban sus cabezas contra las paredes, los amarraban a las camas o los esposaban a los sanitarios durante días, y luego los castigaban por ensuciarse y los mandaban al hueco.

Se trataba de tipos, decía Carlito, que no podías imaginar que estuvieran en condición de ser juzgados, hombres que apenas podían pronunciar frases completas, que lloraban angustiados por las caras de los demonios que veían en los rincones oscuros de sus celdas, metidos en las grietas de las paredes; hombres que terminaron en la cárcel cuando deberían haber estado en un hospital psiquiátrico. Los prisioneros no podían hacer otra cosa que soportar el maltrato porque los guardias negaban sus acciones, mentían y se cubrían unos a otros con su propio tipo de lealtades a la hermandad.

Una vez le conté todo esto al doctor Joe, todo lo que había descrito Carlito, y me sorprendí cuando el doctor Joe ni siquiera discutió o trató de convencerme de que fuera una exageración.

—¿Y dejas que esto continúe? —le dije.

—Soy apenas un hombre, Reina. La prisión es un sistema demasiado grande.

—Entonces eres cómplice. Y eres tan malo como todos ellos.

En mi sueño, es Carlito quien está siendo atormentado, privado de comida para que su cuerpo se vea tan seco y marchito como la corteza de un árbol.

Él llora, grita por nuestra madre, por mí, para que vayamos a salvarlo, mientras un guardia sin rostro se ríe y se burla de él. Le cubre la cabeza a Carlito con la sábana de su cama para que mi hermano pueda apenas respirar y, en mi sueño, me siento sofocada y me doy palmadas en la cara para quitarme la tela de la boca. Veo al guardia agarrar a Carlito del cuello, meterle la cara en el inodoro, dejarla allí hasta que el agua le llena las fosas nasales y Carlito está seguro de que se está ahogando.

No puede llorar más. Ningún sonido escapa de su garganta, pero lo siento gritar desde adentro, llama a Mami, me llama a mí.

En la mañana, Nesto se encuentra conmigo en el hotel, sus ojos se ven llenos de cansancio, y sé que no ha dormido. Me llevará al aeropuerto, aunque él no partirá en su vuelo a Miami hasta esta noche.

—Ella dijo que lo pensaría —me dice cuando estamos en el carro, otro Lada prestado, mientras vamos al aeropuerto.

—Le pregunté cuánto tiempo más necesitaba. Ya han pasado muchos años. Cuando haya terminado de pensar, los niños crecerán y sus propios hijos tendrán dificultades para alimentarse, o Sandro ya se habrá arrojado a los tiburones en su intento por llegar al otro lado. Sé que ella tiene un novio nuevo. Mi hermana me dijo que él trabaja en la cocina de un paladar. Pero Yanai dice que no se quedará por él. Dice que este es su país y que pensar en dejarlo le rompe el corazón. Ella me culpa. Dice que no debería haberme ido nunca. «Si amas a tus hijos tanto como dices, ¿por qué no vuelves?».

—¿Has pensado alguna vez en hacer eso? ¿En regresar antes que en tratar de llevártelos?

—Cada día. Hasta mi madre me dice que tal vez Yanai tiene razón, y que los niños están mejor aquí. No conocerán el dolor de dejar su país. Ellos sólo conocen el dolor de quedarse. Ella dice que hay que dejar que el tiempo se encargue de todo. Pero mira esta isla. Cualquiera puede ver que el tiempo es nuestro enemigo. Ya llevamos cuatro generaciones metidas en este mierdero de revolución. Nací en eso. No tuve elección. ¿Y se supone que también debo renunciar a mis hijos y a todos mis descendientes?

Disminuimos la velocidad en una intersección y Nesto se da vuelta para mirarme.

—Esta isla causa ceguera. Lo sé porque yo también estuve ciego durante mucho tiempo. Pero no puedo dejar que las cosas sean simplemente así. Tengo que seguir intentándolo.

Nos despedimos en el aeropuerto, así sea apenas por unas cuantas horas porque nos encontraremos esta noche en el aeropuerto de Miami, después de mi desvío por Colombia y de su corto vuelo desde La Habana, y luego tomaremos juntos el autobús de regreso a la cabaña en los Cayos.

Cuando vine a Cuba hace unos días, la zona de llegadas del aeropuerto era una escena de abrazos extáticos, seres queridos reunidos después de años, tal vez décadas. Aquí, junto a la puerta de la terminal de las salidas, los largos abrazos están acompañados de lágrimas, la sensación de que estas son familias que se separan quién sabe por cuánto tiempo.

Le cuento a Nesto lo que nunca antes le había contado.

—Te esperaré todo el tiempo. Mientras me quieras a tu lado. Te creo cuando dices que debes irte para ayudar a tu familia. Pero quiero que sepas que también te creeré si un día me dices que tienes que quedarte.

SIETE

Hemos estado en nuestra isla desde hace una semana, en la rutina de los días de trabajo. Vemos a los delfines rodeados por vallas metálicas, y el corral donde alguna vez vivió el delfín salvaje, ahora ocupado por una estrella veterana, en cuarentena por la viruela del delfín que la dejó jaspeada de lesiones. A veces, Nesto y yo hablamos de intentarlo otra vez. Esperaremos el tipo adecuado de lluvia, monitorearemos el viento, nos aseguraremos de que la corriente ayude a sacar a los delfines en lugar de empujarlos más adentro en sus jaulas. Sólo tendremos que esperar un poco más. Nesto y yo nos hemos vuelto diestros en este tipo de vigilia.

Nuestras noches en la cabaña son tranquilas. Nesto ha estado taciturno desde nuestro regreso, y siento su inquietud. Hemos estado esperando pasar un día en el azul profundo, pero cuando vamos a encontrarnos con Lolo en la marina un domingo por la mañana, nos dice que el bote ha tenido problemas con el motor y que tendremos que esperar unos días más.

Nesto y yo decidimos ir a la playa y vamos al sur, a una ensenada anónima de arena gris en el lado atlántico de las islas que sólo conocen los lugareños. Algunas familias ya han tendido las toallas, sacado los baldes plásticos y los inflables para los niños. Hay chapoteos en el agua y zumbido de risas. Encontramos un lugar en el borde de la cala, cerca de la barrera de arbustos de uvas de mar. No cruzamos muchas palabras entre nosotros, pero me reconforta mirarlo mientras nos acostamos de espaldas, verlo con los ojos cerrados al sol, velados en una calma momentánea.

No sé quién en la playa lo vio primero; sólo soy consciente de que, poco después de conciliar mi propia siesta, oigo la voz de un niño en la playa decir: «Mira ese bote, mami».

Unos segundos después, una voz adulta comenta que ningún bote debería acercarse tanto a la orilla. Oigo un golpeteo, como el de un carro viejo con las últimas gotas de gasolina, y abro los ojos. Inmediatamente después de las boyas, un bote azul destartalado se arrastra hacia la playa, una columna negra de humo se eleva de su motor, ahora tan ruidoso como una cortadora de césped que reverbera contra el borde plano del mar.

—Nesto. —Lo empujo suavemente para que se despierte—. Mira.

Él se apoya en los codos y, mientras contemplamos el espectáculo, las figuras cada vez más nítidas de los pasajeros del bote, más personas en la playa se ponen de pie y se acercan al agua. Nesto también se levanta, y lo sigo.

El bote parece varado, la nube oscura de humo cada vez más gruesa detrás de él. Hay una conmoción a bordo, cuerpos que se mueven de un extremo al otro. Nesto agita la mano en dirección a la gente en el bote, como hacen otros en la playa, mientras que algunos en el muro de voces advierten que será mejor que el bote no se acerque, pues alguien podría lastimarse.

—¿Crees que son refugiados? —pregunta alguien.

—Si lo son, será mejor que se muevan rápido —responde otra voz.

Nesto se vuelve hacia mí, su cara está tensa de ansiedad.

—Ese bote tiene problemas. —Se apresura hacia la costa y grita a través del agua—: ¡Tírense! ¡Tírense al agua! ¡Naden! ¡Naden!

Ellos no lo oyen, o tal vez están demasiado asustados para nadar como él les dice. Es sólo cuestión de minutos, aunque cada segundo parece suspendido, y la nube de humo se hace más grande, la voz de Nesto más fuerte y urgente a medida que se adentra cada vez más en el agua para que lo oigan.

Un barco de la Guardia Costera aparece como si hubiera sido conjurado por las olas, silencioso pero rápido, y obstaculiza al bote azul mientras los pasajeros se apretujan a un lado de la embarcación y Nesto grita más fuerte de lo que pensé que podía hacerlo.

—¡Tírense! ¡Naden! ¡Los esperamos! ¡Naden! ¡Naden!

Sólo un hombre hace lo que Nesto dice y se arroja al agua, el coro de voces de la playa lo anima, pero mientras lo vemos forcejear en la quietud de un mar en un día virtualmente sin viento ni corriente, es obvio que el hombre está muy débil para salvar la distancia entre los botes y la orilla. Pero Nesto ya está nadando hacia él, remonta la corriente y no se detiene, ni siquiera cuando un pequeño barco de la Guardia Costera que no hemos visto se acerca desde el otro lado de la costa e intercepta al hombre.

Lo perdemos de vista por un momento y luego vemos, aunque el sol brilla en nuestros ojos, que lo sacan del agua y lo suben al bote, y que cualquier oportunidad de tocar tierra se ha esfumado.

Nesto permanece en el agua y avanza, con la cabeza ligeramente sobre la superficie, observa a los oficiales del bote de la Guardia Costera, de mayor calado, reunir al resto de los pasajeros en la cubierta, entregarles chalecos salvavidas y prepararse para remolcar el bote azul. Detrás de mí, el coro de la playa está en silencio, pero rápidamente da paso a intercambios de empatía por lo que acaba de ocurrir. Una mujer le dice a otra que es muy lamentable que estas personas hayan viajado desde tan lejos, llegado tan cerca, y que en última instancia sean enviadas de regreso a sus lugares de procedencia. *Repatriadas*, una palabra que me parece tan dolorosa.

No hay duda de que uno de nosotros llamó a la policía para informar sobre la llegada de los inmigrantes.

Llega la furgoneta del noticiero local y las personas en trajes de baño se alinean para ser entrevistadas. En pocas horas las veremos en la televisión, describirán que el bote apareció repentinamente en el horizonte, y expresarán la lástima que sienten de que esas personas, después de haber desafiado el mar por una semana, llegaran a menos de cien metros del territorio de la Florida sólo para ser rechazadas.

El reportero en el lugar de los hechos mostrará imágenes del bote azul y describirá en voz alta que fue construido improvisadamente con pedazos de metal y un motor de automóvil que les falló a sus pasajeros en el tramo final de su viaje.

Concluirá su informe frente a la cámara, dirá que los trece inmigrantes, ahora bajo custodia protectora, fueron rescatados por las autoridades, aunque yo pienso que el verdadero rescate habría consistido en permitirles llegar a la orilla.

Luego volverá a la presentadora en el estudio, que hará sus propios comentarios y presentará estadísticas de que es apenas junio y el número de solicitantes de asilo ya ha superado la cifra del año pasado hasta acercarse a los récords del éxodo marítimo de los años noventa, antes de pasar a un comercial de un concesionario de carros usados en Florida City.

Durante el recorrido a casa desde la playa, Nesto para y compra una tarjeta para llamar a su familia. Quiere decirles lo que acabamos de presenciar, que este es el futuro que les espera a los niños si no encuentran otra salida pronto. Cuando Yanai pasa al teléfono, lo oigo suplicarle que reconsidere casarse con él mientras camina por el estacionamiento, decirle que es la mejor oportunidad que tienen de darles una vida mejor, y luego se convierte en una discusión, pero él gira su cuerpo y se aleja de mí, y no puedo oír mucho más.

Cuando termina la llamada, le da una patada tan fuerte al guardabarros trasero que la camioneta tiembla conmigo sentada en su interior. Luego se dirige a las lagunas en Card Sound Road, donde se estaciona a un lado del pantano y pasa una hora tirando piedras a través de nubes de libélulas sobre el agua, como si tratara de romper vidrios. No le voy a preguntar qué dijo ella. Quiero dejarlo entre ellos, pero Nesto me lo cuenta de todos modos.

—Ella sólo se casará conmigo si puedo prometerle una casa aquí tan buena o mejor que la que dejará atrás, y un carro para transportarse. Dice que aunque vaya a ser una refugiada en el papel, se niega a vivir como tal.

—Está asustada. Se siente segura allá. No está lista para irse.

—No creo que lo vaya a estar nunca. Puedo oírlo en su voz. Todas sus excusas. Es como si ella me dijera que lo olvide, que deje de esperar porque nunca sucederá; que jamás podré traer a mi familia. Al menos, no de la manera en que quiero hacerlo, y no por mucho tiempo.

Tira otra piedra impulsado por la fuerza de todo su cuerpo, pero parece que cayera desde el aire al agua a sólo unos metros de distancia.

—¿Y qué tengo yo hasta que eso pase? —Hace un gesto hacia el pantano y la vegetación que nos rodea.

Tal vez espera que yo no diga nada, y no hace mucho tiempo, probablemente me habría quedado callada.

—Me tienes a mí. Y esta pequeña vida que tenemos juntos. Sé que no es lo mismo, pero es algo.

Deja caer la roca en la palma de la mano y camina hacia donde estoy, recostada en la parte trasera de la camioneta.

—Reina, no te lo digo porque no quiero que pienses en mí como una carga, pero desde la noche en que nos conocimos, tú has sido lo único que ha impedido que me ahogue.

En el camino de regreso a Hammerhead, por el Overseas Highway, noto un arcoíris pálido que emerge del mar a través de la cresta dorada del atardecer. Se lo señalo a Nesto, y el color de sus prismas fracturados se acentúa por unos instantes, hasta que las nubes lo ocultan de nuestro lado del cielo.

Él sonríe como no lo había hecho desde que lo vi con su hijo y su hija.

—¿Sabes qué es un arcoíris?

—La corona de Yemayá. —Quiero que sepa que he escuchado todo lo que me ha dicho sobre el mundo tal como él lo ve.

—Sí, pero hay más. Los siete colores del arcoíris son las manifestaciones de las siete potencias, las siete tribus que vinieron de África a las Américas, los espíritus que permanecen para guiar a la humanidad a través de los problemas de la vida. Es la manera en que Yemayá y todos los espíritus muestran que nos protegen y que estamos exactamente donde se supone que debemos estar.

Por la noche, Nesto y yo nos sentamos juntos en un montículo de arena en la playa que está más allá de la cabaña. Estamos frente a la marea baja, el agua parece extraída de la tierra como una cortina. Las tenues luces blancas de los botes se dispersan en la distancia, y los gruesos rayos de luz de los helicópteros circundan la costa —el procedimiento habitual siempre que los migrantes pisan tierra o son sacados del mar—. Seguramente buscan a otros que aún están en el agua.

La temporada de anidación sigue en curso, pero Nesto dice que las tortugas hembras se confundirán con tantas luces y, al no poder encontrar la playa para hacer sus nidos, dejarán caer sus huevos en el mar. Una generación, puede que hasta un linaje de sangre entera, perdida en una noche.

—Odio el mar a veces —dice él—. Odio lo que nos hace a nosotros y lo que le hacemos a él. Y odio haber nacido en una isla. Lo único que he tenido para mirar es ese mismo horizonte azul toda mi vida. Estoy harto de eso.

Él se calla. El único sonido es el de los helicópteros que resuenan contra la marea.

—He debido nadar hacia esas personas. Podría haberlas ayudado. No estaban tan lejos. Podría haberlas sacado del bote y llevado a dos o tres hasta la playa.

Quiero encontrar las palabras adecuadas para consolarlo, decirle que las cosas no podían haber salido de otra manera, pero la misma sensación me persigue; ahora nado lo suficientemente bien, y también podría haber ido y traído a alguien conmigo.

Me imagino a los pasajeros del bote en algún albergue o centro de detención, tal vez hasta en una cárcel, como a la primera que llevaron a Carlito antes de enviarlo a la prisión federal. O tal vez ya estén de regreso a su tierra natal.

—No hubo tiempo suficiente —digo, tal vez tratando de que ambos nos convenzamos—. Sucedió muy rápido. Esos barcos de la policía nos lo habrían impedido sin importar lo demás.

—Podríamos haberlo intentado. Podríamos haber fallado. Pero al menos lo habríamos intentado.

La iluminación parpadea en la distancia y las nubes oscuras cubren el halo de la luna. Volvemos a la cabaña cuando comienza a lloviznar.

Nos acostamos en la cama, Nesto se encorva alrededor de mi cuerpo y me retira el pelo de la cara. Siento el latido de su corazón contra mi espalda. A pesar de nuestros naufragios personales, de los vacíos que llevamos de los desaparecidos y los extraviados, aunque sólo estamos nosotros dos aquí en la oscuridad, esta noche parece suficiente.

El teléfono suena justo cuando Nesto y yo hemos encontrado nuestro camino al sueño.

—Oye, ¿dónde estabas? —quiere saber mi madre—. ¿Por qué no has respondido ninguna de mis llamadas?

—He estado ocupada —le digo, porque nunca le dije que me había ido de viaje—. ¿Pasó algo?

Salgo con el teléfono y dejo a Nesto solo en la cabaña. Me siento en el último tablón del pasillo, antes del que está empotrado en la arena suave.

—Bueno, la verdad es que no puedo decirte que fue una sorpresa.

—Te vas a casar. —Trato de proyectar un tono de entusiasmo.

—No, mija. Eso no está entre mis planes ahora mismo.

—¿Qué pasó?

—Yo sabía de ella. Una mujer siempre lo sabe. Pensé que pasaría. Lo ignoré. Pero ella es inteligente. Muy inteligente.

—¿Quien?

—La otra, Reina. ¿Quién más? Una de sus pacientes. Él le llenó la boca de coronas dentales. Dice que está enamorado de ella. Quiere estar con ella. Se fue a quedar con ella mientras empaco mis cosas.

—¿Te va a dejar?

—No lo digas así. Yo soy la que se va.

—Pero él te está obligando a mudarte.

—No estamos casados. Mi nombre no figura en nada aquí. Tengo que irme para que ella pueda instalarse.

—Lo siento. Sé que tenías muchas esperanzas.

—Así es la vida. No hay garantías. Ahora tengo que encontrar otro lugar para vivir, y pronto.

—¿A dónde te irás?

—A casa —dice ella, y sé que se refiere a Miami—. Estoy segura de que puedo recuperar mi trabajo anterior. Tal vez quieras mudarte conmigo. Podemos conseguir un apartamento junto al agua como siempre quisimos. U otra casa. Podemos comenzar juntas de nuevo.

—Ya empecé de nuevo.

—¿Qué tipo de vida tienes allá abajo? Cuidas peces y vives en una choza en la propiedad de una mujer. Debes progresar, Reina. Buscar oportunidades. Y el muchacho con el que andas, ¿cómo se llama?

—Nesto.

—¿Qué tiene Nesto para ofrecerte?

Quiero pensar en algo específico para responderle, algo que ella pueda entender, pero lo único que le digo es:

—Simplemente, quiero estar aquí.

—Por ahora. Hasta que uno de ustedes decida dejar al otro. Eso es lo que ocurre siempre.

Estoy callada y ella continúa.

—Iré la próxima semana para quedarme con Mayra y Jaime mientras busco un apartamento. Piénsalo. Será como en los viejos tiempos, pero completamente diferente. Nos reinventaremos. Madre e hija, juntas otra vez.

No es difícil imaginarnos reunidas, viviendo en un apartamento frente a la playa en Miami Beach, en uno de los edificios altos que ella nos señalaba a Carlito y a mí cuando nos llevaba a dar largos paseos por Collins Avenue. A veces se detenía en un camino de entrada circular y hacía que Carlito y yo bajáramos del carro y miráramos alrededor del vestíbulo para poder describírselo, contarle sobre los muebles de bronce, mármol y cuero, los arreglos florales en las mesas de vidrio, los candelabros y todas esas paredes con espejos del vestíbulo. Una vez tuvo un novio que vivía en un apartamento en el canal intercostero. Nos invitó allí unas pocas veces para nadar en la piscina del edificio.

—¿Qué te parece, Reinita? ¿No te gustaría vivir aquí? —me preguntó ella mientras me ayudaba a flotar en el agua clorada.

Le dije que me encantaría, porque parecía que era lo que ella esperaba. Pero no volvimos a ver al tipo, y cuando le pregunté a Mami qué había pasado con nuestros planes de mudanza, dijo que no sabía de qué le hablaba.

Ahora sería diferente. Dos mujeres adultas. Sin el ancla de Carlito en la cárcel para dividirnos.

Podríamos vivir cerca del mar como siempre soñó ella. Las personas que conocemos, las que nos conocen, todas viven en los mismos sectores interiores al otro lado de la ciudad.

Podríamos asumir nuevas identidades al lado del mar. Podríamos ser la madre y la hija que son más como hermanas, como mejores amigas. Las dos ya hemos huido. Tal vez estemos hechas la una para la otra.

Como dice Nesto: la familia pertenece a la familia.

Y mi madre es la única persona en esta tierra que comparte mi sangre.

Carlito y yo escapamos juntos una vez. Fue idea suya.

Él tenía unos once años y yo estaba a punto de cumplir nueve. Estaba enojado con nuestra madre porque una noche en casa de nuestro tío, después de un arrebato suyo por practicar nuevas palabrotas y vulgaridades que había oído de otros muchachos en el vecindario, Mayra lo había abofeteado, una palmada con la mano abierta en la mandíbula que le dejó el labio inferior hinchado, y Mami no había hecho nada para defenderlo en respuesta. Ella siempre fue muy sensible cuando se trataba de Mayra, de quien decía que había sufrido tanto por su falta de hijos que prácticamente intentó robarle a Carlito cuando nació.

—No puedes hablarle así a la gente, especialmente cuando estás en su casa —le había explicado Mami, fumando un cigarrillo por la ventanilla mientras conducía de regreso a casa.

Carlito protestó desde el asiento del copiloto, pero ella se limitó a encender la radio y comenzó a cantar con el Puma.

Cuando llegamos a casa, Carlito me dijo que empacara ropa y todo lo que pudiera vender en mi mochila. Yo no tenía nada de valor, excepto la cruz de oro que la abuela me había dado en mi primera comunión, así que la empaqué. Carlito robó todo el dinero de la billetera de Mami y cuando se suponía que dormíamos, fue a buscarme a mi habitación.

Nos escapamos por la puerta de atrás y caminamos juntos hacia el final de nuestra cuadra, pero no pudimos decidir a dónde ir, así que regresamos a nuestro jardín trasero, nos acostamos en la hierba, recostamos la cabeza en las mochilas, y nos dormimos hasta que Mami nos encontró allá por la mañana.

Ni siquiera estaba molesta. Dijo simplemente:

—Entren y arréglense para la escuela. —Y luego nos sirvió el desayuno en silencio.

Cuando yo tenía quince o dieciséis años y Mami y yo entramos en la era de las peleas atroces, amenazaba a veces con irme. Para entonces, yo contaba con la ayuda de chicos mayores e incluso hombres adultos a los que podía llamar para que vinieran a buscarme en sus carros y me dejaran quedarme con ellos, siempre y cuando les siguiera la corriente con lo que ellos quisieran.

—¡Me voy a escapar! —le gritaba a mi madre desde la puerta de mi habitación, y ella me respondía

—¡No será escapar si te ayudo a empacar!

Pero nunca fui capaz de dejarla. Ni siquiera cuando visitaba a Carlito en la cárcel y él me instaba, como si fuera yo la que necesitara consuelo, a tener el valor de mudarme de nuestra casa a un lugar propio.

—Podrías decorarlo tú misma —me decía él—. Podrías comprar muebles nuevos, algo mejor que esa basura de mierda con la que crecimos. Cómprate una cama de verdad y algunas fotos bonitas para las paredes.

Ya no insistía en que era responsabilidad nuestra cuidar a Mami, como siempre lo había hecho hasta que lo enviaron a prisión y ella se volvió en contra de él. Pero me costaba imaginarme a nuestra madre sola, como si al no tener la gravedad de los hijos, se hiciera tan ingrávida que pudiera ser arrastrada por el viento.

Cuando perdimos a Carlito, después de arrojar sus cenizas y las de Héctor al mar, debajo del puente, le pregunté a mi madre qué había sucedido con el cuerpo de la hija que había perdido entre Carlito y yo. Me preguntaba si la habían enterrado o si Mami se había quedado también con sus cenizas.

Estábamos en la casa vieja en Miami. Yo le ayudaba a empacar lo que se llevaría a su nueva vida con Jerry, separábamos las cosas que ella ya no quería, todo eso que me quedaría a mí para conservarlo o botarlo.

Mi madre permaneció callada por unos instantes antes de contestar, y dijo:

—No sé qué le pasó. —Como sorprendida por el hecho mismo.

—¿No lo sabes, o no quieres recordar?

—Yo estaba sola en el hospital cuando la tuve, así como estuve sola cuando nació tu hermano y cuando naciste tú. Héctor estaba aquí en la Florida. Mi madre trabajaba y no podía estar conmigo. Fue por la tarde, y eso bastó para asustarme porque mi madre me había dicho que los bebés fuertes siempre nacen antes del amanecer. Había un gran silencio allá. Yo sabía que ella no estaba viva antes de que me lo dijeran. Me dejaron sostenerla apenas por un minuto o dos. Dijeron que me enloquecería si lo hacía por más tiempo. Luego me la quitaron. Lloré tanto que no podía hablar, ni siquiera para preguntar adónde se la llevaban. Y nunca me lo dijeron. Empecé a tener visiones de lo que la gente del hospital podría haber hecho con ella. Que la habían dejado en el refrigerador, o simplemente la habían tirado a la basura, o vendido sus restos para brujería. Eso me torturaba. Pero tu padre me dijo después que no importaba adónde la hubieran llevado, porque su alma nunca había querido pertenecer a ese cuerpo. Y ella estaba todavía en el cielo con otros bebés, esperando para nacer. Un año después, te tuvimos a ti.

Y luego, sin que yo le hiciera más preguntas, me dijo:

—Debería haberla enterrado. Debería haberle puesto un nombre.

Carlito me dijo que esperaba con ansias la llegada de los huracanes. Miraba desde el listón estrecho de la ventana de su celda cómo el viento torcía las palmas, la lluvia ondulada inundaba los terrenos de la prisión para que Carlito pudiera fingir, aunque sólo fuera por un instante, que miraba el mar, e imaginaba a Colombia del otro lado.

Dijo que esas tormentas eran las únicas veces en que los reclusos y los guardias estaban cerca de ser iguales, ambos en cautiverio por la clausura de la prisión, incapaces de huir, contemplando con temor y sobrecogimiento el gran poder de la naturaleza que los rodeaba. Era la única vez que los guardias le parecían humanos, y no los tipos que provocaban regularmente a los reclusos, que los obligaban a pelear entre sí como perros para su entretenimiento y que hacían apuestas sobre quién ganaría.

—¿Cómo pueden salirse con la suya? —le pregunté a Carlito—. Hay cámaras por todas partes. —Señalé la que estaba en el rincón de la sala de visitas que monitoreaba todas nuestras interacciones.

—Los tipos que trabajan en la sala de control saben cómo apagar una cámara por unas horas, y hacer que parezca un cortocircuito o un problema digital para que los otros guardias puedan hacer lo que quieran. Son una *fucking* pandilla, Reina. Todos se protegen la espalda.

Pero en esas noches de huracanes, después de que se iba la luz y hasta los generadores dejaban de funcionar, y los prisioneros aullaban a través de la negrura, los guardias padecían el confinamiento junto con ellos.

Como familia habíamos pasado por muchas tormentas fuertes. Soportamos los bordes difusos y acuosos de las bandas exteriores de los huracanes mientras cruzaban por la Florida y sus alrededores, e incluso algunos golpes directos que hacían explotar el cableado eléctrico e inundaban las calles.

Pero nunca una tormenta como Andrew.

Rosita, la de al lado, vino a preguntarle a Mami si estaba preocupada. Era de Puerto Rico, por lo que entendía el potencial destructivo de un huracán. Pero Mami era de Cartagena, adonde no habían llegado huracanes en siglos, así que le restó importancia a la preocupación de Rosita, dijo que estábamos demasiado alejadas del mar como para ser afectadas por las marejadas ciclónicas y que sería simplemente una lluvia torrencial, como todos los veranos. Terminaron fumando cigarrillos y tomando agua de Jamaica en la cocina, chismeando sobre los otros vecinos, hasta que oscureció y el viento empezó a cambiar.

Pasamos la noche en un clóset. Mami, Carlito y yo nos acurrucamos tan cerca del rincón como pudimos, detrás de un viejo baúl y de la aspiradora. Carlito había tapiado las ventanas tan bien como había podido, con cartón y madera contrachapada que había encontrado en el garaje. Trancó la puerta de la entrada con la mesa de centro. Cuando la casa comenzó a sacudirse, entramos al único espacio sin ventanas y nos agarramos entre sí en medio de los silbidos, los truenos y el ruido del viento.

Nos quedamos dormidos y abrazados, acurrucados sobre nuestras rodillas, hasta que, después del amanecer, oímos a la gente gritar en la calle. Querían saber si los Castillo estaban a salvo.

El techo de Rosita se desprendió y saltó como la tapa de una lata de sardinas, pero el nuestro permaneció sellado a la casa sin siquiera hundirse donde una palma gruesa le cayó encima. Nuestras ventanas estallaron. La puerta trasera se hizo añicos. Pero la principal quedó intacta, y esto evitó que el viento llenara la casa y agitara todo lo que había en ella, como lo hizo con muchas de las casas de nuestros vecinos, agrietando piscinas, haciendo rodar carros en medio de las calles. Escuchamos noticias sobre personas que encontraron tiburones escupidos por el mar en sus jardines, botes de la marina arrojados por las calles, casas removidas de sus cimientos, paredes dobladas como papel mojado, televisores y muebles lanzados a varios kilómetros de distancia, árboles arrancados de la tierra, animales muertos por todas partes.

Nuestro barrio estuvo varias semanas sin luz ni agua, pero eso no fue nada en comparación con las comunidades que estaban más al sur, donde pocas casas quedaron en pie.

Mami celebró porque estábamos entre los bendecidos y con vida. Dijo que esta vez los santos nos cuidaron.

Cuando voy a Miami para encontrarme con mi madre, menciona la noche que pasamos en el clóset durante el huracán.

Se ha quedado con Mayra y tío Jaime, pero le dije que no quería verlos, así que acordamos encontrarnos en un restaurante en el río Miami, con vista a los depósitos y a los barcos de carga, saturado por el hedor del mercado de pescado cercano: un restaurante que le gusta porque Jerry solía llevarla allá y ahora quiere hacerlo suyo. Me dijo por teléfono que esperaba que yo fuera con Nesto para poder conocerlo finalmente.

—No sé por qué estás siendo tan misteriosa con él. ¿Tienes miedo de que te lo robe?

Ella se rio, pero yo no.

—Tiene otras cosas que hacer —le dije, y era cierto. Había entregado oficialmente su habitación en el motel, se había ido a vivir conmigo y había convencido a la señora Hartley de que le permitiera darle una nueva capa de pintura a la cabaña por dentro y por fuera.

Hoy encuentro a mi madre sola en una mesa junto al agua, toma un cóctel. Se cortó el pelo, que le llega apenas a los hombros, y ha perdido tanto peso que tuvo el descaro de ponerse un vestido color rosa flamenco con un corpiño abotonado que compró hace veinte años, y un par de tacones plateados que le pedí prestados algunas veces cuando yo era adolescente, antes de tener dinero para comprar los míos. Al verla allí, tan arreglada y sola en el restaurante, recuerdo que ella solía decir que su belleza habría sido mejor empleada en otra vida.

Un mesero joven se acerca a la mesa, y la manera en que mi madre inclina la cabeza hacia atrás y se ríe por algo que él dice me pone triste por ella. No se levanta para abrazarme cuando me ve, simplemente me rodea el cuello con los brazos cuando me inclino para besarla, y siento la pegajosidad de su lapiz de labios mancharme la mejilla.

Cuando me siento, ella sostiene mi mano sobre la mesa, como si temiera que yo tratara de escapar.

También sostengo sus dedos con fuerza. Vengo preparada con las cosas que quiero decir.

Ella comienza a hablar de un apartamento que vio en Aventura con dos cuartos, así que puedo mudarme cuando esté lista. Está frente al océano, y tiene piscina y cancha de tenis, dice ella, y me pregunto cuándo dejará de torturarse viendo lugares que no puede pagar sola. Comenzó a ver otra bruja —la de Brickell, a la que acuden todas las celebridades, y tuvo que esperar un mes para la cita y pagar cuatrocientos dólares la hora—, que predijo mejores fortunas para ella y le aconsejó que jugar tenis sería la clave para conocer al próximo hombre en su vida. Pero así como se emociona rápidamente al describir su futuro como una dama de condominio, se pone nostálgica por el antiguo vecindario, y se enfrasca en el chisme de barrio que oyó de Mayra y de su partida de lenguonas, acerca de personas que se están divorciando o teniendo aventuras, de segundas familias descubiertas o de niños secretos que aparecen.

Luego, durante la entrada y el plato principal, pasa a su lista de enfermos, moribundos y muertos.

—Casi me olvido —dice ella—. ¿Sabes quién se murió? La Cassiani.

—¿La madre de Universo?

—Esa misma. La llevaron al hospital con dolores en el pecho y los doctores terminaron matándola con alguna infección. El hijo fue a enterrarla a Santa Lucía. Mayra oyó decir que fue un funeral hermoso, con un conjunto vallenato y todo.

Pasa a otra historia, sobre un fulano de tal, un vecino de Mayra y Jaime que le pidió a ella salir con él, pero sólo puedo pensar en la madre de Universo, que no era mucho mayor que la mía aunque siempre parecía más envejecida por las decepciones de su vida; la forma en que me miraba fijamente como si eso bastara para mantenerme alejada de su hijo, los momentos en que llevaba a su casa a las hijas y nietas de sus amigos, niñas de buena familia, con la esperanza de que Universo decidiera estar con una de ellas y no con una mala como yo, como si ella supiera algo de mi pasado y de mi futuro que yo no supiera.

Mami se detiene en medio de un pensamiento sobre si el tipo está o no tan divorciado del todo, como dice él, parece desorientada de repente, mira alrededor del restaurante, y luego de nuevo a mí.

—Escúchame. Yo sigo y sigo. Me estoy convirtiendo en una de esas viejitas que hablan consigo mismas. Pronto me verás conversando con la televisión.

Parece avergonzada, algo nuevo en ella. Mi madre es una mujer de una seguridad congénita, la armadura empotrada en el óxido de su tez. Observo mientras se acomoda en su asiento, se mira los pechos, se ajusta las tiras del brasier. Cuando termina, me coge la mano de nuevo, la acerca a su boca y besa mis nudillos antes de soltarme.

—Quiero decirte algo. ¿Recuerdas la noche que pasamos juntos en el clóset durante Andrew? Ustedes dos ya estaban grandes, pero los estreché contra mi corazón como si fueran dos bebés. ¿Te acuerdas?

407

Asiento. Pero más que eso, nos recuerdo a mi hermano y a mí, con toda la fuerza y la potencia que teníamos, sujetándola con nuestros cuerpos infantiles, aferrándonos a ella como si las ráfagas pudieran llevársela y nos fuéramos a quedar sin ningún padre.

—Nunca recé tanto en toda mi vida como esa noche —dice ella—. Recé para que el viento perdonara nuestra casa y el techo se mantuviera intacto. No pensé que lo haría. Tu padre y Jaime construyeron ese techo con sus manos. Pensé, «esta noche, Héctor tendrá éxito en matarnos a todos». Pero recé con todo lo que tenía, Reina. Le dije a Dios que si Él nos salvaba esa noche y mantenía un techo sobre nuestra casa para tener un lugar donde vivir al día siguiente, nunca volvería a pedir nada. Después de esa noche en el clóset, creí que mi fe nos había salvado, aunque mis oraciones, suficientes para varias vidas, no bastaran para salvar a tu hermano más tarde, cuando realmente las necesitó. ¿Recuerdas cuánto recé y recé cuando arrestaron a Carlito? Hice muchas promesas. Pero Diosito ya había salvado dos veces a Carlito. Una vez de tu padre, y luego de la tormenta. Y tal vez mis oraciones no valgan mucho después de todo. No soy más que una mujer estúpida. He cometido muchos errores. Lo que intento decirte, lo que quiero decirte desde hace mucho tiempo, es que una madre no siempre puede salvar a sus hijos. Eso es lo que aprendí de todo lo que nos sucedió. Cada uno de ustedes tuvo que salvarse a sí mismo. Tu hermano no pudo, pero tú lo hiciste, mi Reina. Lo hiciste.

Tiene los ojos llorosos y pone una servilleta en ellos antes de que su delineador tenga la oportunidad de dejarle una mancha, luego mete los dedos en el vaso de agua y se pasa gotas por el cuello como si eso bastara para refrescarla.

—Mami.

Se alza el pelo del cuello y se abanica.

—¿Por qué vinimos a este restaurante? Hace mucho calor. Deberíamos haber ido a algún lugar con aire acondicionado.

—Mami —intento de nuevo. Quiero cogerle las manos como ella lo hizo conmigo, pero no me sale hacerlo. Estamos sentadas en una mesa pequeña para dos, pero ella parece estar muy lejos de mí, como si yo tuviera que gritarle para que me oiga.

—Mami, por favor, escucha lo que voy a decirte.

Hago una pausa para asegurarme de tener toda su atención, pero me temo que si espero demasiado, las palabras se deslizarán de nuevo por mi garganta hacia el lugar en mis entrañas donde las he estado conteniendo tanto tiempo.

—Es mi culpa que Carlito haya hecho lo que hizo. Fui yo la que le dije lo de Isabela. Y no era verdad. Mentí, Mami. Mentí, y él me creyó.

Me recuesto para dejar que la verdad se asiente en la mesa entre nosotras.

Mi madre me mira sin ningún rastro de sorpresa en los ojos, aunque sé que esto no significa gran cosa. Nada la delata; las emociones son tan valiosas y vitales para ella como el dinero.

—¿Por qué? —susurra finalmente.

—Él la quería mucho. Pensé que la escogería por encima de nosotras. No quería que él nos dejara.

Ella suspira y cierra los ojos durante varios segundos. Cuando los abre, es como si estuviéramos en otro lugar; ya no me confieso en un restaurante al lado del río, sino en la casa vieja, sentadas en la mesa de madera de la cocina, y yo todavía guardara el secreto de mi remordimiento.

Tal vez si ella fuera otra clase de madre podría ofrecerme alivio, palabras de consuelo; decirme algo que pudiera liberarme de mi vergüenza; decir algo como «Reina, era imposible que supieras que él creería en lo que le dijiste y que hiciera lo que hizo. No pudiste haberlo sabido nunca».

Pero la mujer que está frente a mí es Amandina de Castillo, esposa de Héctor y madre de Reina y Carlito.

Lo único que sabe decir a manera de respuesta es:

—Debemos prometernos la una a la otra no volver a hablar nunca de esos días. Sin importar lo demás.

—No voy a prometer eso.

—Nunca más quiero recordar esas cosas. Por favor, si me amas, Reina, déjame olvidar. Ten piedad de tu pobre mami. Te lo ruego.

Nos miramos hasta que ella aparta los ojos y contempla el agua y el cielo, que se oscurece con nubes de granito.

—Parece que va a llover.

Asiento.

—Me espera un largo camino a casa.

—Me gustaría que te quedaras.

No sé si se refiere a esta tarde, a que nos quedemos a la espera de la lluvia juntas, o si se refiere a más tiempo, tal vez para siempre, a comenzar una nueva vida juntas aquí en Miami.

—No puedo. Tengo que irme a casa.

Estamos juntas en la calle frente al restaurante, no lejos de la espiral de lotes debajo de la carretera interestatal, que alguna vez fue la ciudad de carpas que albergó a los refugiados del Mariel. Mi madre me abraza, sus brazos caen alrededor de mi cintura, su mejilla golpea mis hombros.

Recuerdo cuando yo era una niña y le llegaba a la altura de sus caderas, cómo me acolchonaba contra sus muslos, me apoyaba en ella mientras hablaba con la gente, cómo me agarraba con fuerza entre la muchedumbre y me cargaba en su regazo mientras veíamos sus telenovelas y ella soñaba otras vidas para nosotros.

Ahora me parece muy frágil, inestable en sus tacones; sus brazaletes y pendientes se ven demasiado grandes para ella. En su rostro veo rastros de mi abuela y sospecho que, por la forma en que me mira, como si yo fuera una fotografía y no su hija de carne y hueso, también ve uno de sus rostros viejos en el mío.

Es tan pequeña en nuestro abrazo que siento que la cargo, pero cuando la suelto, siento que sus brazos se tensan y se fortalecen. Y luego siento como si mi madre me cargara.

Unos meses antes de morir, Carlito tuvo una de sus rachas de melancolía. Nos miramos en la sala de visitas de la cárcel y él esperó mucho tiempo para hablarme. Fui la única en hablar, y le conté sobre mi estúpida vida pintando uñas. Me miró fijamente, las cejas hundidas, la nariz arrugada, los labios apretados, como si estuviera listo para escupir. Cuando finalmente me callé, sacudió la cabeza como si yo fuera patética.

—Debería haberme muerto el día en que Héctor me tiró del puente. Ese *fucking* cubano debería haber dejado que me ahogara. Todos habríamos estado mejor.

A veces me preguntaba si la razón por la que Carlito nunca asumió la culpa de su crimen era porque no se culpaba a sí mismo, sino porque me culpaba a mí por haberlo hecho enfurecer ese día. Yo no sabía de lo que él era capaz. Si lo hubiera sabido, habría intentado detenerlo. Habría llamado a Isabela y le habría dicho que Carlito iba hacia su casa y que no le abriera la puerta. Se le habría pasado la furia. Habría regresado a su yo habitual y nada se habría perdido.

Ese día en la prisión, con el rostro sombrío de mi hermano frente a mí, dije algo que nunca le había dicho en todos los años que pasé visitándolo ni en ninguna de mis cartas o llamadas telefónicas.

—Perdóname, Carlito.

Pensé que él me perdonaría por haberle fallado, por habernos fallado, pero el hermano que una vez conocí, que a pesar de su crueldad podía ser tierno, amoroso y dulce, apartó su mirada de mí en dirección al guardia que estaba parado junto a la puerta, y al reloj en la pared detrás de mí.

—¿Qué quieres que diga, Reina?

Se encogió de hombros con tanta brusquedad que sus esposas se arrastraron contra la mesa metálica y produjeron un chirrido que nunca olvidaré.

No sé si él sabía lo que yo quería decir con mi petición, o si significaba algo para él. Ojalá pudiera haber dicho más cosas ese día. Si hubiera tenido las palabras adecuadas, tal vez no me habría sentido tan expuesta y sofocada por la austeridad sucia de las paredes de la cárcel, mientras el guardia captaba todo lo que nos decíamos el uno al otro.

Permanecimos en silencio hasta que Carlito dijo que le dolía la cabeza. Las luces brillantes de la sala de visitas le quemaban mucho los ojos y le daban migraña.

—No te importa si terminamos nuestra visita antes de tiempo, ¿verdad?

—No —respondí, pero eso me dolió, pues nos quedaba media hora y sería un tiempo perdido que nunca tendríamos la oportunidad de recuperar.

Miró al guardia para indicarle que estaba listo para dejarme. Este guardia era especialmente estricto, así que en lugar de esperar un abrazo de contrabando, me besé los dedos y los apreté rápidamente contra la mejilla de mi hermano antes de que el guardia se lo llevara y me reprendiera por tener contacto físico con un recluso del corredor de la muerte.

Unos días después, él me llamó. Yo acababa de llegar a casa del trabajo y me había quitado los zapatos en el vestíbulo. La casa estaba tranquila, solitaria, pero familiar, y después de un día de conversar con las clientas, anhelaba el mutismo de mi hogar. Pero entonces oí el ruido de la prisión detrás de la voz de Carlito y lo único que yo quería era más de su caos, más de él.

—Tengo apenas un minuto, pero quería decirte que, en caso de que te lo sigas preguntando, y para que nunca más vuelvas a hacerlo, no hay nada que perdonar, hermanita. Eres mi Reina. Eres mi guerrera. Tu hermano te ama. Recuerda eso cuando me muera.

Colgó el teléfono, probablemente porque sabía que yo diría que no se iba a morir mientras yo tuviera algo que ver con eso.

Él podía confiar en mi negación. Yo era la única que escuchaba cuando él decía que, aunque mereciera morir, el Estado no se merecía matarlo.

El único tipo de muerte que parecía posible para mi hermano era su ejecución, pero tal vez para entonces él ya sabía que se ocuparía personalmente del asunto.

Solía ridiculizar a otros reclusos que se habían quitado la vida, y decía que nuestro padre no tenía carácter por haberse cortado la garganta en lugar de enfrentar el resto de sus días en prisión.

—Y ni siquiera estaba en confinamiento solitario —decía Carlito, como si la cadena perpetua de Héctor fuera alguna forma de vacaciones.

Carlito se consideraba como un preso de conciencia, víctima de prejuicios legales, y decía que había gringos que habían cometido crímenes mucho más atroces y salieron en quince años o menos.

A veces decía que si de verdad hubiera tenido la intención de matar a alguien, habría conseguido un revólver y buscado a tío Jaime, de quien Carlito siempre sospechó que era el culpable original: el que deseaba tanto a nuestra madre que infectó deliberadamente a su hermano Héctor con la psicosis de celos que lo envió al puente ese día con bebé Carlito.

—Habría hecho que ese hijo de puta se pusiera de rodillas y cantara por su vida —dijo Carlito—. Y luego lo habría matado de todos modos.

414

Carlito y yo estábamos en la escuela secundaria cuando algunos muchachos delincuentes comenzaron con la tendencia de saltar desde el puente a la bahía en el mismo lugar donde Héctor había lanzado a su hijo al mar. Grupos de adolescentes se reunían en la baranda para ver quién era tan valiente como para trepar la pared en el punto más alto del puente y saltar. La gente afirmaba que probablemente no era lo bastante alta como para que una persona muriera de inmediato debido a la caída. En la mayoría de los casos, se sabía que las personas se rompían un hueso o quedaban tan conmocionadas por el impacto que olvidaban respirar y otros debían tirarse y socorrerlas antes de que se ahogaran. Era parte de la emoción ver si tenías el instinto para sobrevivir.

Por un tiempo, traté de convencer a Carlito de que debíamos intentarlo. Pensé que eso podría eliminar su trauma y superar su aversión al agua. Pensé que era algo poético: Carlito regresaría como un adulto al sitio de su cuasiasesinato.

Imaginé que trepábamos por la baranda y encontrábamos el equilibrio en la delgada cornisa de concreto del puente, las manos en la baranda detrás de nosotros, nuestros cuerpos colgando sobre el mar.

Podíamos arrojarnos del puente cogidos de la mano, y cuando apareciéramos en medio de las olas y respiráramos por primera vez, cada uno de nosotros vería al otro a la espera, y encontraríamos nuestro camino de regreso a tierra juntos.

Carlito se negó.

Sin embargo, yo sabía que él había regresado al puente por su cuenta, y que lo había cruzado a pie. Conocía bien ese puente, mucho antes de regresar con la bebé en sus brazos.

Los testigos dijeron que ella estaba llorando desesperadamente. Quería a Carlito como si fuera su propio padre, pero ese día fue como si supiera que se la robaba a su madre para siempre, y que las gruesas manos que la sostenían pronto la dejarían caer.

Cuando encontraron a Carlito muerto en su celda, tenía el overol carcelario enrollado alrededor de la cintura. O eso fue lo que nos dijeron, de todos modos. Tallado en su pecho, en una línea fina y poco profunda pero sangrienta había un arco que sólo podría haber labrado en su carne con un bolígrafo, porque a Carlito no le permitían tener ningún objeto afilado en su celda. La línea se arqueaba desde la caja torácica hasta la base de la clavícula y de nuevo hacia el otro lado. La gente de la prisión nos lo describió inicialmente a mi madre y a mí como un intento mutilado de un arcoíris, simplemente como otro tatuaje improvisado de un recluso. Pero cuando llegamos a la morgue de la prisión y nos dejaron unos momentos a solas con Carlito, gris y frío, su alma ausente, vimos la curva ensangrentada que se había garabateado en el corazón y supimos que estábamos viendo no un arcoíris, sino el puente.

Todavía tengo su número telefónico. He estado a punto de marcarlo muchas veces, pero siempre me detengo, pues no sé qué decir. Conozco la casa blanca con la puerta marrón en la que creció junto a sus padres, donde ella y yo nos sentábamos en el piso de su habitación cuando éramos pequeñas e intercambiábamos secretos, donde Carlito entraba a hurtadillas por las noches porque ella siempre le dejaba la ventana abierta. Ella se volvió a casar. Debe vivir en otro lugar con su nuevo esposo y sus nuevos hijos. Me siento en mi carro estacionado mucho después de que mi madre se va, hasta que finalmente tengo el valor de llamar.

No sé si ella reconoce el número, pero responde con rapidez.

—Isabela. Hablas con Reina Castillo.

Espero a que ella responda, pero permanece en silencio.

—Disculpa que te moleste. Sé que debes estar ocupada. Me preguntaba si podría hablar contigo.

—Estamos hablando ahora —dice ella con delicadeza.

—Me he mudado, pero hoy estoy en la ciudad. Me preguntaba si podríamos vernos en persona, si no es un problema para ti.

—Podemos hacer eso —dice lentamente—. Estoy con mis hijos. ¿Puedes venir a mi casa?

Le digo que sí y ella me da la dirección, a unas pocas cuadras de la casa de sus padres.

Conduzco hacia el sur, antes de que llueva, por nuestro antiguo barrio, aunque evito el lote donde una vez estuvo nuestra casa.

Cuando llego donde Isabela, veo pruebas del mundo de su familia: pequeñas bicicletas en el camino de entrada detrás de una miniván, pelotas y juguetes esparcidos por el jardín delantero.

Esta, no puedo dejar de pensar, podría haber sido la vida de mi hermano.

Bajo del carro y toco el timbre. Oigo voces adentro, luego veo su silueta detrás del vidrio esmerilado de la puerta principal. Ella la abre y nos miramos un momento. Isabela, tan hermosa como siempre, aunque más gruesa de rostro y de cuerpo, luminosa aún con su pelo ondulado y revuelto y sin el maquillaje del que solía llevar tanto.

—Reina —dice a la vez que sale conmigo y cierra la puerta—. Qué sorpresa saber de ti. Te ves bien. Entonces, ¿adónde te mudaste?

Veo que está descalza, y oigo a los niños reírse en la casa detrás de ella.

—Al sur. A los Cayos.

—Debe ser agradable.

—Lo es.

—Siempre estamos hablando de llevar a los niños, pero nunca lo hacemos.

Recuerdo la Navidad en que la vi en el hotel.

—¿Has ido últimamente? —Trato de parecer casual, a pesar de lo extraño de estar cara a cara.

—No en muchos años. —Parece nostálgica de repente—. Desde que Carlito me llevó cuando cumplí veintiún años. Alquilamos motos de agua. Me caí todo el tiempo.

Observo su pelo, la forma en que todavía inclina la cabeza sin ninguna razón, y estoy segura de que fue a Isabela a quien vi ese día en el *spa*, aunque ahora me doy cuenta de que no puede haber sido ella.

—¿Y entonces? ¿De qué querías hablarme?

Respiro profundamente, como lo haría antes de bucear con Nesto mirándome en la cuerda para asegurarme

419

de que estoy bien, de que volveré a salir en busca de aire sin desmayarme.

—Tengo que decirte que lo siento. Por todo.

—Lo sé. Todos lo sentimos.

—No, hay otras cosas que no sabes. Fui yo quien le dijo a Carlito que lo estabas engañando y la que hizo que él se enloqueciera ese día. Es mi culpa que te haya arrebatado a Shayna. No le dije que lo hiciera, pero es mi culpa. Fui yo quien comenzó todo.

No puedo mirarla a los ojos. Me miro fijamente los pies pero siento sus ojos en mí. Entonces su mano roza mi hombro, suave como una pluma.

—Lo sabía. Lo he sabido desde hace mucho tiempo.

La miro de nuevo. Su rostro no ha cambiado. Aún tranquilo, lleno de misericordia.

—¿Cómo?

—Tu hermano me lo dijo.

—¿Cuándo?

—Intenté visitarlo en prisión. Fue un tiempo después de que terminara el juicio, luego de la sentencia. Yo no sabía que las visitas debían planearse con anticipación y tenían que darte el visto bueno. Aparecí simplemente y me rechazaron. Le escribí y le pregunté si podía ir a verlo, sólo para hablar con él y ver si estaba bien porque me preocupaba que estuviera solo allá. Pero nunca me respondió. Seguí escribiéndole de todos modos. En su cumpleaños, en Navidad, en fechas como esas. Unas semanas antes de su muerte, me llamó. Dijo que habías sido tú la que lo había empujado a hacer lo que le hizo a mi bebé. Siempre me imaginé que había sido algo así. No te lo dije porque no quería mortificarte.

—La culpa es mía —le digo, aunque mi voz se ha desvanecido.

—No, no. No fuiste tú quien la llevó al puente. Fue él.

Un niño pequeño abre la puerta detrás de Isabela y asoma la cabeza por la rendija.

—Mami —dice él—. ¿Quién es esa?

—Es mi amiga, Reina —responde ella—. Dale un besito.

Camina hacia mí, también descalzo, con sus jeans y camiseta pequeños, y me agacho para que pueda besar mi mejilla. Este niño y el que está adentro, bebés cuya inocencia Carlito se robó antes de nacer porque habrá un día en que su madre tendrá que explicarles lo que le pasó a la hermana mayor, a quien nunca tendrán la oportunidad de conocer.

—Este es Rafaelito —dice ella, deslizando la mano sobre su espalda.

—Entra y cuídame a tu hermanita, papi.

Isabela suspira cuando su hijo se va.

—Sabía lo que sentías por mí, Reina. Cuando Carlito y yo nos conocimos, pensaste que yo iba a alejarlo de tu familia. Él dijo que estabas celosa. Pero era yo la que estaba celosa de ti. Nunca tuve un hermano o una hermana que me amara de la misma forma en que te amaba tu hermano. Me sentí muy sola en mi infancia. Pero Carlito haría cualquier cosa por ti. Me lo dijo muchas veces.

Baja la voz y se acerca un poco.

—Yo también me culpé por mucho tiempo. Me dije que si yo no hubiera permitido que él se llevara a mi bebé ese día, si la hubiera mantenido conmigo en la casa, aún estaría viva. Pensé que si era culpa de alguien, era mía, porque la madre soy yo, soy yo quien debía protegerla, y fui yo quien la dejó ir.

Mira alrededor y revisa la puerta que está detrás para asegurarse de que esté bien cerrada.

—Descubrí que estaba embarazada justo después de que arrestaran a Carlito. Él nunca lo supo. Nadie lo supo. Sólo mis padres. Dijeron que Dios no querría que yo tuviera un bebé suyo, y tenían miedo de que si iba embarazada al juicio, eso influyera en el veredicto.

Me llevaron incluso a ver a un sacerdote y él dijo que mi caso era una excepción porque nadie debería tener que dar a luz al hijo de un asesino. Me hicieron deshacerme de él. Yo no quería. Traté de oponerme, pero estaba muy débil por esos días. Pensé que moriría de tristeza. Estaba segura de que no sobreviviría al dolor de todo eso. Y el juicio ni siquiera había comenzado.

Ambas tenemos lágrimas en los ojos. Ella hace una pausa, contiene la respiración y mira a nuestro alrededor, como si buscara a alguien que le impidiera seguir hablando.

—Nunca podré decirle esto a nadie, excepto a ti. Todavía quiero a tu hermano. Él me mató junto con mi hija. Él me rompió el alma en pedazos. Él destruyó la felicidad de mi familia. Pero todavía lo amo porque recuerdo al muchacho que conocí, al Carlito del que me enamoré.

No puedo decir ninguna palabra, así que tomo su mano, como pidiéndole permiso para abrazarla.

Ella me toma en sus brazos y la siento temblar contra mí.

—Lo siento mucho —susurro en su pelo.

Nos separamos y ella recobra el aliento, sus ojos se secan y se vuelven brillantes, mientras me limpio los míos con las manos.

—Te perdono por todo, Reina, así como perdono a tu hermano y me perdono a mí misma. Tú y yo somos las que aún estamos en pie. Hemos sobrevivido a nuestra penitencia. Soy libre. Tú también eres libre.

—No me siento libre.

—Pero lo eres.

Rafaelito abre la puerta de nuevo y mira a su madre. Ella lo mira a él y luego a mí.

—Tengo que irme. Es casi la hora de la cena de los niños. Mi esposo llegará a casa pronto.

Ella se acerca y nos abrazamos nuevamente durante mucho tiempo.

—Cuídate, Reina. Esta vez, cuando te vayas, no mires atrás.

Los días largos y ardientes del verano se acortan. Nesto y yo vemos lo que llaman una tormenta eléctrica. Una canción de truenos sin lluvia. Antorchas de rayos que encienden la noche negra. Las venas ardientes enraizadas en el cielo y el mar.

La luz ya se ha ido en la cabaña. Abrimos las ventanas para dejar pasar el aire y nos sentamos en un montículo de playa erosionada. Estas tormentas son nuestras sinfonías nocturnas. Vemos chispas y destellos en el horizonte que viajan por el agua y sabemos que hay otros que también miran y esperan los ataques de Changó desde el otro lado del mar.

Hundo los dedos de los pies en la arena suave, mis ojos en el agua como una manta que cubre la tierra. Nesto se acerca y me lleva de la mano hasta el borde del agua, donde levanta las palmas de las manos hacia la luz blanca de la luna, y ambos nos paramos de lado en la marea poco profunda.

Siento el agua del Atlántico en mis tobillos, la arena suave acunando mis pies, abrazando mis piernas y mi torso mientras el agua nos atrae. Me apoyo en los brazos de Nesto y él me sumerge bajo la marea siete veces, le susurra un orikí a Yemayá, protectora de la maternidad, le pide sus bendiciones. Luego nadamos juntos, mientras el fondo del mar se desprende hacia abajo.

Toda la vida me he preguntado si soy la verdadera abikú, como se predijo y según me marcó mi padre con el corte en mi oreja: indigna e inhóspita para la vida.

Me lo pregunté justamente ayer, antes de saber que dentro de mí he estado llevando a un ser oculto, algo que no sabía que podía desear tanto.

Ha sido este estado mágico temporal, este truco biológico, lo que, como sospechaba, probablemente hizo que aquel delfín salvaje me mirara en señal de reconocimiento y me siguiera fuera de su corral hacia el mar abierto. Yo pensaba que esa noche había ocurrido algo especial en mí, aunque aún no sabía de qué se trataba.

Por supuesto que todo el tiempo hubo señales. Pero no las vimos, porque no eran las señales que buscábamos.

Cuando me di cuenta, no pude dejar de ofrecerle una salida a Nesto, pero él no la aceptó. Dijo que ahora estamos hechos el uno para el otro.

Me dijo que desde la primera vez que me llevó al azul profundo —cuando le mostré los caballitos de mar en el agua, que normalmente son criaturas solitarias y verlas cortejarse es extremadamente raro—, supo que estaríamos mucho tiempo juntos.

Tal vez yo no era consciente de ello, pero creo que yo también lo sabía desde aquel entonces.

Oigo la respiración de Nesto, el sonido de su cuerpo que rompe las olas detrás de mí mientras nado hacia adelante, y sé que nunca me dejará ir muy lejos.

Ya no estamos sólo los dos aquí en el agua.

Él observa mientras me entrego a la corriente, de la forma en que mi madre me enseñó a hacerlo cuando yo era una niña en sus brazos, y dejo que el agua me devuelva a la orilla, de nuevo hasta él.

Hace unas noches, Nesto me llamó para que saliera a la playa. Señaló el nido de tortuga que marcó hace meses con cocos y conchas y que ha estado observando para asegurarse de que permanezca sin ser perturbado. La arena empezaba a moverse. Vimos cómo detrás de la duna las crías salían del nido que les había hecho su madre y seguían el camino marcado por la luz de la luna, dejaban un pequeño rastro de huellas como estrellas en la arena, se sumergían en la marea, luchaban por nadar contra ella hasta ser arrastradas finalmente por el mar.

Nesto y yo permanecimos en silencio, asombrados por sus instintos, por la manera en que la brújula celestial de la naturaleza y la noche las guiaban a casa.

Nesto está de pie en el borde del bote de Lolo, con las manos en las caderas, el sol de la tarde quemándole la espalda. Cuando tiene ese aspecto, me pregunto si algún día llevará a cabo la fantasía de la que me habló: navegar un barco de vela al otro lado del estrecho para recoger a sus hijos.

Mete la mano en una bolsa que trajimos y saca una sandía redonda, con un agujero tallado lleno de melaza, hecho para albergar sus más profundos deseos y tapado con flores blancas. La deja cuidadosamente en el agua.

Levanta las palmas de las manos hacia el cielo en señal de alabanza y vemos la ofrenda alejarse de nosotros sobre las olas.

Lo espero en la parte posterior del bote para poder saltar juntos al agua.

Él viene hacia mí, me da la mano y nos lanzamos al mar. Sentimos cómo nos hundimos en la corriente, pesados pero sin peso.

Me tomo mi tiempo para respirar, aunque el agua quiera empujarme a la superficie.

Hubo un período, durante los años de prisión de mi hermano, en que yo luchaba con las largas noches caminando sin rumbo por las calles de nuestro barrio.

Muchas veces, las patrullas de la policía se detuvieron para preguntarme si estaba perdida o si necesitaba que me llevaran a algún lado.

Les decía a los oficiales, la mayoría de los cuales me conocían por mi nombre o por mi cara tras el juicio de

Carlito, que simplemente había salido a caminar y ellos me instaban a volver a casa.

—Eres una chica sola —decían, como si yo no lo supiera—. Pregúntate cuántas horas o días o semanas tendrían que pasar antes de que alguien se dé cuenta de que has desaparecido de esta tierra para siempre.

Nunca tuve una respuesta para ellos, pero la pregunta ha permanecido conmigo por siempre.

Tardo muchísimo tiempo en tomar aire y Nesto mete la mano en el agua y me acerca a él.

Estoy ciega de sal y de sol, pero siento que él me sostiene y espera a que mis ojos se abran ante él.

Sólo entonces me suelta.

Floto hacia mi propio espacio en el mar y un pequeño abismo se forma entre nosotros.

Al otro lado de la protuberancia creciente de las olas, veo que él intenta alcanzarme de nuevo, lo oigo llamarme por mi nombre y decirme que no desaparezca.

Agradecimientos

Mi gratitud infinita para todas las personas de esta y de la otra orilla que han hecho parte de este viaje.

De este lado del estrecho de la Florida le doy gracias a E.Q.R. por compartir tanto conmigo, y por Buenavista; al Marine Animal Rescue Society y a Ricardo París por sus excelentes lecciones de apnea en el azul profundo.

En Cuba, gracias a Genaro Bombino, Paquito Vives y Alicia "Leo" Pérez, Pamela Ruíz y Damián Aquiles, Tom Miller, Elvia Grisuela, Ofelia Riverón y Cáritas de La Habana, Bibiana Barban y Carlos Rodríguez, María Josefa Rodríguez, y Gabby Mejía que estuvo allí durante el primer viaje; a la comunidad de La Casa de los Orishas de La Habana y La Asociación Cultural Yoruba de Cuba que visité y consulté tantas veces durante los años de investigación y escritura de este libro; y a Adolfo Nodal y Peter Sánchez, maestros de la logística. Un agradecimiento especial a Gustavo Bell Lemus.

En Cartagena, mi agradecimiento para Álvaro Blanco y para San Basilio de Palenque.

A mi agente estelar y primera lectora, Ayesha Pande; a mi editora, Elisabeth Schmitz, por su pasión y precisión; a Katie Raissian, por su agudo ojo editorial y por su generosidad; y al incansable equipo de Grove, en especial Judy Hottensen, Morgan Entrekin, Deb Seager, Justina Batchelor, John Mark Boling, Amy Hundley, Becca Putman, Charles Rue Woods, Gretchen Mergenthaler, Julia Berner-Tobin y Celia Molinari.

Por su apoyo generoso, gracias al National Endowment for the Arts; a C. Michael Curtis por haber publicado

«The Bridge», tantos años atrás antes de que se convirtiera en una novela; a David Mura por sus importantes consejos; a mis colegas y estudiantes en la Universidad de Miami; por su amistad y ánimo les doy gracias a M. Evelina Galang y Chauncey Mabe, Edwidge Danticat, Chris Feliciano Arnold, Mark Powell, Claudia Milian y Daniel Samper Pizano. Le estoy especialmente agradecida a Stella Ohana, que leyó el manuscrito y me pudo proporcionar información crucial.

Mi profundo agradecimiento a todo el equipo de Penguin Random House en Colombia, en especial a Gabriel Iriarte, a mi gran editora Adriana Martínez-Villalba G. y a Santiago Ochoa por su esmerada traducción.

Y le doy gracias a mi familia y a los muchos amigos que siguen cerca sin importar la distancia que nos separe o lo lejos que yo me pierda en mi trabajo; a mis sobrinas y ahijados; y a la memoria de mi abuela Lucía y de mis tíos. Y sobre todo, gracias a mis padres por su fe y su amor, tan grandes que podrían llenar el océano.

Sobre la autora

Patricia Engel. De origen colombiano y nacida en los Estados Unidos, es egresada de New York University donde se licenció en Francés e Historia del Arte, y de Florida International University donde obtuvo su maestría en Narrativa. Actualmente reside en Miami. Su libro *Vida* (Alfaguara, 2016) fue merecedor del Premio Biblioteca de Narrativa Colombiana en 2017, finalista del Premio Pen/Hemingway y destacado como Notable Book por *The New York Times*. Su primera novela, *No es amor, es solo París* (Grijalbo, 2014) recibió el Premio Latino Internacional. *Las venas del océano* es su más reciente novela y fue seleccionada por el diario *San Francisco Chronicle* como el mejor libro del año en 2016 y merecedora del Dayton Literary Peace Prize en 2017.